DROEMER

Über die Autorin:
Catalina Ferrera ist das Pseudonym von Eva Siegmund, 1983 in Bad Soden geboren. Sie arbeitete als Kirchenmalerin, Juristin und Verlagsmitarbeiterin, bevor sie sich voll und ganz dem Schreiben widmete. Für ihre Romane hat sie bereits zahlreiche Preise gewonnen. Catalina Ferrera lebt in Barcelona und Berlin. Weitere Infos zur Autorin unter www.evasiegmund.de.

CATALINA FERRERA

Spanische Delikatessen

EIN BARCELONA-KRIMI

DROEMER

Besuchen Sie uns im Internet:
www.droemer.de

FSC
www.fsc.org
MIX
Papier aus verantwortungsvollen Quellen
FSC® C083411

Originalausgabe März 2018
Droemer Taschenbuch

Ein Imprint der Verlagsgruppe
Droemer Knaur GmbH & Co. KG, München
Dieses Werk wurde vermittelt durch die AVA international GmbH
Autoren- und Verlagsagentur, München
www.ava-international.de

Redaktion: Marie-Luise Bezzenberger
Covergestaltung: ZERO Werbeagentur, München
Coverabbildung: FinePic / shutterstock
Satz: Adobe InDesign im Verlag
Druck und Bindung: CPI books GmbH, Leck
ISBN 978-3-426-30617-8

2 4 5 3 1

1

Die Glocken der großen Kirche schlugen acht Uhr morgens, und es war bereits jetzt schon wieder entsetzlich heiß. Kein Wunder, im Hochsommer kühlte Barcelona nicht einmal nachts richtig ab. Vielmehr begleitete die Hitze der Sonnenstunden Nachtschwärmer und Frühaufsteher wie eine eifersüchtige Glucke auf ihren Wegen nach Hause oder zur Arbeit und legte sich als feuchter Film auf die Haut der Schlafenden. Und besonders gerne quälte sie, wie in diesem Augenblick, Karl Lindberg, der in Begleitung des alten Rüden Paco auf dem Weg zum Strand war.

Karl versuchte es jeden Tag aufs Neue, doch auch an diesem Samstagmorgen würden sie es nicht schaffen, sosehr er sich auch nach dem bisschen Wind sehnte, der einem am Strand von Barceloneta um die Nase wehte. Denn Paco war mit seinen vierzehn Jahren nicht mehr zur Eile zu bewegen und legte eine Langsamkeit an den Tag, die Karl ein ums andere Mal um den Verstand brachte. Beinahe hatte er den Eindruck, der kleine Kerl mache das nur, um ihn zu ärgern.

Das Straßenpflaster glänzte feucht, ganz so, als hätte es gerade erst geregnet. Doch der Schein trog: Wer länger in der Altstadt wohnte, wusste, dass die allgegenwärtige Straßenreinigung wieder einmal am Werk gewesen war. Tagtäglich putzte und wienerte sie den kompletten historischen Stadtkern, sodass man das Gefühl bekommen konnte, in einem Freilichtmuseum zu wohnen.

Karl nahm seinen altmodischen Strohhut vom Kopf und wischte sich den Schweiß von der Stirn, während er am Seitenportal der Santa Maria del Mar auf Paco wartete. Wenn er gerade nicht mit dem Hund unterwegs war, gönnte Karl sich morgens gerne eine Pause in der großen Kirche; am frühen Morgen und am Abend war der Eintritt in das imposante Bauwerk kostenlos, und obwohl er kein religiöser Mensch war, überkam ihn in dem kühlen Gebäude jedes Mal eine Ruhe, die er in den quirligen Gassen der Stadt eher selten fand. Früher hatte lediglich ein schmaler Vorplatz die Kirche vom Wasser getrennt, doch die Stadt hatte dem Mittelmeer Straßenzug um Straßenzug abgetrotzt, weshalb Karl nun deutlich weiter zum Strand laufen musste als die Menschen, die vor einigen Hundert Jahren in der Stadt lebten. Ein bisschen ärgerlich war das ja schon, dachte Karl. Vor allem, wenn man hundebedingt etwas langsamer unterwegs war.

Endlich schob sich der kleine Malteser seiner Schwiegermutter, dessen struppiges, gelblichweißes Fell eher an einen sehr alten Wischmopp als an einen Rassehund erinnerte, um die Ecke der gewaltigen Kirche, den Kopf konzentriert auf das buckelige Kopfsteinpflaster gesenkt.

»Paco, vamos!«, knurrte Karl, obwohl er genau wusste, dass seine Aufforderung nichts, aber auch gar nichts bewirken würde. Doch wenn er dem Hund Befehle erteilte, fühlte er sich ihm nicht ganz so ausgeliefert.

Er ließ seinen Blick über den Platz und die Gassen des Viertels streifen, das er sein Zuhause nannte, seitdem er ein paar Monate zuvor mit seiner Frau Alba und ihrem gemeinsamen Sohn Oliver in Albas Heimatstadt zurückgekehrt war. Für ihn war El Born der perfekte Stadtteil, zentral, nahe am Meer, mit engen Gassen und wunderschönen Geschäften, aber nur wenigen Sehenswürdigkeiten, weshalb die Bewohner dieses Viertels weniger in Touristenströmen ertranken als ihre Nachbarn in El Gòtic. Eigentlich liebte Karl Lindberg Barcelona, nur die Hitze machte dem rothaarigen Halbiren mächtig zu schaffen. Es half auch nicht, dass seine Frau nicht bereit war, sein Leiden anzuerkennen. Alba fand Karl melodramatisch – Karl fand Barcelona zu heiß.

Er zuckte zusammen, als sein Handy klingelte. Um diese

Uhrzeit war es selbst im Hochsommer in den Gassen der Stadt noch so ruhig, dass es leicht war, sich gedanklich in mittelalterliche Zeiten zu versetzen, in denen Smartphones noch lange nicht existiert hatten. Karl kam nicht umhin, sich manchmal in handylose Zeiten zurückzuwünschen; es musste ja nicht unbedingt das Mittelalter sein. Die Achtziger täten es auch.

Das Display zeigte an, dass sein Schwager Alex versuchte, ihn zu erreichen. Augenblicklich begann Karls Herz, wie wild zu klopfen. Alex war ein Nachtschwärmer, der niemals ohne besonderen Grund um diese Uhrzeit auf den Beinen war, außerdem hatten er und Karl kein besonders inniges Verhältnis zueinander und telefonierten nur dann, wenn es unumgänglich war. Sofort wurde Karl von der sonderbaren Angst überfallen, dass etwas Schreckliches vorgefallen war.

»Ja, was gibt's?«, fragte er schroffer, als es seine Absicht gewesen war.

»Buenos, Flieger!«, erwiderte sein Schwager mit offensichtlich aufgesetzter Heiterkeit. »Wo steckst du?«

Karl runzelte die Stirn. Er konnte es nicht leiden, wenn Alex ihn *Flieger* nannte. Der jüngere Bruder seiner Frau hatte ihm diesen Spitznamen aufgrund seiner Namensähnlichkeit mit der Fliegerlegende Charles Lindbergh verpasst, mit der Folge, dass die gesamte Familie und beinahe das halbe Viertel ihn mittlerweile *Flieger* nannte und ihn somit täglich an seine immense Flugangst erinnerte.

»Ich bin mit Paco unterwegs zum Strand. Warum? Ist irgendwas passiert?«

»Nein, nein«, versicherte Alex hastig. »Aber ich könnte deine Hilfe gebrauchen. Wie schnell kannst du am Passeig del Born sein? Ich bin im ›Especialidades Molina‹.«

Karl war erleichtert und verärgert zugleich. Wenn es sich nicht um eine Familienangelegenheit handelte, wieso rief Alex ihn dann so früh am Morgen an? Er antwortete reserviert:

»Warum das denn? Brauchst du ein Geschenk für eine von deinen Liebschaften?«

Alex zögerte. Karl konnte durch die Leitung förmlich spüren, dass er mit sich rang, und dachte nicht im Traum daran, es dem Jüngeren leicht zu machen. Sein Schwager fragte äußerst ungern um Hilfe, war er doch der Auffassung, dass er eigentlich alles am besten konnte, was es auf der Welt zu können gab. »Nein, das ist es nicht«, versicherte Alex und senkte die Stimme, sodass sie beinahe nur noch ein Flüstern war. »Ich brauche deinen *fachlichen* Rat.«

Nun verstand Karl. Natürlich, das hätte er sich denken können. Alex brauchte Karl Lindberg als Polizisten.

»Alex, ich bin beurlaubt.«

Alex' Stimme nahm einen dringlichen Tonfall an. »In Deutschland vielleicht, nicht hier. Außerdem wissen wir alle, wie sehr du dich langweilst – du vermisst deinen Job, wenn du ehrlich bist. Komm schon, Kommissar!«

Albas Bruder war vor ein paar Wochen bei den Mossos d'Esquadra, der katalanischen Polizei, zum Sergent für Kapitalverbrechen aufgestiegen. Eine Tatsache, die der ganzen Familie Rätsel aufgab, war Alex' Schulabschluss doch so miserabel gewesen, dass er gerade einmal für eine Ausbildung in niedrigen Dienstgraden gereicht hatte. Es war nicht so, dass Alex nicht das Zeug zu einem guten Abschluss gehabt hätte – aber er war ein rebellischer Partylöwe und hatte sich damit so einige Chancen verbaut. Barcelonas Nächte hielten für einen jungen Mann von Alex' Temperament und Lebenshunger genug bereit, um ihn vom Lernen abzuhalten. Außerdem wurde Alex von allen Frauen geliebt, was seine Mutter und seine große Schwester mit einschloss, und so hatte es keine der beiden über sich gebracht, Alex zur Disziplin zu mahnen.

Angeblicher Personalmangel und eine berückend kurze Fortbildung hatten dem Schwager nun seinen rasanten Aufstieg ermöglicht, doch Karl konnte nicht so recht glauben, dass das die ganze Erklärung war. Die gesamte Familie hätte niemals auch nur im Traum daran gedacht, dass irgendjemandem die Idee kommen könnte, dem notorischen Draufgänger ein Dezernat zu übertragen. Besagte Fortbildung zeigte jedenfalls augenscheinlich keine nachhaltige Wirkung, schließlich kannte Karl Alex gut genug, um zu wissen, dass dieser sich lieber die Zunge abgebissen hätte, als seinen erfahrenen Schwager um etwas zu bitten.

»Hast du eine Leiche?«, fragte er deshalb.

»Ich glaube schon.«

»Was soll das heißen? Du *glaubst schon?*«

Alex verlor langsam die Geduld. »Maldito! Kannst du nicht einfach herkommen? Dann kann ich dir alles sehr viel besser erklären als am Telefon.«

Karl zögerte.

»Bitte«, presste Alex hervor, und ein kleines Lächeln huschte über Karls Gesicht. Eigentlich geschah es seinem großkotzigen Schwager ja recht, wenn er bei einem richtigen Kriminalfall ins Schwimmen geriet. Allerdings langweilte Karl sich tatsächlich schon seit Wochen beinahe zu Tode und wünschte sich im Stillen zur Berliner Mordkommission zurück. Seine Neugier siegte rasch über pädagogische Motive – außerdem war er tatsächlich direkt um die Ecke und hatte somit wenige echte Ausreden parat.

Mit einer flinken Handbewegung griff er nach Paco, der sich in der Zwischenzeit keinen Millimeter vorwärtsbewegt hatte, und klemmte sich den Hund unter den Arm. »Ich bin in zwei Minuten bei dir!«, sagte Karl und ließ das Telefon in die Tasche seines Leinensakkos gleiten.

Auf dem kurzen Weg zum stadtbekannten Delikatessenladen musste Karl an sich halten, nicht in den Laufschritt zu verfallen. Sein Schwager sollte auf keinen Fall denken, er hätte sich allzu sehr beeilt. Tatsächlich jedoch hatte ihn die Aussicht auf einen Kriminalfall merklich beflügelt; seine Laune hob sich mit jedem Schritt. Er war nun einmal Polizist und liebte seinen Beruf, auch wenn er sich die größte Mühe gab, genau das zu vergessen. Alba zuliebe.

Schon nach einer knappen Minute kamen die ausladenden, dunklen Schaufensterverkleidungen des Spezialitätengeschäftes in Sicht. Offensichtlich hatte der Laden noch geschlossen, die Metalljalousien vor der Eingangstür waren nur einen Spaltbreit geöffnet. Durch die gehäkelten Vorhänge konnte Karl die Umrisse zweier Personen im Verkaufsraum erkennen, einer davon war Alex' breitschultrige Silhouette. Karl klopfte an die Scheibe und winkte seinem Schwager zu.

Kurz darauf wurde der Rollladen mit jenem charakteristischen Quietschen und Ratschen, das die Altstadt jeden Morgen und jeden Abend erfüllte, nach oben geschoben. Aus irgendeinem Grund liebte Karl dieses Geräusch, es hatte etwas beruhigend Alltägliches. Er trat auf seinen Schwager zu, dem am Gesicht abzulesen war, dass er eine sehr kurze Nacht hinter sich hatte. Streng genommen sah er aus, als hätte er gar nicht geschlafen – und er roch auch so. Mit dem fleckigen T-Shirt und den dunklen Ringen unter den Augen sah er aus, als gehöre er eher in eine Ausnüchterungszelle als hinter das Lenkrad eines Einsatzwagens. Alex schien seine Gedanken zu lesen. »Guck nicht so, Mann. Ich hab heute keinen Dienst. Die Señora hat mich angerufen, weil sie weiß, dass ich bei der Polizei arbeite, okay?«

»Du hast 'ne Fahne«, knurrte Karl und schob sich in den Verkaufsraum des traditionsreichen Geschäfts. Obwohl er schon viel von »Especialidades Molina« gehört hatte, war Karl noch nie über die Schwelle des Ladens getreten. Meist war er ihm schlichtweg zu voll gewesen; wahrscheinlich stand er als Geheimtipp im *Lonely Planet*. Es war ein regelrechtes Privileg, ihn außerhalb der Öffnungszeiten betreten zu dürfen. Schwere, dunkle Holzregale mit Weinflaschen, Ölen, Gewürzen, Konserven, Gläsern, Tuben, Tiegelchen und Töpfchen säumten die Wände. Ein moderner Rechner stand wie ein Objekt aus ferner

Zukunft auf der wuchtigen Verkaufstheke neben einer sehr altmodischen Kaufmannskasse, die offenbar nur noch als Dekoration diente. In der linken hinteren Ecke des Ladens gab es eine hübsche, kleine Käsetheke, in der sich Dutzende verschiedene Käsesorten stapelten. Von der Decke hingen die für Spanien so charakteristischen Schinkenbeine; kleine Papierhütchen an den Schinkenenden hielten austretendes Fett davon ab, interessierten Kunden in den Nacken zu tropfen. In der Mitte des Raumes standen zwei große, massive Holztische; einer davon war mit verschiedenen Schinken bestückt, die in entsprechende Vorrichtungen gespannt waren.

Auf dem anderen Tisch herrschte ein gewisses Durcheinander. Sorgsam aufeinandergestapelte Keks- und Pralinenpackungen waren achtlos zur Seite geschoben worden, um einer angebrochenen Flasche *Hierbas de Ibiza* sowie einem dickwandigen Glas Platz zu machen. Auf einem Stuhl saß eine rundliche Frau und sah die Flasche an. Sie mochte Anfang siebzig sein und trug eine Schürze mit dem Emblem des Ladens. Ihr auffallend schwarzes Haar, das nicht eine Spur Grau aufwies, hatte sie zu einem strengen Knoten gewunden, der allerdings deutlich aus der Form geraten war; ihre von Falten durchzogene Gesichtshaut wirkte blass und brüchig. Sie schien Karls Eintreffen kaum zur Kenntnis zu nehmen.

Ihr abwesender, leicht verwirrter Gesichtsausdruck war der einzige Hinweis darauf, dass in dem Laden irgendwas nicht in Ordnung war. Karl war lange genug Polizist, um zu wissen, dass ein schwerer Schock das Gesicht der Frau gezeichnet hatte, doch er fragte sich, was sie so erschreckt haben könnte. Nichts an diesem Ort deutete auf ein Verbrechen hin, alles schien in einem tadellosen Zustand zu sein, und auch eine Leiche war nicht zu sehen. Karl räusperte sich und riss Alex damit aus seiner Untätigkeit.

»Karl, darf ich dir Señora Dolores Ortega vorstellen? Ihr gehört der Laden«, sagte er und wies auf die Frau am Tisch.

Karl setzte den Hund etwas unsanft ab und streckte der Frau die Hand hin. Diese erwiderte den Händedruck nur schwach, sodass Karl das Gefühl hatte, ein totes Vögelchen zwischen den Fingern zu halten. »Encantado«, sagte er lächelnd. »Ich bin …«

Sein Schwager war mit einem Satz hinter ihm und schnitt ihm das Wort ab. »Das ist Karl Lindberg, Señora Ortega, ein erfahrener Ermittler aus Deutschland. Er macht gerade ein Praktikum bei mir. Sie haben doch nichts dagegen, dass er dabei ist?«

Karl traute seinen Ohren kaum. Praktikum? Sofort spürte er, wie seine Wangen zu glühen begannen. Er hatte wesentlich mehr Dienstjahre auf dem Buckel als sein Schwager, und nun sollte er für Alex den Praktikanten spielen? Wütend wirbelte er herum und holte Luft, um Alex seine Empörung entgegenzuschleudern, aber dessen flehender Blick hielt ihn zurück. Ein Gesichtsausdruck zum Steinerweichen, und gleichzeitig zum Ausrasten. Wenn Alex den aufsetzte, sah er aus wie ein kuscheliger kleiner Welpe – und wer schrie schon einen Welpen an? Karl riss sich zusammen. Es hatte keinen Sinn, vor Señora Ortega zu streiten, das hatte Zeit.

Der Kommissar rang sich ein Lächeln ab und wandte sich wieder der Ladeninhaberin zu.

»Ja … stimmt. Richtig.« Er räusperte sich. »Und nun würde ich natürlich gern erfahren, was hier vorgefallen ist.«

Señora Ortega seufzte vernehmlich und schenkte sich einen weiteren großzügigen Schluck Kräuterlikör ein. Ihr Schock musste sehr groß sein, wenn sie schon so früh am Morgen trank. Sie sah nicht aus wie eine Frau, die sich derlei zur Gewohnheit gemacht hatte. Mit ungewöhnlich tiefer, ausdrucksloser Stimme sagte sie zu Alex: »Das habe ich Ihnen doch schon erzählt, Sergent.«

Alex lächelte freundlich. »Ich weiß, Dolores. Aber es ist immer besser, alles aus erster Hand zu erfahren. Am Ende gebe ich vielleicht etwas nicht richtig wieder. Also seien Sie so gut und erzählen meinem Kollegen noch einmal, was heute Morgen geschehen ist.«

Dolores Ortega fügte sich in ihr Schicksal. Sie nahm einen kräftigen Schluck und berichtete. »Samstag gehe ich immer schon um halb acht in den Laden, um alles vorzubereiten. Es ist der anstrengendste Tag der Woche; besonders im Sommer ist hier die Hölle los, müssen Sie wissen. Erst kommt die Nachbarschaft, um fürs Wochenende einzukaufen, danach kommen die Touristen. Die Kreuzfahrtschiffe spucken die Leute tausendfach zu uns in die Altstadt, und hier verstopfen sie dann meinen Laden, fassen alles an und kaufen so gut wie nichts!« Sie bedachte Karl mit einem strengen Blick, der ihm zu verstehen geben sollte, was sie von Kreuzfahrttouristen hielt und dass sie ihn insgeheim verdächtigte, ebenfalls einer zu sein. Karl kannte das schon. Einzig sein nahezu akzentfreies Kastilisch bewahrte ihn davor, als *Guiri* angesehen zu werden, als gewöhnlicher Tourist. Er lächelte. »Ich wohne hier um die Ecke und kenne das Problem. Meiner Frau gehört eine Apotheke auf den Ramblas. Unser Bestseller ist ein Mittel gegen Reiseübelkeit.« Bei dem Wort »Ramblas« rollte er das R besonders professionell. Offensichtlich erzielte er damit die gewünschte Wirkung, denn die Frau nickte ihm wissend und ein wenig komplizenhaft zu. Sie fuhr fort: »Wenigstens machen sie schöne Fotos und stellen die überall ins Internet. Das ist eine gute Werbung für den Laden.«

»Damit noch mehr Touristen kommen können, um Ihre Sachen anzufassen und nichts zu kaufen?«, fragte Karl scherzhaft, und auf Dolores Ortegas Gesicht erschien ein winziges Lächeln. »Eigentlich verrückt, nicht wahr? Jedenfalls habe ich es mir zur Gewohnheit gemacht, jeden Samstagmorgen einen neuen Schinken in die vorderste Vorrichtung zu spannen. Die Schinken der Woche sind meist schon ziemlich runtergeschnitten, was nicht sehr hübsch aussieht, und ein frischer Schinken macht einfach mehr her. Also bin ich wie immer auf die Leiter rauf und hab mir einen ausgesucht. Aber als ich ihn abnahm, habe ich sofort gemerkt, dass etwas nicht stimmt. Der Schinken war viel schwerer als normal. Ich habe ihn auf den Tisch gelegt, um ihn mir genauer anzusehen, und war sehr verwundert.«

»Warum das?«, fragte Karl, als Señora Ortega nicht weitersprach.

»Weil der Fuß fehlt.«

Karl zog die Augenbrauen in die Höhe. Er begriff nicht sofort, was die Feinkosthändlerin meinte. »Wie bitte?«

»Na, der Schweinefuß. Er ist nicht da. Der Schinken ist oben zusammengenäht und hing einfach mit der Naht am Deckenhaken. Er ist überhaupt nicht zu gebrauchen!«

»Merkwürdig«, murmelte Karl. Sein Blick wanderte zu den Schinken, die auf dem benachbarten Tisch in die Vorrichtungen gespannt waren – mitsamt Füßen. Dabei bemerkte er mit Unbehagen, dass sich Paco, vermutlich von den Gerüchen angelockt, in Bewegung gesetzt hatte und im Begriff war, hinter der Theke zu verschwinden. Alex hatte es offensichtlich auch bemerkt, denn er nahm soeben die Verfolgung auf.

»Sie sagen es!« Dolores Ortega schien in Fahrt zu kommen. Der Hierbas hatte ihre Wangen zum Glühen gebracht, ein Leuchten wurde in ihren bislang eher stumpfen Augen sichtbar. »Natürlich wollte ich wissen, wer es gewagt hatte, mir so einen Schinken zu verkaufen. Ich habe ihn also umgedreht, um das Siegel in Augenschein nehmen zu können, und dann …« Die alte Frau brach ab. Sie schluckte merklich, und ihr Blick wanderte zu der Verkaufstheke, auf der ein weiterer Schinken lag.

»Was ist dann passiert?«, fragte Karl geduldig, doch Dolores machte nur eine auffordernde Handbewegung. Sie wollte offensichtlich, dass er es sich selbst ansah.

Karl trat zur Theke. Schnell hatte er das charakteristische Prägesiegel ausgemacht, das über die Herkunft eines echten *Jamón Ibérico* Auskunft gibt. Während billige Schinken einfach mit einer Papiermanschette ausgestattet werden, weisen teurere Exemplare noch immer das traditionelle Brandsiegel in der Schwarte auf. Normalerweise ist dort *Teruel, Beher* oder Ähnliches zu lesen, doch was Karl auf diesem speziellen Exemplar erblickte, ließ ihn instinktiv einen Schritt zurückweichen. Dabei prallte er gegen das hinter ihm stehende Regal, sodass die darin befindlichen Flaschen bedrohlich klirrten, doch er achtete nicht darauf. Seine Aufmerksamkeit galt einzig und allein dem ungewöhnlichen Schriftzug: »100 % Carne humana«. Menschenfleisch.

Der Kommissar schnappte nach Luft und suchte den Blick seines Schwagers. »Jetzt weiß ich, warum du mir nicht sagen konntest, ob du es mit einer Leiche zu tun hast oder nicht. Diese Frage kann uns nur das Labor beantworten.«

Alex nickte und trat dicht an ihn heran. Im Flüsterton fragte er: »Hältst du es wirklich für möglich, dass es sich um ein Menschenbein handelt?«

»Natürlich«, erwiderte Karl. »Menschen und Schweine sind einander anatomisch sehr ähnlich. Ich bin zwar kein Arzt, aber ...«

Señora Ortega stöhnte leise auf. Alex murmelte: »Und was ist, wenn sich jemand nur einen blöden Scherz erlaubt hat?«

Zugegeben, der Gedanke war nicht ganz abwegig, aber Karl wollte nicht recht glauben, dass es sich um einen Scherz handelte. »Wer würde sich denn so viel Mühe mit einem Scherz geben?«, fragte er. »Einen Schinken kaufen, ihn derart verändern, extra ein Prägesiegel anfertigen und so weiter. Nein, ich glaube nicht, dass es sich hier um einen Scherz handelt.«

»Aber wenn es tatsächlich ein Leichenteil ist, wieso sollte man das denn für jeden sichtbar draufschreiben, das ergibt doch keinen Sinn!« Alex' Ratlosigkeit stand ihm ins Gesicht geschrieben.

»Eins nach dem anderen«, sagte Karl und kam sich beinahe schon wieder vor wie ein Polizist im Einsatz und nicht wie ein Kommissar, der sich vor einem halben Jahr auf unbestimmte

Zeit hatte beurlauben lassen, um seiner Frau nach Spanien folgen zu können. Polizeiarbeit lag ihm im Blut, er konnte nicht verhindern, dass sein Gehirn die Arbeit bereits aufgenommen hatte. Er wandte sich an Dolores Ortega. »Señora, können Sie sich erklären, wie dieses … dieser Schinken hier in Ihren Laden gekommen ist?«

Die alte Frau schüttelte heftig den Kopf. »Das ist es ja gerade, ich habe keine Ahnung! Wir arbeiten mit unserem Lieferanten schon seit einer Ewigkeit zusammen – er hat die besten Erzeuger unter Vertrag; die Firma gibt es schon seit Generationen. Er liefert immer direkt nach Bestellung. Wenn wir ihn erwarten, nimmt mein Sohn die Schinken entgegen und hängt sie an der Decke auf. Es wäre ihm aufgefallen, wenn etwas nicht gestimmt hätte.«

Karl nickte bedächtig. »Und könnten Sie sich vorstellen, dass sich jemand einen geschmacklosen Scherz mit Ihnen erlaubt hat? Haben Sie vielleicht Streit mit jemandem aus dem Viertel? Oder wollen Spekulanten Ihren Laden kaufen?«

Dolores Ortega setzte sich kerzengerade auf und straffte die Schultern. »So etwas sollten Sie nicht einmal denken!«, rief sie mit heftiger Empörung. »Mein Laden ist eine Institution in diesem Viertel, und ich darf sagen, dass das auf mich ganz genauso zutrifft. Ich werde von allen hier hoch geachtet! Der Laden und das gesamte Haus sind mein Eigentum; mein Sohn José wird eines Tages all das hier erben. Selbst wenn jemand meinen Laden kaufen wollte, er würde bei mir auf Granit beißen. Jeder weiß das!«

Karl wusste ganz genau, dass es niemanden auf der ganzen Welt gab, der von allen Menschen hoch geachtet wurde. Vor allem dann nicht, wenn es sich um eine wohlhabende Person handelte. Doch da er an die Theorie mit dem Scherz ohnehin nicht glaubte, beließ er es dabei.

»Natürlich, Señora, selbstverständlich. Können Sie mir sagen, ob Ihnen in den letzten Wochen etwas Ungewöhnliches oder Verdächtiges aufgefallen ist? Ist jemand unbefugt in den Laden eingedrungen, oder haben Sie Kratz- oder Einbruchsspuren an der Tür bemerkt, etwas in der Art?«

Dolores war wieder in sich zusammengesackt. Sie wirkte mit einem Mal sehr müde. »Nein, nichts dergleichen. Ich habe keine Erklärung, Sergent.«

Karl musste schmunzeln. Zugegeben, Sergent genannt zu werden fühlte sich ziemlich gut an.

»Wie soll das Ding denn sonst hier reingekommen sein?«, zischte Alex ihm ins Ohr.

»Das müssen wir herausfinden, Alex«, gab Karl zurück. »So was nennt man Ermittlungsarbeit.«

Alex bedachte seinen Schwager mit einem säuerlichen Blick, sagte aber nichts weiter dazu.

Karl klatschte in die Hände. »Also, ab mit dem Schinken ins Labor!«

»Soll ich nicht lieber die Spurensicherung rufen? Was ist, wenn Fingerabdrücke oder andere Spuren auf dem Schinken oder im Laden sind?« Auf Alex' Gesicht breitete sich kindlicher Eifer aus. Ganz offensichtlich bereitete ihm die Vorstellung eines Großaufgebots Riesenfreude.

»Um Himmels willen!«, rief die Señora hinter ihnen. »Wissen Sie, was dann hier los ist? Das kann ich mir auf keinen Fall leisten. Nicht an einem Samstag!«

Karl lächelte nachsichtig. »Ich verstehe Sie voll und ganz, Señora. Das wird auch gar nicht nötig sein, immerhin haben wir es wohl kaum mit einem Tatort zu tun. Aber um eins muss ich Sie dennoch bitten.«

»Ich höre!«

»Wir brauchen eine Spannvorrichtung.«

2

Trotz des fehlenden Schweinefußes gelang es Alex und Karl gemeinsam, den merkwürdigen Schinken in die Spannvorrichtung zu klemmen. Um zu verhindern, dass ihre eigenen Fingerabdrücke auf die Oberfläche gelangten, nahmen sie die kleinen Plastiktüten zu Hilfe, die Karl immer für Pacos Hinterlassenschaften in der Jackentasche bei sich trug. Das war zwar nicht sonderlich professionell, erfüllte jedoch seinen Zweck. Und in der Spannvorrichtung war der Schinken besser vor eventueller Kontamination geschützt als beispielsweise in einer Plastiktüte.

»Jetzt werden wir erst einmal klären, ob es sich hierbei wirklich um … ähm … ein Menschenbein handelt, oder ob sich jemand lediglich einen geschmacklosen Scherz mit Ihnen erlaubt hat, Señora«, sagte Alex, und Karl sah ihm an, dass er sich in seiner Rolle als Sergent mächtig gut gefiel.

»Wir informieren Sie selbstverständlich, wenn die Ergebnisse vorliegen«, ergänzte er und setzte hinzu: »Je nachdem, was dabei herauskommt, müssen Sie sich auf weitere Besuche von uns einstellen.«

Dolores Ortega nickte schwach. »Ich bete, dass es nicht dazu kommt.«

Das glaubte Karl ihr sofort. Nichts war geschäftsschädigender als Ermittlungen in einem Todesfall. Die Leute würden glotzen, die Leute würden tuscheln – aber kaufen würden sie wohl nichts mehr.

Nachdem sie sich von der Feinkosthändlerin verabschiedet hatten, schoben sie sich umständlich hintereinander aus der Tür auf die mittlerweile deutlich belebtere Straße hinaus – der eine mit einem Hund unterm Arm, der andere mit einem Schinken.

Kaum war die Tür hinter ihnen zugefallen, kam Karl in Fahrt.

»Was fällt dir eigentlich ein, Alex? Kannst du mir das mal verraten?«, polterte er.

»Wieso?«, fragte Alex sichtlich verdutzt. Er schien völlig vergessen zu haben, was er sich im Laden geleistet hatte.

»Ich soll dein Praktikant sein? Ich, Kriminalkommissar mit jahrelanger Erfahrung, ein *Praktikant?*« Karl wurde lauter, und einige Passanten drehten sich neugierig nach den beiden Streithähnen um. Obwohl der Kommissar es hasste, Aufmerksamkeit zu erregen, dachte er nicht im Traum daran, die Stimme zu senken. Stattdessen legte er noch eine Schippe drauf und schrie: »Du hast sie doch nicht mehr alle!«

Alex verdrehte die Augen. »Meine Güte! Jetzt krieg dich mal wieder ein. Wie hätte ich denn sonst erklären sollen, warum du bei den Ermittlungen dabei bist? Ohne mich dürftest du doch noch nicht einmal mit den Leuten reden.«

»Soll ich dir jetzt auch noch dankbar sein? *Du* hast *mich* angerufen und um Hilfe gebeten, Alex. Hast du das etwa schon wieder vergessen? Ich hab auch noch andere Dinge zu tun, als dir bei deinem ersten Fall Händchen zu halten.«

Alex wurde rot. Langsam schienen ihm Karls Worte an die Substanz zu gehen. »Niemand muss mir *Händchen halten,* auch du nicht!«

»Na wunderbar!« Karl drehte sich auf dem Absatz um und schickte sich an, seinen unterbrochenen Spaziergang in Richtung Barceloneta fortzusetzen. »Dann können Paco und ich ja jetzt gehen. Ich wünsche dir viel Glück mit deinem Fall.«

Damit setzte Karl sich in Bewegung und ließ seinen Schwager mitten auf dem Passeig del Born stehen.

Schon nach wenigen Schritten hörte er Alex rufen: »Jetzt warte doch mal, Flieger!«

Karl wandte sich um, den Hund noch immer unterm Arm. »Nenn mich nicht so!«, grollte er.

Alex seufzte, während er augenscheinlich versuchte, eine bequeme Position für den höllisch schweren Schinken mitsamt Gestell zu finden. Fast tat er Karl ein bisschen leid – aber nur fast.

»Ist dir eigentlich schon einmal der Gedanke gekommen, der Spitzname könnte nett gemeint sein, Karl? Ich mache das nicht, um dich zu ärgern. Dein Name ist viel zu altmodisch – du bist doch noch keine siebzig! Obwohl du dich ja so anziehst … Außerdem hat jeder bei uns einen Kosenamen. Das ist ein Familiending!«

Karl verzog das Gesicht, sagte aber nichts dazu. Schließlich war es möglich, dass der Jüngere ihm gerade so etwas wie ein Kompliment gemacht hatte. Gut verpackt in eine Beleidigung, aber immerhin. Da er dennoch nicht wusste, was er erwidern sollte, gab er ein besänftigtes Brummen von sich.

Alex' Schultern sackten herab. »Hör mal, können wir nicht vielleicht in Ruhe bei einem Kaffee über die ganze Sache reden? Das Ding hier ist wirklich schwer, und ich hab eine lange Nacht hinter mir.«

»Okay«, lenkte Karl ein. »Aber erst müssen wir den Schinken zur Kriminaltechnik bringen.«

»Können wir ihn nicht einfach zwischendurch ins Auto legen? Wen interessiert es denn, ob er eine halbe Stunde früher oder später bei den Kollegen ankommt? Die werden sich ohnehin bedanken.«

Allein diese Frage zeigte Karl, dass es nicht weniger als grobe Fahrlässigkeit wäre, Alex mit dem Schinken allein zu lassen. Wenn es sich dabei wirklich um den Teil eines Toten handelte, dann konnte Achtlosigkeit erheblichen Schaden anrichten. »Im Auto ist es viel zu heiß für den Schinken, er könnte zu schwitzen anfangen, und das kann eventuelle Spuren zunichtemachen.«

Als er Alex' erschöpfte Miene sah, klopfte er ihm aufmunternd auf die Schulter. »Willkommen bei den Kapitalverbrechen, Junge. Wo steht dein Wagen?«

Alex' Auto, ein Dienstwagen der Mossos, stand nur wenige Meter entfernt im absoluten Halteverbot. Karl war erleichtert, dass sie eine relativ kurze Fahrt vor sich hatten, da er, während er das Beweisstück auf dem Schoß balancierte, mit einer Hand Paco dazu bewegen musste, im hinteren Teil des Wagens zu bleiben. Der Schinken hatte das Tier richtig hektisch werden lassen – im Rahmen seiner Möglichkeiten. Irgendwie schaffte Karl es sogar, zwischendurch Alba eine SMS zu schreiben, in der er ihr mitteilte, dass er es wahrscheinlich nicht zum Mittagessen schaffen würde.

Die für die Ciutat Vella – also die Altstadt – zuständige Dienststelle der Mossos d'Esquadra lag in einem ziemlich großen Zweckbau im westlichen Altstadtviertel El Raval. Höchstwahrscheinlich hatte die Ortswahl historische Gründe, war der Raval noch bis vor einigen Jahren die No-go-Area der Stadt gewesen. Hier waren die Huren zu Hause, hier teilten sich über vierzig Nationen den ohnehin begrenzten Platz, hier fand der Drogenhandel statt. Doch seit Studenten und Künstler das Viertel entdeckt hatten, war es in Mode gekommen, hier zu wohnen. Und so war eine einzigartige Mischung aus Altem und Neuem entstanden. Hippe Restaurants säumten nun den Straßenstrich, in denen sich wohlhabende Bürger beim Essen ein bisschen vor all der Verruchtheit gruseln konnten; und wo immer eine türkische Teestube ihre Pforten schloss, eröffnete an gleicher Stelle ein Geschäft, in dem man Möbel, Kleidung oder Accessoires erwerben konnte, die »100 % vintage« waren. Karl wusste zwar nicht genau, was er von dieser Entwicklung halten sollte, war jedoch froh, zu wissen, dass er sich keine allzu großen Sorgen um seinen Sohn machen musste, wenn dieser mit Freunden durch die Gassen zwischen Las Ramblas und Poble Sec zog.

Sie fuhren auf den Hof des Gebäudes und ließen Paco im Auto zurück. Alex ging festen Schrittes in Richtung Eingang, doch Karl entgingen die teils belustigten, teils argwöhnischen oder gar verächtlichen Blicke nicht, die sein Schwager von entgegenkommenden Kollegen erntete. Es war mehr als offensichtlich, dass Alex in der Dienststelle keinen besonders guten Ruf hatte. Er selbst erntete eine Reihe neugieriger Blicke.

Sie betraten das Gebäude, und Alex führte Karl mit den Worten »Die Technik sitzt im Keller« eine große Treppe hinab.

Klar, dachte Karl. Die Technik sitzt immer im Keller. Das war wohl überall auf der Welt gleich. Natürlich hatte das gute Gründe. Hier hatten die Techniker genug Platz, um auch große Beweisstücke untersuchen zu können. Meist gab es auch ein separates Belüftungssystem, das Kontaminierungen vorbeugen sollte. Doch die separate Unterbringung hatte nicht selten zur Folge, dass die Techniker Ticks und Eigenarten entwickelten, sprich: mit der Zeit etwas wunderlich wurden. In Berlin hatten sie die Kollegen aus der Kriminaltechnik immer »die Kellerkinder« genannt. Er war gespannt, wer und was ihn hinter der doppelflügeligen Metalltür erwartete, auf die sie nun zusteuerten.

Alex hielt Karl die Tür auf, und dieser ging mit dem Schinken hindurch. »Du weißt ja, was zu tun ist, nicht wahr, Karl?«, hörte er die Stimme seines Schwagers dicht an seinem Ohr. »Ich hab nämlich noch was Dringendes zu erledigen.«

Mit diesen Worten schlüpfte Alex durch die Tür, die kurz darauf krachend ins Schloss fiel. Karl unterdrückte einen Fluch. Was sollte das denn jetzt schon wieder? Wieso verdrückte sich dieser Kerl und ließ ihn hier einfach stehen, in einer fremden Abteilung auf einer fremden Dienststelle? Das war nun wirklich nicht in Ordnung. Eine leise Stimme sagte ihm, dass Alex ihn noch den letzten Nerv kosten würde. Und dass, sollte er jemals in seinem Leben einen Mord begehen, Alex das Opfer sein würde.

Der Kommissar schaute sich in dem großen Raum um, in dem er stand. Alles in allem bot sich ihm ein vertrautes Bild. In der Mitte standen große Tische, die ihn an den Chemieraum seiner Schule erinnerten. Werkzeuge lagen darauf herum, auf einem Tisch erkannte Karl eine elektrische Gitarre, auf dem anderen lag eine zerbeulte Autotür. Hinter Glasscheiben und einer großen Glastür lag das separate Labor. Hocker, Kaffeetassen und ein altmodisches Radio komplettierten das Ensemble. Eigentlich alles ganz normal, nur eines war merkwürdig: dass Karl sich vollkommen allein in dem Raum befand. Niemand saß an seinem Platz, niemand arbeitete. Karl schaute auf die Uhr und stellte fest, dass es noch lange nicht Zeit für die Siesta war. Wo konnten die denn alle sein?

Er spitzte die Ohren und hörte Gemurmel. Das Geräusch führte ihn ans andere Ende des großen Raumes, zu einer weiteren Metalltür, die er umständlich öffnete. Mit dem Anblick, der sich ihm nun bot, hatte er nicht gerechnet: Er stand in einer kleinen Küche, in der sich ungefähr zehn Männer und Frauen in weißen Kitteln um eine große Torte versammelt hatten, auf der zahlreiche Kerzen brannten. Hinter der Torte war ein großer Mann in gebückter Haltung augenscheinlich drauf und dran, die Kerzen auszublasen. Bei Karls Eintreten schaute er auf, um Sekundenbruchteile später selig grinsend eine eindrucksvolle Reihe strahlend weißer Zähne zur Schau zu stellen.

»Ein ganzer Ibérico. Das wäre doch nicht nötig gewesen!«, rief er und schickte sich an, Karl den Schinken aus den Händen zu nehmen. Dieser wich einen Schritt zurück. »Ich fürchte, da liegt ein Missverständnis vor«, sagte Karl und schob eilig ein »Trotzdem alles Gute zum Geburtstag!« hinterher. Der Mann ließ die Mundwinkel sinken. »Wenn das so ist: Was machen Sie dann hier? Ich hab Sie noch nie gesehen. Und wieso haben Sie einen Schinken dabei?«

Sämtliche Augenpaare im Raum waren auf Karl gerichtet. Er hasste solche Situationen; dabei hatte er immer das Gefühl, zu schrumpfen, während alle anderen gen Himmel wuchsen. Er räusperte sich. »Nun ja, der Schinken ist das potenzielle Opfer in einem potenziellen Mordfall.«

Das Geburtstagskind zog die Augenbrauen hoch; aus der hinteren Ecke der Küche war leises Kichern zu hören.

»Ein potenzielles Opfer, sagen Sie?«

Karl nickte. »Wenn Sie mir ein bisschen Platz auf dem Tisch dort machen könnten, erkläre ich es Ihnen gern.«

Der Angesprochene zögerte ein wenig, dann pustete er hastig die Kerzen aus und schob die Torte ein Stück beiseite. Erleichtert legte Karl seine schwere Fracht auf dem Tisch ab. »Vielen Dank! Die sind schwerer, als sie aussehen. Also, es ist so: Diesen Schinken hat die Feinkosthändlerin Dolores Ortega heute Morgen von der Decke ihres Ladens genommen. Aber es handelt sich keineswegs um einen gewöhnlichen Schinken. Sehen Sie selbst!«

Karl deutete auf das Siegel, und die Kriminaltechniker beugten sich über den Schinken, um es in Augenschein zu nehmen.

»Das ist interessant. Aber bevor wir weiterplaudern, würde mich doch brennend interessieren, wer Sie sind und wie Sie auf den Gedanken kommen, Sie könnten hier einfach so reinspazieren.«

Seufzend nahm Karl den Hut ab und streckte dem Mann seine Rechte entgegen, die dieser auch sogleich ergriff. »Karl Lindberg, Kriminalkommissar der Kap II in Berlin-Pankow. Angenehm.«

»Javier Guardiola, Chef der Kriminaltechnik Barcelona.« Guardiola hatte einen festen Händedruck. Im Stillen amüsierte es Karl, dass der Kriminaltechniker den Namen eines berühmten Fußballtrainers trug; er sah nämlich auch so aus. Sein ebenmäßiger Kopf war kahl geschoren, ein grauschwarzer Dreitagebart zeichnete Schatten um den schmalen Mund, und die grauen Augen blickten streng und herausfordernd in die Welt. Javier Guardiola machte den Eindruck eines Mannes, der regelmäßig ins Fitnessstudio ging und es gewohnt war, dass man schwieg, während er sprach.

»Sind Sie mit dem berühmten Piloten verwandt?« Guardiolas Stimme riss Karl aus seinen Gedanken. Wie oft hatte er diese Frage eigentlich schon gehört? »Nein«, antwortete er höflich. »Lindbergh war Amerikaner schwedischer Herkunft. Ich bin halb Deutscher, halb Ire und lebe in Spanien. Und ich habe Flugangst. Und Sie?«, setzte er hinzu. »Sind Sie mit dem berühmten Fußballtrainer verwandt?«

»Nein.« Guardiola schüttelte lachend den Kopf. »Und warum sprengen Sie nun mit einem potenziell ermordeten Schinken meine Geburtstagsparty, anstatt an Ihrem Berliner Schreibtisch zu sitzen?«

Karl trat von einem Bein aufs andere. Er konnte kaum glauben, was er tatsächlich im Begriff war, zu sagen. »Ich mache hier ein Praktikum bei der Mordkommission.«

»Was sagt man dazu?« Guardiolas Stimme klang sarkastisch. »Wir kommen mit unserer Arbeit kaum hinterher, und die Mordkommission leistet sich Praktikanten.« Dann wandte er sich wieder an Karl. »Wem sind Sie denn zugeteilt?«

»Ich arbeite mit Alexander Diaz.«

Einen Moment lang hätte man eine Stecknadel fallen hören können, was in einem Raum voller Spanier eine echte Seltenheit war. Dann lachte Guardiola aus vollem Hals los. Einige seiner Kollegen stimmten mit ein, und Karl musste seine ganze Willenskraft aufbringen, um nicht hinauszurennen. »Sie Armer!«, rief der Kriminaltechniker. »Wissen Sie eigentlich, was Sie sich da eingebrockt haben?«

»Ich habe so eine Ahnung«, knurrte Karl. »Alex ist mein Schwager.«

Jetzt lachte Guardiola noch lauter. Er schien sich gar nicht mehr fangen zu können. Nach einer halben Ewigkeit wischte er sich mit dem Handrücken ein paar Tränen aus den Augenwinkeln und klopfte Karl auf die Schulter. »Ich sehe schon, mein Freund, Sie brauchen jede Hilfe, die Sie bekommen können. Also, was genau kann ich für Sie tun?«

»Ich möchte gerne wissen, ob es sich hierbei um den Körperteil eines Menschen handelt. Falls der Test positiv ausfällt, wäre eine Spurenuntersuchung natürlich ebenfalls sinnvoll.« Guardiola musterte den Schinken, dann schnippte er mit den Fingern. »Ramirez!« Eine zierliche, sehr jung wirkende Frau mit einer absurd großen Brille auf der Stupsnase trat vor. Sie schaute ihren Chef abwartend an, sagte aber nichts.

»Was schlägst du vor?«, fragte Guardiola.

»Nun, am einfachsten ist das durch einen genetischen Fingerabdruck zu klären. Das dürfte hier kein Problem sein.« Sie schielte auf den Schinken. »Material ist ja genug da.« Ramirez sprach so leise, dass es Karl schwerfiel, sie zu verstehen. »Dann das Übliche. Fingerabdrücke, Fasern und so weiter.«

Guardiola nickte. »In Ordnung. Bring das Teil schnell ins Labor, damit wir hier weiterfeiern können.«

Die kleine Frau schickte sich an, den Schinken hochzuheben, doch Karl sprang ihr bei. »Lassen Sie mich das machen!«

Guardiola lachte. »Und Kavalier ist er auch noch. Ich wünsche Ihnen viel Glück, Mann. Sie können es brauchen!«

Karl war heilfroh, als die Küchentür hinter ihm zufiel. Dahinter brachen die Kriminaltechniker in schallendes Gelächter aus. Ein wunderbarer Start.

»Das machen die immer, sobald ich den Raum verlasse«, murmelte Ramirez. »Das hat nichts mit Ihnen zu tun.«

Karl fragte sich sofort, ob sie das ernst meinte. Als er den Schinken im separaten Labor auf einem der Arbeitstresen abgesetzt hatte, wandte er sich an die Laborantin: »Ihr Chef ist ja ein richtiger Charmeur.«

Auf den Wangen der jungen Frau zeigten sich zwei kirschrote, perfekt geformte Kreise. Sie strich sich eine mittelblonde Haarsträhne aus der Stirn und lächelte. »Er ist der beste Kriminaltechniker, den wir haben.« Dann hielt sie Karl die Hand hin. »Luisa.« Karl ergriff die Hand und hauchte Luisa die obligatorischen Küsschen auf die Wangen. »Encantado.« Dann fragte er: »Wie lange brauchst du für die Analyse?«

Luisa zuckte die Schultern. »Nicht besonders lange. Vierundzwanzig Stunden. Höchstens.«

Karl war beeindruckt. »So schnell?«

Ein kleines Lächeln umspielte Luisas Mundwinkel. »Das hättest du nicht erwartet, oder?«

Stimmt. Das hatte Karl nicht erwartet.

Als er das Reich der Kriminaltechnik verließ, fand er Alex auf dem Flur vor, lässig gegen die Wand gelehnt. Offensichtlich wartete er schon eine Weile und war nicht auf die Idee gekommen, ihm im Labor Gesellschaft zu leisten. Karl hatte so eine Ahnung, warum. Guardiola war ganz bestimmt kein Typ, der mit seinen Abneigungen hinterm Berg hielt.

Als er seinen Schwager erblickte, zückte Alex sein Smartphone und rief: »Bitte lächeln!« Dann klickte auch schon der Auslöser, und ein greller Blitz bohrte sich in Karls Netzhaut. »Verdammt, wofür war das denn jetzt?«, schimpfte er.

»Gute Nachrichten, Flieger! Ich war oben beim Chef, jetzt ist es offiziell. Du bist ab heute Praktikant der Mossos d'Esquadra. Wir sind ein Team!«

Karl war von dieser Neuigkeit ein wenig überrumpelt und hatte ein flaues Gefühl in der Magengegend. Schließlich hatte er noch keine Zeit gehabt, darüber nachzudenken, ob er mit Alex zusammenarbeiten wollte. Auf unbestimmte Zeit. »Ich hab doch noch nicht mal mit Alba gesprochen!«, versuchte er einen lahmen Protest.

Alex lachte. »Die freut sich eher. Erst letzte Woche hat sie gesagt, du würdest dich schon wie ein richtiger Rentner benehmen!«

Dieser Satz traf Karl hart. »Das hat sie gesagt?« Während er noch versuchte, die Neuigkeiten zu verdauen, beobachtete er, dass Alex das Foto von ihm auf eine Plattform hochlud. »Was genau machst du da?«

»Ich verkünde die frohe Botschaft!«, grinste Alex und zeigte

Karl sein Telefon. Dort entdeckte dieser entsetzt ein wenig schmeichelhaftes Foto von sich selbst mit verrutschter Knopfleiste. Darunter stand: »Die Mossos begrüßen ihren Neuzugang: Karl Lindberg von der Kriminalpolizei Berlin.« Das Foto war auf Instagram hochgeladen, auf dem offiziellen Feed der Polizei.

»Was zum Teufel …?« Karl konnte nur hoffen, dass sein Chef in Berlin sich nicht auf dieser Plattform herumtrieb. Er war sich nämlich nicht sicher, ob es ihm überhaupt erlaubt war, ein Praktikum anzutreten.

Alex kratzte sich am Kopf. »Sorry, Flieger. Ich bin für die Social-Media-Kanäle der Mossos zuständig. Und mir fällt so selten was ein, das ich posten kann.«

Karl schloss die Augen, atmete durch und zählte langsam bis drei. Dann sah er seinen Schwager streng an. »Du wirst mir jetzt auf der Stelle erklären, was dieser ganze Zirkus soll, Alex. Oder du kannst dir einen anderen Praktikanten suchen.«

Sie holten Paco aus dem Auto, gingen in eine nahe gelegene Bar und setzten sich an einen Ecktisch. Um diese Uhrzeit saßen nur ein paar Nachbarn an der Theke, trotzdem blickte Alex sich mehrmals nervös um, als fürchte er, heimlich belauscht zu werden. Karl war die Nervosität seines Schwagers nicht entgangen, dabei bestand seiner Meinung nach überhaupt keine Gefahr, da zwei Männer an der Bar lauthals darüber stritten, welche Hosenlänge nun für das herrschende Wetter optimal war. Ihre Stimmen füllten den gesamten Raum aus, und sie hatten ein paar interessierte Zuhörer. Karls Erfahrung nach würde es nicht lange dauern, bis sich die anderen Männer an der Diskussion beteiligten. In Barcelona hatte eigentlich jeder eine Meinung zu allem – und diese wurde auch unaufgefordert kundgetan. Der Wirt kam zu ihnen an den Tisch und nahm ihre Bestellung auf. Einen Café solo mit zwei Päckchen Zucker für Karl, einen Cortado und ein Bocadillo mit Schinken für Alex. Abgesehen von der Tatsache, dass Karl die Vorliebe der Spanier für diese unerfreulich weißen und trockenen belegten Baguettes noch nie geteilt hatte, konnte er es nicht fassen, dass sich Alex ausgerechnet ein Bocadillo con Jamón bestellt hatte.

»Du kannst jetzt Schinken essen?«, fragte Karl verwundert.

»Klar, wieso nicht?«, gab Alex zurück. Karl fielen so viele Antworten auf diese ungeheuerliche Frage ein, dass ihm keine davon über die Lippen wollte. Die schier grenzenlose Unbekümmertheit, die Alex durch sein Leben trug, war dem grüblerischen Kommissar immer wieder ein Rätsel. Eine Weile kaute Alex schweigend auf seinem Brot herum, bis es Karl nicht mehr aushielt.

»Jetzt mach schon, Alex, oder muss ich dir alles aus der Nase ziehen? Erklär mir, warum ich auf einmal Praktikant bei der katalanischen Polizei bin!«

Alex verdrehte die Augen und ließ den Rest seines Brötchens geräuschvoll auf den Teller fallen. »Also gut, wenn du es unbedingt hören willst ...« Er beugte sich vor und sagte mit gesenkter Stimme: »Weil ich es nicht allein schaffe.« Und mit einem Seitenblick auf Karl setzte er hinzu: »Das wolltest du doch hören, oder?«

»Eigentlich nicht«, erwiderte Karl gereizt. »Ich würde gerne wissen, *warum* du es nicht allein schaffst. Und wieso du überhaupt Sergent geworden bist, wenn du die Position nicht ausfüllen kannst.«

»So hart musst du es ja nicht gerade ausdrücken, oder?«

Karl runzelte die Stirn. »Verarsch mich nicht, Alex.«

Alex lehnte sich zurück. Dabei hatte er jenen arroganten Gesichtsausdruck aufgesetzt, der Karl so vertraut war und der ihn immer wieder in Rage versetzte. So als wüsste Alex schon vorher ganz genau, dass er mit dem, was er gleich sagen oder tun würde, durchkommen würde. »Der Chef kann mich eben gut leiden. Er glaubt, dass ich ein außergewöhnlich guter Polizist bin, und will mir eine Chance geben.«

Wenn es eines gab, das man über Karl Lindberg sagen konnte, dann dass er ein Mann mit vielen zum Teil sehr unterschiedlichen Stärken war. Und dass Geduld eindeutig nicht dazu zählte. Er hatte keine Lust, den Halbwahrheiten seines Schwagers noch länger zu lauschen. Wenn der nicht bereit war, ihn einzuweihen, dann sollte er es eben bleiben lassen. »Das kannst du vielleicht deinen Bettmiezen erzählen, Cuñado, aber nicht mir«, erklärte er daher schroff und machte Anstalten aufzustehen. Doch er wurde von Alex am Ärmel wieder auf den Stuhl gezogen.

»Du bist echt anstrengend, Flieger, weißt du das?«

»Das ist mir egal. Ich kann es nicht leiden, wenn mich jemand für dumm verkaufen will. Wenn wir zusammenarbeiten sollen, dann müssen wir einander vertrauen, Alex.«

Karls Schwager setzte eine gequälte Miene auf, lenkte aber ein. »Okay, okay. Madre mía! Ich erzähl dir ja alles. Aber das muss unter uns bleiben! Ich riskiere meinen Kopf, und das meine ich wörtlich.«

Karl nickte. »Ich kann schweigen.«

Alex beugte sich so weit über den Tisch, dass er mit der Nase über Karls leerer Kaffeetasse hing. Mit weit aufgerissenen Augen flüsterte er: »Vor ein paar Monaten habe ich Garcia de Torres mit einem kleinen Stricher erwischt.«

Karl wusste nicht, was er erwartet hatte, aber das sicher nicht. Er schnappte nach Luft. »Den Polizeichef?«

»Genau den«, bestätigte Alex grinsend. »Und glaub mir, er kann froh sein, dass nur ich ihn gesehen habe, so, wie die beiden übereinander hergefallen sind. Immerhin ist er Lokalprominenz.«

Es fiel Karl schwer zu glauben, was er da hörte. Die Mossos waren durch diverse Skandale in Verruf geraten, vor allem, nachdem hintereinander zwei Menschen bei brutalen Festnahmen gestorben waren. Der Saubermann Garcia de Torres war angetreten, um das ramponierte Image der Truppe aufzupolieren. Karl konnte sich ungefähr ausmalen, was passieren würde, wenn Alex' Entdeckung an die Öffentlichkeit geriet. Es fiel ihm nicht schwer, eins und eins zusammenzuzählen.

»Und jetzt erpresst du ihn«, schlussfolgerte er.

Alex schüttelte den Kopf. »Du hältst mich echt für ein Arschloch, oder?«

Als Karl diese Frage nicht kommentierte, erklärte Alex: »Das war gar nicht nötig. Gleich am nächsten Tag hat er mich in sein Büro zitiert und mir diesen Posten angeboten. Bei der Gehaltserhöhung hätte niemand Nein gesagt, und ein weicher Bürostuhl ist angenehmer, als den ganzen Tag auf Streife zu gehen! Natürlich habe ich sein Angebot angenommen. Außerdem: Wieso sollte ich ihn verpfeifen? Von mir aus kann er ins Bett gehen, mit wem er will. Ist doch Privatsache.«

Karl zog innerlich den Hut vor dem Polizeichef. Die Lösung war schlicht genial. So sicherte er sich nicht nur Alex' Verschwiegenheit, sondern auch dessen Loyalität, ohne auf unsaubere Mittel zurückgreifen zu müssen. Mehr noch: Der junge Polizist würde alles tun, um sich des Vertrauens würdig zu erweisen. Und wenn er Ärger machte, musste sich der Kommissariatschef mit ihm herumschlagen, Garcia de Torres würde nichts davon mitbekommen. Blöd nur, dass Barcelonas Polizeichef in dieser Hinsicht für Karls Geschmack anscheinend ein wenig zu optimistisch war.

»Und die Fortbildungen?«, fragte Karl.

»›Erweiterte Verhörtechniken‹, ›Die Geschichte der Mossos‹ und ›Terrorprävention‹«, antwortete Alex ungewöhnlich zurückhaltend. Der herausfordernde Unterton in seiner Stimme war verschwunden.

Karl seufzte und massierte sich die Schläfen. Was sein Schwager ihm gerade erzählte, war auf so vielen Ebenen nicht korrekt, dass sich sein deutsches Beamtenherz schmerzlich zusammenzog. Natürlich war bei der Berliner Polizei auch nicht immer alles überkorrekt abgelaufen, natürlich hatte es Mauscheleien gegeben, aber nicht in diesem Ausmaß.

»Was hast du dir denn vorgestellt?«, fragte er etwas verzweifelt. »Dass sich die Mörder, mit denen du es zu tun bekommst, einfach alle selbst stellen? Dass deine Kollegen nicht merken, wie ahnungslos du bist? Dass sich einfach alles von selbst regelt und wieder mal jemand kommt, der die Arbeit für dich macht? Dass du dir eine Dezernatsleitung genauso einfach abgucken kannst wie früher deine Hausaufgaben?«

Karl hatte sich in Rage geredet und war zum Schluss hin immer lauter geworden. Sehr zu seinem Unmut blickten nun einige Männer interessiert zu ihnen herüber. Alex war während der Standpauke merklich zusammengeschrumpft; offenbar hatten Karls Worte den jungen Polizisten alles andere als kaltgelassen. Hilflos zuckte er die Schultern. Nach einem kurzen Schweigen sagte er schließlich: »Du hast ja recht, Cuñado, aber was soll ich denn deiner Meinung nach jetzt tun? Es gefällt dir vielleicht nicht, aber ich brauche dich *wirklich.*«

Karl seufzte. Er sah seinen Schwager an, der mit seinen Heavy-Metal-Shirts, den Festivalbändchen am Handgelenk und der gebrochenen, schief zusammengewachsenen Nase wie ein ungezogener Schuljunge wirkte. Wenn Karl dem kleinen Bruder seiner Frau nicht aus der Klemme half, würde Alba ihn mit hundertprozentiger Sicherheit umbringen. »Das ist nicht von der Hand zu weisen«, bestätigte er.

Das vertraute Grinsen kehrte zurück. Beinahe förmlich hielt Alex Karl die rechte Hand hin. »Also, abgemacht?«

Karl Lindberg schüttelte den Kopf, halb aus Verwunderung über diese verrückte Welt, halb aus Verwunderung über sich selbst. Dann schlug er ein. »Abgemacht.«

3

Als Karl endlich zu Hause ankam, fühlte er sich, als hätte er einen ganzen Arbeitstag hinter sich gebracht, dabei war es erst halb zwei. Vor der Haustür saß wie immer zu dieser Tageszeit seine Nachbarin Doña Clara auf ihrem Klappstuhl. Die alte Dame wohnte im Erdgeschoss und ließ sich auch von den Touristenströmen, die durch die Gassen schwappten, nicht daran hindern, ihre Küchen- und Näharbeiten vor der Tür zu erledigen und das Treiben der Nachbarschaft zu kommentieren. Etwas, das Karl ein ums andere Mal in Erstaunen versetzte, schließlich wohnten sie in einer der engen Gassen, die die Carrer de la Princesa mit der Santa Maria del Mar verbanden und deshalb zuweilen von Menschen regelrecht verstopft wurden. Aber Doña Clara schien es zu gefallen, den Verkehr zu behindern – sie saß auf ihrem Plastikstuhl und rührte sich nicht vom Fleck. Wie ein trotziges Mahnmal für das alte Barcelona.

»Buenas, Doña Clara«, grüßte Karl. »Was gibt es denn heute?«

Die alte Dame blickte auf und lächelte ihren Nachbarn freundlich an. »Buenas, Flieger. Die Enkel kommen, also gibt es Tortilla!«

»Ihr Lieblingsessen?«, erkundigte sich Karl, doch Doña Clara schüttelte nur amüsiert den Kopf.

»Ganz im Gegenteil. Die kommen immer nur, wenn sie Geld wollen. Und eine Tortilla sagt: ›Vergesst es, Kinder. Bei eurer Großmutter ist nichts zu holen!‹«

Karl lachte. »Das muss ich mir merken. Wenn Oliver das nächste Mal nach einem iPhone fragt, bekommt er eine ganze Woche nichts anderes.«

Doña Clara nickte und zwinkerte dem Kommissar verschwörerisch zu. »Essen erzieht.«

Karl gab ein zustimmendes Brummen von sich und schickte sich an, im Treppenhaus zu verschwinden, da hörte er Doña Clara hinter sich fragen: »Apropos Erziehung. Wann möchtest du deine nächste Katalanischstunde nehmen?« Karl hatte befürchtet, dass sie irgendwann fragen würde, und dennoch gehofft, er würde noch einmal davonkommen. In einem Anflug von Wahnsinn hatte er das Angebot der Nachbarin angenommen, bei ihr Katalanischunterricht zu nehmen. Zugegeben, Karl wäre froh, die eigentliche Sprache der Stadt zu beherrschen, um irgendwann nicht mehr als Fremder aufzufallen, doch Doña Clara war eine grauenvolle Lehrerin. In den immerhin bereits zehn Unterrichtsstunden hatte Karl rein gar nichts gelernt. Er setzte eine bedauernde Miene auf und drehte sich um. »Daraus wird wohl erst mal nichts, Doña Clara, leider. Ich bin die nächsten Wochen sehr beschäftigt.«

Die Nachbarin zog ihre Augenbrauen hoch. »Beschäftigt? Womit denn?« Karl senkte die Stimme zu einem bedeutungsschwangeren Raunen. »Versprechen Sie mir, es für sich zu behalten, Doña Clara?«

»Natürlich, wofür hältst du mich? Ich bin die Diskretion in Person!«, empörte sich die alte Frau.

Karl wusste genau, dass dies eine schamlose Lüge war – es war sicherer, ein Geheimnis im Radio senden zu lassen, als es Doña Clara anzuvertrauen. Doch er würde seiner Nachbarin ohnehin keine verwertbaren Informationen geben.

»Die Polizei von Barcelona hat mich um Hilfe gebeten.«

Die Nachbarin lachte. »Der kleine Alex hat wohl mehr abgebissen, als er kauen kann, wie?«

Karl lächelte gequält. Wie konnte eine beinahe Neunzigjährige eine so messerscharfe Auffassungsgabe haben? Doch er kommentierte ihre Frage nicht weiter, sondern sagte: »Es geht um einen Fall hier im Barrio.«

Seine Nachbarin riss die Augen auf. Ein sensationslüsternes Glitzern tauchte darin auf. »Ein Verbrechen, sagst du?« Sie ließ ihr Schälmesser mit der Zwiebel auf das Brettchen sinken, das sie auf ihrem Schoß balancierte. Dann sah sie Karl forschend an. »Doch nicht etwa Mord?«

Karl zwinkerte ihr verschwörerisch zu. »Wer weiß?«

Doña Clara schnappte nach Luft und fasste sich ans Herz. »Dios mío!«

Karl nutzte ihre Überraschung aus, wünschte seiner Nachbarin hastig einen schönen Tag und schlüpfte ins Treppenhaus. Zwar war der Aufstieg zu ihrer Wohnung im sechsten Stock jedes Mal aufs Neue eine Herausforderung für die Familienmitglieder, aber es war einfach großartig, so weit oben zu wohnen. In den engen Gassen der Altstadt war eine Wohnung im Dachgeschoss die einzige Möglichkeit, in lichtdurchfluteten Räumen zu leben. Den dunklen Löchern, in denen viele Menschen in dieser Stadt wohnten, konnte Karl beim besten Willen nichts abgewinnen.

Bereits im dritten Stock konnte er deutlich hören, dass Alba zu Hause war. Dumpfe Heavy-Metal-Klänge hallten ihm entgegen. Unglücklicherweise hatte seine Frau denselben Musikgeschmack wie ihr jüngerer Bruder. Ohnehin war Alba kein leiser Mensch. Was ihr an Körpergröße fehlte, glich sie spielend durch Lautstärke aus. Karl schloss die Wohnungstür auf, setzte den Hund auf den Boden und drehte die große Stereoanlage im Wohnzimmer leiser. Das lockte seine Frau aus der Küche. Wie immer trug sie verschlissene Jeans und ein ebenso verschlissenes T-Shirt aus ihrer schier unerschöpflichen Sammlung aus Band- und Festivalshirts. Da sie in der Apotheke ohnehin immer einen weißen Kittel anhatte, konnte sie darunter tragen, was sie wollte; sehr zu Karls Leidwesen. Wenn sie nur wüsste, wie wunderschön sie in einem Kleid aussah.

Als sie ihn erblickte, verzog sich Albas großer Mund zu einem breiten Lächeln. »Du bist ja doch schon da!« Sie stellte sich auf die Zehenspitzen, um Karl zu küssen, der sich trotzdem ein ganzes Stück zu seiner Frau hinunterbeugen musste.

»Komm in die Küche, ich mache gerade Mittagessen«, sagte Alba gut gelaunt und schob sich eine Strähne ihrer wilden dunklen Locken hinters rechte Ohr.

Karl folgte seiner Frau mit skeptischer Miene. Dass Alba kochte, verhieß nichts Gutes, das wusste er. Doch er würde mit dem Ergebnis leben müssen; schließlich war er nicht rechtzeitig zu Hause gewesen, um das Kochen selbst zu übernehmen, obwohl es eindeutig in seinen Aufgabenbereich fiel. Das war schon immer so gewesen. Als Karl noch bei der Mordkommission in Berlin gearbeitet hatte, hatten sie deshalb jeden einzelnen Mitarbeiter der verschiedenen Pizzalieferdienste mit Namen gekannt.

Als er in die Küche kam, sah er mit Erleichterung eine aufgerissene Familienpackung Spaghetti mit Tomatensoße auf dem Küchentresen liegen. Das, da war sich Karl ganz sicher, konnte selbst Alba nicht in den Sand setzen.

Während er sich an den Tisch setzte, machte seine Frau sich am großen Kühlschrank zu schaffen. »Cava?«, fragte sie, und Karl lächelte. »Gerne.«

Er sah zu, wie Alba zwei Gläser auf die Arbeitsplatte stellte und sie mit dem katalanischen Schaumwein füllte, dem Karl in Deutschland nie etwas hatte abgewinnen können. Dabei wippte sie im Takt der immer noch aus dem Wohnzimmer dröhnenden »Musik«.

Karl Lindberg liebte es, seine Frau zu beobachten. Sie war das entzückendste menschliche Wesen, das er sich vorstellen konnte. Klein und zierlich, jedoch voll unbändiger Kraft und Ausdauer. Alba hatte für jeden Menschen auf der Welt ein Lächeln übrig – das Lächeln jedoch, das sie ihm schenkte, war immer das schönste. Bis heute konnte Karl nicht so recht begreifen, warum das so war; er selbst fand sich bestenfalls erträglich. Aber er hatte schnell gelernt, dass Alba immer genau wusste, was sie wollte. Zu Karls unbeschreiblichem Glück gehörte er auch dazu.

Dankbar nahm er das Glas entgegen, das seine Frau ihm hinhielt.

»Was gab es denn so Dringendes zu erledigen?«, fragte sie.

»Ich war mit Alex unterwegs«, antwortete Karl.

Alba legte den Kopf schief und sah ihn aus großen, dunkelbraunen Augen fragend an. »Das musst du mir erklären.« Sie wusste, dass es nicht gerade zu Karls liebsten Freizeitbeschäftigungen gehörte, Zeit mit ihrem Bruder zu verbringen. Und das war im Normalfall noch höflich ausgedrückt.

Karl rutschte auf seinem Stuhl hin und her. »Er kommt mit einem Fall nicht klar und hat mich um Hilfe gebeten.«

Alba grinste. »Und da konntest du nicht anders, oder? Einmal Polizist, immer Polizist. Und das, obwohl es um meinen Bruder geht.«

Karl nickte. »Genau. Obwohl es um deinen Bruder geht. Und glaub mir, Alex macht es mir nicht leicht.« Er lachte. »Stell dir vor: Er hat mich zum Praktikanten der Mossos gemacht!«

Alba prustete so heftig, dass sie aufspringen und den Cava in die Spüle spucken musste, um sich nicht zu verschlucken. Dann brach sie in schallendes Gelächter aus, und Karl musste sich zusammennehmen, um nicht allzu beleidigt zu sein.

»Du?«, kicherte Alba. »Ein Praktikant? Und das hältst du aus?«

»Muss ich wohl!«, knurrte Karl.

»Dann muss es ja sehr schlimm sein mit deiner Sehnsucht.« Sie kam zu ihm herüber und schlang die Arme um seine Schultern. »Es tut mir leid, dass du deinen Job wegen mir aufgeben musstest. Ich weiß genau, wie schwer dir das gefallen ist.« Karl ergriff die Hände seiner Frau. Sie verschwanden völlig in seinen. Jedes Mal, wenn er ihre feinen Finger sah, wurde ihm wieder bewusst, wie zerbrechlich Alba war und dass es seine Aufgabe war, sie zu beschützen, komme, was wolle. Sein Ärger verschwand genauso schnell, wie er gekommen war. »Du hast dasselbe für mich getan und über fünfzehn Jahre in Berlin mit mir gefroren. Es ist nur fair, dass ich jetzt hier mit dir schwitze.«

Alba lächelte wieder. »Da hast du recht! Das war ziemlich schlimm«, trällerte sie, und Karl wurde von ihrer guten Laune angesteckt.

In diesem Augenblick zischte es auf dem Herd, und Alba schnellte hoch. »Ach du Scheiße!«, rief sie und schickte sich an, den überkochenden Topf von der Flamme zu ziehen. Karl kam ihr zu Hilfe.

Alba nahm den Deckel ab und blickte stirnrunzelnd auf den Topfinhalt. »Soll das so aussehen?«, fragte sie. Karl folgte ihrem Blick, um festzustellen, dass man ein Nudelfertiggericht sehr wohl in den Sand setzen konnte. Offensichtlich hatte Alba sowohl die Soße als auch die Gewürzmischung zu den Nudeln ins Kochwasser gegeben. Die Spaghetti schwammen in einer hellroten Brühe.

»Eine Apothekerin, die keine Packungsanweisungen liest«, seufzte er. Dann legte er den Arm um Alba und küsste sie auf die Stirn. »Ich fürchte, für die Zukunft müssen wir uns was einfallen lassen.«

»Also gehen wir essen!«, verkündete Alba fröhlich.

Als Karl an diesem Abend nach einem sehr anstrengenden Tag im Bett lag, konnte er lange nicht einschlafen. Dieses Phänomen kannte er aus seiner Zeit bei der Berliner Polizei. Gerade in den ersten Ermittlungstagen war zumindest für Karl an Schlaf nicht einmal zu denken. Tausend Fragen, Gedanken und Möglichkeiten schwirrten ihm durch den Kopf, und er hatte noch nicht genug Informationen, um sie zu ordnen. Warum hatte jemand diesen Schinken in Señora Ortegas Geschäft gebracht? Und wie hatte er das angestellt? Handelte es sich bei dem merkwürdigen Schinkenbein tatsächlich um ein Leichenteil? Und falls ja: Warum hatte der Mörder das Fleisch mit einem Siegel gekennzeichnet? Wollte er, dass es entdeckt wurde? Theorien formierten sich und lösten sich auf, ohne dass Karl es verhindern konnte. Eigentlich hatte es überhaupt keinen Zweck, so früh schon darüber nachzudenken, aber Karl konnte es einfach nicht lassen. Er wälzte sich hin und her, versuchte immer wieder, Schlaf zu finden – doch jedes Mal, wenn er die Augen schloss, spukte der mysteriöse Schinken durch seine Gedanken. Schließlich gab er auf, ging auf Zehenspitzen ins Wohnzimmer und schaltete den Fernseher ein. Zum Glück empfingen sie in Barcelona CNN; das deprimierende Weltgeschehen ermüdete Karl genauso zuverlässig wie die tendenziös-amerikanische Aufarbeitung.

Als er einige Stunden später etwas verwirrt und mit steifem Nacken in seinem Sessel aufwachte, verriet ihm ein kurzer Blick auf sein Handy, dass es bereits halb sechs war. Noch während er gähnend auf das glänzende Display starrte und versuchte, seinen Verstand zu ordnen, kam eine SMS von Alex: »Es gibt Neuigkeiten, Flieger – wir haben eine Leiche!«

Zwei Stunden später trat Karl aus der dampfenden Dusche. Die Nacht saß ihm tief in den Knochen, und er merkte, dass er langsam zu alt wurde, um im Sessel zu schlafen. Seine Schultern schmerzten, und mit den dunklen Augenringen wirkte er beinahe verwegen. Eine humorlose Laune der Natur wollte es, dass Schlafmangel den Kommissar aussehen ließ, als hätte er sich geprügelt. Immerhin passte er auf diese Weise optisch zu seinem neuen »Chef«. Er schlüpfte in ein weißes Hemd und einen hellblauen Leinenanzug. Sein gesamtes Umfeld machte sich zwar darüber lustig, aber Karl konnte es einfach nicht leiden, schlampig gekleidet zu sein. Zwar musste man kein Psychologe sein, um zu erkennen, dass er durch die Kleidung versuchte, seine ärmliche Herkunft zu verschleiern, aber das war ihm egal, solange er den gewünschten Effekt erzielte. Die Leinenanzüge befriedigten sein Bedürfnis nach adäquater Kleidung, ohne zu förmlich zu wirken oder ihn vor Hitze zerfließen zu lassen. Kritisch betrachtete er sich im Spiegel und seufzte. Selbst der schickste Anzug konnte nicht darüber hinwegtäuschen, dass er ein typisches irisches Arbeitergesicht hatte. Karl Lindberg sah haargenau so aus wie sein Großvater aus Belfast. Und sämtliche Brüder, Neffen, Onkel und Cousins seiner Mutter. Feuerrotes Haar, Sommersprossen, ein zu breites Gesicht, eine Boxernase und viel zu buschige Augenbrauen. Sollte er also jemals gezwungen sein, sich eine neue Identität zuzulegen, würde es ihm sicher gelingen, in der nordirischen Stadt unterzutauchen. Alles, was er dafür brauchte, war ein harter Zug um die Mundwinkel.

Immerhin war seinem Sohn Oliver dank Albas dominanter Gene dieses optische Schicksal erspart geblieben. Die Erleichterung, die Karl empfunden hatte, als Oliver mit pechschwarzem Haar auf die Welt gekommen war, war kaum in Worte zu fassen. Der Junge sah mit seinen feinen Gesichtszügen aus, als hätte ihn ein Künstler aus Marmor gefertigt.

Wenig später schlurfte Karl gähnend in die Küche und zuckte zusammen, als er nicht nur seinen Sohn und seine Frau am Küchentisch erblickte, die verschlafen über ihren Kaffeetassen hockten, sondern auch Alex, der sich gerade genüsslich ein Stück kalte Pizza von gestern Abend in den Mund schob. Im Gegensatz zur Restfamilie schien er blendender Laune zu sein und schleuderte ihm ein fröhliches »Buenos!« entgegen. Karl brummte. Was sie alle einte und was er eigentlich besonders schätzte, war die Tatsache, dass keiner von ihnen am frühen Morgen besonders gesprächig war. Die Familie Lindberg-Diaz brauchte ein bisschen Zeit, um in den Tag zu starten, und Karl hasste es, aus der morgendlichen Ruhe gerissen zu werden. Das einzige Geräusch, das er nach dem Aufstehen ertragen konnte, war das verheißungsvolle Brummen der vollautomatischen Kaffeemaschine – rettende Insel und magnetischer Anziehungspunkt für Eltern und Sohn. Er machte sich eine große Tasse starken Kaffee und trank sie in wenigen Zügen aus. Kurz danach ging es ihm schon besser. Es gelang ihm sogar, auf Alex' stetiges Grinsen mit einem schwachen Lächeln zu antworten.

»Offenbar scheint eine Leiche deine Laune zu heben, Alex«,

sagte er schließlich, während die zweite Tasse vollief. »Sollte ich mir Sorgen machen?«

Alex winkte ab. »Ach was. Die Toten macht dadurch doch auch keiner mehr lebendig. Aber wir haben einen Mordfall, Karl, meinen allerersten! Du wirst doch wohl verstehen, wie aufregend das für mich ist. Der erste Fall für Sergent Diaz und seinen Kollegen Karl Lindberg.« Karl musterte seinen Schwager, der mit leuchtenden Augen nach einer Orange griff und anfing, sie zu schälen. Alex' Begeisterung wirkte beinahe ansteckend. »Das klingt ja, als erwartest du, dass jemand unsere Heldentaten niederschreibt«, bemerkte er amüsiert und öffnete in einer Übersprungshandlung den Kühlschrank, obwohl er genau wusste, dass er nichts darin finden würde, das er essen wollte. Er war kein Frühstücksmensch.

Ihr Gespräch schien Oliver aus seiner Morgenstarre zu holen. Neugierig hob der Teenager den Kopf, der eben noch sehr tief über einem iPad gehangen hatte. »Hab ich was verpasst?«

Alba lächelte das erste Lächeln des Tages. »Dein Vater macht ein Praktikum bei den Mossos.«

Oliver lachte; sein Blick wanderte von seinem Onkel zu seinem Vater und wieder zurück. Auf seinem Gesicht lag ein halb ungläubiger, halb belustigter Ausdruck. »Ist nicht wahr! Ihr zwei zusammen – echt jetzt?«

Karl nickte seufzend. »Echt jetzt.« Und an Alex gewandt sagte er: »Wir haben auf jeden Fall eine Leiche. Das heißt noch lange nicht, dass wir einen Mordfall haben.«

»Ja klar«, lachte Alex. »Jemand stirbt eines natürlichen Todes, und es ist sein letzter Wille, zu Schinken verarbeitet und an hungrige Touristen verkauft zu werden!«

»Ist das krass«, murmelte Oli, ohne aufzusehen. »Gut, dass ich noch nichts gegessen habe.«

»Möglich ist alles, aber ich gebe zu: Wahrscheinlich ist es nicht«, lenkte Karl ein. »Hat das Labor sonst noch was gefunden?«, fragte er weiter. »Fasern, Haare, irgendwas?«

Alex nickte. »Wohl 'ne ganze Menge. Aber ich weiß nicht, ob wir so viel darauf geben können. Wir wissen ja nicht, wo der Schinken überall gelegen hat. Irgendwie muss er schließlich in Dolores' Laden gekommen sein.«

»Und dann hat sie ihn auch noch selbst von der Decke geholt. Er ist viel schwerer als ein normaler Schinken, sie hat ihn sicher an ihre Kleidung gepresst, um das Gleichgewicht nicht zu verlieren«, ergänzte Karl. Die Fasern würden ihnen wohl erst einmal wenig helfen. Aber es wäre nicht das erste Mal, dass Fasern am Ende eines Falles die entscheidenden Puzzleteile darstellten.

Alex stand vom Küchentisch auf. »Wir sollten uns langsam auf den Weg machen. Ich möchte Dolores abfangen, bevor sie den Laden aufmacht.«

»Hat sie sonntags denn geöffnet?«, fragte Karl und merkte im selben Augenblick, dass er gerade eine sehr deutsche Frage gestellt hatte.

Entsprechend verwirrt war der Blick seines Schwagers. »Natürlich!«, antwortete er. »Es ist doch Saison. Gehen wir?«

Ein merkwürdiges Gefühl der Schicksalsergebenheit erfüllte Karl, als er seinen dritten Kaffee hinunterkippte. Eigentlich wollte er wütend darüber werden, dass Alex jetzt sein Vorgesetzter war, aber erstens war er zu müde, zweitens hatte er sich freiwillig auf dieses Abenteuer eingelassen, und drittens hatte sein Schwager recht. Leider. Er küsste Alba zum Abschied und gab Oliver einen kumpelhaften Klaps auf die Schulter. »Jetzt bin ich wenigstens nicht mehr die Einzige in der Familie, die sonntags arbeiten muss«, bemerkte Alba zufrieden. »Holst du mich wenigstens zum Mittagessen ab?«

Karl lachte. »Wenn mein Chef mich lässt.«

Alex baute sich mit strengem Blick vor ihm auf. »Ich kann es mir ja mal überlegen.«

Karl verdrehte die Augen, und Oliver kicherte. »Ich geb euch eine Woche!«, bemerkte er trocken.

»Especialidades Molina« hatte noch geschlossen, doch wie am Vortag brannte bereits Licht im Laden. Karl klopfte an die Fensterscheibe, und wenig später schob sich das runde Gesicht von Dolores Ortega durch die Vorhänge. Als sie die beiden Polizisten erblickte, verfinsterte sich ihre Miene.

»Ich hatte sehr gehofft, Sie nicht so schnell wiederzusehen«, bemerkte Señora Ortega schroff, nachdem sie die Jalousien aufgeschoben und die beiden Männer in den Laden gelassen hatte.

»Bei aller Höflichkeit, Señora«, sagte Karl freundlich, »das hatten wir ebenfalls gehofft.«

Die Señora lächelte leicht. »Sie sind ein Witzbold, was?«

»Humor ist nicht die schlechteste Eigenschaft, wenn es darum geht, sich dem Leben zu stellen. Finden Sie nicht?«, fragte Karl.

Dolores Ortega nickte. »Natürlich, Sie haben ja recht. Also, sagen Sie mir, was Sie zu sagen haben.«

Karl räusperte sich, doch Alex kam ihm zuvor. »Bei dem Schinkenbein, das wir gestern hier in Ihrem Laden sichergestellt haben, handelt es sich tatsächlich um ein Leichenteil, Dolores.«

Ein lautes Krachen ertönte, und alle drei Anwesenden rissen die Köpfe herum. In einem geöffneten Türrahmen am anderen Ende des Ladens stand ein Mann. Karl schätzte, dass er ungefähr in seinem Alter war, doch da hörten die Gemeinsamkeiten auch schon auf. Der Mann war dicklich und nahezu haarlos. Auf seinem teigigen Gesicht lag ein völlig entgeisterter Ausdruck. Zu seinen Füßen lagen die Überreste eines großen, zerborstenen Kruges, in dem bis vor wenigen Augenblicken noch Oliven gewesen waren. Die kullerten zu Hunderten über den Ladenboden, während sich der köstliche Geruch einer Knoblauch-Kräuter-Lake im ganzen Raum ausbreitete. Der Mann trug einen weißen Kittel, der ebenfalls mit dem Emblem des Ladens bestickt und unterhalb der Brust mit Spritzern und Kräuterfetzen übersät war. »Meine Herren«, sagte Dolores seufzend. »Darf ich Ihnen meinen Sohn José Molina vorstellen?«

José stieg umständlich über die verunglückten Oliven und reichte Karl eine seiner fleischigen Hände. Die Finger, die sich um Karls schlossen, waren eiskalt und riesig, doch der Händedruck des Mannes war schwach. Dolores' Sohn schaffte es nicht, Karl in die Augen zu sehen.

»Dann ist es also wahr?«, flüsterte er, und seine Mutter nickte. »Ja, Cariño«, bestätigte Dolores und fasste sich im nächsten Augenblick an die Stirn, als hätte sie ein plötzlicher Kopfschmerz überfallen. »Kannst du bitte die Jalousien schließen und ein Schild aufhängen? Wir werden den Laden heute nicht öffnen.«

Nachdem der junge Molina der Bitte seiner Mutter nachgekommen war, schickte er sich an, das Olivenchaos zu beseitigen. Dabei machte er die ganze Zeit den Eindruck, als wünschte er sich, nicht vorhanden zu sein; er bemühte sich, der Gruppe so oft wie möglich den Rücken zuzuwenden. Karl beobachtete ihn neugierig aus den Augenwinkeln.

Dolores forderte Karl und Alex auf, ihr nach oben in die Wohnung zu folgen. Die Tür, in der José vor wenigen Minuten wie von Geisterhand aufgetaucht war, führte in einen weitläufigen Lagerraum, in dessen hinteren Bereich sich eine schmale Wendeltreppe aus Metall nach oben schraubte. Über diese gelangten sie direkt in eine geräumige, aber wenig behaglich eingerichtete Küche. Im Gegensatz zu den vollkommen überladenen Geschäftsräumen wirkte die Wohnküche von Señora Ortega karg und kalt. Obwohl hier alles zu finden war, was man zum Kochen brauchte, kam es Karl vor, als fehlte etwas. Die alte Frau bedeutete ihnen mit einer Handbewegung, sich an den Tisch zu setzen, während sie sich an der Küchenzeile zu schaffen machte und Kaffee aufsetzte, sehr zu Karls stiller Freude.

»Verzeihen Sie«, sagte er liebenswürdig. »Ich will Ihnen

nicht zu nahe treten, aber darf ich fragen, wo Señor Molina senior ist?«

Dolores drehte sich nicht um, doch Karl hätte schwören können, dass sich ihr Rücken bei der Frage versteifte und dass sie ganz kurz in ihren routinierten Bewegungen innehielt. Er wechselte einen raschen Blick mit Alex, der ihm zu verstehen gab, dass es ihm auch aufgefallen war.

»Er ist verschwunden«, antwortete Dolores. Ihr Tonfall klang zwar gleichgültig, doch ihre Stimme zitterte.

Karl setzte sich kerzengerade auf. Was hatte sie da gerade gesagt?

»Was genau meinen Sie damit, Dolores?«, fragte Alex.

Mit der Kaffeekanne in der Hand drehte Dolores sich um. »Das soll heißen«, sagte sie, während sie den beiden Polizisten Kaffee einschenkte, »dass sich José Molina senior vor ein paar Jahren mit einer Hure aus dem Staub gemacht hat. Und mit unserem ganzen Geld.«

»Was?«, fragte Karl fassungslos. »Wann war das?«

»Ungefähr vor fünf Jahren.«

»Und warum haben Sie uns das nicht schon gestern gesagt?«, fragte Alex sichtlich verärgert.

Doch auch die Feinkosthändlerin verlor allmählich die Geduld. »José ist nicht tot, er hat uns sitzen lassen!«, zischte sie unfreundlich. Es war ihr deutlich anzusehen, was sie von ihrem verschwundenen Ehemann hielt. »Und ich dachte, das wüssten Sie noch, Sergent. Schließlich sind Sie hier gleich um die Ecke aufgewachsen. Das gesamte Viertel hat damals über nichts anderes gesprochen!«

Karl beobachtete, wie Alex mit gerunzelter Stirn versuchte, sich zu erinnern. Doch schließlich schüttelte er irritiert den Kopf. »Zu der Zeit muss ich gerade mit der Schule fertig geworden sein«, sagte er schließlich. »Ich habe nichts davon mitbekommen. Außerdem hat mich das Gerede der Leute nie sonderlich interessiert.«

Die Gesichtszüge der Señora entspannten sich ein wenig. »Ihre Mutter ist eine feine Frau, Sergent. Sie hat sich an dem Getratsche nie beteiligt und ist immer höflich und freundlich geblieben. Wie geht es ihr eigentlich? Ich habe sie schon lange nicht mehr gesehen.«

Mit unbehaglichem Gesichtsausdruck drehte Alex die Kaffeetasse in den Händen.

»Sie erholt sich gerade im Krankenhaus von einer Operation. Aber es geht ihr gut.«

»Dios!«, rief Señora Ortega aus. »Grüßen Sie sie bitte von mir!«

Alex nickte, und Karl wurde langsam ungeduldig. »Haben Sie das Verschwinden Ihres Mannes damals der Polizei gemeldet?«, lenkte er das Gespräch wieder auf den Fall.

Geräuschvoll stellte Dolores die Kaffeekanne in der Mitte des Resopaltisches ab. »Wozu denn?«, fragte sie empört. »Das gesamte Viertel weiß, dass José mit dieser Carmen abgehauen ist. Er hat sich ja sogar hier überall auf der Straße mit diesem Flittchen gezeigt! Ist ihr hinterhergelaufen wie ein Hündchen an der Leine.«

Mit einem Schlag wirkte Dolores sehr müde. »Wie hätte ich denn dagestanden, wenn ich mir von der Polizei noch hätte erklären lassen, dass José uns einfach nur verlassen hat? Sie können sich nicht vorstellen, was ich mir in den Wochen nach seinem Verschwinden habe anhören müssen, Sergent. Die Häuser haben Ohren, die Straßen haben Zungen, das wissen Sie doch.«

Karl und Alex nickten gleichzeitig. Ja, das wussten sie nur allzu gut. Und sehr bald würden die Leute des Viertels wieder anfangen, hinter vorgehaltenen Händen über Dolores Ortega und ihren Laden zu tuscheln, Doña Clara allen voran.

»Sie hätten es uns trotzdem sagen müssen, Dolores«, sagte Alex. Sein Ton war tadelnd, aber nachsichtig.

»Ich hielt es nicht für angebracht. José hat zwei Tage nach seinem Verschwinden unser Bankkonto leergeräumt. Von Italien aus. Das hat mir genügt, ihn munter und wohlauf zu wissen.«

»Ihnen muss doch klar sein, dass Sie sich durch diese Aussage ziemlich verdächtig machen, sollte es sich bei dem Schinken um … um einen Teil Ihres Mannes handeln«, bemerkte Alex, und Karl konnte das Unbehagen spüren, das sein Schwager umzutreiben schien.

Dolores wurde blass. Mit zitternden Fingern zog sie sich einen Stuhl heran und ließ sich daraufsinken. »Glauben Sie wirklich …?« Sie brachte den Satz nicht zu Ende. Das war auch gar nicht notwendig.

»Natürlich wollen wir keine voreiligen Schlüsse ziehen«, sagte Karl sanft und schenkte der Feinkosthändlerin eine Tasse Kaffee ein. »Aber möglich ist es natürlich schon.«

Señora Ortega straffte die Schultern und schob die Unterlippe vor. »Ich habe nichts getan! Wieso hätte ich meinen Mann umbringen, einpökeln und dann in meinem eigenen Laden aufhängen sollen?«

Das, dachte Karl, war eine verdammt gute Frage.

»Nicht, dass ich ihn nicht gerne manchmal umgebracht hätte«, setzte Señora Ortega noch hinzu, und Karl schüttelte den Kopf. »Aber wenn ich das hätte tun wollen, dann hätte ich nicht gewartet, bis ich selbst zu alt bin, um mir einen neuen Mann und ein neues Leben zu suchen.«

Karl ließ das, was er gerade gehört hatte, eine Weile auf sich wirken, während auch Alex und Dolores schweigend ihren Kaffee tranken. Die ganze Geschichte wollte noch nicht recht zusammenpassen. Karl wurde das Gefühl nicht los, dass die Feinkosthändlerin etwas vor ihnen verbarg.

»Sagen Sie, Dolores«, fragte er so beiläufig wie möglich, »wie lange braucht ein Schinken, bis er verkauft werden kann?«

Dolores Ortega nickte bedächtig. »Sie haben schon recht, Sergent«, antwortete sie. »Ein Schinken muss drei bis fünf Jahre reifen, bis er fertig ist. Aber ich kann mir einfach nicht vorstellen …« Sie brach ab. Ihrem Mienenspiel war abzulesen, dass das gesamte Ausmaß der Möglichkeiten ihr nach und nach bewusst wurde. Mit ein bisschen Erfahrung konnte man immer sehen, wenn bei jemandem der Groschen fiel. Dolores sah auf einen Schlag zehn Jahre älter aus. Karl hatte Mitleid mit ihr. »In Ordnung, Dolores«, sagte er. »Wir brauchen jetzt zu allererst ein Haar Ihres Sohnes!«

Alex schnaubte belustigt. »Wie denn? Der Kerl ist doch vollkommen kahl!«

Richtig. Das hatte Karl vergessen. Peinlich berührt kratzte er sich am Kopf. »Nun, in dem Fall tut es auch seine Zahnbürste.«

Señora Ortega deutete in den Flur. »Das Bad ist am Ende des Flurs. Die Zahnbürste im blauen Becher.«

Karl war ein wenig überrascht. »Ihr Sohn wohnt noch bei Ihnen, Señora?«

»Wir sind einander das Einzige, das wir haben«, entgegnete sie streng. In puncto Mutter-Sohn-Beziehung standen die Spanierinnen den italienischen Mamas in nichts nach.

»Natürlich.« Karl war froh, der eisigen Stimmung, die in der Küche herrschte, einen Augenblick entkommen zu können. Er stand auf und machte sich auf den Weg zum Badezimmer. »Wir brauchen auch noch die Adresse Ihres Lieferanten, Señora«, sagte er. »Und die Buchführung über die letzten Lieferungen, bitte. Und dann müssten Sie uns am besten noch erklären, in welcher Reihenfolge Sie die Schinken von der Decke nehmen und nach wie vielen Tagen Sie sie üblicherweise auswechseln. So können wir besser abschätzen, seit wann das Leichenteil in Ihrem Laden gehangen hat.« Abgesehen von der Tatsache, dass ihm diese Bitte etwas Zeit verschaffen würde, um sich in der Wohnung umzusehen, benötigten sie diese Unterlagen tatsächlich. Karl lehnte die Tür zur Küche an und hörte zufrieden, wie die Feinkosthändlerin gemeinsam mit Alex wieder nach unten ging.

Zunächst betrat Karl das Badezimmer, das aussah wie ein wahr gewordener Traum aus den Siebzigerjahren. Die rosafarbenen Fliesen mit Blumendekor blendeten ihn geradezu. Karl fragte sich nicht zum ersten Mal, warum die Spanier die Angewohnheit hatten, ihre Bäder vom Boden bis zur Decke mit Blümchenfliesen auszustatten. Er kam sich in diesen Räumen immer vor wie in einer Mischung aus dem Wohnzimmer seiner Großmutter und einem abgenutzten Swimmingpool. Insgesamt wirkte der Raum, als sei er seit vierzig Jahren nicht mehr verändert worden. Ein fleckiger Spiegelschrank hing über einem abgenutzten Waschbecken, Toilette und Bidet waren ebenfalls in Rosa gehalten, und auf der Rückseite der Tür hingen in schlaffer Eintracht zwei Bademäntel. Es roch schwach nach Haut und Seife.

Karl öffnete den Spiegelschrank und fand darin zwei Zahnputzbecher, einen weißen und einen blauen. Auf der Seite des blauen Bechers befanden sich noch ein Rasierer samt Rasierschaum und eine Nagelschere, auf der anderen Seite fand Karl einen Kamm sowie diverse Cremes und einen dunkelroten Lippenstift. Die meisten Fächer des Schranks waren leer – ein Sinnbild für die Schlichtheit des Lebens, das Mutter und Sohn miteinander führten. Nichts deutete darauf hin, dass in diesem Haushalt einmal eine dritte Person gelebt hatte. Aber daraus konnte man natürlich keinerlei Schlüsse ziehen; immerhin war der ehemalige Hausherr seit Jahren abwesend. Wahrscheinlich hatte Señora Ortega sämtliche Andenken an ihren treulosen Gatten entsorgt.

Glücklicherweise hatte die Kriminaltechnik in den letzten zwanzig Jahren einen gewaltigen Sprung nach vorne gemacht, und so war Karl nicht auf Gegenstände angewiesen, die einmal dem Vermissten gehört hatten. Genmaterial seines Sohnes war völlig ausreichend, was Karl wieder zur Zahnbürste von José Molina junior zurückbrachte. Dank seiner Verpflichtung Paco gegenüber sowie aus alter Gewohnheit trug Karl immer ein paar kleine Plastiktüten in der Sakkotasche, was ihm nun sehr zupasskam. Er kippte die Zahnbürste aus dem blauen Becher in eine der Tüten und knotete sie zu.

Dann machte er sich auf eine Erkundungstour durch den Rest der Wohnung. Genau wie das Badezimmer war auch das gesamte Apartment blitzsauber und gepflegt, aber so altmodisch, dass es seiner Großmutter gehören könnte. Außerdem waren viele der billigen Kunststoffoberflächen vom jahrelangen Putzen dünn geworden – an einigen Stellen blitzte, das nackte Plastik unter dem Holzdekor hervor. Auch die Teppiche und Vorhänge hatten schon bessere Tage gesehen. Das war umso verwunderlicher, da das Spezialitätengeschäft einen gewissen Wohlstand vermuten ließ, der in den Wohnräumen nirgendwo zu sehen war. Hier oben sah es eher aus wie bei armen Leuten in den schäbigeren Barrios der Stadt, El Besòs oder Vall d'Hebron zum Beispiel.

Karl staunte nicht schlecht, als er im Wohnzimmer tatsächlich eine Sofagruppe mit Schonbezügen aus Plastik erblickte. Sie verliehen der ohnehin schon desolat wirkenden Wohnung eine ganz neue Dimension der Ungemütlichkeit. Karl konnte sich beim besten Willen nicht vorstellen, dass sich hier jemand nach Feierabend gerne aufhielt. Der Raum wirkte auf dunkle, muffige Art ungenutzt. Die Fenster waren geschlossen, die Luft wirkte alt und abgestanden – Staubkörner tanzten in den Sonnenstrahlen, die durch die Ritzen der Läden fielen. Der Kommissar vermutete, dass sich Mutter und Sohn die meiste Zeit in der Küche aufhielten.

Auf einer dunklen Holzanrichte standen ein paar Fotos, die wohl José junior als Kind und jungen Mann zeigten. Schon als Kind war José blass und teigig gewesen, die dünnen, pechschwarzen Haare hatten sich, wahrscheinlich von der Mutter für den Fototermin ordentlich zum Seitenscheitel zurechtgekämmt, über seinen Schädel gelegt wie eine zweite Haut. Auf den meisten Fotos schaute er verschlagen und ein wenig missmutig in die Welt. Eine Miniaturversion des Mannes, dem er eben begegnet war.

Weitere Dekoration oder Familienandenken suchte man in diesem Raum vergeblich. Es gab keine Urlaubsmitbringsel, keine Blumen, keine Mulden im Sofa, die auf feste Sitzplätze hindeuteten. Nichts. Etwas daran machte Karl traurig. So viele Jahre lebten Mutter und Sohn schon Seite an Seite, doch sie wohnten in einer Wohnung, die einem Filmset glich. Einzig der große Flachbildfernseher, der auf einer niedrigen Konsole der Sitzgruppe gegenüberstand, verriet, dass hier überhaupt ab und zu jemand hereinkam.

Hinter der nächsten Tür fand Karl ein klassisches spanisches Schlafzimmer, mit Einbauschrank und Doppelbett samt lachsfarbener Tagesdecke. Er schnaubte unwillkürlich. Was hatten die Leute bloß mit diesen scheußlichen Überwürfen? Es war wirklich nicht das erste Mal, dass Karl so ein Schlafzimmer erblickte, doch er erschrak immer wieder aufs Neue. Das Konzept der Tagesdecke mochte ihm ja vielleicht noch einleuchten, aber warum aus Satin, warum in diesen scheußlichen Farben, und warum musste man passende Rüschenkissen kunstvoll in der Mitte des Bettes auftürmen, wenn man ohnehin nie Besuch bekam?

Ein kurzer Blick in den Wandschrank bestätigte, was er bereits geahnt hatte: Eine Seite des Möbelstücks war leer. Dolores hatte trotz all der Jahre, die ihr Mann nun schon fort war, seinen Raum nicht eingenommen. Seitdem der Patriarch verschwunden war, so Karls Vermutung, hatte sich in der Wohnung überhaupt nichts mehr geändert. Karl hatte das schon in vielen Wohnungen von Familien gesehen, aus denen ein Mensch plötzlich und unerwartet verschwunden war. Die Bewohner konservierten den Zustand zum Zeitpunkt des Verschwindens, als könnten sie den Vermissten auf diese Art ebenfalls konservieren. Ein Hinweis darauf, dass Dolores ihren Mann trotz allem vermisste, ob sie es sich nun eingestehen wollte oder nicht. Bei Karl löste der Anblick der ganzen Lücken, die José in dieser Wohnung hinterlassen hatte, Beklemmungen aus. Als wären sie ein Ausrufezeichen hinter der Abwesenheit des Mannes.

Mehr verriet das Schlafzimmer nicht, und Karl ging wieder hinaus in den Flur. Er musste sich beeilen, damit Señora Ortega seine Abwesenheit nicht auffiel. Schließlich hatte er eigentlich nur eine Zahnbürste holen wollen.

Hinter der letzten Tür, die vom Korridor abzweigte, vermutete Karl das Zimmer des Sohnes. Doch er war nicht auf das gefasst gewesen, was ihn erwartete, als er die Tür öffnete. Der kleine Raum erinnerte Karl mit voller Wucht an sein eigenes Jugendzimmer. An der einen Wand stand ein weißes Einzelbett, drei der Seiten von Holz umrahmt. Das Bett hatte zwei Schubladen mit roten Holzgriffen, einer davon war im Laufe der Zeit abgebrochen. Auf einem alten Schreibtisch lag ein ganzer Stapel Heftromane, an der Wand hing ein ausgeblichenes Foto des ehemaligen Fußballprofis Luis Arconada. Warum lebte ein erwachsener Mann freiwillig in einer solchen Umgebung? Ihn fröstelte, weil er beim Anblick des Zimmers an Norman Bates aus dem Hitchcockfilm *Psycho* denken musste. Ein Kerl, der seine Mutter verehrte, sein Zuhause nie verlassen hatte …

»Was machen Sie hier?«

Karl zuckte zusammen. Schon wieder hatte sich José quasi aus dem Nichts materialisiert, und das auch noch ausgerechnet in dem Augenblick, als Karl an *Psycho* gedacht hatte. Fehlten nur noch die berühmten Geigenklänge. Karl war so in Gedanken gewesen, dass ihm selbst der starke Geruch nach Kräutern und Knoblauch, den José mit in den Raum gebracht hatte, nicht aufgefallen war. Es ärgerte ihn maßlos, dass er sich so hatte erschrecken lassen. Mehr noch: Er war von dem Bewohner dieses Zimmers beim Herumschnüffeln erwischt worden wie ein blutiger Anfänger. Nun, es war nicht das erste Mal, dass ihm so etwas passierte. Er drehte sich zu José um und setzte sein strahlendstes Lächeln auf. »Bitte entschuldigen Sie, die Tür stand offen, und ich war neugierig. Ich hatte als Junge auch genau so ein Zimmer. Da bin ich wohl nostalgisch geworden.«

Molina war nicht anzusehen, ob er Karl diese billige Ausrede abnahm oder nicht. Seine Miene blieb ausdruckslos wie die eines Fisches.

»Die Tür steht nie offen. Ich mag es nicht, wenn jemand in mein Zimmer kommt. Auch Mama nicht.«

Karl Lindberg spürte, wie er zu schwitzen begann. Er fühlte sich in Gegenwart des anderen Mannes sehr unwohl und wünschte sich in diesem Augenblick nichts mehr, als die Stimme seines Schwagers zu hören. Doch dieser war höchstwahrscheinlich mit Señora Ortega unten im Laden und ahnte nichts von Karls misslicher Lage. Es wurde Zeit, in die Offensive zu gehen. »Jedenfalls ist es gut, dass Sie da sind, ich wollte ohnehin noch ein bisschen mit Ihnen plaudern. Standen Sie Ihrem Vater sehr nahe?«, fragte er freundlich. Die Frage verfehlte ihre Wirkung nicht. Wenn irgend möglich, wurde José noch blasser.

»Warum wollen Sie das wissen?« Josés Stimme zitterte.

»Ich bin Polizist, José. Es ist mein Job, solche Fragen zu stellen. Also?«

José Molina war ein Mann, der Druck nicht gut standhalten konnte. Er trat von einem Bein auf das andere und antwortete: »Nicht besonders. Er war kein netter Mensch.«

Karl zog die Augenbrauen hoch. »War?«, fragte er gedehnt. »Ich dachte, er lebt in Italien.«

»Was weiß ich«, murmelte José. Dann hob er seinen Blick und sah Karl das erste Mal direkt in die Augen. »Ist das hier ein Verhör?«

Wie oft hatte Karl diesen Satz eigentlich schon gehört? Dank all der Krimiserien, die im Fernsehen liefen, wusste mittlerweile jedes Kind, was man in einer solchen Situation am besten sagte. Alle beherrschten die Klaviatur, von »Ist das hier ein Verhör?« bis »Ich möchte meinen Anwalt sprechen«. Sobald die Menschen mit der Polizei in Berührung kamen, begannen sie, eine Rolle zu spielen, was Karl zuweilen mächtig auf die Nerven ging. Doch er lächelte. »Natürlich nicht.« Kommissar Lindberg zog den Beutel mit Josés Zahnbürste aus der Jackentasche und ließ ihn eine Weile versonnen hin und her baumeln. »Aber je nachdem, was bei dem Test herauskommt, könnte es eines werden.«

Mit diesen Worten steckte Karl die Tüte wieder in die Tasche, schob sich an José vorbei aus der Tür und ließ ihn auf dem Flur stehen. Flinken Schrittes eilte er die Treppe hinab und hatte, als er unten im Laden ankam, das erste Mal seit Minuten das Gefühl, wieder frei atmen zu können. Er fand Alex im Verkaufsraum, wo er sich gerade von Dolores Ortega eine Chorizo einwickeln ließ.

»Wieso hast du denn so lange gebraucht?«, fragte Alex, während er die Wurst gut gelaunt entgegennahm.

»Ich hatte noch einen Plausch mit dem Herrn des Hauses.« Karl deutete auf die Wurst: »Die bezahlst du aber, oder?«

»Das ist schon in Ordnung, Sergent«, beeilte sich Señora Ortega zu sagen.

»Das sehe ich anders«, knurrte Karl. »Immerhin handelt es sich hier um laufende Ermittlungen und …«

Alex brachte ihn mit einer Handbewegung zum Schweigen. »So meint sie das nicht, Karl. Ich habe eine Flatrate.«

Karl lachte auf. »Du hast was?«

»Eine Wurst-Flatrate. Ich zahle einmal im Monat und bekomme dafür jede Woche eine. Und Dolores legt mir immer die schönste zurück. Stimmt doch, oder?«

Die Ladenbesitzerin nickte lächelnd. »Aber natürlich, Sergent.«

Das war doch nicht zum Aushalten! Karl unterdrückte ein Stöhnen. Wenn es sich bei dem Schinken tatsächlich um den verblichenen Señor Molina den Älteren handelte, würde er ein Wörtchen mit Alex über dessen Beziehung zu Dolores reden müssen.

Alex schien seine Gedanken zu lesen. »Das ist unser Barrio, Karl. Man kennt sich eben.« Er zwinkerte Dolores zu, die ihm dafür ein noch strahlenderes Lächeln schenkte. Es war nicht zu glauben; Alex wickelte jede Frau um den kleinen Finger. Selbst wenn sie schon über siebzig war.

»Haben wir dann alles, was wir brauchen?«, fragte Karl.

Alex klopfte auf eine Plastiktüte, die auf dem Verkaufstresen stand. »Ich schon!«

»Venga, vamos!«

Sie verabschiedeten sich und wurden von Dolores aus dem Geschäft auf die mittlerweile belebte Straße hinausgelassen. Nach ein paar Schritten drehte Karl sich um, nur um feststellen zu müssen, dass der junge José Molina sie von seinem Fenster aus beobachtete.

»Der Kerl ist mir unheimlich«, sagte er nachdenklich.

»José?«, fragte Alex lachend. »Der ist harmlos. Ein bisschen langsam im Kopf, aber er hat, soweit ich weiß, noch keiner Fliege was zuleide getan.«

»Soweit du weißt«, murmelte Karl und folgte Alex zum Auto.

4

Die Markthalle Santa Caterina glich an diesem Morgen einem Bienenstock. Es war Montag, und Karl hatte sich freiwillig bereit erklärt, den Einkauf zu übernehmen. Paco durfte ihn wie immer begleiten. In der Halle störte die Langsamkeit des Hundes weniger als sonst. Die großen Markthallen, in denen die Bewohner Barcelonas ihre Einkäufe erledigten, hatten Karl schon bei seinem ersten Besuch der Stadt in ihren Bann gezogen. In dem bunten Durcheinander aus Stimmen und Ständen, Farben und Gerüchen, Feilschen und Plaudern empfand er ein ganz besonderes Gefühl der Lebendigkeit. In Barcelona waren die Markhallen meist voller als jeder noch so moderne Supermarkt. Es war ihm ein völliges Rätsel, wie die Leute entschieden, an welchem der vielen Stände sie ihr Obst, ihr Gemüse, ihren Fisch und ihr Fleisch kauften, doch es war ein ungeschriebenes Gesetz, dass jede Familie »ihre« Stände hatte. Und so war auch Karl vor einigen Monaten genau darüber aufgeklärt worden, bei wem er einzukaufen und wen er zu meiden hatte. Die Verbindungen der Markleute zu ihren Stammkunden waren unantastbar und wurden nicht infrage gestellt.

Karl arbeitete seine Einkaufsliste ab. Nacheinander landeten Salattomaten, Soßentomaten und Brottomaten in seinem Korb (wenn man nicht als Tourist gelten wollte, lernte man diese Unterschiede schnell), Orangen, Spitz- und Minipaprika, Eichelpilze, Safran und getrocknete Steinpilze, Tomatillos und frische Äpfel. Aus einer Laune heraus erstand er noch einen kleinen Laib Käse aus Mahón sowie vorgekochte Kichererbsen und weiße Bohnen. Natürlich hatte er wieder viel mehr gekauft, als er eigentlich brauchte, aber das war der Markthallen-Effekt. Die Farben und Gerüche hatten etwas Hypnotisches an sich, sie zwangen einen beinahe dazu, die ganzen herrlichen Sachen mit nach Hause zu nehmen. Jedenfalls so viel, wie in den großen Einkaufskorb passte. Als dieser bis zum Bersten gefüllt und eigentlich viel zu schwer war, ließ er sich am Tresen der Bar des Mercat nieder und bestellte einen Cortado und ein Croissant. Zu Beginn hatte er sich noch darüber gewundert, dass es in den Markthallen auch immer Bars und manchmal sogar Restaurants gab, doch mittlerweile verstand er, warum das so war. Nach dem Einkauf wollte man die geschäftige und dennoch gemütliche Atmosphäre einer Markthalle nicht sofort wieder verlassen. Unter dem Deckmantel des Einkaufens wollte man noch ein bisschen verweilen, bevor man wieder in den Alltag zurückmusste. Und gerade die Santa Caterina lud zum Verweilen ein. Die ungewöhnliche Architektur mit dem geschwungenen Dach sorgte dafür, dass viel Tageslicht in die Halle drang. Ein kleines bisschen erinnerte der Bau Karl an eine übergroße Vogelvoliere.

Karls Handy klingelte und riss ihn aus seinen Gedanken, die sich selbstständig gemacht hatten, während er versonnen die Fenster betrachtet hatte. Die Nummer auf dem Display war ihm gänzlich unbekannt, er konnte lediglich erkennen, dass es sich um eine spanische Handynummer handelte.

»Dime!«, meldete er sich und hörte kurz darauf eine weibliche Stimme flüstern.

»Bon dia, Karl. Hier ist Luisa Ramirez von der Kriminaltechnik.«

Er wusste zwar nicht, warum, aber Karl freute sich sehr, Luisas Stimme zu hören. »Guten Morgen, Luisa«, begrüßte er sie. »Was gibt's?«

»Ich habe die Ergebnisse von der Zahnbürste.«

Karl war verblüfft. »Schläfst du eigentlich nie?«

Er konnte Luisa durch die Leitung lächeln hören. »Selten«, gab sie zurück. »Ich arbeite am liebsten nachts, dann stören mich die anderen nicht. Willst du hören, was ich herausgefunden habe?«

»Natürlich«, antwortete Karl. »Schieß los.«

»Der Schinken und die Zahnbürste haben einen Verwandtschaftskoeffizienten von 0,5!«, lautete die leise, aber sehr selbstsicher vorgetragene Antwort, mit der Karl rein gar nichts anfangen konnte.

Er kannte das schon. Je länger man einen Beruf ausübte, desto stärker verfiel man auch anderen gegenüber in Fachjargon. Chemiker, Mediziner und Juristen waren seiner Erfahrung nach besonders gefährdet, was nicht bedeutete, dass er selbst dagegen gefeit war. Erst letzte Woche hatte er im Zusammenhang mit einer aus dem Kühlschrank verschwundenen Weinflasche von einem »begründeten Anfangsverdacht« gegen seinen Sohn Oliver gesprochen.

»Und das heißt? Sind sie verwandt oder nicht?«

Nun hörte er Luisa eindeutig lächeln. »Auf jeden Fall. Der Schinken und die Zahnbürste haben ein genetisches Eltern-Kind-Verhältnis.«

Er hatte es geahnt. Karl fühlte, wie ihm der Schweiß auf die Stirn trat. Dieser Anruf hob den Fall in eine völlig neue Dimension. »Puh«, sagte er, »das ist heftig.«

»Weil der Mann in seinem eigenen Delikatessenladen gehangen hat?«

»Unter anderem«, bestätigte Karl. »Das ist schon ziemlich makaber. Ist dir an dem genetischen Profil irgendwas Bemerkenswertes aufgefallen?«

Ramirez lachte abermals. »Wenn es so wäre, hätte ich es dir schon gesagt. Natürlich habe ich mich vor allem auf den genetischen Abgleich konzentriert, und außerdem bin ich keine Expertin, aber für meine Begriffe sahen die beiden Profile vollkommen normal aus.«

»War auch nur eine Idee«, brummte Karl, der versuchte, mit einer Hand seine Geldbörse aus der Sakkotasche zu fingern und gleichzeitig dem Kellner begreiflich zu machen, dass er die Rechnung haben wollte.

Dann fiel ihm plötzlich etwas ein, und er hielt mitten in der

Bewegung inne. »Eine Frage: Warum rufst du eigentlich mich an und nicht Alex? Und wo hast du überhaupt meine Nummer her?«

»Das waren streng genommen zwei Fragen, aber ich will mal nicht so sein. Die Antwort auf Frage eins lautet: Weil du mir sowohl den Schinken als auch die Zahnbürste gebracht hast. Und zu deiner zweiten Frage: Wir haben eine Telefonliste. Da wird jeder eingetragen, der für uns arbeitet. Ich nenne sie die *digitale Hundeleine.*«

Karl legte Geld auf den kleinen Unterteller mit der Rechnung. »Wieso das denn?«

»Weil man mit ihrer Hilfe jederzeit in die Comissaria zurückgezerrt werden kann«, antwortete Luisa.

Karl lachte. Es tat gut, seine Telefonnummer auf einer Dezernatsliste zu wissen, egal, was die junge Kollegin von dieser Liste hielt. Das gab ihm das Gefühl, wieder Teil eines Teams zu sein. »Was soll ich jetzt mit dem Schinken machen?«, fragte Luisa. »Ich hab das Ding nicht so gerne in meinem Labor. Es riecht nicht gerade nach Rosen.«

»Tja, ich denke, er muss in die Gerichtsmedizin. Kannst du das für mich erledigen?«

Luisa schnaubte. »Wofür hältst du mich – für einen Fahrradkurier? Ich gehe jetzt erst mal schlafen. Deinen Schinken kannst du selbst zu Chi Yung bringen. Die ist bestimmt schon ganz heiß drauf, den neuen Praktikanten kennenzulernen.«

Karl legte auf und blickte stirnrunzelnd auf seine Einkaufstasche, neben der Paco zusammengesunken und in friedlichen Tiefschlaf gefallen war. Als er den Namen des Rüden rief, hob dieser nicht einmal den struppigen Kopf. Karl seufzte und bückte sich, um die Tasche zu schultern und sich Paco wie gewohnt unter den Arm zu klemmen. Es war höchste Zeit, dass seine Schwiegermutter aus dem Krankenhaus entlassen wurde; er würde auf Dauer wohl kaum sowohl die Familie bekochen, Hundesitter spielen und mit Alex einen außergewöhnlichen

Mordfall lösen können. Nun verfluchte er sich dafür, so getrödelt zu haben. Hätte er sich keine Kaffeepause genehmigt, wäre er mit den Einkäufen schon längst wieder zu Hause.

Auf dem Weg zur U-Bahn rief Karl Alex auf dem Handy an, nur um festzustellen, dass dieser noch nicht richtig auf den Beinen war. Karl musste sich zusammenreißen, um seinen Schwager nicht anzupflaumen. Schließlich konnte der ja tatsächlich nichts dafür, dass sich Karl gerade mit einem Einkaufskorb und einem Malteser sechs Stockwerke hinaufgequält hatte und jetzt aussah wie ein britischer Kolonialist kurz nach seiner Ankunft in Indien, verschwitzt und klebrig. Alex war weder überrascht noch beleidigt, dass Ramirez nicht ihn, sondern Karl angerufen hatte. Er war einfach nur aus dem Häuschen, weil der Fall eine neue, spannende Wendung nahm und sie nun richtig mit der Ermittlungsarbeit beginnen konnten. Alex redete wie ein Wasserfall und konnte von Karl nur mit Mühe und dem Hinweis zum Schweigen gebracht werden, dass er in der U-Bahn keinen Handyempfang hatte und nicht ewig vor dem Eingang herumstehen wolle. Sie verabredeten, sich in Alex' Büro zu treffen und von dort aus gemeinsam in die Gerichtsmedizin zu fahren.

Als Karl wenig später Alex' Büro betrat, glaubte er kurz, sich in der Tür geirrt zu haben. Er wusste nicht, was er erwartet hatte, ganz sicher jedoch keine junge Frau hinter einem Stapel Akten an einem Schreibtisch. Als Karl den Raum betrat, stand sie auf und lächelte ihn freundlich an, während sie sich eine blonde Haarsträhne hinters rechte Ohr strich. »Entschuldigung«, sagte er, »ist das hier das Büro von Alexander Diaz?«

»Du musst Karl sein«, meinte die junge Frau anstelle einer Antwort freundlich und streckte ihm ihre schlanke, sehnige Hand entgegen. »Ich bin Maria Pilar Sanchez, aber alle nennen mich Marla!«

Karl schüttelte die Hand und versuchte, die schöne junge

Frau dabei nicht allzu offensichtlich anzustarren. Sie war mindestens einen Kopf größer als er, und ihre unglaublich langen Beine wurden von einem kurzen Bleistiftrock nur zu einem Drittel bedeckt. Blaugraue Augen musterten ihn aufmerksam unter hübsch geschwungenen dunklen Augenbrauen. »Angenehm«, brachte er schließlich heraus. »Und was machst du hier? Auch ein Praktikum?«

Marla lachte. »Aber nein! Ich bin die Assistentin des Morddezernats. Als Alex vor ein paar Wochen zu uns kam, habe ich ihm Asyl gewährt. Das ist eigentlich mein Büro. Aber wir haben nicht genug Platz für alle, und mich stört es nicht.«

Karl lachte auf. »Bist du eine Heilige oder so was?«

Marla ging auf seine Frage nicht ein, sondern wuschelte Paco mit verzückter Miene über den Kopf. »Und wer ist das? Unser neuer Drogenspürhund?«

Karl lachte. »Die einzigen Drogen, die Paco aufspüren könnte, wären wahrscheinlich Schlaftabletten. Er gehört meiner Schwiegermutter; ich muss auf ihn aufpassen, solange sie in der Klinik liegt. Aber seit wir den neuen Fall bearbeiten, ist das nicht mehr so einfach.«

Marla strahlte. »Du kannst ihn bei mir lassen!«

»Ist das dein Ernst?«

Die junge Frau nickte eifrig. »Natürlich. Hier stört er doch nicht. Und er nimmt viel weniger Platz weg als Alex. Ich liebe Hunde, und ich gehe mittags gerne eine Runde an den Strand. Da kann ich ihn doch mitnehmen.«

Jetzt strahlte Karl seinerseits über das ganze Gesicht. »Doch eine Heilige.«

Marla nahm Paco auf den Arm und begann ihn ausgiebig zu kraulen, was er sehr zu genießen schien. Wer immer behauptete, Hunde könnten nicht lächeln, hatte schlicht unrecht.

Es war ganz offensichtlich nicht nötig, sich um den Hund zu sorgen – der war hier in guten Händen.

»Und jetzt gehst du am besten den Schinken holen. Ihr wollt

doch gleich zu Chi in die Gerichtsmedizin, oder? Ich hab euch schon telefonisch angekündigt, und sie mag es nicht besonders, wenn jemand zu spät kommt.«

»Richtig.« Karl verließ das Zimmer, steckte den Kopf aber noch einmal herein. »Vielen Dank, Marla!«

Er erntete ein Lächeln, das jeden normalen Mann aus der Fassung gebracht hätte. Marlas Augen blitzten mit ihren makellosen Zähnen um die Wette. Karls Mund wurde trocken, und er beeilte sich, die Tür zu schließen.

Auf dem Rückweg vom Labor traf er Alex im Durchgang zum Hof, was ihm einen Weg ersparte. Die beiden setzten sich ins Auto und fuhren los.

»Du hast ja eine ganz bezaubernde Kollegin im Büro sitzen«, begann Karl das Gespräch, und Alex grinste.

»Ja, Marla ist echt 'ne Wucht.«

»Sie ist sehr nett. Hat sich bereit erklärt, sich um Paco zu kümmern. Das macht uns das Leben leichter.«

Alex sah ihn aus den Augenwinkeln an. »So? Na, dann hat sie wenigstens Gesellschaft, wenn alle anderen Mittagessen gehen.«

»Warum geht sie nicht mit den anderen?«, fragte Karl verwundert. Er konnte sich nicht vorstellen, dass sich im Dezernat niemand finden würde, der mit Marla Pilar essen gehen wollte.

Alex verzog das Gesicht. »Die Kollegen halten sich meistens von ihr fern. Niemand möchte mit ihr zusammen gesehen werden.«

Karl stutzte. »Warum das denn nicht?«

»Weil ihr Bruder ein gesuchter Schwerverbrecher ist. Hat den Vater erstochen und sich dann abgesetzt, ganz miese Geschichte. Die anderen glauben nicht, dass Marla keine Ahnung hat, wo er steckt.«

Karl stieß einen leisen Pfiff aus. »Das ist ja furchtbar. Die Arme. Und glaubst du denn, dass sie keine Ahnung hat?«

Nachdem er eine Weile geschwiegen hatte, antwortete Alex:

»Ganz ehrlich? Es ist mir egal. Marla ist in Ordnung, und sie macht einen guten Job. Wenn sie ihren Bruder deckt, wird sie ihre Gründe dafür haben. Ich lass sie mit dem Scheiß in Ruhe.« Er grinste. »Und wenn ich nicht ab und zu mit ihr zu Mittag gegessen hätte, dann hätte ich jetzt nicht so einen angenehmen Büroplatz. Alles zahlt sich irgendwann aus.«

Die Antwort überraschte Karl. Bisher hatte er Alex immer für einen Typen gehalten, der jeden durch den Kakao zog, wenn er dafür die Anerkennung seiner Kumpels erntete. Natürlich war es nicht korrekt, als Polizist so zu denken, aber Karl war ganz genau derselben Auffassung.

Nach einer Weile lachte Alex. »Um dich bei den Mossos beliebt zu machen, hängst du jedenfalls eindeutig mit den falschen Leuten ab, Flieger.«

»Luisa schien das nicht zu stören«, gab Karl zurück, was Alex mit einem Kopfschütteln und noch breiterem Grinsen quittierte.

Karl stöhnte. »Sag nicht, Luisa ist auch eine Persona non grata!«

Alex nickte. »Der Stümper, die Gangsterbraut und die Nachteule!«, meinte er. »Und jetzt auch noch der Praktikant. Du hast wirklich ein sicheres Händchen, Cuñado! Wenn das so weitergeht, wirst du dich mit Chi blendend verstehen!«

»Wieso?«, fragte Karl neugierig. »Was ist denn mit ihr? Marla hat zwar etwas angedeutet, aber …«

»Chi ist die jüngste Gerichtsmedizinerin, die je in Spanien gearbeitet hat. Sie ist eine winzige Chinesin und lacht so gut wie nie. Hinter ihrem Rücken nennen sie alle ›die kleine Vorsitzende‹, aber eigentlich haben sie nur Angst vor ihr. Sie kann sehr eigenwillig und streng sein. Außerdem ist sie intelligenter als alle Mossos zusammen; das bereitet vielen Unbehagen.«

»Das klingt ja interessant.« Karl meinte es ernst. »Hast du auch Angst vor ihr?«

Alex warf ihm einen Seitenblick zu, den Karl nicht deuten

konnte. Dann sagte er: »Sagen wir: Ich habe Angst, dass sie mich für blöd hält, aber ich habe keine Angst vor ihr.«

Karl verstand. Ganz offensichtlich hatte sich Alex ein bisschen verguckt. Das erstaunte ihn, bisher hatte Alex doch nur Frauen mit nach Hause gebracht, die mit viel Glück bis drei zählen konnten. Die jüngste Gerichtsmedizinerin Spaniens war da ein ganz anderes Kaliber. Ein Teil von ihm hätte gern gewusst, wie es dazu gekommen war, doch der andere Teil hatte auf so ein Gespräch im Augenblick keine Lust, deshalb wechselte er rasch das Thema. »Wo fahren wir eigentlich hin?«

»Zum medizinischen Campus. Chi lehrt dort. Leider. Eixample, kurz vor Sarrià.«

Tatsächlich dauerte die Fahrt im geschäftigen Morgenverkehr eine Dreiviertelstunde, was für Karl als Berliner nicht wirklich lange war, von einem Bewohner Barcelonas allerdings schon als Reise eingestuft wurde. Die meisten Leute gingen überallhin zu Fuß; die Stadt war sehr kompakt, und beinahe alles ließ sich innerhalb von maximal einer halben Stunde erreichen. Nur der medizinische Campus nicht. Sie parkten wie immer im absoluten Halteverbot.

Karl staunte nicht schlecht, als er das riesige, altehrwürdige Gebäude erblickte. Er selbst hatte damals im zentralen Universitätsgebäude der Altstadt Vorlesungen gehört, doch dieses Gebäude übertraf das ihm bekannte bei Weitem.

Die Worte *Facultat de Medicina* prangten in goldenen Lettern über dem gewaltigen Portikus, der in einen noch prächtigeren Säulenhof führte, in dem uralte Palmen in den blauen Himmel ragten. Auf den Steinmauern und Bänken im Hof saßen Studenten über ihre Bücher gebeugt oder bei einem Kaffee ins Gespräch vertieft. Andere trugen Bücherstapel durch die Gänge oder hasteten zu ihrer nächsten Vorlesung. Sofort wurde Karl von einem Gefühl tiefer Nostalgie erfüllt, zusammen mit einem Anflug von Melancholie beim Gedanken, dass er für manche Dinge zu alt geworden war. Sein Leben war in Laufschritt verfallen, ohne dass er es bemerkt hatte.

Alex schien sich hier auszukennen; er ging mit schnellen Schritten voraus, und Karl musste sich beeilen, um ihm folgen zu können. Zwar hatte er nur drei Semester Kunstgeschichte studiert, dennoch hing ein Teil seines Herzens noch immer an dem Fach, und er konnte sich an den Details des Bauwerkes kaum sattsehen. Sie gingen durch marmorne Gänge und über weitläufige Treppen hinunter in die Kellerräume (wohin auch sonst?), wo Alex schließlich innehielt und eine der wenig zum Rest des Gebäudes passenden schlichten Holztüren öffnete.

Sie traten ein und befanden sich im Sektionssaal der Universität.

Auch hier bot sich Karl wieder ein vertrautes Bild: Der große Raum war weiß gefliest und kreisrund. Wie in einer Arena führten die Bankränge für die Studenten, die von weiter oben zugänglich sein mussten, trichterförmig hinauf. So hatten alle Studierenden einen freien Blick auf das, was sich im Zentrum des Saales abspielte. Nicht zum ersten Mal dachte Karl bei diesem Anblick an einen Zirkus oder an ein römisches Amphitheater, vor allem wegen der makabren Dinge, die sich üblicherweise im Zentrum des Raumes abspielten.

Sie selbst durchquerten ihn nur und klopften am anderen Ende an eine Stahltür. Dahinter lag ein weiterer funktionaler Sektionsraum, wie er auch in Berlin oder Stockholm zu finden sein könnte. Dieser war bis unter die Decke grün gekachelt und von Stahlschränken gesäumt. Stählerne Sektionstische waren in einigem Abstand voneinander unter großen Lampen montiert. Am Ende eines jeden Tisches befanden sich eine Ablaufrinne für Körperflüssigkeiten sowie ein Waschbecken. Aus irgendeinem Grund hasste Karl diese Ablaufrinnen am allermeisten. Er ertrug die Vorstellung einfach nicht, dass Teile eines Menschen in ein Waschbecken und schließlich durch die städtische Abwasserkanalisation strömten. Einfach so. Doch auch sonst konnte er Sektionsräumen wenig abgewinnen, obwohl er im Gegensatz zu anderen Kollegen einen starken Magen hatte. Es war eher die Banalität des Todes, die ihn störte.

Deshalb versuchte er, den Blick nicht allzu lange auf der Leiche mit dem geöffneten Schädel ruhen zu lassen, die im gleißenden Licht auf einem der Tische lag.

»Marla hat gesagt, ihr kommt um elf, jetzt ist es Viertel vor zwölf!«, bemerkte eine strenge Stimme aus der hinteren Ecke des Raumes. Hinter einem der Labortische stand eine tatsächlich sehr kleine Asiatin, die mit blauen Gummihandschuhen gerade mit einem leisen Platschen ein menschliches Gehirn in eine Waagschale gleiten ließ.

»So viele Jahre in diesem Land, und du willst die Spanier noch immer zur Pünktlichkeit erziehen?«

Die Ärztin blickte auf die Anzeige der Waage und notierte das Gewicht mit einem Bleistift. »Man wird ja wohl noch träumen dürfen«, murmelte sie.

Alex trat einen Schritt auf sie zu. »Manche Träume sind vergebens. Außerdem war es gar nicht meine Schuld – der Verkehr war grauenvoll. Darf ich dir meinen neuen Kollegen vorstellen? Das ist Karl Lindberg von der Berliner Mordkommission.«

Chi trat hinter dem Tisch hervor. »Willkommen«, sagte sie mit einem Nicken.

Karl staunte. Die Rechtsmedizinerin sah aus wie ein Kind. Ihr kleiner, knabenhafter Körper maß höchstens einen Meter fünfzig; ihre Gestalt war geradezu filigran und bildete einen rührenden Kontrast zu den großen, bunt gepunkteten Gummistiefeln, in denen ihre Füße steckten. Karl nahm an, dass sie die aus der Kinderabteilung hatte. Die Bänder ihrer Schürze hatte sie doppelt um die Taille geschlungen, bevor sie sie zugeknotet hatte. Karl ahnte, dass die Enden ansonsten auf dem Boden schleifen würden. Einzig ihre Augen verrieten, dass Karl eine erwachsene Frau vor sich hatte. Und die winzigen Fältchen, die sich bereits in ihren Augenwinkeln gebildet hatten, verrieten zudem, dass sie durchaus manchmal lachte.

»Marla hat sich am Telefon ziemlich bedeckt gehalten, was den Grund eures Besuchs betrifft.« Ihr Blick wanderte zu dem Schinken, den Karl gerade schnaufend auf einem der Tische ablegte. Dabei formte ihr Mund eine riesige Kaugummiblase, die kurz darauf zerplatzte. Chi verzog währenddessen keine Miene. »Also«, fragte sie, »was habt ihr für mich?«

»Ein Leichenteil, das zu Schinken verarbeitet wurde«, antwortete Karl.

Seine Worte schienen Chis Neugier zu wecken; über ihr Gesicht huschte etwas, das als Aufregung oder Interesse gedeutet werden konnte. Ihre dunklen Augenbrauen wanderten ein winziges Stück empor, und sie zog sich geräuschvoll die Handschuhe von den Händen, nur um gleich darauf ein frisches Paar überzustreifen. Unwillkürlich fragte sich Karl, wie oft sie wohl am Tag die Handschuhe wechselte.

Die Gerichtsmedizinerin trat zu dem Schinken und betrachtete ihn von allen Seiten. »Das ist interessant«, murmelte sie, und Alex strahlte wie ein Schuljunge, der gerade von seiner Lieblingslehrerin gelobt worden war. Auch ihm schien die Anwesenheit der geöffneten Leiche nichts auszumachen, allerdings lag das vermutlich daran, dass er ohnehin nur Augen für Chi hatte. Sein Blick klebte regelrecht an ihr, und der junge Sergent hatte Glück, dass Chi sich voll und ganz auf den Schinken konzentrierte. Denn gerade war mehr als deutlich zu sehen, dass Alex Diaz hoffnungslos verloren war.

Chi musterte den Schinken eingehend und stellte ab und zu Fragen zum Auffindungsort, zu den genauen Umständen, dem Geschlecht und dem Labortest. Die makabre Hintergrundgeschichte des Schinkens schien sie dabei kaum zu interessieren.

»Ist das alles, was ihr von der Leiche habt?«, fragte sie schließlich, und Alex nickte.

»Ja, leider.«

»Hm.« Chi blickte auf und sah erst Karl und dann Alex an. Als die Ärztin, die in Filmen schlechte Nachrichten überbrachte, wäre sie eine Topbesetzung, fand Karl. »Ich weiß nicht, wie ich euch ohne den Rest der Leiche weiterhelfen soll. Schinken ist eindeutig nicht mein Fachgebiet.«

»Wieso nicht? Bist du Vegetarierin?«, witzelte Alex.

»Natürlich«, erwiderte Chi, und Karl fragte sich unwillkürlich, ob die Pathologin gerade einen Scherz gemacht hatte. Falls ja, hatte sie einen umwerfend trockenen Humor.

Alex schien auf Nummer sicher gehen zu wollen; er hörte augenblicklich auf zu grinsen.

Karl sprang ihm zur Seite. »Alles, was du herausfinden kannst, ist von Interesse für uns. Zum Beispiel, um welchen Körperteil es sich handelt, wie er vom Rest des Körpers getrennt wurde, ob das Opfer vielleicht vergiftet worden ist und so weiter.«

»Außerdem ist die Gerichtsmedizin doch der richtige Ort für eine Leiche, oder? Selbst wenn es sich um einen Schinken handelt.«

»Na ja«, Chi zuckte mit den Schultern. »Auf Eis legen muss ich den ja wohl nicht.«

Spätestens jetzt wusste Karl, dass diese Frau Humor hatte. Sie lachte nur einfach nicht.

Zum Abschied nahmen sie Chi das Versprechen ab, sich zu melden, sobald sie etwas herausgefunden hatte.

»Und?«, fragte Alex auf dem Weg nach draußen.

»Klasse Frau«, antwortete Karl.

»Ich wusste es!«, rief Alex zufrieden. »Ich wusste, dass sie dir gefällt! Ach Karl, wir sind ein gutes Team! Und jetzt fahren wir zurück in die Stadt. Schließlich müssen wir eine Todesnachricht überbringen.«

Kopfschüttelnd folgte Karl seinem Schwager. Wo nahm der Kerl nur seine gute Laune her?

5

Bei »Especialidades Molina« war es brechend voll. Offensichtlich hatte eine holländische Reisegruppe den Laden völlig in Beschlag genommen. Mindestens vierzig Holländer jenseits der sechzig hielten Digitalkameras, Nasen und Smartphones über die ausgelegten Spezialitäten. In der Ecke wartete ein junger Mann mit einem Schild, auf dem die Zahl 19 zu lesen war; offenbar war er der Reiseführer und die Gruppe eine der berüchtigten Touristenhorden von einem Kreuzfahrtschiff.

Einer der Touristen, ein Mann, der mit seinen Multifunktionshosen und diversen Werkzeugen am Gürtel aussah, als hätte er sich für eine Dschungeltour vorbereitet, quälte Dolores gerade mit Fragen in gebrochenem Englisch. Als die Ladeninhaberin die beiden Polizisten erblickte, sah sie regelrecht erleichtert aus. Alex ging zu dem Reiseführer und flüsterte ihm etwas ins Ohr, woraufhin dieser seine überraschte Gruppe aufforderte, ihm auf die Straße hinaus zu folgen. Als sich der letzte Holländer aus der Tür hinausgeschoben hatte, schloss Karl diese direkt vor einer weiteren näher kommenden Touristengruppe. Ihm schoss durch den Kopf, dass er selbst einen solchen Beruf niemals ausüben könnte, und er dachte kurz an Alba, der es in ihrer Apotheke oft nicht viel besser erging als Dolores im Spezialitätenladen. Immerhin waren die Touristen, die teilweise in Scharen die Farmàcia überfielen, bedürftig und kauften eher, als dass sie fotografierten.

»Reizende Menschen, aber unheimlich raumgreifend«, bemerkte Dolores, die gerade mit einer Selbstverständlichkeit das »Geschlossen«-Schild an die Tür hängte, als hätte sie sich mit Karl und Alex abgesprochen. Ein rascher Blick auf die Uhr verriet Karl, dass es ohnehin gleich Zeit für die Siesta war. José stand die ganze Zeit über wie angewurzelt hinter der Käsetheke und beobachtete das Treiben im Laden argwöhnisch. Ihm war mehr als deutlich anzusehen, was er davon hielt, dass die Polizisten so schnell wieder zurück waren.

Dolores drehte sich zu Karl und Alex um. Karl fiel auf, dass sie sehr müde aussah. Wahrscheinlich hatte sie die letzten Nächte kaum ein Auge zugetan, was Karl ihr nicht verdenken konnte.

»Sie bringen keine guten Nachrichten, habe ich recht?«, fragte die alte Frau und löste mit leicht zitternden Fingern die Schleife ihrer Schürze.

Alex schüttelte den Kopf. »Leider nein, Dolores. Das Labor hat festgestellt, dass es sich bei dem Schinken tatsächlich um einen Teil Ihres Mannes handelt. Wir müssen davon ausgehen, dass der Rest von ihm wohl nicht mehr am Leben ist. Es tut mir leid.«

Ein paar Augenblicke lang sagte niemand ein Wort. Weder Dolores noch José rührten sich. Als wären sie an Ort und Stelle festgefroren. Sie fingen auch nicht an, zu weinen oder zu klagen. Mutter und Sohn standen wie Statuen in ihrem Feinkostladen; Dolores stützte sich auf einen der großen Holztische und José hielt mit einer Hand ein Käsemesser umklammert. Ein wenig sah es aus, als wollten die beiden für ein kitschiges Ölgemälde posieren.

Schließlich löste sich Dolores mit einem tiefen Seufzer aus ihrer Starre. »Ich dachte, ich wäre ihn ein für alle Mal los.« Sie schüttelte den Kopf und schien sich dann erst wieder der Anwesenheit von Karl und Alex bewusst zu werden. Die alte Frau straffte die Schultern und fragte: »Wollen wir nicht lieber nach oben gehen?« Alex machte gerade Anstalten, die Frage zu bejahen, als Karl einen Einfall hatte.

»Wo essen Sie normalerweise zu Mittag, Dolores?«

Sie stutzte. »In meiner Wohnung, warum?«

»Dann begleiten Sie uns doch zum Mittagessen. Natürlich auf unsere Kosten. Was halten Sie vom ›Atril‹?«

Dolores Ortega zögerte. Man sah ihr an, dass sie sich aus

diesem Vorschlag keinen Reim machen konnte. Allerdings schien sie auch kein Argument zu finden, das dagegen sprach; also nickte sie knapp. »In Ordnung. Ich hole nur schnell meine Handtasche.«

José schickte sich an, seiner Mutter nach oben zu folgen, doch Karl hielt ihn freundlich, aber bestimmt davon ab. Er wollte auf keinen Fall, dass Mutter und Sohn Gelegenheit bekamen, sich abzusprechen. »Es ist doch in Ordnung, wenn wir Ihre Mutter für eine Weile entführen?«

Der junge Molina schoss einen säuerlichen Blick in Richtung Karl, schwieg aber und begann, sich an der Kasse zu schaffen zu machen.

Alex zog Karl zu dem Regal mit den Fischkonserven hinüber. »Was machst du denn?«, flüsterte er.

»Ich glaube nicht, dass sie redet, wenn ihr Sohn dabei ist«, gab Karl leise zurück. »Außerdem möchte ich sie aus diesem Haus raushaben – hier hängt der Geist von José senior doch in jeder Ecke. Draußen kann sie sicher freier reden. Und bestimmt hat sie schon seit Jahren niemand mehr ausgeführt. Viele machen den Fehler, sich nur auf den Täter zu konzentrieren, aber man muss erst einmal das Opfer verstehen, um überhaupt eine Ahnung vom Täter zu bekommen. Und da ist Dolores unser Schlüssel, wir brauchen sie.«

»Okay.« Alex sah noch immer aus, als hätte er auf eine Zitrone gebissen. »Ich bin zwar nicht überzeugt, aber okay«, schob er nach. Karl hob den Kopf und bemerkte, dass José junior mit Grabesmiene zu ihnen herüberstarrte. Natürlich war dem jungen Molina klar, dass sie sich berieten, und offensichtlich passte ihm das überhaupt nicht. Zwar war Karl herzlich egal, was dem Mann passte und was nicht, dennoch war er erleichtert, als Dolores wieder hereinkam und sie alle erlöste.

Das »Atril« war ein unaufgeregter kleiner Tapas-Laden auf der Carrer dels Carders unweit von Karls und Albas Wohnung. Das gemütliche Restaurant war weder von Touristen noch von Einheimischen überlaufen, was man als Zeichen mangelnder Qualität hätte deuten können, doch das wäre eindeutig ein Trugschluss gewesen. Karl schätzte die Patatas Bravas, die man dort serviert bekam, beinahe genauso sehr wie die Champignons in Knoblauchöl, von denen Alba und er nicht selten gleich zwei Portionen bestellten, um sich nicht darum streiten zu müssen. Der Wein war gut, die Preise moderat und die Einrichtung weder zu schick noch zu abgenutzt, um ungemütlich zu sein.

Der Wirt winkte ihnen beim Eintreten zu, und sie suchten sich einen Platz in der Nähe des Fensters. Dolores hatte während des kurzen Spaziergangs nicht ein Wort von sich gegeben, und auch jetzt brachte sie keinen Ton heraus. Sie schien in ihren eigenen Gedanken gefangen zu sein. Karl nahm an, dass nicht Trauer ihre Zunge lähmte, sondern Argwohn.

Als der Kellner ihnen die Karten überreicht hatte, fragte sie schließlich mit belegter Stimme: »Was soll das? Ich gehe nicht davon aus, dass Sie das immer so machen, wenn Sie einer Frau gerade mitgeteilt haben, dass ihr Mann verstorben ist.«

Karl lächelte. »Das stimmt natürlich. Die meisten Witwen hätten in diesem Augenblick wohl kaum Appetit. Aber Sie sind ein Sonderfall, Dolores.«

Sie schob die Unterlippe vor und sah Karl geradewegs ins Gesicht. »Sie finden also, ich trauere nicht genug?«

Karl hob die Hände. »Ich bin nicht in der Position, das zu beurteilen. Immerhin haben Sie Ihren Mann seit Jahren nicht gesehen. Es ist normal, dass Sie nicht schockiert sind.«

»Oh, ich bin sehr schockiert«, gab Dolores zurück. »Ich bin sogar über alle Maßen schockiert, immerhin hatte ich nicht damit gerechnet, José noch einmal wiederzusehen. Und wenn überhaupt, dann ganz sicher nicht auf diese Art und Weise!«

Das Gespräch wurde vom Kellner unterbrochen, der die Bestellung aufnahm. Sie orderten eine kleine Auswahl verschiedener Tapas, darunter natürlich auch die von Karl so geliebten

»Champiñones con ajo«, sowie drei Gläser Verdejo, einen leichten Weißwein aus der Nähe Barcelonas.

»Wir wüssten gern, was Ihr Mann für ein Mensch war, Dolores«, nahm Karl den Gesprächsfaden wieder auf. »Offensichtlich müssen wir einen Mord aufklären, und dafür brauchen wir Ihre Hilfe. Es gibt wohl keinen anderen Menschen in Barcelona, der uns so viel über José Molina erzählen kann wie Sie.«

»Außerdem«, fügte Alex hinzu, »ist es für Sie auch nur gut, wenn Sie mit uns zusammenarbeiten. Immerhin wollen Sie doch nicht in Verdacht geraten!«

Karl fluchte innerlich. Er hatte nicht vorgehabt, Dolores zu drohen, da er das Gefühl hatte, dass man so bei der alten Dame nicht weiterkam. Tatsächlich verzog sich ihr Mund bei diesen Worten zu einem schmalen Strich.

»Ich habe Ihnen doch schon gesagt, dass ich meinen Mann nicht ermordet habe. Hätte ich das getan, dann hätte ich ihn wohl kaum in meinem Laden aufgehängt und dann noch selbst die Polizei gerufen. Das wäre doch sehr dumm!«

»Oder absolut genial«, gab Alex zurück, und Karl fühlte sich genötigt, seinem Schwager unter dem Tisch einen kräftigen Tritt zu verpassen.

Doch das wäre gar nicht nötig gewesen; Dolores schnaubte bei dieser Bemerkung nur heiser. »Ich wirke auf Sie also wie ein Genie. Nun weiß ich nicht, ob ich das als Kompliment oder Beleidigung auffassen soll.« Die alte Dame hob ihr Glas und gönnte sich einen Schluck Weißwein. Angesichts der Umstände kam es für Karl ohnehin nicht in Betracht, mit seinen Tischnachbarn anzustoßen, und so tat er es der Witwe Molina gleich und probierte den kühlen Wein, der ihn mit seiner angenehm fruchtigen Säure gleich darauf ein klein wenig in der Nase kitzelte.

Dann kam das Essen, und Karl war einen Moment lang abgelenkt. Der Kellner stellte Patatas Bravas mit Aioli und Mojosoße sowie Champignons vor ihnen ab, die vor Knoblauchöl nur so glänzten, außerdem zwei saftige Stücke Tortilla, *Pimientos de Padrón* – kleine grüne Paprikaschoten mit Salz –, mehrere geröstete Scheiben Brot, Knoblauchzehen, Tomaten und Olivenöl. Als ihm der Duft der Speisen in die Nase stieg, fiel Karl auf, wie hungrig er war. Mit einem erleichterten Seufzer griff er nach einer Scheibe Brot und rieb nacheinander erst Knoblauch und dann Tomate darauf, streute grobes Meersalz darüber und garnierte das Ganze zu guter Letzt mit ein paar Tropfen Olivenöl. Schon der erste Bissen erinnerte ihn daran, dass die spanische Küche es hervorragend verstand, simple, aber hochwertige Zutaten miteinander zu etwas Besonderem zu verschmelzen. Natürlich war das einfache Bauernküche, aber meistens zog Karl diese Bauernküche jedem Sternerestaurant vor.

Alex hatte sich über ein Stück Tortilla hergemacht, während Dolores nicht so recht zu wissen schien, was sie mit den Speisen auf dem Tisch anfangen sollte.

»Also, Dolores«, begann Karl von Neuem, als er die erste Scheibe Brot gegessen hatte, »Sie haben bereits deutlich gemacht, dass Sie Ihren Mann nicht gerade schmerzlich vermissen, oder täuscht mein Eindruck?«

Dolores Ortega seufzte schwer und stärkte sich mit einem weiteren Schluck Wein. »Um ehrlich zu sein, Sergent, es war ein Segen, dass er verschwunden ist. Wir sind die letzten Jahre ohne ihn hervorragend zurechtgekommen, aber ich hätte mir denken können, dass er uns nicht in Frieden lassen würde. José hatte kein gutes Herz.«

»Wie haben wir das zu verstehen?«, erkundigte sich Alex.

Dolores betrachtete ihre Finger, die sich um die Stoffserviette geschlungen hatten. Die Menschen brauchten in solchen Momenten häufig etwas, woran sie sich festhalten konnten, das hatte Karl schon sehr oft beobachtet. Raucher klammerten sich an ihre Zigaretten, Trinker an das Glas, Mütter an ihre Kinder und Manager an ihre Kugelschreiber. Und alte Damen klammerten sich an Stoffservietten oder Taschentücher. Als würde es die eigene kleine Welt daran hindern, vollends aus den Fugen zu geraten, wenn man sich nur genug an ihr festhielt.

»Er hat die Menschen sehr gern vor anderen bloßgestellt. Und wie Sie sich vielleicht denken können, hat er das besonders gern mit mir und unserem Sohn gemacht, vorzugsweise wenn Kundschaft im Laden war. Jeder sollte wissen, dass mein Mann uns beide für ungehobelt und dumm hielt. José war ein Angeber, ein Lebemann. Ich glaube, er hat immer gedacht, er hätte eine bessere Frau verdient als mich. Und mit dem Jungen war er auch nie zufrieden.«

»Wie hat sich das geäußert?«, fragte Karl.

»Nun, zum Beispiel hat er mich nach Josés Geburt nie wieder angerührt. Ich wusste, dass er zu Huren geht, aber …«

Ihre Stimme brach, und ihre Augen wurden nun doch feucht, zum ersten Mal, seit Karl ihr begegnet war. Er musste den Impuls unterdrücken, nach ihrer Hand zu greifen, um sie zu trösten.

Doch Dolores war eine starke Frau, sie fing sich rasch wieder.

»Ich hätte nicht damit gerechnet, dass er sich mit seinen Liebschaften auch in der Öffentlichkeit sehen lässt. Bestimmt hat sie ihn um den kleinen Finger gewickelt, weil sie auf sein Geld aus war.«

»Geld ist ein gutes Stichwort«, warf Karl ein, »wir werden zuallererst die Bankunterlagen prüfen, um herauszufinden, ob Ihr Mann tatsächlich in Italien war. Dafür brauchen wir Ihre Bankverbindung, Señora.«

Dolores schwieg eine Weile, während sie winzige Bissen von ihrem Tomatenbrot nahm und aufreizend langsam kaute. Schließlich sagte sie: »Die Mühe können Sie sich sparen, Sergent.«

Karl zog die Augenbrauen hoch, und Alex hörte auf zu kauen. Sollten sie hier doch schneller zu einem Geständnis kommen, als sie für möglich gehalten hätten?

»Ich habe das Geld abgehoben«, erklärte Dolores tonlos. »Als er am dritten Tag nicht heimgekommen ist, habe ich nachgesehen, ob die Kreditkarte noch dort liegt, wo er sie immer versteckt hat. Sie war noch da.«

Karl und Alex schwiegen aufmerksam.

Dolores hob den Blick und sah Karl in die Augen. »Da habe ich mir schon gedacht, dass etwas nicht stimmt. Wenn er sich abgesetzt hätte, hätte er die Kreditkarte doch mitgenommen, denken Sie nicht?«

Karl nickte. »Ja, davon ist auszugehen. Gerade, wenn man mit einer jüngeren Geliebten ein neues Leben anfangen will. Also haben Sie selbst das Geld abgehoben?«

Dolores nickte. »José war so unheimlich vergesslich, dass er die Geheimzahlen immer bei seinen Karten aufbewahrt hat. Er dachte zwar, er hätte sie gut vor eventuellen Einbrechern und natürlich seinem Sohn und mir versteckt, aber wer die Wohnung gründlich putzt, dem entgeht nichts.«

»Und die Geschichte mit Italien haben Sie erfunden, damit die Nachbarn aufhören nachzufragen«, ergänzte Alex. »Jeder hat Ihren Mann mit der fremden Frau auf der Straße gesehen, das war sofort plausibel.«

»Ich habe es als Schmerzensgeld betrachtet!« Jetzt liefen Dolores Tränen über die Wangen, die sie mit einer verärgerten Geste wegwischte. »Ich habe mehr in diesem Laden geschuftet als irgendjemand sonst. Seit über fünfzig Jahren! Auf keinen Fall wollte ich, dass sich jemand einfach das Geld nimmt. Mein Mann sollte es nicht bekommen, seine Hure nicht und auch sonst niemand.«

»Das heißt also, Sie hatten schon damals den Verdacht, Ihrem Mann könnte etwas zugestoßen sein, haben diesen Verdacht aber nicht der Polizei gemeldet, sondern statt dessen lieber heimlich das Sparkonto geplündert.«

»Ganz recht!« In Dolores' Stimme lag wieder der altbekannte Trotz. »Damals hat es sich angefühlt, als hätte Gott endlich

Erbarmen mit mir gehabt. José war verschwunden, sein Geld war geblieben. Aber nur, weil ich ihn nicht vermisse, heißt das noch lange nicht, dass ich ihn umgebracht habe.«

»Und wieso sollten wir Ihnen das glauben, Dolores?«, fragte Alex.

Señora Molina zuckte die Schultern. »Glauben Sie doch, was Sie wollen, Sergent. Ich habe es Ihnen schon einmal gesagt: Wenn ich den Mut aufgebracht hätte, meinen Mann zu töten, hätte ich das schon viel, viel früher getan. Und nicht erst, nachdem er mir die besten Jahre meines Lebens bereits gestohlen hatte. Mein ganzes Leben lang habe ich noch nie die Hand gegen jemanden erhoben, auch dann nicht, wenn dieser Jemand es weiß Gott verdient hätte. Sie können mir glauben und den wahren Mörder suchen, oder Sie lassen es bleiben.«

»Aber er hat Sie bloßgestellt, indem er vor aller Augen mit seiner Liebschaft durch das Viertel stolziert ist«, gab Karl zu bedenken. »Das ist ein ziemlich starkes Motiv.«

»Mag sein«, erwiderte Dolores Ortega ruhig. »Und ich verstehe auch, dass Sie Ihre Arbeit tun müssen. Alles, was ich sage, ist nur, dass ich ihn nicht getötet habe. Das Haus und das Delikatessengeschäft sind alles, was ich habe. Darüber hinaus sind sie die Absicherung für meinen Sohn, das würde ich niemals in Gefahr bringen. Außerdem: Wie hätte ich das anstellen sollen? Wo hätte ich José denn hinschaffen sollen? Wir haben keine Finca oder so etwas, ich habe nicht einmal ein Auto. Das Haus ist unser einziger Besitz. Ich weiß, wie man Schinken verkauft, ich weiß, wie er aussehen und schmecken muss. Aber ich weiß nicht, wie man ihn herstellt.«

»Weiß Ihr Sohn das vielleicht?«

Dolores riss die Augen auf. »Das dürfen Sie nicht einmal denken!«, rief sie.

»Es muss Ihnen doch klar sein, dass wir ihn genauso befragen müssen wie Sie«, beschwichtigte Karl. »Das bedeutet noch gar nichts, reine Routine. Aber es ist unumgänglich.«

Sofort sank Dolores wieder in sich zusammen. »Natürlich, Sie haben ja recht«, murmelte sie, und dann fügte sie noch hinzu: »Was für ein Albtraum.«

Karl lächelte. »Es ist ganz normal, seine Kinder in Schutz zu nehmen. Damit hören wir niemals auf.«

»Haben Sie Kinder, Sergent?«, fragte Señora Ortega.

»Ja, ich habe einen Sohn. Sein Name ist Oliver.«

Dolores nickte zufrieden wie eine wohlwollende Lehrerin.

»Nun aber noch mal zurück zu Ihrem Mann, bitte«, sagte Karl. »Können Sie mir etwas über seine Gewohnheiten erzählen? Hatte er oft Streit mit Leuten, gab es jemandem, mit dem er verfeindet war? Und, besonders wichtig: Wissen Sie etwas über seine Geliebte? Carmen, so hieß sie doch?«

»Ja, so hieß sie«, bestätigte Dolores. »Das hat man mir zumindest erzählt.«

Karl runzelte die Stirn. »Sie haben Ihren Mann nicht darauf angesprochen?«

Señora Ortega schüttelte den Kopf. »Nein, das habe ich nicht getan. Ein Teil von mir war froh, dass er so selten da war. Dann hatten mein Sohn und ich zu Hause und im Laden unsere Ruhe. Außerdem: Was hätte ich tun sollen? Mein Mann hätte sich von mir doch nichts verbieten lassen. Wir waren am glücklichsten, wenn wir nicht miteinander sprechen mussten.«

Karl dankte dem Universum im Stillen für seine wundervolle Frau und ihre gesunde Beziehung. Manchmal vergaß er, dass der schlimmste Feind eines Menschen oft der eigene Partner war. Nicht umsonst waren Mörder in den seltensten Fällen Fremde, sondern meist diejenigen, die dem Opfer besonders nahestanden. Eltern, Partner, Geschwister. Kränkungen in der Familie schmerzten am meisten.

Er nahm sich vor, Alba heute Abend zu sagen, wie sehr er sie liebte. Auch das vergaß er von Zeit zu Zeit.

»Haben Ihnen die Leute sonst noch etwas über diese Frau erzählt?«, fragte er.

»Dass sie sehr viel eleganter, größer und jünger war als mein Mann.« Dolores schnaubte. »Sie wollte wohl für eine Dame gehalten werden, doch Señora Barcelo hat gesagt, sie hätte auf drei Meter gegen den Wind nach Hure gerochen. Und ich kann mir auch nicht vorstellen, was eine echte junge Dame mit meinem José hätte anfangen wollen. Er war dick und launisch, sein Blutdruck war eine Katastrophe. Wenn sie bei ihm auf Geld aus war, habe ich ihr wohl einen Strich durch die Rechnung gemacht. Aber wenn Sie mehr wissen möchten, müssen Sie sich schon im Barrio umhören. Ich habe nicht nachgefragt, ich habe mich bereits genug vorgeführt gefühlt.«

Karl griff in seine Sakkotasche und holte einen kleinen Notizblock heraus. Er konnte sich nicht daran gewöhnen, die Notizfunktion auf seinem Handy zu benutzen. Außerdem fand er das nicht sicher genug. Was, wenn er seine Notizen einmal aus Versehen löschte?

»Und Sie haben die beiden niemals zusammen gesehen?«

Dolores schüttelte den Kopf. »Nein. Ich habe schließlich den ganzen Tag gearbeitet. So viel Anstand hatte José dann wohl doch, nicht mit ihr im Laden zu erscheinen. Obwohl es ja zu ihm gepasst hätte.«

Karl kritzelte »Opfer = Arschloch« in sein Notizbuch, nur, um es Sekunden später peinlich berührt wieder durchzustreichen.

»Erzählen Sie weiter, Dolores. Was waren seine Gewohnheiten? War er in irgendwelchen Vereinen? Wer waren seine Freunde?«

»José hatte keine Freunde, aber er war geachtet. Und im ›Cal Pepe‹ hier um die Ecke fand sich eigentlich immer jemand, der bereit war, mit ihm zu trinken. Männern gegenüber war er gerne großzügig. Ich musste mehr als einmal am Ende des Monats zu Pepe, um die horrenden Rechnungen zu begleichen.«

»Aber Namen können Sie uns nicht nennen?«

»Nein, bedaure. Ich fürchte, mein Mann und ich haben in

verschiedenen Welten gelebt, Sergent Diaz. Aber fragen Sie doch einfach Pepe, der steht noch immer hinter seiner Theke. Er wird wissen, an wen Sie sich wenden müssen.«

Alex nickte. »Danke, ich werde ein paar Kollegen hinschicken.«

»Hatte Ihr Mann Feinde?«, fragte Karl erneut.

Dolores runzelte die Stirn. »So würde ich es nicht ausdrücken. Er hat sich mit so ziemlich jedem Zulieferer angelegt, das war einfach seine Art. Er hat sich gerne gemessen, gerne gezeigt, wer der Boss ist. Aber das war normal, die Leute kannten ihn nicht anders. Außerdem war er ein guter Kunde und hat immer pünktlich gezahlt.«

Karl notierte »aufbrausend, rechthaberisch, großkotzig, Lebemann«.

»Lag Ihr Mann mit irgendeinem Zulieferer besonders im Clinch, als er verschwunden ist?«

Señora Ortega lächelte ein winziges Lächeln. »Mit Señor Sedlmayer wahrscheinlich. Die beiden hatten fast immer Streit.«

Karl horchte auf. »Sedlmayer? Das klingt nicht gerade spanisch.«

»Nein«, bestätigte Dolores. »Ist es auch nicht. Die Familie stammt ursprünglich aus München, ist aber schon in der zweiten Generation hier. Der alte Sedlmayer und mein Mann sind immer ganz gut miteinander ausgekommen, aber mit dem Junior kam mein Mann nicht zurecht.«

Alex warf Karl einen Seitenblick zu, der mit einem leichten Nicken bestätigte, dass er sich alles notierte.

»Und was liefert Ihnen die Familie Sedlmayer?«, fragte Alex. Dolores Ortega schüttelte den Kopf, als wundere sie sich über etwas.

»Chorizos, Salchichones, Morchilla, Butifarron«, antwortete sie.

»War ja irgendwie klar«, murmelte Karl.

»Stellt die Familie auch Schinken her?«, wollte Alex wissen.

»Nein.« Jetzt lachte Dolores. »So einfach ist es wohl nicht, Sergent Diaz, auch wenn Sie's gerne hätten. Die Tradition unseres Schinkenlieferanten ist viele Generationen älter. Um sich in dieser Branche einen guten Ruf aufzubauen, braucht man sehr viel Zeit. Und die Betriebe werden eigentlich immer weitervererbt.«

»Und wer liefert Ihnen den Schinken?«, fragte Karl.

Dolores machte ein verdutztes Gesicht. »Señor Cardona natürlich.«

»Der Schinkenkönig.« Alex nickte, und Karl beschloss, so zu tun, als sei ihm der Name ein Begriff.

»Natürlich brauchen wir eine vollständige Liste Ihrer Lieferanten sowie alles, was Sie von Ihrem Ehemann entbehren können. Fotografien, Unterlagen und so weiter«, sagte Karl.

»Ich schicke Ihnen ein paar Agentes, die Ihnen dabei behilflich sind, Dolores«, versicherte Alex.

»Das beruhigt mich außerordentlich«, erwiderte die alte Dame trocken, und Karl hätte sich beinahe an der knusprig-salzigen Kartoffel verschluckt, die er sich gerade in den Mund gesteckt hatte. Er musste aufpassen, dass Dolores ihm nicht zu sympathisch wurde. Denn wenn man das Ganze nüchtern betrachtete, war die Witwe in diesem Fall die Hauptverdächtige. Dicht gefolgt von ihrem wunderlichen Sohn.

»Gestatten Sie mir eine persönliche Frage, Señora?«, fragte er.

»Nur zu.«

»Warum haben Sie José Molina geheiratet?«

Dolores Ortega schien amüsiert. »Damals lief das noch nicht so wie heute, Sergent. Eine Liebeshochzeit konnte ich mir nicht leisten. Ich habe schon als junges Mädchen bei ›Especialidades Molina‹ gearbeitet und war ein hübsches, zierliches Ding. Der Sohn des Chefs hat um meine Hand angehalten, weil seine Eltern es so wollten. Ihnen war wichtig, dass José jemanden heiratet, der den Laden schätzt. Da sagt man nicht Nein. Vor allem nicht, wenn man aus einem Elternhaus mit acht Geschwistern kommt. Immer und immer wieder habe ich gehört, was für ein großes Glück diese Verbindung doch für mich und meine Familie sei.«

Karl nickte. »Und waren Sie in Ihrer Ehe auch einmal glücklich?«

»Meine Schwiegermutter, Gott hab sie selig, war eine freundliche Frau. Sie hat mir zur Hochzeit ein weißes Kleid und eine goldene Brosche geschenkt. Als wir in der Kathedrale geheiratet haben, habe ich mich wie eine Prinzessin gefühlt. Und als mein Sohn geboren wurde, war ich der glücklichste Mensch auf Erden.«

»Warum haben Sie in der Kathedrale geheiratet und nicht in der Santa Maria wie die anderen Leute aus dem Barrio?«, fragte Alex.

»Die Molinas sind keine Katalanen«, antwortete die Señora. Als sie Alex' überraschten Blick auffing, fügte sie hinzu: »Wussten Sie das nicht?«

Alex schüttelte den Kopf. »Nein, das war mir nicht bewusst. Ist ja auch heute zum Glück kein Thema mehr.«

»Heute nicht mehr, das stimmt.«

»Und wie steht es mit Ihnen?«, fragte Karl.

Dolores lachte. »Sergent, ich stamme aus einer armen, kinderreichen Familie. Was glauben Sie?«

Karl lächelte. »Ich kenne das. Meine Mutter stammt aus Irland. Ich habe zwölf Onkel und Tanten.«

Dolores musterte Karl neugierig. »Nord- oder Südirland?«

»Nordirland. Belfast.«

»Nun, dann brauche ich Ihnen über die Unterdrückung von Minderheiten wohl nicht viel zu erzählen.«

»Nein Señora, ich bin voll im Bilde«, bestätigte Karl lächelnd.

6

Nachdem sie Señora Ortega zum Laden zurückgebracht hatten, gönnten sich Karl und Alex einen kurzen Spaziergang. Vor allem Karl brauchte ein paar Minuten an der frischen Luft – das Essen und das schwere Gespräch lasteten gleichermaßen auf Magen und Gemüt.

Sie schlenderten von der Santa Maria del Mar zum Parc de la Ciutadella, dem prächtigen Park, der das Barrio nach Osten hin begrenzte. Als sie in diese Gegend gezogen waren, hatte Karl sich vorgenommen, regelmäßig im Park joggen zu gehen – die schattigen Wege waren gut ausgeschildert und in verschieden lange Laufstrecken eingeteilt; der wunderschöne Park mit seinem großen Brunnen, dem See, den prächtigen Parlamentsgebäuden sowie den Überbleibseln der Weltausstellung bot genug Abwechslung für Geist und Augen. Doch die grausame Wahrheit war, dass Karls Bemühungen, wieder mehr Sport zu treiben, nach dem Kauf sündhaft teurer Laufschuhe ins Stocken geraten waren. Offiziell gab er Paco die Schuld, um den er sich schließlich rund um die Uhr kümmern musste, doch insgeheim wusste er genau, dass er einfach nur zu faul war. In Gedanken machte es Spaß, sich wieder mehr zu bewegen, sich körperlich fitter zu fühlen und besser auszusehen; doch in Wirklichkeit war es die reinste Quälerei. Und was bemerkenswert war: Immer wenn er mit dem Gedanken spielte, die Schuhe zu schnüren und loszulaufen, fand er seinen kleinen Bierbauch, der ihn sonst so störte, irgendwie doch nicht mehr so schlimm. Außerdem waren Spaziergänge an der frischen Luft doch auch gesund – und Bewegung verschaffte er sich damit ebenfalls.

Unter der strahlenden Mittagssonne und mit dem Geschmack von Knoblauch auf der Zunge ließ es sich mit einem Eis in der Hand noch viel besser spazieren. Also machten Karl und Alex auf dem Weg in den Park noch einen Abstecher zu »Gocce di Latte«, wo sie sich jeder mit drei Kugeln Eis versorgten. Dann suchten sie sich eine Bank im Schatten.

Sie hatten Glück und wurden direkt vor dem Font de la Cascada fündig, dem riesigen barocken Brunnen im Zentrum des Parks. Die goldene Quadriga glitzerte in der Sonne, und das tobende, tanzende Wasser erweckte den Eindruck von Kühle. Während Karl zufrieden die letzten Reste geschmolzenes Pistazieneis aus dem Pappbecher kratzte, bemerkte er, dass Alex ihn von der Seite angrinste.

»Was ist?«, fragte Karl.

»Klappt doch ganz gut mit uns beiden, findest du nicht?«

»Hmpf«, erwiderte Karl und schob sich den Löffel in den Mund.

»Ich bin jedenfalls zufrieden. Wir kommen doch gut voran. Und jetzt, wo wir die Leiche identifiziert und die Witwe informiert haben, geht die Ermittlungsarbeit richtig los. Ich werde wohl nachher zum Cap müssen.«

»Zu wem?«, fragte Karl.

»Der Cap d'Unitat ist mein direkter Vorgesetzter. Er muss den Polizeisekretär anweisen, eine Akte zu öffnen.«

»Wie bitte?« Karl traute seinen Ohren kaum. »Es gibt noch keine Akte zu diesem Fall? Dann war also alles, was wir bisher getan haben, nicht offiziell?«

»Reg dich ab!«, gab Alex zurück. »Bis Sonntagmorgen wussten wir doch noch gar nicht, dass wir es überhaupt mit einer Leiche zu tun haben. Dieser Fall ist eben ein bisschen anders. Ich wollte bei meinem ersten Fall doch nicht blöd dastehen, indem ich eine Akte für einen Schinken öffnen lasse; für kein Geld der Welt.«

Da war natürlich etwas dran. Karl nickte verständnisvoll.

»Aber für die Befragungen brauchen wir ein paar Agentes, die muss uns der Cap freigeben. Also muss ich zurück in die Comissaria und das regeln.«

»Und du siehst da kein Problem?«

Alex schüttelte den Kopf. »Wir haben ein Leichenteil und wissen, um wen es sich handelt. Das Delikatessengeschäft ist eine Institution in der Stadt. Der Cap will bestimmt, dass der Fall rasch aufgeklärt wird.«

»Dann hoffe ich mal, der Cap ist kein knorriger Sack alter Schule, der dir die Hölle heißmacht, weil du erst jetzt damit ankommst!«

Alex prustete und hätte sich um ein Haar Eis auf die Hose gekleckert. Was nicht weiter schlimm gewesen wäre, dachte Karl. Die Eisflecken hätten sich in Gesellschaft der anderen auf Alex' Jeans sicher sehr heimisch gefühlt. »Nein, wirklich nicht. Der Cap heißt Maria Arbol und ist Mutter von vier Kindern.«

Karl zog die Augenbrauen hoch. »Eine leitende Position bei der Polizei und vier Kinder? Die Frau muss ja unglaublich gut organisiert sein.«

»Worauf du dich verlassen kannst. Sie hat was von einem Feldwebel.«

»Also fährst du gleich zurück?«

»Ja. Wenn ich das heute nicht tue, könnte ich mächtig Ärger bekommen. Ich will mein Glück nicht auf die Probe stellen.«

»Ich dachte, es wäre kein Problem?«, fragte Karl.

»Ist es auch nicht. Noch nicht«, erwiderte Alex. »Und du solltest die Zeit nutzen und dir noch mal den jungen Molina vornehmen.«

Jetzt wurde Karl sauer. »Ich wusste es! Ich wusste, dass da noch was kommen würde! Du ziehst dich gepflegt zurück und lässt mich mit dem Psycho reden!«

»Ich kann dich nun mal nicht zur Cap schicken, Karl! Du bist mein Praktikant, ich bin der Sergent. Es ist meine Aufgabe, um die Aktenöffnung und um Personal für den Fall zu bitten. Deine Aufgabe ist, zu tun, worum ich dich bitte.«

»Ich kann mich nicht erinnern, mich beworben zu haben«, zischte Karl mit hochrotem Kopf. Das entspannte Gefühl, das ihn nach dem Essen überkommen hatte, war verflogen. Er war zu alt und schon zu lange im Geschäft, um für einen Grünschnabel die Lauf- und Drecksarbeiten zu übernehmen. Es war an der Zeit, dass Alex das kapierte. Zwar stand sein Schwager in der Polizeihierarchie offiziell über ihm, doch das war eine rein organisatorische Frage; er war der Dienstältere. Und außerdem derjenige mit einer anständigen kriminalistischen Ausbildung. »Wenn du meine Hilfe nicht ein bisschen mehr zu schätzen weißt, leg ich mich lieber am Strand in die Sonne!«, schimpfte Karl und warf seinen Pappbecher gekonnt in einen nahe stehenden Mülleimer. Alex hob beschwichtigend die Hände. »Himmel, du bist eine ganz schöne Diva, oder? Soll ich dir jeden Morgen zum Dienstbeginn einen Strauß roter Rosen mitbringen als Zeichen meiner Wertschätzung? Ich bin dir unheimlich dankbar, dass du diesen Fall mit mir durchziehst, Flieger. Wirklich! Ich finde nur, José und seine Mutter sollten keine Chance haben, sich miteinander abzusprechen. Jetzt ist der Laden wieder offen, aber spätestens heute Abend hätten sie Gelegenheit dazu.«

Karl lenkte ein. »Ist ja schon gut. Aber ich glaube nicht, dass ich was aus dem Kerl rausbekomme. Er kann mich nicht leiden.«

»Du hast doch Erfahrung, Karl. Versuch es einfach. Es ist ja auch kein Verhör oder so, nur ein erstes Gespräch. Immerhin hat José mehr Kraft als seine Mutter. Rein körperlich wäre ihm ein Mord noch eher zuzutrauen.«

Dagegen konnte Karl nur schwer etwas einwenden, auch wenn ihm der Gedanke, allein mit José Molina zu sprechen, nicht behagte. Er mochte solche reglosen, blassen Typen nicht. Sie erinnerten ihn immer an Fische. Und Fische konnte er auch nicht leiden.

»Glaubst du, einer von den beiden war's?«, fragte Karl.

»Ich kann's mir eigentlich nicht vorstellen«, antwortete Alex. »Aber sagen nicht immer alle, dass man es den Menschen nicht ansieht? Erzählen die Nachbarn nicht immer, der Mörder sei ein freundlicher Zeitgenosse gewesen, der den alten Damen immer die Einkaufstüten die Treppe hochgetragen und mit den Kindern gespielt hat?«

Karl lachte. »Wenn es danach geht, dann ist José junior auf jeden Fall unschuldig. Ich kann mir nicht vorstellen, dass der eine soziale Ader hat. Aber ich weiß genau, was du meinst. Früher habe ich die unterschiedlichsten Menschen wegen Mordes verhaftet. Jungs, denen gerade die ersten Bartstoppeln wuchsen, Ärzte, Finanzbeamte, Gabelstaplerfahrer, eine Kindergärtnerin und sogar einen Kollegen von der Mordkommission. Die hatten alle ihre eigene Geschichte, ein Zuhause, Familie und Freunde. Am Ende bringt man keine Monster hinter Gitter, sondern Menschen mit einer schrecklichen Geschichte.«

»Eben. Und im Moment sind die beiden unsere einzigen Verdächtigen. Wir müssen uns dringend im Umfeld des alten Molina umschauen. Wo wir wieder bei der Verstärkung wären.«

Alex stand von der Bank auf. »Na los, Flieger. Zeit für die nächste Tageshälfte.«

Karl erhob sich ebenfalls. »Okay. Aber dann holst du Paco aus Marlas Büro und nimmst ihn mit zu dir. Ich habe keine Lust, nach dem Gespräch auch noch in den Raval rüberzugehen und den Hund zu holen. Dann komme ich ja nie mehr nach Hause.«

Alex setzte ein gequältes Gesicht auf. »Ich hatte heute Abend eigentlich was anderes vor.«

»Und ich hatte die nächsten Wochen eigentlich was anderes vor«, gab Karl zurück.

»Was denn? Wolltest du dir eine Modelleisenbahn zulegen? Einen Kochkurs belegen? Programmieren lernen?«, feixte Alex.

»Ach, halt die Klappe!« Gegen seinen Willen musste Karl grinsen und hoffte, dass Alex es nicht mitbekam.

Sie trennten sich am Ausgang des Parks, von dem aus Karl

wieder in die engen, kühlen Gassen der Altstadt einbog, um zum wiederholten Mal das Delikatessengeschäft anzusteuern. Er versprach seinem Schwager, ihn nach dem Gespräch mit José sofort anzurufen.

Als Karl am späten Nachmittag zu Hause ankam, fühlte er sich, als hätte ihn ein sehr großer Laster überfahren. Das Gespräch mit José war schleppend verlaufen, er hatte den Mann so gut wie überhaupt nicht zum Reden bewegen können. Wie Karl bereits vermutet hatte, war ihm der junge Molina nicht gerade wohlgesinnt – und das war noch höflich ausgedrückt. Mehr als ein- oder zweisilbige Antworten hatte er aus dem Mann nicht herausbekommen, was vermutlich auch daran gelegen hatte, dass Dolores immer wieder unter einem Vorwand in die Küche gekommen war, in der Karl und José saßen. Sollte Alex doch sein Glück bei dem Typen versuchen; Karl war mit ihm fertig.

Stöhnend streifte sich der Kommissar in der Diele die Schuhe von den Füßen, schenkte sich in der Küche einen Schluck Weißwein ein und setzte sich damit auf die große Dachterrasse unter den Sonnenschirm.

Die Terrasse war der schönste Ort des ganzen Hauses. Eigentlich war sie für alle Bewohner zugänglich, doch da das Haus seinen Schwiegereltern gehörte und bis auf Karl und seine Familie eigentlich alle Bewohner über siebzig waren, kam so gut wie niemand sonst hier herauf. Ohnehin nutzten die Bewohner dieser Stadt ihre Terrassen äußerst selten, was Karl immer wieder in Erstaunen versetzte. Die einzigen Terrassen, die rege genutzt wurden, gehörten zu großen Hotels. Wenn sich Karl an die Terrassenbrüstung stellte und den Kopf nach links reckte, konnte er sogar eine Hotelterrasse mit Panoramapool sehen. Es machte Spaß, die Touristen hinter der Glasscheibe beim Schwimmen zu beobachten – durch die Scheibe und das Wasser sah es immer so aus, als hätten sie keine Hälse. Aber heute war ihm nicht danach, sich zu verrenken. Er wollte einfach nur eine Weile auf seiner Liege unterm Sonnensegel liegen und über nichts und niemanden nachdenken. Wenn er es sich recht überlegte, war das sein persönlicher Inbegriff von Luxus.

Während er langsam zur Ruhe kam, wanderte sein Blick über die Dächer der Stadt. Mit deutscher Ordnung hatte das wahrlich nichts zu tun.

Die Dächer und Terrassen wiesen allesamt unterschiedliche Höhen, Farben und Ausrichtungen auf. Antennen und Satellitenschüsseln zeigten kreuz und quer gen Himmel, zum Teil nur notdürftig mit Draht oder Schnur befestigt. Einige der großen Dachterrassen dienten den Bewohnern offenbar als Sperrmülldeponie.

Karl seufzte wohlig. Sie hatten wirklich einen grandiosen Blick. Geradeaus konnte er auf der linken Seite die von Kränen bewachte Ewigkeitsbaustelle der Sagrada Família sehen. Er kannte niemanden in der Stadt, der tatsächlich daran glaubte, dass Gaudís letztes Meisterwerk jemals ohne Gerüst dastehen würde. Insofern teilte das bizarre Bauwerk ein Schicksal mit dem Kölner Dom. Karl persönlich fand ja, dass die Kräne auch ein wenig zu der Kirche gehörten. Wie Leibwächter standen sie links und rechts der gewaltigen Türme, die Metallkrallen ausgestreckt, als seien sie jederzeit bereit, eventuelle Feinde abzuwehren oder das Bauwerk vor dem Fall zu bewahren. So aberwitzig der Bau dieser bizarren Kathedrale auch war, so romantisch und schön fand es Karl, dass dieses Vorhaben noch immer nicht aufgegeben worden war. Es war eine dieser Verrücktheiten, die Barcelona zu einem ganz besonderen Ort machten.

Eine weitere Besonderheit war natürlich das Mittelmeer, das zur Rechten zwischen Altbaudächern und gläsernen Hochhausfassaden glitzerte. So gerne Karl auch in Berlin gelebt hatte und sosehr ihn nun die Hitze quälte – das Meer konnte ihm niemand ersetzen. Es gab dem Leben eine ganz andere Qualität, die Möglichkeit zu haben, jederzeit schwimmen oder am Strand entlangspazieren zu können. Wann immer er Sorgen oder ein Rätsel zu lösen hatte, ging er hinunter ans Meer, bog nach rechts und spazierte den kilometerlangen Strand entlang bis nach Poblenou, oder manchmal sogar bis hinüber nach Badalona. Die horizontlose Freiheit des Blickes schien auch die Gedanken zu befreien. So mancher Knoten hatte sich bei Karl schon gelöst, während er am Meer entlanggelaufen war.

Er lehnte sich zurück und schloss einen Moment lang die Augen. Nach wenigen Minuten bemerkte er, dass Alba zu ihm auf die Terrasse getreten war. Sie war so leicht und leise, dass er sie kaum hörte, dennoch musste er die Augen nicht öffnen, um zu wissen, dass sie es war. Wenn Alba da war, dann war sie da.

Alba küsste ihn auf die Stirn, die Nase und den Mund. Karl öffnete die Augen.

Seine Frau setzte sich lächelnd ans Fußende der Sonnenliege; sie hielt ebenfalls ein Weinglas in der Hand.

»Hey«, sagte sie und stieß mit ihrem Glas leicht gegen seines. »Wie war dein Tag?«

»Durchwachsen«, brummte Karl. »Er fing ganz gut an, hat aber weniger gut geendet.«

»Wieso das?«, fragte Alba.

Karl seufzte und zog die Beine an, damit seine Frau auf der Liege mehr Platz hatte. »Ich hatte ein ziemlich frustrierendes Gespräch mit dem jungen Molina.«

»Mit José?«, fragte Alba, und Karl nickte.

»Der war schon immer ein Sonderling. Hat es nicht leicht gehabt. Aber er ist harmlos.«

Sie runzelte die Stirn. »Heißt das, euer Schinken ist tatsächlich ein Stück vom alten Molina?«

»Ja, das heißt es. Der Gentest hat das eindeutig ergeben.«

Alba sog Luft durch die Zähne. »Das ist ziemlich heftig. Und makaber, widerlich, traurig, abstoßend … Man könnte stundenlang nach den richtigen Worten dafür suchen und würde sie doch nicht finden. Und du glaubst, José hat etwas damit zu tun?«

Karl zuckte die Schultern. »Die meisten Morde passieren im sozialen Nahfeld. In nahezu neunzig Prozent der Fälle kommt der Mörder aus der Familie oder dem engen Freundeskreis.«

Alba verdrehte die Augen. »Die Statistiken kenne ich auch, ich habe dich ungefähr tausend Mal abgefragt. Ich will von dir wissen, was *du* denkst.«

Karl nahm noch einen Schluck Verdejo, der mittlerweile genau die richtige Temperatur hatte; die frischen Aromen von Grapefruit und Orange stiegen ihm in die Nase und ließen ihn sofort an Urlaub denken. Er atmete tief durch. »Ich habe keine Ahnung. Aber ein bisschen unheimlich ist mir der Kerl schon.« Er warf Alba einen vielsagenden Blick zu. »José junior erinnert mich irgendwie an Norman Bates.«

Alba prustete los. »Er ist doch bloß ein einsames Muttersöhnchen, Karl!«

»Na eben!«, gab Karl zurück. »Bates war auch ein einsames Muttersöhnchen.«

»Stimmt«, kicherte Alba.

»Und was glaubst du?«, fragte der Kommissar seine Frau.

»Ich kann es mir einfach nicht vorstellen«, antwortete sie. »Obwohl man es ihm auch nicht übel nehmen könnte, wenn er's tatsächlich war.«

Karl zog seine Frau näher zu sich heran, und Alba legte ihren Lockenkopf auf seine Brust.

»Wie meinst du das? Hast du den alten Molina gekannt?«

»Gekannt würde ich nicht sagen. Aber hier im Viertel war er *be*kannt, und zwar als Ekelpaket. Hat seinen Sohn ziemlich oft öffentlich runtergeputzt. Wir Kinder sind nie gerne zu den Molinas ins Geschäft gegangen. Da hat irgendwie immer eine düstere Stimmung geherrscht. Und es war der einzige Laden im Viertel, in dem es nichts abzustauben gab. Der alte Molina war selbst für ein Bonbonglas zu geizig!« Alba dachte eine Weile nach. Das sah man daran, dass sich eine kleine, senkrechte Falte in ihre Stirn grub. »Wenn du mehr wissen willst, musst du mit Mama reden. Sie kennt die Familie besser.«

»Das kann Alex machen«, gab Karl zurück. »Er war ohnehin schon viel zu lange nicht mehr bei ihr in der Klinik.«

»Da ist was dran.« Alba nippte an ihrem Wein. Dann drehte sie den Kopf und sah ihrem Mann direkt in die Augen. »Was bringt einen Menschen wohl dazu, einen anderen nicht nur zu töten, sondern ihn auch noch zu Schinken zu verarbeiten? Ist das nicht unheimlich aufwendig und gefährlich? Man könnte jederzeit entdeckt werden; der Prozess dauert doch Jahre!«

»Das stimmt«, bestätigte Karl.

»Glaubst du, der Täter hat ein kannibalistisches Motiv?«, fragte Alba.

Dieser Gedanke war Karl ganz zu Beginn gekommen, doch er hatte ihn schnell wieder verworfen. »Das glaube ich nicht. Das Siegel auf dem Schinken hat Dolores praktisch davor gewarnt, ihn zu essen. Außerdem hätte ein Kannibale seine Beute wohl niemals hergegeben. In den bekannten Fällen haben eigentlich alle ihre Opfer selbst gegessen. Immerhin hat es ja doch einige Mühe gemacht, sie zu beschaffen.«

Alba verzog das Gesicht und trank noch einen Schluck Wein.

»Trotzdem, wer so etwas durchzieht, braucht ein sehr starkes emotionales Motiv. Liebe, Hass oder Rache zum Beispiel.«

»Du meinst, Rache für eine erlittene Demütigung?«

»Genau«, bestätigte Karl. »Man kann nicht von der Hand weisen, dass José ein starkes Motiv hatte, seinen Vater zu töten.«

»Aber traust du ihm so ein kaltblütiges Vorgehen zu, Karl? Oder die nötige Intelligenz?«, fragte Alba, während sich die Falte zwischen ihren Augen vertiefte. »Ich kann mir nicht vorstellen, dass er überhaupt in der Lage wäre, so eine Tat zu planen. Geschweige denn, sie durchzuführen.«

Karl rief sich das Bild des jungen Verkäufers vor Augen. Von der Mutter verwöhnt, vom Vater gedemütigt, von den Kindern des Viertels gehänselt. Er dachte daran, wie José vor Schreck den Olivenkrug hatte fallen lassen, an seine schweißfeuchten Hände, den nervösen Blick. Der junge Molina mochte zwar nicht der sympathischste Mann sein, der Karl jemals begegnet war, aber wenn er ehrlich zu sich selbst war, glaubte er auch nicht, dass José intelligent genug war, eine solche Tat zu planen und auszuführen.

»Du hast recht«, meinte er. »Ich kann mir zwar gut vorstellen, dass José die Demütigungen seines Vaters nicht mehr ausgehalten und ihn im Affekt umgebracht hat, aber der ganze Rest passt nicht zu ihm. Eigentlich glaube ich auch nicht, dass es José war. Aber vielleicht hat seine Mutter ihm auch dabei geholfen.«

»Dolores und José, ein Mörderpärchen? Mutter und Sohn, die den Vater um die Ecke bringen, ihn zu Schinken verarbeiten und Jahre nach seinem Verschwinden im eigenen Laden aufhängen, um nicht verdächtigt zu werden?« Alba zog belustigt eine Augenbraue in die Höhe. »Also wirklich, Kommissar Lindberg. Ich glaube, du solltest woanders nach deinem Metzgermörder suchen. Am Passeig del Born findest du ihn meiner Meinung nach nicht.«

Karl küsste Alba auf den Scheitel. »Wie könnte ich meiner klugen Frau widersprechen?«

Er warf einen Blick auf seine Armbanduhr und runzelte die Stirn. »Wo bleibt eigentlich Oli? Kommt er nicht zum Abendessen?«

Alba schüttelte den Kopf. »Er hat mir eine SMS geschrieben, dass er heute Abend bei Rafa isst.«

»Die zwei hängen ganz schön viel zusammen«, bemerkte Karl. »Schön, dass Oli so schnell einen guten Freund gefunden hat.«

Alba bedachte ihn mit einem Blick, den er nicht deuten

konnte, doch meistens verhieß derlei nichts Gutes. »Ja«, sagte sie streng. »Ein guter Freund ist wirklich wichtig.« Bei dem Wort »Freund« malte sie Anführungsstriche in die Luft – eine sehr deutsche Geste, die Karl normalerweise immer zum Schmunzeln brachte. In diesem konkreten Fall jedoch erschreckte sie ihn eher, weil ihm sofort klar war, was sie zu bedeuten hatte.

Ein Teil von ihm hatte zwar in letzter Zeit häufiger darüber nachgedacht, aber er hatte den Gedanken immer möglichst schnell wieder verdrängt.

»Meinst du wirklich, Oli ist schwul?«

Jetzt war Albas Blick vernichtend. »So schwul wie Elton John, wenn du mich fragst. Sag mal, Karl, wie gut kennst du deinen Sohn eigentlich?«

Karl kam sich vor wie ein gescholtener Schuljunge. Vor allem, weil er wusste, welcher Vorwurf in Albas Frage mitschwang. Eigentlich sollten sich Vater und Sohn so nahe stehen, dass solche Fragen gar nicht erst aufkamen. Und früher, als Oli noch klein gewesen war, hatten sie viel zusammen unternommen. Gespielt, gelacht, geredet – hatten einander vertraut. Aber nun war Oli kein kleiner Junge mehr, er war im Begriff, ein Mann zu werden. Und seitdem sie in Barcelona wohnten, war jeder von ihnen seine eigenen Wege gegangen.

»Wer kennt schon sein Kind, wenn es im Teenageralter ist?«, witzelte Karl, doch Alba ging nicht darauf ein.

»Wenn er sich tatsächlich outet: Wäre das ein Problem für dich?«, fragte sie, jetzt schon etwas sanfter.

Karl dachte kurz nach und versuchte, ganz aufrichtig zu sich selbst zu sein. Er hatte es geahnt und sich innerlich auch schon darauf vorbereitet. Wenn er ehrlich war, überraschte es ihn kein bisschen. An seiner Liebe zu Oliver würde es definitiv nichts ändern. Und auch sonst konnte er nichts finden, was ihn daran störte, einen schwulen Sohn zu haben. Immerhin erklärte das, warum das Einzige an Karl, das vor Olis Augen stets

Gnade fand, sein Kleidungsstil war. Nur eins fand er wirklich traurig daran.

»Nein, natürlich nicht«, antwortete er schließlich. »Oli kann lieben, wen immer er will, meine Unterstützung hat er. Aber …«

Alba drückte seinen Arm. »Was aber?«

Karl schluckte. Mit einem Mal fühlte sich sein Hals sehr trocken an, und unglücklicherweise war sein Weinglas leer. »Ich hätte nur sehr gerne Enkelkinder gehabt«, brachte er heraus.

Natürlich wusste Karl, dass er noch jung war, und bis zu diesem Tag hatte er sich noch nie mit dem Gedanken befasst, Großvater zu werden. In seinem Kopf war das noch ewig weit weg gewesen. Allerdings hatte er niemals daran gezweifelt, dass diese Zeit kommen würde. Etwas an dem Gedanken, keine Enkelkinder zu haben, machte ihn sehr traurig.

Alba schien diese Traurigkeit nicht zu teilen. Im Gegenteil; sie lächelte verschmitzt. »Na, da lässt sich doch was machen.« Sie drehte den Kopf und gab Karl einen langen, leidenschaftlichen Kuss. Als sie einander wieder ansahen, lag das vertraute, abenteuerlustige Funkeln in Albas Augen. Ein Zeichen dafür, dass sie sich gerade eine neue Flause in den Kopf gesetzt hatte. Und Karl wusste genau, was für eine Flause das war. Er fühlte sich völlig überrumpelt. Noch vor wenigen Minuten hatte er zufrieden und nichts ahnend auf seiner Terrassenliege gedöst, und nun saß er hier und führte ein ernstes Familiengespräch. Wie schnell doch das Leben immer wieder die Richtung wechseln konnte.

»Ein zweites Kind?«, fragte er überrascht, doch noch während er es aussprach, fühlte er bereits, wie sich eine glückliche Wärme in seiner Brust breitmachte.

»Warum nicht?«, fragte Alba.

Und sie hatte recht. Jung genug waren sie. Sie hatten genug Geld, und Oli würde schon bald aus dem Haus sein. »Ja, warum nicht?« Karl grinste und schlang die Arme um Alba. Schlagartig fühlte er sich wieder wie Anfang zwanzig.

Beim Klingeln des Telefons zuckten beide zusammen. Etwas ungehalten fischte Karl nach seinem Handy, das auf einem Beistelltischchen lag, und blickte auf das Display. Es war Alex.

»Na los«, forderte ihn Alba auf. »Geh schon ran. Ich lauf nicht weg.«

Karl nahm den Anruf an. »Was gibt's, Alex?«

»Karl«, schrie Alex durch den Hörer, und Karl hielt das Telefon automatisch ein Stück von seinem Ohr weg. Im Hintergrund konnte er Schreie hören, irgendwo splitterte Glas.

»Du musst unbedingt herkommen!«, rief Alex. »Wir können sie nicht aufhalten. Die bringen uns noch um!«

Karl setzte sich ruckartig auf und schob dabei Alba etwas unsanft von sich.

»Jetzt mal ganz ruhig, Alex! Was ist los?«

»Irgendwie hat sich rumgesprochen, was wir im ›Especialidades‹ gefunden haben, Karl. Das halbe Viertel steht vor dem Laden. Die nehmen hier alles auseinander!«

»Scheiße!«, fluchte Karl und rappelte sich hoch. »Hast du schon Verstärkung angefordert?«

»Für wie blöd hältst du mich eigentlich?«, fragte Alex gereizt.

Karl schüttelte verärgert den Kopf. Er hatte das schon öfter gesehen. Wenn die Leute in dieser Stadt einmal wütend wurden, dann konnte das böse ins Auge gehen. Wie zur Hölle hatte sich das so schnell verbreitet? Im Stillen verfluchte er sich gründlich dafür, sich auf Alex' Vorschlag eingelassen zu haben. Wie gern würde er jetzt hier bei Alba bleiben und am Familienzuwachs arbeiten.

»Ich beeil mich!«, versicherte er und legte auf.

7

Bereits zum zweiten Mal an diesem verrückten Tag dachte Karl darüber nach, wie sehr er Sport eigentlich hasste. Sport zu treiben hasste er ebenso sehr wie das Gefühl, Sport getrieben zu haben oder das schlechte Gewissen, keinen Sport getrieben zu haben. Dennoch rannte er die Treppe hinunter und den kurzen Weg bis zum Spezialitätengeschäft. Dabei musste er sich ein paarmal unsanft den Weg durch verstopfte Straßen bahnen – vor allem die Gegend rund um das Picasso-Museum war an Sommerwochenenden hoffnungslos überfüllt. Etwas, das Karl nie verstanden hatte, stellte das Museum doch eher unbekannte Werke des großen Meisters aus. Dennoch reichte die Schlange an manchen Tagen bis zur nächsten Straßenecke in fast hundert Metern Entfernung.

Als er in die Nähe des Passeig del Born kam, ging es schließlich nicht mehr weiter. Doch Karl konnte den Aufruhr, der vor dem Laden herrschte, bereits hören. Kurz vor der Stelle, wo die Straße, in der er sich befand, in den breiten Passeig mündete, hatte sich eine Traube aus Schaulustigen gebildet, die in der Hoffnung, ein Stück von der Katastrophe abbekommen zu können, die Hälse reckten, sich aber nicht weiter vorwagten. Sie verstopften alles, es ging weder vor noch zurück.

Früher hätte Karl einfach seinen Dienstausweis gezückt und sich seinen Weg gebahnt, doch als er probehalber »Polizei, lassen Sie mich durch!« rief, erreichte er nur, dass ein paar Leute irritiert die Köpfe in seine Richtung drehten und sich die Mauer aus Rücken, die vor ihm aufragte, danach nur noch dichter schloss.

Es blieb ihm nichts anderes übrig, als sich mit aller Kraft und mit den Ellbogen voranzukämpfen. Während er sich durch die Masse quetschte, versuchte er verzweifelt, zu ignorieren, wie verschwitzt all die Leute waren und wie nahe er ihnen gerade kam.

Schließlich schob er sich durch die vorderste Reihe und stolperte fast auf den Passeig hinaus, auf dem vor dem Delikatessenladen ein waschechter Tumult im Gange war. Die Fassade des altehrwürdigen Hauses war mit Tomatenresten, Rotwein und Farbbeuteln gesprenkelt, die Fensterscheibe des Ladens war mit einem Stein eingeworfen worden, und jemand hatte mit roter Farbe aus »Especialidades Molina« »Especialidades Mortales« gemacht, tödliche Spezialitäten. Zum Glück hatten Dolores und José es offensichtlich geschafft, die Gitter zu schließen, sodass sie im Inneren des Hauses in Sicherheit waren. Die Leute rüttelten an den Gitterstäben, vereinzelt stiegen die Worte »Mörder« und »Kannibalen« aus dem Gemurmel auf. Karl überlegte fieberhaft, wie er es anstellen sollte, zu den anderen zu gelangen, doch er sah keinen direkten Weg. Außerdem durfte sich die Ladentür im Moment unter keinen Umständen öffnen. Er umging die Menschentraube und bog auf der anderen Seite wieder in eine schmale Gasse ein, die ihn, wie er hoffte, zur Rückseite des Hauses bringen würde. Dieser Teil von El Born war von kleinen, vergitterten Privatgassen durchzogen, die nur den Bewohnern einzelner Häuser zugänglich waren, und er glaubte sich zu erinnern, dass eine dieser Gassen hinter dem Haus der Molinas verlief. Sein Gefühl hatte ihn nicht getrogen und mehr noch: Sein Schwager erwartete ihn bereits an einem Fenster und warf ihm den Schlüssel zu, mit dem er das Gitter aufsperren konnte. Diese Hürde hatte er schon einmal gemeistert, jetzt musste er noch durch das Fenster ins Haus kommen. Da es im Hochparterre lag, konnte Karl den Sims zwar mit den Händen erreichen, doch seine Kraft reichte bei Weitem nicht aus, um sich hochzuziehen. Alex streckte die Arme aus und zog ihn unsanft zu sich herauf. Einen Augenblick lang strampelte er höchst unelegant mit den Beinen in der Luft herum, bis seine Füße Halt an einem hervorspringenden Stein fanden und es ihm gelang, sich hochzustemmen und mit Alex' Hilfe schließlich ins Haus zu gelangen. Allein die Tatsache, dass Alex keinen spöttischen Kommentar zu Karls Kletterkünsten von sich gab, zeigte ihm, wie ernst die Lage war.

»Was ist passiert?«, fragte Karl außer Atem, während er sich das schmerzende Schienbein rieb, mit dem er gerade über das Fensterbrett gerutscht war.

Alex hielt ihm mit ernster Miene eine Ausgabe der Zeitung *El Periódico* hin – ein Blick auf die Schlagzeilen genügte.

»Hat sie ihren Mann zu Schinken verarbeitet?« Darunter prangte ein verpixeltes Bild von Dolores. Es war eindeutig schon etwas älter und zeigte eine lächelnde Dolores mit schwarzem Balken über den Augen hinter dem Verkaufstresen des Ladens. Zwar erwähnte der Artikel weder Dolores' Namen noch den des Geschäfts, doch das war angesichts der Popularität des Ladens auch gar nicht notwendig. Jeder Bewohner der Ciutat Vella wusste genau, wer und was auf dem Foto zu sehen war.

Das durfte einfach nicht wahr sein! Wie war die Zeitung so schnell an vertrauliche Polizeiinformationen gekommen?

»Scheiße, Alex!«, fluchte Karl. »Wie konnte das passieren?«

»Ich habe keine verdammte Ahnung!«

»Es wissen doch nur eine Handvoll Leute von der Geschichte. Wer könnte das ausgeplaudert haben?«

Alex kratzte sich nachdenklich am Kopf. »Na ja. Ich war ja heute Mittag bei der Cap und habe um Unterstützung gebeten. Danach habe ich die vier jungen Mossos, die sie mir zugeteilt hat, ins Bild gesetzt und sie ausgeschickt, sich in den Kneipen des Barrios umzuhören. Vielleicht hat ja einer von denen was durchsickern lassen.«

Karl stöhnte. »Passiert so was öfter bei euch?«

Alex zuckte die Schultern. »Ab und zu. Wir werden nicht besonders gut bezahlt. Vor allem in den unteren Rängen nicht. Und die jungen Absolventen haben Familie.«

»Jetzt nimm sie bloß nicht in Schutz, hörst du? Das ist keine Kleinigkeit!«

Karl hielt einen Moment inne, um sich zu sammeln. Dann schüttelte er den Kopf und sah seinen Schwager an. Der arme Kerl saß ganz schön in der Tinte. »Ich glaube sowieso nicht, dass es einer von den jungen Mossos war, Alex. Die Presse ist zwar schnell, aber so schnell auch wieder nicht. Der Artikel muss geschrieben und die Fotos rausgesucht werden, und dann muss die Zeitung noch gedruckt werden und in den Handel kommen. Die Information ist eindeutig älter. Das muss gleich heute Morgen durchgesickert sein.«

Alex wurde blass. »Was meinst du damit?«

»Ich meine damit, dass dir hier einer deiner geschätzten Kollegen ans Bein pinkeln will. Und zwar so richtig. Ich sag es ja nicht gern, aber bei deiner Beliebtheit könnte das praktisch jeder gewesen sein.«

»Glaubst du wirklich, jemand würde die Geschichte an die Presse geben, nur um mich durch den Dreck zu ziehen?«

»Davon bin ich sogar überzeugt. Bedenk doch mal, wie du an deinen Posten gekommen bist!«

Karl wunderte sich über die Naivität seines Schwagers. Hatte er ernsthaft gedacht, er könne auf diese Art einen Posten annehmen, ohne Schwierigkeiten zu bekommen? Allerdings fiel die Rache in diesem Fall besonders hässlich aus. Sie zog Menschen in Mitleidenschaft, die mit den internen Scherereien der Mossos überhaupt nichts zu tun hatten. Schon der Gedanke machte Karl rasend. Er hatte solches Verhalten schon ein paarmal erlebt, aber es machte ihn jedes Mal fassungslos. Allerdings lernte jeder Polizist in höheren Rängen früher oder später, dass die Menschen mit den wenigsten Skrupeln seltener hinter Gittern und häufiger unter Kollegen zu finden waren. Er rieb sich die Schläfen und versuchte, den Ärger zurückzudrängen und sich zu konzentrieren. Hier ging es nicht um ihn, es war streng genommen nicht einmal seine Ermittlung. Er war hier, um zu helfen.

»Wo sind die beiden?«, fragte er.

Alex zeigte mit dem Daumen hinter sich. »Im Laden natürlich, wo sonst?«

Ja, wo sonst?

Karl Lindberg strich seinen Anzug glatt und fuhr sich kurz mit den Fingern durch die schon wieder viel zu langen Haare. Dann verließ er den Lagerraum, in dem sie sich befanden, und ging das kurze Stück in den Laden. Er war nicht auf das vorbereitet, was ihn dort erwartete. Noch bevor er etwas sagen oder tun konnte, packten ihn zwei kräftige Hände und schleuderten ihn gegen das nächstbeste Regal. Karl spürte einen stechenden Schmerz im Rücken und hörte, wie um ihn herum Dosen zu Boden fielen. Das teigige Gesicht von José Molina war dicht vor seinem.

»Hast du das der Presse gesteckt, Arschloch?«, zischte er, und obwohl Alex bereits hinter ihm war und versuchte, José von Karl wegzuzerren, gelang es diesem noch, dem verdutzten Kommissar mit voller Wucht die Faust ins Gesicht zu rammen.

Karl ging stöhnend zu Boden. Er hörte nur undeutlich, wie Alex den jungen Molina anschrie, er solle die Hände über den Kopf heben.

Das hier läuft viel zu schnell aus dem Ruder, dachte Karl, bevor er den Kopf auf die Dielen sinken ließ.

Endlich hörte er von ferne das vertraute Geräusch von Polizeisirenen.

Den Kollegen war es gelungen, den Passeig zu räumen und José Molina mitzunehmen. Karl saß noch immer am Boden und presste sich eine Tüte feinster katalanischer Bohnen aus der Kühltruhe ins Gesicht. Alex stand draußen neben einem Streifenwagen und diskutierte lautstark mit einem Kollegen. Worum es dabei genau ging, konnte Karl nicht verstehen.

Dolores Ortega saß mit versteinerter Miene auf einer kleinen Trittleiter. Ein paar schwarze Strähnen hatten sich aus ihrem Dutt gelöst und fielen ihr wirr ins Gesicht. Sie sah aus, als hätte ihre Seele den Körper verlassen.

»Dolores?«, fragte Karl freundlich. »Ist alles in Ordnung mit Ihnen?«

Die Feinkosthändlerin lachte freudlos. »Wie soll irgendwas in Ordnung sein, Sergent?«

»Entschuldigen Sie, die Frage war dumm von mir. Ich hole Ihnen etwas zu trinken.« Karl rappelte sich auf und ging die geschwungene Treppe hinauf in die Wohnküche, wo er nach einer kurzen Suche drei alte Senfgläser fand, die Mutter und Sohn wohl als Trinkgläser dienten. Dann tastete er in seiner Sakkotasche nach seinem Handy. Er wollte Alba berichten, was gerade geschehen war, und ihr sagen, dass es wohl noch etwas dauern könnte, bis er nach Hause kam, doch seine Suche blieb erfolglos. Er musste sein Telefon irgendwo auf dem Weg zum Passeig im Getümmel verloren haben. Der Kommissar stöhnte. Das hatte ihm gerade noch gefehlt. Aber manchmal waren es eben die kleinen Dinge, die einen ganz besonderen Tag perfekt machten. In seinem Fall perfekt beschissen. Allerdings, versuchte er sich einzureden, war das der beste Beweis dafür, dass seine Notizen in dem Büchlein besser aufgehoben waren als auf seinem Handy. Denn wenn man ehrlich war, war das nicht das erste Mobiltelefon, das Karl verloren oder kaputt gemacht hatte.

Mit den Gläsern in der Hand kehrte er in den Laden zurück, wo sich Dolores keinen Millimeter vom Fleck gerührt hatte. Einer Eingebung folgend, trat er hinter den Verkaufstresen und fand dort die angebrochene Flasche Hierbas mit demselben Füllstand wie vor ein paar Tagen. Er goss drei großzügige Schlucke ein, dankte kurz dem Schicksal dafür, de facto nicht im Dienst zu sein, und stellte eines der Gläser vor Dolores Ortega hin.

»Diese Geschichte macht mich noch zur Trinkerin«, bemerkte sie tonlos.

»Señora, diese Gefahr besteht, soviel ich sehe, nun wirklich nicht«, sagte Karl mit einem Seitenblick auf die noch immer recht volle Flasche.

»Woher wollen Sie wissen, ob das nicht schon meine zweite ist?«, fragte Señora Ortega. Mit einem matten Lächeln stieß sie mit ihrem Senfglas gegen Karls und nahm einen kleinen Schluck. Sie wirkte in diesem Augenblick so zerbrechlich, dass Karl sich fragte, ob sie wohl jemals wieder würde aufstehen können.

»Das mit Ihrem Gesicht tut mir leid«, murmelte sie.

Karl zog sich ein leeres Olivenölfass heran und setzte sich darauf. Er winkte ab. »Ach, vergessen Sie's, da ist sowieso Hopfen und Malz verloren. Ein Indianer kennt keinen Schmerz.«

Señora Ortega sah ihn verständnislos an.

»Eine deutsche Redensart.«

Dolores runzelte die Stirn. »Gibt es denn Indianer in Deutschland?«

Karl lachte auf. »Nein, wirklich nicht.«

»Dann ist es ein merkwürdiges Sprichwort.«

»Da haben Sie wohl recht, Señora.«

Sie nickte. »Sie haben der Presse nichts verraten, oder?«

»Nein, das würde mir nicht im Traum einfallen. Und es tut mir sehr leid, was Sie jetzt deswegen durchmachen müssen.«

»Ich habe José gesagt, dass Sie es nicht waren. Der Sergent ist in Ordnung, habe ich gesagt. Aber er wollte nicht auf mich hören. Er traut Ihnen nicht.«

Ich kann ihn auch nicht leiden, dachte Karl, behielt seine Gedanken jedoch für sich. An der Mutter konnte es nicht liegen, sie war eine angenehme Person. Bestimmt hatten die Schikanen des Vaters den Sohn zu dem gemacht, was er heute war.

»Was machen sie jetzt mit ihm?«, fragte Dolores.

Karl sah die alte Frau an und wusste zunächst nicht, was er antworten sollte. Wahrscheinlich waren Mutter und Sohn in ihrem ganzen Leben kaum auch nur einen Tag getrennt gewesen. Der Zeitungsartikel interessierte Dolores genauso wenig wie das Chaos um sie herum oder das Getratsche des Viertels. Ihre Gedanken galten einzig und allein dem Wohl ihres Sohnes. Sie ist eine Löwenmutter, dachte Karl. Genau wie Alba.

»Nun, ich denke, das wird keine große Sache werden«, antwortete Karl leichthin und hoffte inständig, dass es stimmte. »Wahrscheinlich ist er in ein paar Stunden wieder zu Hause. Er bekommt eine Anzeige wegen Körperverletzung und ein paar klare Worte. Das war es auch schon.«

Die Glöckchen bimmelten, und Alex betrat den Laden. Auch er sah mitgenommen aus; José hatte ihm ein paar Kratzer im Gesicht verpasst. Als er Karl erblickte, hellte sich seine Miene merklich auf, was diesen vermuten ließ, dass er zum Fürchten aussah.

»Ich hab den Kollegen überzeugen können, es bei Körperverletzung zu belassen.«

Karl nickte zufrieden. Er hätte genau dasselbe getan.

»Was bedeutet das?«

Alex lächelte Dolores an und griff ganz selbstverständlich nach dem dritten Likörglas. »Na ja, José wäre eigentlich noch wegen Widerstand gegen Vollstreckungsbeamte dran. Er hat noch zwei andere Kollegen bluten lassen.«

Dolores' Gesicht wurde von einer feinen Röte überzogen. Offensichtlich schämte sie sich für das Verhalten ihres Sohnes.

»Angesichts der Umstände fände ich das aber etwas zu heftig. Wer wäre in so einer Situation nicht ausgerastet? Die Kollegen haben schließlich zugestimmt und werden die Sache nicht weitergeben.«

»Vielen Dank, Sergent«, sagte Dolores.

»Nichts zu danken.« Alex zeigte auf seine Nase und zwinkerte. »Ich habe in meinem Leben schon schlimmere Schläge eingesteckt.« Und mit einem Blick auf Karl fügte er hinzu: »Bei meinem Praktikanten bin ich mir da allerdings nicht so sicher.«

Diese Worte brachten Karl endgültig dazu, sich etwas mühsam von seinem niedrigen Sitz zu erheben und sich ins Badezimmer zu verabschieden, um den Schaden zu begutachten.

Als er sein Gesicht im Spiegel betrachtete, musste er feststellen, dass Alex recht hatte. Er konnte sich nicht erinnern, je zuvor einen solchen Schlag kassiert zu haben – und dabei hatte er in seiner polizeilichen Karriere schon einiges abbekommen. Dennoch: kein Vergleich. So schwach der Händedruck von José Molina war, so hart war sein Schlag. Karls gesamte linke Gesichtshälfte war angeschwollen, auf dem Wangenknochen klaffte ein Riss, und das Auge war bereits fast komplett zugeschwollen. In seinen Nasenlöchern klebte getrocknetes Blut. Sein Großvater wäre stolz auf ihn, schoss es Karl durch den Kopf. Er war immer der Meinung gewesen, der »Sohn des Deutschen« prügle sich zu wenig. Karl befeuchtete ein Stück Toilettenpapier mit lauwarmem Wasser und versuchte, den Schaden zu begrenzen. Er konnte von Glück sagen, dass José nicht seine Zähne erwischt hatte. Einen hätte er bei dem Schlag mindestens eingebüßt. Und er hatte es bisher sehr zu Albas Unmut versäumt, eine Zusatzversicherung abzuschließen. Gleich morgen würde er das nachholen. Oder vielleicht besser, wenn sein Gesicht wieder normal aussah, überlegte Karl, sonst kostete es sicher das Doppelte.

Er wusch sich das Blut ab und versuchte, seine Haare zu ordnen.

Resigniert stellte er fest, dass die Blutspritzer auf dem Hemdkragen und das zerbeulte Gesicht ihn irischer aussehen ließen als je zuvor. Dennoch stahl sich ein leichtes Grinsen auf seine Lippen. Zwar hatte sich Karl seinen unbezahlten Urlaub so ganz sicher nicht vorgestellt, doch er musste sich eingestehen, dass er sich zum ersten Mal seit Langem wieder richtig lebendig fühlte. Er war froh, dass Alex ihn angerufen hatte. Und froh, dass er eingewilligt hatte, Praktikant der Mossos zu werden. Allerdings hatte er nicht vor, das seinen Schwager wissen zu lassen.

Als er wieder in den Laden zurückkehrte, sah er gerade noch, wie Alex Dolores Ortega in ein Taxi setzte.

»Sie fährt für ein paar Tage zu ihrer Schwester aufs Land.«

Als er Karls Blick auffing, verzog Alex das Gesicht. »Ja, ich weiß, wo die Schwester wohnt, und ja, ich habe auch die Telefonnummer. Habe gerade persönlich dort angerufen und sie angekündigt.«

Karl ließ ein zufriedenes Brummen hören. »Und der Laden?«, fragte er.

Alex grinste und klapperte mit einem Schlüsselbund. »Auch praktisch, falls wir einen Durchsuchungsbeschluss bekommen.«

»Irgendwie laufen hier die Dinge etwas anders als in Berlin«, stellte Karl halb belustigt, halb empört fest.

»Kann ja sein, aber du bist jetzt hier und musst dich mit unserem Lauf der Dinge zufriedengeben. Und nach unserem Lauf der Dinge ist es jetzt Zeit fürs Abendessen. Kommst du mit?«, fragte Alex.

Karl dachte kurz nach. Eigentlich sollte er sich mit diesem Gesicht heute in kein Restaurant setzen. Und eigentlich sollte er auch zu Alba nach Hause gehen, damit sie sich keine Sorgen machte. Vielleicht sollte er auch lieber nach seinem Telefon suchen. Immerhin war es sündhaft teuer. Aber irgendwie fühlte er sich für all das gleichzeitig zu müde und zu rastlos. Seine Realität war heute verrutscht; er hatte einen Tag hinter sich, der locker für drei Tage gereicht hätte, dabei war es draußen immer noch hell. Und Alex war verrückterweise der einzige Mensch, der ihn wirklich verstehen konnte.

»Einverstanden. Könntest du Alba bitte eine SMS schreiben, dass wir noch ausgehen? Ich muss auf dem Weg hierher mein Handy verloren haben.«

»Das liegt an den Anzughosen, die du immer trägst«, bemerkte Alex ungerührt. »Kein Wunder, dass dir da alles rausfällt.«

Er zog sein Smartphone aus der Tasche seiner aufreizend engen Jeans und tippte eine kurze Nachricht an seine Schwester. Dann schlossen die beiden den Laden ab, und Karl versuchte, das schlechte Gefühl zu verdrängen, das ihn beim Anblick der eingeworfenen Fensterscheibe überfiel. Er hoffte inständig, dass sich die Stimmung im Barrio bald wieder änderte. Und dass diese Geschichte bei den Mossos kein allzu heftiges Echo nach sich ziehen würde.

8

Was auf jeden Fall ein heftiges Echo nach sich zog, war der vergangene Abend. Das wusste Karl in dem Moment, als er die Augen aufschlug. Sein Kopf dröhnte und drehte sich gleichzeitig. Er setzte sich im Bett auf und musste feststellen, dass er noch immer seinen Leinenanzug trug. Nur die Schuhe standen etwas abseits vom Bett ordentlich nebeneinander.

Seine Bewegung hatte Alba geweckt. Sie drehte sich neben ihm um und schlug die Augen auf. Sofort wusste Karl, dass sie sauer war. Er konnte förmlich die Gewitterwolke über ihrem Kopf kreisen sehen.

»Was zum Teufel habt ihr zwei getrieben?«, zischte sie. Ihre Stimme zerschnitt Karl beinahe den Kopf. Er kniff die Augen zu und stöhnte.

»Dir auch einen Guten Morgen!«

Alba setzte sich mit einem Ruck auf. »Scheiße, Karl. Das ist nicht lustig! Ich habe mir Sorgen gemacht.«

»Wieso denn? Alex hat dir doch Bescheid gegeben!«

Über Albas Nase bildete sich eine tiefe, schnurgerade Falte. »Ja, schon. Um halb neun. Um drei Uhr wart ihr aber immer noch nicht zu Hause. Und was ist überhaupt mit deinem Gesicht passiert? Du siehst aus wie ein Preisboxer.«

Karl versuchte, sich zu konzentrieren. Drei Uhr? Er verrenkte sich das Gehirn, konnte aber nur blitzlichtartige Bilder in seinem Kopf aufrufen. Alex und er waren bei einem Billigitaliener Pizza essen gewesen und dann aus einer Laune heraus noch zu Fuß hinunter nach Barceloneta gegangen. Er konnte sich noch daran erinnern, dass Alex ihnen beim Sparmarkt am Strand eine Flasche Wein gekauft hatte und dass sie später noch mit einer Gruppe Studenten nach Raval gelaufen waren, dann verlor sich seine Erinnerung.

Er konnte nicht sagen, welcher Teil seines Körpers ihm am meisten wehtat. Wahrscheinlich der Kopf, weil der von innen und außen schmerzte, aber sein Schienbein tat auch ziemlich weh, und beim Blick auf seine rechte Hand stellte er irritiert fest, dass sich ein tiefer Schnitt über ihre Innenseite zog.

»Tut mir leid«, brachte er schließlich heraus. »Ich weiß auch nicht. Alex und ich hatten einen ziemlichen Scheißtag, der am Ende offensichtlich aus dem Ruder gelaufen ist.«

»Das ist nicht zu übersehen«, stellte Alba nüchtern fest. »Aber warum bist du nicht mal an dein Handy gegangen?«

»Ich hab's wohl auf dem Weg zu Alex verloren. Es ist weg.«

Alba runzelte die Stirn. »Ach, Karl, das teure Ding! Du hast doch versprochen, diesmal gut darauf aufzupassen.«

»Ich weiß«, seufzte Karl. »Dein Bruder scheint einen schlechten Einfluss auf mich zu haben.«

Alba schmunzelte ein wenig. Das Gewitter zog langsam vorüber. »Jetzt schieb das nicht auf Alex. Du bist erwachsen und alt genug, deine eigenen Entscheidungen zu treffen. Aber jetzt mal im Ernst: Ich hätte dich hier gestern Abend gebraucht!«

Nun hatte ihr Gesicht einen völlig anderen Ausdruck angenommen. Irgendwas war gestern Abend vorgefallen, doch das musste noch einen Augenblick warten, denn Karl spürte, wie Übelkeit in ihm hochstieg. Außerdem konnte er sich kaum auf Albas Stimme konzentrieren. Er fühlte sich nicht in der Lage, ein ernstes Gespräch zu führen.

»Sekunde, ich muss kurz mal ins Bad. Danach reden wir in Ruhe, versprochen!«, sagte Karl und stand auf.

»Karl, warte!« Albas Stimme klang jetzt hellwach. Doch Karl konnte nicht mehr viel länger warten. Er drehte sich zu seiner Frau um und lächelte so strahlend, wie er es in seinem Zustand vermochte.

»Ich bin gleich wieder da«, sagte er und schlüpfte aus dem Schlafzimmer.

Karl schlich auf Zehenspitzen durch die große Dachgeschosswohnung, in die gerade die ersten Sonnenstrahlen des neuen Morgens fielen. Die Tür zum Wohnzimmer stand einen Spalt offen, durch den Karl seinen Schwager erkennen konnte, der auf der Couch selig vor sich hin schnarchte. Im Gegensatz zu ihm selbst schlief Alex mit Schuhen und machte insgesamt einen zufriedenen Eindruck. Die Vorstellung, dass sich Alex und Karl gemeinsam die lange Treppe sechs Stockwerke hinaufgeschleppt hatten, rührte ihn irgendwie.

Am Badezimmer angekommen, stellte der Kommissar verdutzt fest, dass es abgeschlossen war. Er hätte nicht gedacht, dass Oli schon wach war; die Tür zum Zimmer seines Sohnes war zu.

Kurz darauf hörte er die Spülung rauschen, und die Tür ging auf. Heraus kam nicht etwa Oliver, sondern ein schmächtiges Bürschlein mit blauen Haaren, einem Ramones-Shirt und einem Unterlippenpiercing. Als der Junge Karl erblickte, sprang er vor Schreck zur Seite, und auch der Hausherr zuckte zusammen.

»Entschuldigung«, stammelte der Junge, der ungefähr in Olivers Alter sein musste. Eine leichte Röte überzog sein Gesicht, und er machte Anstalten, sich an Karl vorbeizudrängen.

»Nicht so schnell«, hielt Karl ihn auf. »Darf ich erfahren, wer du bist und was du in meinem Bad zu suchen hast?«

»Ich …«

Weiter kam er nicht, denn ihr Gespräch hatte Alba und Oliver auf den Plan gerufen, die sich bei den beiden im Flur vor dem Badezimmer einfanden. »Scheiße, Papa! Was ist denn mit dir passiert?«, rief Oli sichtlich verwundert, dann trat er neben den Blauhaarigen und griff demonstrativ nach dessen Hand. Langsam dämmerte Karl, was hier vor sich ging. Er hatte anscheinend gestern Abend wirklich etwas verpasst.

»Lange Geschichte.« Er musterte seinen Sohn und den Jungen, dessen Hand dieser hielt. »Aber ihr habt offenbar auch was zu erzählen.«

»Stimmt. Papa, das ist Rafa. Wir … wir sind zusammen«, verkündete Oliver unumwunden mit fester Stimme, und Karl konnte nicht umhin, den Mut seines Sohnes zu bewundern. Er hätte sich an seiner Stelle wahrscheinlich ins Hemd gemacht.

Was war das für ein seltsamer Augenblick. Er stand hier mit einem lädierten Gesicht und dem Kater seines Lebens vor der Badezimmertür, während sein Sohn dabei war, sich zu outen. Karl war heilfroh, dass er gestern mit Alba kurz darüber gesprochen hatte. So traf ihn diese Situation nicht ganz unvorbereitet. Er wusste, dass es jetzt an ihm war, etwas Erwachsenes, Verständnisvolles zu sagen.

»Für dieses Gespräch brauche ich Kaffee und Ibuprofen«, brachte er heraus. Na ja. Er war noch nicht in Hochform. Immerhin hatte er es geschafft, seinem Sohn ein schiefes Lächeln zu schenken.

Dann entzog er sich der Situation rasch durch die Badezimmertür. Karl nahm hastig eine Kopfschmerztablette und wusch sich das Gesicht mit kaltem Wasser. Irgendwie fühlte er sich für das Gespräch, das nun vor ihm lag, nicht erwachsen genug. Der alberne Wunsch, jemand anders könnte das für ihn übernehmen, überkam ihn. Ein Doppelgänger, der immer dann zur Stelle war, wenn Einfühlsamkeit und soziale Kompetenz gefragt waren. In seinem Innern schwappten die widersprüchlichsten Gefühle und das am gestrigen Abend Konsumierte durcheinander, er wünschte, er hätte ein bisschen Zeit, um Ordnung in sein emotionales Chaos zu bringen. Doch er musste sich zusammenreißen. Immerhin war er hier der Erwachsene und war gestern in einem wichtigen Moment nicht zu Hause gewesen. Es galt, ein paar Vaterpunkte aufzuholen.

In der Küche saßen bereits alle bis auf Alex, dessen Schnarchen leise zu ihnen herüberdrang, um den Tisch herum.

Karl setzte sich vor seine gefüllte Kaffeetasse und nahm einen kräftigen Schluck. Im Stillen beglückwünschte er sich dabei nicht zum ersten Mal zu der Anschaffung der Kaffeemaschine vor ein paar Wochen.

»Okay«, sagte er. »Erst ihr, dann ich.«

Oliver straffte die Schultern. »Wir haben den Eltern von Rafa gestern erzählt, dass wir zusammen sind«, sagte er.

Aus den Augenwinkeln betrachtete Karl den Jungen, der wie ein kleines Vögelchen neben seinem Sohn saß und aus dessen Augen gerade eine Träne auf die alte Holzplatte des Küchentisches tropfte.

Karl seufzte. »Lasst mich raten: Sie haben es nicht gut aufgenommen.«

Rafa schüttelte den Kopf, und Alba trat hinter ihn und legte ihm die Hand auf die Schulter.

»Sie haben mich rausgeworfen«, murmelte er und wischte sich mit einer ärgerlichen Handbewegung die Tränen aus dem Gesicht.

»Ich soll nie wieder einen Fuß in ihr Haus setzen. Mein Vater hat mir zehn Minuten gegeben, meine Sachen zu packen.«

»Rafas Vater ist ein konservativer Politiker und sitzt im Stadtparlament«, erklärte Alba hastig. »Es ist sicher nicht einfach für ihn.«

»Nicht einfach«, murmelte Rafa bitter. »Sein Sohn zu sein ist auch nicht gerade einfach.«

»Wart's ab«, sagte Alba sanft, während sie Rafas Schulter drückte. »Deine Eltern beruhigen sich sicher bald. In ein paar Tagen melden sie sich bestimmt bei dir.«

»Da bin ich mir nicht so sicher«, murmelte Rafa.

Karl fühlte sich unbehaglich. Wenn Gespräche zu persönlich wurden, zu intim, dann wusste er häufig nicht, was er tun oder sagen sollte. In Berlin hatte ihn das Handyklingeln so manches Mal aus derartigen Situationen erlöst, aber sein Handy hatte er ja gestern verloren. Sein Blick fiel auf den dünnen Arm des Jungen, der offenbar die erste große Liebe seines Sohnes war.

Dort war ein Schriftzug tätowiert. »There is a light that never goes out«.

»Bist du The-Smiths-Fan?«, fragte Karl, und das erste Mal, seit sie aufeinandergetroffen waren, hob Rafa den Kopf und sah ihm direkt in die Augen. Seine eigenen waren noch blauer als seine Haare. Er lächelte und nickte. »Morrissey ist der Größte. Was heutzutage auf den Markt kommt, ist doch ein einziger Mist.«

»Dann trägst du das T-Shirt also nicht nur, weil es irgendwo im Angebot war?«

Nun grinste Rafa. »Natürlich nicht.«

Karl lächelte und sah seinen Sohn an. »Guter Mann!« Und damit meinte er beide.

»Tut mir leid, Papa«, sagte Oliver. »Ich wollte es dir eigentlich schon früher sagen, aber …«

Karl hob die Hand und stoppte seinen Sohn. »Mach dir deswegen keine Gedanken. Ist bestimmt nicht so einfach.«

»Wir dachten, unter diesen Umständen bleibt Rafa erst einmal eine Weile bei uns«, erklärte Alba und sah ihrem Mann dabei unverwandt in die Augen.

»Natürlich«, brachte Karl heraus.

Mit einem Blick auf seinen neuen Mitbewohner dachte er daran, wie rasant sich ein Leben ändern konnte. Und dass er mit Alba schnellstmöglich weiter an dem Projekt Baby arbeiten sollte. Er fing ihren Blick auf, und sie lächelte ihn an, als dächte sie gerade genau dasselbe. Das erste Alba-Lächeln des Tages war wirklich das schönste auf der Welt, doch just in diesem Moment entglitt es ihr wieder.

»Scheiße«, fluchte sie.

Sie war auf einmal ganz blass um die Nasenspitze.

»Wo ist eigentlich der Hund? Bitte sag nicht, dass ihr den im Suff auch noch verloren habt!«

Karl erschrak. Er hatte schon eine Ewigkeit nicht mehr an den kleinen Malteser gedacht. Doch kurz darauf kam ihm der erlösende Gedanke.

»Marla kümmert sich um ihn«, erklärte er.

Alba runzelte die Stirn. »Wer ist Marla?«

»Sie ist Assistentin in Alex' Abteilung und hat sich gestern bereit erklärt, Paco zu hüten. Ich schätze, als wir ihn nicht abgeholt haben, hat sie ihn mit zu sich nach Hause genommen.«

»Das hoffe ich für euch«, seufzte Alba, bereits sichtlich erleichtert. »Und lass das bloß nicht Mama hören.«

Karl grinste. »Ganz sicher nicht. Aber mach dir keine Gedanken. Marla liebt den Hund.«

Alba schnaubte, sagte aber nichts mehr dazu.

»Und wie bist du zu dem Veilchen gekommen?«, fragte nun Rafa, der langsam aufzutauen schien.

Karl holte tief Luft und wollte gerade loslegen, als Alex den Kopf zur Tür hereinsteckte.

»Zieh dir Schuhe an, Karl. Wir müssen zur Cap, aber pronto!«

Als sie wenig später wie zwei gescholtene Schuljungen vor Maria Arbols Schreibtisch saßen, schoss Karl der Gedanke durch den Kopf, dass Alex wahrlich nicht zu viel versprochen hatte. Die Cap d'Unitat machte den Eindruck, als entstamme sie einer Familie mit weitreichender militärischer Tradition. Wie ein Tiger im Käfig lief sie durch das Zimmer und knallte dabei die Absätze so laut auf den Fliesenboden, dass Karl kurz davor war, sie zu bitten, sich hinzusetzen. Aber ihrer Miene nach zu urteilen war es besser, nichts zu sagen.

Schließlich hielt sie inne, stützte sich auf ihren Schreibtisch und sah erst Alex und dann Karl direkt ins Gesicht.

»Und Sie beide halten sich also für die Krone der Schöpfung, ja?«

»Wie kommen Sie…?«, setzte Alex an, wurde aber mit einer Handbewegung sogleich wieder zum Schweigen gebracht.

»Was glauben Sie, wer Sie sind, Diaz?«, fragte sie verärgert. »Sie kommen hierher und meinen wohl, Sie dürfen sich alles herausnehmen?«

Sie setzte sich auf ihren Schreibtischstuhl und machte sich an einer großen Handtasche zu schaffen, die neben dem Stuhl auf dem Boden stand. »Ich musste gestern Abend wegen dieses Zeitungsberichts das erste Flötenkonzert meiner jüngsten Tochter vorzeitig verlassen. Dann komme ich hierher, versuche, die Lage zu überblicken, und stelle fest, dass sich der leitende Ermittler nicht nur nicht sofort mit den anderen Kollegen und dem Sohn des Opfers an seinem Arbeitsplatz einfindet, sondern auch nicht mehr ans Telefon geht. Offenbar weil es ihm lieber ist, sich mit seinem deutschen Praktikanten zu besaufen!«

»Vielleicht tröstet es Sie, zu erfahren, dass ich wegen dieser Geschichte gestern Abend das Coming-out meines einzigen Sohnes verpasst habe«, sagte Karl freundlich.

Alex gab ein erstauntes Grunzen von sich.

Maria Arbol hob mit einem Ruck den Kopf und sah Karl überrascht und – so bildete er sich ein – nicht ohne Freundlichkeit an. »Die Trophäe für den schlechtesten Elternteil der Welt kann ich dann wohl getrost an Sie weitergeben.«

Karl lachte. »Wenn es nach meiner Frau geht, bestimmt. Ich mache vorsichtshalber schon einmal Platz im Bücherregal.«

Maria Arbol zeigte mit einem Kugelschreiber auf ihn. »Karl Lindberg. Ich habe natürlich ein paar Erkundigungen über Sie eingeholt. Sie scheinen ein guter Polizist zu sein. Sicher fragen Sie sich mittlerweile, warum Sie sich auf das hier eingelassen haben.«

»Dem kann ich nicht widersprechen«, bestätigte Karl. »Eigentlich hatte ich für die nächsten Monate ein ruhiges Dasein geplant.«

»Dann machen Sie sich lieber auf etwas gefasst, Señor Lindberg. Es kommt nämlich noch schlimmer«, sagte Maria Arbol und holte mit einer großen Geste einen Stapel Zeitungen aus ihrer Tasche, den sie vor Karl und Alex auf den Tisch knallte.

Wieder genügte Karl ein kurzer Blick, um die Lage zu erfassen.

»Das ist gar nicht gut«, stellte Alex fest, und Karl hatte den Eindruck, dass Angst in der Stimme seines Schwagers mitschwang.

Alle drei Zeitungen beschäftigten sich ausführlich mit dem Schinkenmord und dem Aufruhr auf dem Passeig del Born. Doch damit nicht genug; offenbar war es jemandem gelungen, Fotos von den Geschehnissen im Innern des Ladens zu machen. Auf allen Titelseiten prangte ein Foto, das genau in dem Augenblick aufgenommen worden war, in dem José Karl den Schwinger verpasst hatte. Darunter war zu lesen: »Killerpärchen hält Polizisten gefangen. Ein Dutzend Beamte befreiten die beiden Mossos schließlich aus ihrer misslichen Lage«.

»Die Mossos sind über Nacht zum Gespött der ganzen Stadt geworden!«, sagte Arbol scharf und klickte nervös mit ihrem Kugelschreiber. Dann bemerkte sie trocken: »Schon lustig, dass ausgerechnet Sie für unsere Social-Media-Kampagne zuständig sind, Diaz.«

Eine leichte Röte überzog Alex' Wangen. »Dann sollte ich das wohl besser nicht twittern.«

»Das ist nicht witzig!«, schrie die Cap, und Karl hatte das Gefühl, jemand hätte einen Eispickel in seine Großhirnrinde gerammt. Arbol deutete auf ihr Telefon, dessen Hörer sie danebengelegt hatte. »Dieses Telefon steht schon den ganzen Morgen nicht still. Und ich weiß nicht, wie ich die ganzen Fragen beantworten soll, da ich erst gestern von der Existenz des Leichenteils in Kenntnis gesetzt wurde. Unsere einzige Chance ist jetzt, den Fall sauber und schnell abzuschließen. Ich will Ergebnisse sehen, haben Sie das verstanden?«

Karl und Alex nickten stumm. Karl hatte solche Situationen schon viel zu oft erlebt, um sich nachhaltig davon beeindrucken zu lassen. Vorgesetzte gaben den Druck immer nach unten weiter, das war nichts Neues. Und Vorgesetzte bei der Polizei fühlten sich immer besser, wenn sie schnelle Ergebnisse einfordern konnten. Als wäre der Job damit quasi schon erledigt. Wenn sie befördert wurden, vergaßen sie oft viel zu schnell, was es bedeutete, als Ermittler zu arbeiten. Kompliziert wurde es allerdings, wenn die Vorgesetzten bereit waren, Ergebnisse zulasten der Ermittlungsarbeit einzufordern. Karl versuchte abzuschätzen, ob Maria Arbol zu der Sorte Vorgesetzter gehörte, die so weit gingen. Die Antwort auf diese Frage ließ nicht lange auf sich warten.

Die Cap d'Unitat lehnte sich zurück und schlug die Beine übereinander. »Der junge Molina macht mir einen etwas merkwürdigen Eindruck. Und stark scheint er auch zu sein«, fügte sie mit einem Seitenblick auf Karls Gesicht hinzu.

»Wie ein Ochse«, bestätigte Karl. »Aber dieser Schlag war eine Impulshandlung, keine sorgfältig und kaltblütig geplante Gewalttat. Wir sollten aus meinem Veilchen keine voreiligen Schlüsse ziehen.«

Maria Arbol lächelte dünn. In ihren Augen lag ein listiges Funkeln. »Verängstigtes Muttersöhnchen mit aufgestauter Wut und eindeutigen kriminellen Tendenzen. Schreckt nicht vor Körperverletzung zurück. Für mich hört sich das nach einem geborenen Mörder an.«

Karl schloss die Augen. Er hatte es befürchtet.

Die Vorgesetzte schob Alex ein Blatt Papier über den Schreibtisch, das dieser sofort entgegennahm.

»Ich kann den Mann nur noch zwölf Stunden festhalten. Nehmen Sie die Kollegen mit und stellen Sie sein Haus auf den Kopf.«

Alex faltete den Durchsuchungsbeschluss zusammen und steckte ihn in die Innentasche seiner Jacke. Dann nickte er knapp und stand auf. Karl war unglaublich froh, nicht in der Haut seines Schwagers zu stecken.

Sie waren bereits an der Tür, als Maria Arbol sagte: »Ich weiß nicht, was Garcia de Torres geritten hat, Ihnen ein Dezernat zu übertragen, Diaz, und ich will es auch gar nicht wissen. Aber wenn Sie das hier in den Sand setzen, dann verspreche ich Ihnen, dass Sie für den Rest Ihres Lebens den Verkehr an der Kolumbusrotunde regeln. Haben Sie mich verstanden?«

Alex räusperte sich. »Natürlich.«

»Finden Sie etwas! Und jetzt raus!«

Sie beeilten sich, aus Maria Arbols Büro zu entkommen. Nicht dass ihr noch etwas einfiel, das sie Karl und Alex zum Vorwurf machen konnte. Was das anging, nahm Karl an, waren der Kreativität dieser Frau wohl keine Grenzen gesetzt.

Nachdem sie sich vergewissert hatten, dass Paco wohlauf war und tatsächlich bei Marla im Büro auf einem Kissen vor sich hin döste, machten sie sich auf den Weg hinaus.

Karl wollte gerade zu ein paar tröstenden Worten über Vorgesetzte im Allgemeinen ansetzen, da drehte sich Alex im Gehen zu ihm um.

»Oli ist schwul?«, fragte er mit hochgezogenen Augenbrauen.

»Hm …«, erwiderte Karl. »Sorry, dass du es so erfahren hast. Ist mir einfach rausgerutscht.«

Alex winkte ab. »Mir ist das doch egal, ist ja euer Sohn. Was hat denn meine Schwester dazu gesagt?«

»Du kennst sie doch«, antwortete Karl. »Sie hat es natürlich schon längst geahnt.«

»Dann war dieser blauhaarige Pimpf von heute Morgen also …?«

Karl nickte. »Sieht ganz so aus. Und weil die Eltern des Jungen Arschlöcher sind, wohnt er jetzt erst einmal bei uns.«

Alex lachte. »Da hast du ja gestern Abend ganz schön was verpasst!«

»Das kannst du laut sagen«, brummte Karl. »Und den Kater, den ich habe, hätte ich auch lieber verpasst.«

Der Jüngere legte den Kopf schief und grinste. »Also, ich finde, es hat sich gelohnt. Mit dir kann man prima um die Häuser ziehen, Karl. Hätte ich dir gar nicht zugetraut!«

Karl grinste schief und verzog sofort schmerzlich das Gesicht. »Au, verdammt.«

Sie verließen gerade das Gebäude, als Alex' Handy klingelte. Da es die Gerichtsmedizinerin war, stellte er den Lautsprecher des Telefons an, damit Karl mithören konnte.

»Bei eurem Schinken handelt es sich um das Gesäß und einen Teil des Oberschenkels des Toten«, berichtete Chi Yung mit gewohnt teilnahmsloser Stimme.

Karl war überrascht. »Verstehe ich dich richtig, es handelt sich um eine Gesäßhälfte?«, fragte er.

»Da habe ich mich unsauber ausgedrückt, danke für die Korrektur. Jawohl, es ist eine Gesäßhälfte samt Oberschenkel, genauer gesagt die linke. Der Täter hat den Beckenknochen mit einer Säge durchtrennt. Am Knochen finden sich charakteristische Sägespuren.«

»Postmortal?«, fragte Karl.

»Glücklicherweise ja. Das Salz hat das Fleisch zwar ziemlich verhunzt, aber so viel kann ich sagen. Und ich habe noch ein Detail, das vielleicht interessant sein könnte: Die Säge kann nicht besonders scharf gewesen sein.«

»Woran machst du das fest?«, fragte Karl.

»Ganz einfach. Überall sind Knochensplitter im Fleisch. Das passiert nur, wenn jemand großen Druck ausüben muss, um den Knochen durchzusägen, das Werkzeug also nicht besonders scharf war.«

»Der Mord war also nicht so geplant«, murmelte Karl. Dieses Detail war durchaus interessant.

»Würde ich jetzt auch vermuten. Es ist jedenfalls gut, dass niemand von dem Schinken gegessen hat. Das hätte unschön ausgehen können.«

»Ein Mordopfer als Mordwaffe?«, fragte Karl und hätte schwören können, Chi lächeln zu hören. »Sozusagen«, bestätigte sie.

»Was denkst du? Kann eine Frau über sechzig so was fertigbringen?«, schaltete sich jetzt Alex ein.

»Kommt darauf an. Ist sie Kugelstoßerin?«, fragte Chi, worauf Karl kichern musste.

»Nicht direkt. Sie verkauft Delikatessen.«

»Wenn Ihr mich fragt, dann war da ein starker Mann und gelernter Fleischer am Werk. Oder zumindest jemand, der mit einem Pariermesser umgehen kann. Ein Chirurg kommt auch infrage. Ganz abgesehen von der Kraft, die das Sägen oder das Hantieren mit einer Leiche von diesem Kaliber gekostet haben muss. Dem Fettrand nach zu urteilen, war das Opfer nicht gerade ein Leichtgewicht.«

»Wie meinst du das, mit einem Pariermesser?«, fragte Karl.

»Der Täter hat vorher noch fein säuberlich Fett und Haut vom Rücken getrennt und mit dieser Schicht später die Schnittstelle vernäht. Für mich sieht das sehr fachmännisch aus. So wie der ganze Schinken, wenn man von den Sägesplittern einmal absieht.«

Bei Chis Worten drehte sich Karl der Magen um und erinnerte ihn daran, dass er noch nichts gegessen hatte. Nach einer solchen Nacht war das eine besonders dumme Idee.

»Du hast doch für die Untersuchung sicher ein paar Stücke abgeschnitten, oder?«, fragte Alex.

»Natürlich.« In Chis Stimme lag keinerlei Verwunderung ob dieser merkwürdigen Frage.

»Dann würden wir uns gerne heute oder morgen früh etwas davon abholen.«

»Tut das! Für mich spricht nichts dagegen.«

»In Ordnung. Dann sehen wir uns am Institut«, sagte Alex und war bereits drauf und dran, das Gespräch zu beenden, als Chi bemerkte: »Das war ein ganz schöner Schlag gestern, Karl.«

Sie hatte also die Zeitung gelesen. »Worauf du dich verlassen kannst.«

»Am Passeig de Joan de Borbó gibt es eine Apotheke, die auch homöopathische Heilmittel verkauft. Hol dir Arnika. Drei Gaben zu je fünf Kügelchen auf der Zunge zergehen lassen. Und nicht kauen!«

Dann legte sie grußlos auf.

Versonnen betrachtete Alex sein Handy. Dann seufzte er. »Diese Frau wird sich niemals für mich interessieren.«

Karl klopfte ihm auf die Schulter. »Das habe ich bei deiner Schwester auch gedacht. Komm, wir gehen was frühstücken.«

Während sie im »Marmalade« auf ihr ziemlich dekadentes Katerfrühstück warteten, rief Alex nacheinander die ihm zugeteilten Kollegen an und trug ihnen auf, sich in einer Stunde vor dem »Especialidades Molina« einzufinden und sich unter keinen Umständen von Passanten in ein Gespräch über den Fall verwickeln zu lassen. Einem der jungen Mossos trug Alex ferner auf, die Arnikakügelchen in der Apotheke zu besorgen.

Als schließlich ein großer Brotkorb, Rühreier, Käse und Schinken – den Karl nicht anzurühren gedachte – vor ihnen standen, bestellte Alex noch zwei Cortado mit Rum. Als er Karls Blick auffing, lachte er. »Vertrau mir, nichts hilft besser gegen einen Kater als salziges Essen, Koffein und ein Schluck Rum.«

»Mir ist schon alles egal.« Karl griff nach einem Brötchen.

»Ich bin ehrlich gesagt froh, dass wir Dolores jetzt ausschließen können«, sagte Alex. »Ich hätte sie wirklich ungern verhaftet.«

»Das glaube ich dir. Nach dem Anruf von Chi fällt sie jetzt tatsächlich raus. Bleibt noch der Junior.«

Eine Weile frühstückten sie schweigend. Dann seufzte Alex. »Ich weiß nicht, was ich hoffen soll. Dass wir nachher etwas finden und der Fall damit abgeschlossen ist, oder dass wir nichts finden.«

»In so einem Fall sollte man am besten gar nichts hoffen. Ein Ermittler sollte immer einen kühlen Kopf bewahren, offen für alles sein und neutral an die konkrete Situation herangehen.«

Alex schnaubte. »Die Cap hat angedroht, mich auf eine einsame Verkehrsinsel zu schicken. Da fällt es mir ein bisschen schwer, völlig neutral zu bleiben.«

Karl lachte. »Daran solltest du dich gewöhnen. So, wie ich die Frau einschätze, gehört das zu ihrem Standardrepertoire in Sachen Drohungen. Und davon wirst du im Laufe deiner Karriere noch so einige zu hören bekommen. Glaub mir, ich habe da Erfahrung.« Er griff nach einem weiteren Brötchen. Während er Frischkäse darauf verteilte, sagte Karl: »Wir sollten so oder so noch die nächsten Schritte im Blick behalten. Dieser Fall hat für meinen Geschmack noch entschieden zu wenig Personal. Und wenn es nicht der junge Molina war, dann müssen wir wieder ganz von vorne anfangen. Wir wissen ohnehin noch viel zu wenig über das Opfer und die Umstände in den letzten Wochen seines Lebens. Zum Beispiel müssen wir dem Zulieferer Sedlmayer einen Besuch abstatten. Dann müssen wir die Frau finden, mit der Molina angeblich abgehauen ist. Diese mysteriöse Fremde könnte immerhin diejenige sein, die ihn zuletzt gesehen hat. Und wenn sie ihn ebenfalls vermisst, wieso hat sie sich bei niemandem gemeldet? Diese Frau könnte der Schlüssel sein. Wir müssen sie finden, egal, was bei der Durchsuchung heute Nachmittag herauskommt.«

Alex nickte langsam. »Wir sollten mit den Huren vor dem Filmarchiv sprechen. Am besten, solange dein Veilchen noch frisch ist.«

»Wieso das denn?«

»Die Damen reden nicht so gerne mit Bullen, und mit dem Gesicht siehst du gerade ausnahmsweise mal nicht wie einer aus.« Er musterte Karl mit einem schiefen Grinsen. »Im Gegenteil. Mit dem hellen Anzug wirkst du eher wie ein Zuhälter.«

»Schönen Dank für die Blumen.«

Alex erhob sich. »Ich gehe schon mal raus eine rauchen und rufe dabei Marla an. Sie soll die Adresse von Sedlmayer rausfinden und uns ankündigen.«

Karl bestellte die Rechnung und dachte nach. Er hoffte inständig, dass sie im Hause der Molinas keine Beweise dafür finden würden, dass José der Mörder seines Vaters war. Zwar wollte er Señora Arbol nicht verärgern und seine Zuneigung zu José Molina junior hielt sich in engen Grenzen, aber er wollte nicht, dass Dolores noch mehr zu leiden hatte. Außerdem fand er gerade Gefallen an seiner neuen Aufgabe. Ein bisschen mehr Ermittlungsarbeit würde ihm Spaß machen.

Die jungen Kollegen warteten bereits artig aufgereiht auf dem Passeig del Born.

»Karl, das sind Gomez, Rodriguez, Nadal und Moix«, stellte Alex alle der Reihe nach vor. Offenbar war es auch bei der katalanischen Polizei üblich, die Kollegen beim Nachnamen zu nennen. Karl fand das ein wenig albern, weil er sich dann immer vorkam wie in einem Vorabendkrimi. Doch auch er verfiel immer sehr schnell in diese Gewohnheit.

Nachdem sie unter vielen neugierigen Blicken das Spezialitätengeschäft aufgeschlossen und betreten hatten, ließen sich Alex und Karl kurz berichten, was die jungen Kollegen gestern auf ihrem Streifzug durch das Barrio herausgefunden hatten. Es war nicht viel mehr als das, was sie ohnehin schon wussten. José Molina sei kein netter Mensch gewesen, habe Frau und Sohn ständig drangsaliert und manchmal zu viel getrunken, aber immer grundsätzlich als anständig gegolten – bis er angefangen habe, mit diesem Flittchen herumzulaufen.

»Leider sind sich die Leute überhaupt nicht einig, was ihr Aussehen betrifft«, berichtete Nadal. »Jeder will sie gesehen haben, aber die Beschreibungen waren sehr unterschiedlich. Mal war sie blond und zierlich, mal rothaarig und üppig.« Die junge Frau lachte. »Ein Stammkunde von ›Cal Pepe‹ hat sich die Zeit genommen, mir ihre Kurven genau zu beschreiben.«

Moix prustete los. »Ja, da hättet ihr dabei sein müssen. Der Mann war bestimmt über neunzig und hatte kaum noch Zähne im Mund. Er hat Nadal zur Seite genommen und geschwärmt: ›Dieses Bienchen hatte Hügel, Señorita, das glauben Sie gar nicht!‹«

»Ein schöner Kürbis und zwei dicke, reife Äpfelchen!«, ergänzte Nadal glucksend. »Die Erinnerung hat ihn ganz selig gemacht!«

Karl lächelte. Er sah es geradezu vor sich.

»Wenn man allerdings die Frauen nach ihr gefragt hat, sah's gleich ganz anders aus. Dann hat sie eher einem Gerippe geglichen und stand kurz vor dem Hungertod«, ergänzte Gomez grinsend. »Eine hat gesagt: ›Ich habe ja nicht verstanden, was José an dieser Frau gefunden hat, Caporal. Oder schlafen Sie gerne auf einem Holzbrett?‹«

Sie brachen erneut in Gelächter aus. Rodriguez musste die Stimme heben, um sich Gehör zu verschaffen. »Nur in zwei Punkten waren sich eigentlich alle einig: Sie war viel zu hübsch für den alten José und um einiges größer als er.«

Alex kratzte sich am Kopf. »Das bringt uns nicht viel weiter. Habt ihr auch ein paar Männer gefunden, die ab und zu mit José Molina getrunken haben?«

»Das war nicht so schwer«, berichtete Nadal. »Die sitzen noch immer täglich bei Pepe an der Theke, als hätten sie kein Zuhause. Sie waren sich alle einig, dass José kein angenehmer Zeitgenosse war, haben aber trotzdem zur Verfügung gestanden, wenn es darum ging, ihm Gesellschaft zu leisten.«

»Sich sein Gejammer über den Laden und seine Frau anzuhören war gewissermaßen der Preis, den sie für ein paar Runden San Miguel bezahlt haben. Geiz ist wohl das einzige Laster, das man Molina nicht hat vorwerfen können«, erklärte Moix. »Wir haben das gesamte Viertel durchkämmt und uns auf Leute konzentriert, die ungefähr in dem Alter sind, in dem Molina jetzt wäre. Eigentlich haben wir immer dieselben Antworten bekommen.«

»Unser Pech ist, dass Molina nicht nur vor fünf Jahren verschwunden ist, sondern dass er sich vorher auch mit einer Hure im Viertel hat blicken lassen.« Karl seufzte. »Die Leute hatten genug Zeit, ihr Bild von diesem Mann zu formen. Hoffen wir, dass wir im Haus noch etwas finden, das uns ein bisschen mehr über José Molina senior erzählt.«

Alex nickte zustimmend und verteilte die Aufgaben. »Gomez nimmt sich das Zimmer des Sohnes vor, Rodriguez sucht eine Säge, Nadal ist die Kleinste, sie sucht nach guten Verstecken, losen Fliesen, Geheimfächern und so etwas. Moix, du hast doch studiert?«

Der junge Mann nickte.

»Wunderbar, du siehst die Bücher durch und legst besonderes Augenmerk auf den Zeitraum, in dem José Molina verschwunden ist, das dürfte ziemlich genau vor fünf Jahren gewesen sein. Jede Auffälligkeit wird notiert, bei jedem größeren Fund schreit ihr nach uns, alles klar?«

Die jungen Polizisten nickten.

»Gut. Außerdem brauchen wir ein möglichst aussagekräftiges Foto von dem Opfer, also falls einem von euch eins in die Hände fällt, nehmt es bitte an euch. Karl und ich nehmen uns das Wohnzimmer vor. Ich muss euch wohl nicht sagen, dass ihr vorsichtig sein sollt. Das Haus gehört einer alten Dame, die in den letzten Tagen ganz schön zu leiden hatte. Wir werden uns hier nicht wie eine Horde Elefanten benehmen.«

Die Kollegen nickten abermals und schwärmten aus. Karl begann wie selbstverständlich, Konserven vom Boden aufzuheben und wieder in das Regal zu stellen. Er konnte Unordnung nicht ausstehen.

»Jetzt hör auf damit, Flieger, komm lieber mit!«, forderte Alex ihn auf.

Sie gingen ins Wohnzimmer und machten sich daran, die große Schrankwand zu durchforsten. Insgeheim waren sich beide sicher, dass sie gerade hier nichts finden würden, aber mit ihrem Kater fühlten sie sich nicht in der Lage, sich an einer intensiven Suche zu beteiligen. Außerdem waren die jungen Beamten eifrig bei der Sache – warum ihnen in die Quere kommen?

Wie überall in der Wohnung herrschte auch hier penible Sauberkeit. Die Kristallgläser und Schälchen, die in den Vitrinen standen, waren auf Hochglanz poliert, die Fotoalben säuberlich beschriftet. Viele waren es nicht, gerade einmal drei schmale Leporello-Alben mit Kinderfotos von José.

»Nicht einmal ein Hochzeitsfoto«, murmelte Karl, und von Neuem überkam ihn Traurigkeit bei dem Gedanken an das Leben, das die Bewohner dieses Hauses seit vielen Jahren führten.

»Was für ein trostloser Scheiß«, gab Alex zurück, der gerade lustlos einen Stapel Heftromane durchblätterte. »Die Weingläser hat unter Garantie noch nie jemand benutzt!«

»Falls es hier jemals mehr vom alten Molina gegeben hat, dann hat Dolores das alles sorgfältig entsorgt«, bemerkte Karl mit Blick auf ein vollkommen leeres Schrankfach. Wieder so eine Lücke in diesem Haus.

»Was sie wiederum verdächtig macht.« Alex runzelte nachdenklich die Stirn.

»Wenn Dolores es nicht selbst war, dann hat vielleicht José seinen Vater ihr zuliebe getötet. Vielleicht hat sie es ja von ihm verlangt?«

»Nicht ganz abwegig, aber ich glaub's nicht«, erwiderte Karl.

»Wieso nicht?«

Karl suchte nach Worten. Eigentlich war es nur ein Gefühl, aber dennoch war er sich sicher. Auf seine Menschenkenntnis konnte er sich normalerweise verlassen.

»Ich …«, setzte er an, doch weiter kam er nicht, weil ein lauter Ruf von Nadal die beiden zurück ins Erdgeschoss beorderte.

»Ich hab hier was!«

Unten angekommen, fanden sie die junge Polizistin zwischen Bergen von Kartons auf den Knien in einem Nebenraum des Lagers vor. Sie hatte einige Kisten mit Würsten, Oliven, Salz und Kräutern zur Seite geräumt und dahinter Kartons mit der Aufschrift »José« zutage gefördert.

Bereits der Blick in den ersten war ein Volltreffer. Er enthielt einen Wust von Briefen, Rechnungen, Fotos und diversen Hardcore-Pornoheften. Ganz obenauf lagen Fotos, die José Molina im fortgeschrittenen Alter zeigten.

»Gut gemacht«, lobte Karl, und Nadals sommersprossiges Gesicht strahlte vor Stolz.

»Ja, gut gemacht«, bestätigte Alex. »Die kommen alle mit. Setz sie auf die Liste. Und schau, ob du was besonders Brauchbares finden kannst.«

»Die Sachen des untreuen Ehemannes zu behalten ist klassisch für eine verlassene Ehefrau, nicht für eine Mörderin«, flüsterte Karl.

»Oder sie zu verbrennen«, warf Nadal fröhlich ein.

»Wie bitte?«, fragte Karl.

»Mein Pablo hat mich beschissen. Da habe ich ihn rausgeworfen und alle seine Sachen im Hof verbrannt.«

»Hat er bestimmt nicht anders verdient«, murmelte Karl und schenkte seinem Schwager einen strengen Blick.

»Guck nicht so, ich bin nicht verheiratet!«

»Sergent«, war ein lauter Ruf von oben zu vernehmen. Gomez klang erschüttert. »Komm mal rauf!«

Karl und Alex hasteten die schmale Treppe hinauf, Nadal war ihnen dicht auf den Fersen. Sie dachte nicht im Traum daran, sich den Fund ihres Kollegen entgehen zu lassen.

Mit erwartungsvoller Miene stand Gomez in der Tür von Josés Zimmer. Offensichtlich hatte er sich den Bettkasten genauer angesehen. Die Matratze stand aufrecht an ein Regal gelehnt, und der Lattenrost war hochgeklappt. José schien die Leidenschaft für Schmuddelmagazine von seinem Vater geerbt zu haben – in dem Hohlraum unter dem Bett stapelten sich die Pornos regelrecht –, doch das war es nicht, was Gomez so in Aufruhr versetzte. Er hielt Alex ein angestaubtes Netbook hin.

Alex klappte es auf und wurde aufgefordert, ein Passwort einzugeben.

»Arconada«, knurrte Karl mit Blick auf das alte Poster, und Gomez lachte. »Ja, genau. Da hätte er ebenso gut gar keins verwenden können.«

Alex tippte den Namen des berühmten Fußballspielers ein und zuckte gleich darauf zusammen. Beinahe hätte er den Computer fallen lassen.

»Scheiße!«

Karl und die anderen traten zu ihm, um ebenfalls auf den schmalen Bildschirm schauen zu können. Nur Gomez hielt sich zurück; er hatte offenbar schon genug gesehen.

Der Computer war mitten in einem Pornofilm zugeklappt worden, in dem es ziemlich brutal zuging. Ein als Henker verkleideter Mann war gerade dabei, zwei nackte, gefesselte Frauen auszupeitschen. Eine der beiden sah aus, als habe sie das Bewusstsein verloren oder Schlimmeres, die andere wand sich vor Schmerzen. Es war deutlich zu sehen, dass es sich hier nicht um eine gestellte Szene handelte. Das Blut, das teilweise sogar auf die Kameralinse gespritzt war, war eindeutig echt.

»Das Ding ist voll mit so was!«, bemerkte Gomez angewidert, und Karl spürte, wie von Neuem Übelkeit in ihm aufstieg.

»So ein Schwein!«, stieß Alex hervor. Nadal hatte es offenbar die Sprache verschlagen. Moix bekreuzigte sich stumm.

»Den kriegen wir dran!«, tobte Alex und war schon im Begriff, sein Telefon zu zücken, doch Karl hielt ihn zurück.

»Jetzt warte doch mal!«

»Was gibt's da zu warten?«, fragte Alex verärgert. »Der Kerl ist schuldig! Das ist doch eindeutig!«

Karl konnte diese Reaktion zwar gut verstehen, trotzdem war es in diesem Augenblick genau die falsche.

Er versuchte, seinen Schwager zu beschwichtigen. »Jetzt komm erst mal wieder runter, Alex! Du darfst jetzt nicht die Nerven verlieren!«

»Sag du mir nicht, was ich zu tun habe, klar?«

»Als leitender Ermittler musst du einen kühlen Kopf bewahren!«, mahnte Karl. »Du darfst nicht bei der erstbesten Gelegenheit ausflippen.«

»Hast du Tomaten auf den Augen, Flieger?« Alex' Stimme wurde schrill und überschlug sich. »Der Kerl gehört doch eindeutig hinter Gitter!«

»Wegen des Besitzes von brutalen Pornofilmen ist, soweit ich weiß, noch niemand verurteilt worden. Wir suchen einen Mörder, Alex. José kann ein beschissenes Arschloch sein, eine Bezeichnung, die ich von Herzen gerne unterschreibe. Aber das heißt noch lange nicht, dass er seinen Vater auf dem Gewissen hat. Ich verstehe ja, dass du was finden willst, aber das hier hilft uns nicht weiter.«

»Da bin ich anderer Meinung«, knurrte Alex, doch man sah ihm an, dass er sich langsam beruhigte.

»Ich verstehe dich wirklich, aber kein Richter der Welt würde dir zustimmen. Ich schlage vor, wir suchen weiter. Vielleicht finden wir hier im Haus ja noch etwas, das auf José als Täter hindeutet. Aber wenn nicht, dann dürfen wir uns davon nicht beeinflussen lassen.« Karl trat einen Schritt auf Alex zu und legte ihm eine Hand auf die Schulter. »Sonst lassen wir womöglich den wahren Täter laufen, weil wir den falschen verhaften. Und das wäre das Schlimmste, was passieren kann. Wut macht blind. Aber gerade wir dürfen uns von ihr nicht blenden lassen. Das gehört zu unserem Job.«

Die vier jungen Polizisten verfolgten das Gespräch mit neugierigen Mienen. Eine Weile war es still im Zimmer, nur Alex' leises Zähneknirschen war zu hören. Karl konnte sich vorstellen, wie sein Schwager mit sich rang. Immerhin war er der leitende Ermittler und hatte somit auf jeden Fall das letzte Wort. Er wollte sich vor den Jüngeren keine Blöße geben, wusste aber mit Sicherheit, dass Karl recht hatte. Und das passte ihm erst recht nicht.

»Gut«, presste er schließlich zwischen den Zähnen hervor. »Geht wieder an die Arbeit. Ich muss eine rauchen.«

Damit verschwand Alex durch den Flur in die Küche.

Karl stand in Josés Jugendzimmer und kam sich ein wenig vor wie bestellt und nicht abgeholt. Rodriguez, Nadal, Gomez und Moix schauten ihn schweigend an.

»Ihr habt Sergent Diaz gehört. Macht euch wieder an die Arbeit.«

»Nur aus Interesse: Was befugt dich eigentlich, uns Befehle zu erteilen, Lindberg? Du bist doch nur Praktikant. Eigentlich dürfte ich eher dich rumkommandieren.« Nadal grinste Karl herausfordernd an, und er dachte im Stillen, dass er sich diese Frau nicht zum Feind wünschte.

Er seufzte. »Ich bin jetzt nicht in der Stimmung, das mit euch Grünschnäbeln auszudiskutieren. Los jetzt, wir wollen hier heute noch fertig werden.«

Bis auf Gomez trollten sich die jungen Mossos schließlich. Karl massierte sich müde die Stirn und fragte sich, wann der Schmerz wohl endlich nachlassen würde.

»Lindberg?«, fragte Gomez vorsichtig.

»Was ist denn?«

»Soll ich das Netbook jetzt eintüten oder nicht?«

Karl betrachtete das verstaubte Gerät eine Weile. »Du kannst es ja der IT-Abteilung geben. Vielleicht ist in den gelöschten Dateien noch was, das José belastet. Aber ich glaube es nicht«, gab Karl zurück. »Nach dem Screening sollen es die Kollegen an die Abteilung weiterleiten, die für illegale Pornos und Menschenhandel zuständig ist. Vielleicht können die ja was damit anfangen. Molina sollte nicht ungeschoren davonkommen.«

Gomez sah den Kommissar an und lächelte freundlich. »Du warst in Berlin ein hohes Tier, oder?«

Karl lachte. »So würde ich es nicht nennen. Aber ich hatte einen recht hohen Rang.«

»Warum bist du nach Barcelona gekommen?«

Karl seufzte. In diesem Augenblick vermisste er seine Kollegen in Berlin. Wie gerne würde er jetzt mit Stefan die Einzelheiten dieses Falles diskutieren und nicht mit Alex. Sie beide hatten zum Schluss ein Stadium der Teamarbeit erreicht, in dem es nur noch weniger Worte bedurft hatte. Und Stefan hatte meist die richtigen gewählt. Karl musste seinen alten Freund dringend mal wieder anrufen. »Meine Frau ist hier geboren. Es wurde Zeit, dass sie wieder nach Hause kommt«, antwortete er schließlich.

»Einer barcelonischen Frau kann man keinen Wunsch abschlagen«, bemerkte Gomez und lachte.

»Du sagst es«, bestätigte Karl mit einem Lächeln. »Und dieser schon gar nicht.«

9

Sie saßen schweigend im Auto, das sich durch den zähen Spätnachmittagsverkehr in Richtung Autobahn schob.

»Es hätte schlechter laufen können«, versuchte Karl es zaghaft, aber Alex schnaubte nur.

Sie hatten im Haus der Molinas nichts mehr gefunden, was José den Mord an seinem Vater hätte anlasten können, und auf Josés Netbook war bislang nichts Brauchbares entdeckt worden. Es war wohl ausschließlich zum Speichern und Abspielen der Filme da gewesen, und der Kollege aus der Informatik-Abteilung hatte keine halbe Stunde gebraucht, um die Festplatte zu durchsuchen. Nun befasste sich irgendein armer Jungpolizist damit, sämtliche Filme anzuspielen, um herauszufinden, ob sich darunter noch Videos anderer Art befanden, aber Karl glaubte es nicht. José kam ihm nicht vor wie jemand, der irgendetwas filmte. In seinem Zimmer hatte sich bis auf das Netbook keinerlei Technologie befunden. Sein Handy hatten die Kollegen auch gefilzt – aber es hatte nicht einmal eine Videofunktion.

Wie nicht anders zu erwarten, war Maria Arbol über ihren Bericht wenig erfreut gewesen, um es vorsichtig auszudrücken. Während ihrer Tirade war sie kurz davor gewesen, Karl ihr Telefon an den Kopf zu werfen. Jedenfalls hatte es sehr danach ausgesehen. Schließlich hatte sie die beiden mit dem gebrüllten Auftrag, »endlich ihre gottverdammte Arbeit zu machen«, quasi aus ihrem Büro geworfen. Karl hoffte für ihre Kinder, dass sie zu Hause nicht auch so ein Drachen war. Sonst war die jüngste Tochter wahrscheinlich sogar dankbar dafür gewesen, dass ihre Mutter das Flötenkonzert vorzeitig hatte verlassen müssen.

Ihre »gottverdammte Arbeit zu machen« bedeutete für Karl und Alex nun, dass sie sich auf den Weg machten, um den Wurstfabrikanten Sedlmayer zu befragen. Marlas Recherchen hatten Dolores' Aussage bestätigt, dass der Bayer und José Molina senior nicht gut miteinander ausgekommen waren. Und Nadal hatte in den Kartons Korrespondenz der beiden Männer gefunden, die jegliche Höflichkeit vermissen ließ.

»Du stehst gerade am Anfang deiner Karriere. So was wird dir in deinem Ermittlerleben noch häufiger passieren, Alex«, versuchte Karl es wieder.

»Deine altklugen Sprüche kann ich jetzt echt nicht gebrauchen«, gab dieser zurück. »Für dich steht ja auch nichts auf dem Spiel.«

Das stimmte zwar, aber es ärgerte Karl trotzdem, dass er behandelt wurde, als hätte er höchstpersönlich sämtliche Beweise in diesem Fall verschwinden lassen, um seinem Schwager das Leben schwer zu machen. Doch ihm war jetzt nicht nach Streit zumute.

»Sieh es doch einmal so: Jetzt hast du die Chance, dich zu beweisen. Wenn du einen kniffligen Fall löst, wird dein Ansehen bei den Kollegen steigen!«

Die Falten auf Alex' Stirn glätteten sich bei diesen Worten schlagartig. Karl hatte ins Schwarze getroffen.

»Wenn wir jetzt schon was gefunden hätten, dann hätten alle gesagt, dass wir einfach Glück hatten und fertig«, ergänzte er. »Aber jetzt musst du richtig reinhauen und dich gegen die Cap durchsetzen. Das wird dir Respekt einbringen!«

»Wenn wir den Mörder finden«, bemerkte Alex trocken.

»Ja, das ist ein nicht zu unterschätzendes Detail«, gab Karl zu.

Sie verließen die Stadt in Richtung Norden. Karl genoss es, aus dem Fenster zu sehen, während die ebenso karge wie schöne Landschaft Nordspaniens in Richtung der Pyrenäen schnell hügeliger wurde. Dabei knabberte er versonnen an einem Bocadillo mit Manchego-Käse, das er sich noch rasch in einer Cafeteria hatte einpacken lassen. Katertage machten ihn immer ganz besonders hungrig; da vergaß er sogar seine Abneigung gegen die belegten Baguettebrötchen.

Auf der Höhe von Manresa verließen sie die Autobahn und folgten einer schmalen Straße außerhalb des Städtchens in die Landschaft hinein. Nach ungefähr drei Kilometern kam ein flaches rotes Fabrikgebäude in Sicht, an das mehrere ebenfalls rote Lkw angedockt waren. An der Seite des Gebäudes war der Schriftzug »Charcutería Sedlmayer – Salchichas y mas« zu erkennen; das C und das S waren aus Würsten geformt worden.

Karl fand das ein bisschen zu viel des Guten. Ihm ging der Gedanke durch den Kopf, dass die Fabrik, auf die sie gerade zufuhren, durch und durch deutsch aussah, doch er konnte nicht sagen, woran er das festmachte. Auf jeden Fall kam ihm die Kiesfläche, die das Gebäude umgab, nervtötend ebenmäßig vor.

»Die wissen, dass wir kommen?«, fragte er, und Alex nickte. »Marla hat angerufen.«

Sie parkten vor dem Gebäude. Eine freundliche Frau bat sie am Empfang, sich noch ein wenig zu gedulden und so lange in der Lounge zu warten. Karl staunte nicht schlecht. Seit wann gab es in Wurstfabriken eine Lounge? Er hatte zwar noch nie selbst eine besucht, aber er war sich sehr sicher, dass dergleichen nicht zur Grundausstattung gehörte.

Sie nahmen auf einer großzügigen Sitzgruppe aus Designercouchen Platz, die vor der großen, blitzblanken Fensterfront stand. Auf dem flachen und ebenfalls sehr geschmackvoll und teuer aussehenden Couchtisch standen diverse Wurstspezialitäten sowie Wasser und Kaffee in Thermoskannen bereit. Alles sah frisch und ansprechend aus, und Karl fragte sich, ob wohl für alle Besucher der Fabrik so aufgefahren wurde oder ob es daran lag, dass sie Polizisten waren. Und was es über den Chef der Fabrik aussagte, falls Letzteres zutraf.

Alex machte sich umgehend über die Wursthappen her, während Karl sich an Brot und Kaffee hielt. Er brachte es seit Tagen nicht über sich, Wurst oder Fleisch zu essen, und hoffte inständig, dass ihm bei der bevorstehenden Führung nicht wieder übel werden würde.

Aus den Tiefen des Gebäudes kam schließlich ein großer und sehr schlanker Mann mit federnden Schritten auf sie zu. Karl schätzte ihn auf Mitte vierzig, war sich aber bewusst, dass er damit auch völlig danebenliegen konnte. Dieser klassische Managertyp gehörte zu jener Sorte reicher Menschen, die sowohl mit zwanzig als auch mit sechzig wie Mitte vierzig wirkten. Vermutlich lag das an einer vitalisierenden Mischung aus Macht und Geld. Der Mann machte vor ihnen halt und streckte Karl eine makellos gepflegte Hand hin.

»Entschuldigen Sie, dass ich Sie habe warten lassen. Ich bin Thomas Sedlmayer!« Der Wurstfabrikant schien glänzender Laune zu sein; er trug ein funkelndes Profilächeln zur Schau, was ihn in Karls Augen bereits verdächtig machte. Normalerweise waren besonders Unternehmer weniger scharf darauf, etwas mit der Polizei zu tun zu haben. Aber, gestand Karl sich ein, es konnte ebenso gut sein, dass er einfach nur ein Problem mit selbstbewussten Managertypen hatte.

Er ergriff die dargebotene Hand und schüttelte sie. »Karl Lindberg.«

Sedlmayer lächelte noch breiter, wenn das überhaupt möglich war. »Jetzt habe ich endlich auch einen Namen zu Ihrem Gesicht. Sie sind ja eine lokale Berühmtheit!« Dabei zwinkerte er Karl verschwörerisch zu, der nicht übel Lust hatte, seinem Gegenüber ebenfalls ein blaues Auge zu verpassen.

»So würde ich das nicht sagen«, bemerkte er stattdessen. »Mein Gesicht ist im Moment so gut wie nicht zu erkennen.«

Thomas Sedlmayer lachte zwar über diesen Kommentar, sagte aber nichts mehr, sondern begrüßte nun auch Alex mit Handschlag und bat sie dann, ihm in sein Büro zu folgen. Das, wie nicht anders zu erwarten gewesen war, ebenfalls teuer und geschmackvoll eingerichtet und makellos sauber war.

»Wenn Sie die Zeitung gelesen haben, dann wissen Sie sicher, warum wir hier sind«, begann Karl das Gespräch.

Der Fabrikchef lehnte sich in seinem Schreibtischstuhl zurück und setzte eine angemessen betroffene Miene auf. Karl fragte sich auf einmal, ob der Mann echt oder eine Art perfekt programmiertes Hologramm war.

»Ich denke schon. Ich hoffe, die Klatschpresse hat sich die Geschichte mit dem Schinken nur ausgedacht.«

»Unglücklicherweise nicht«, erwiderte Karl. »Die Sache mit dem Killerpärchen und der Geiselnahme war allerdings frei erfunden.«

Sedlmayer lächelte süffisant. »Davon bin ich selbstverständlich ausgegangen. Also ist es wahr, dass José zu Schinken verarbeitet wurde? Wie fürchterlich! Hoffentlich ende ich nicht eines Tages als Chorizo!«

Alex prustete, und Karl fluchte im Stillen darüber, dass sich sein Schwager so offenkundig von Señor Sedlmayer einwickeln ließ. Man konnte deutlich sehen, dass der Fabrikchef gewohnt war, große Gruppen zu unterhalten.

»Seine Frau hat uns erzählt, dass das Verhältnis zwischen Ihnen und José Molina senior nicht das Beste war«, bemerkte Karl trocken, woraufhin sich Thomas Sedlmayer kerzengerade aufsetzte. Sein Gesicht war zu einer neutralen Maske erstarrt.

»Wir kamen nicht gut miteinander aus, das stimmt. José war, wenn mir der Ausdruck gestattet ist, ein echter Kotzbrocken.«

»Wie haben wir das zu verstehen?«, fragte Alex.

»Er hat sich immer ewig Zeit mit dem Bezahlen von Rechnungen gelassen, ständig an der Ware herumgemäkelt und versucht, Rabatte rauszuschlagen. Außerdem war es eines seiner bevorzugten Hobbys, unsere Mitarbeiter am Telefon zu beschimpfen, wenn er mich nicht zu fassen bekommen hat.«

»Wir haben schon von verschiedener Seite gehört, dass er nicht ganz einfach war«, bemerkte Karl.

»So könnte man es auch ausdrücken«, bestätigte der Unternehmer.

»Wann haben Sie Señor Molina das letzte Mal gesehen?«, fragte Alex nun.

Señor Sedlmayer runzelte die Stirn. »Tja, wie es der Zufall will, kann ich Ihnen das ziemlich genau sagen. Und zwar ist das Anfang Juli zehn Jahre her. Kurz bevor ich die Firma von meinem Vater übernommen habe, haben wir all unsere Kunden besucht, damit ich mich persönlich vorstellen konnte. Da habe ich ihn zum ersten und letzten Mal gesehen.«

»Und danach nie wieder?«, fragte Alex skeptisch.

»Mir stand nicht der Sinn danach.«

Karl nickte.

»Also hatten Sie immer nur telefonischen Kontakt?«

»So ist es.«

Karl zog sein kleines Notizbuch aus der Tasche. »Wie haben Sie damals vom Verschwinden Molinas erfahren?«

»Soweit ich mich erinnern kann, hat meine Mutter den Klatsch irgendwo aufgeschnappt. Mir selbst hat niemand etwas gesagt. Ich hatte mich zwar schon gewundert, warum auf einmal Dolores die Lieferscheine abzeichnete, aber ich bin davon ausgegangen, dass José es einfach leid geworden war, sich mit mir zu streiten, oder dass er sich ganz aus dem Geschäft zurückgezogen hat.«

»Dolores meinte, Ihr Vater sei besser mit José Molina ausgekommen als Sie«, bemerkte Karl.

»Tja, das lag wohl eher an der Sanftmut meines Vaters als am alten Molina. Mir ist es ein Rätsel, wie mein Vater immer wieder Geduld für diesen Mann aufbringen konnte. Immerhin ist ›Especialidades Molina‹ ja auch kein Großkunde. Was José allerdings nicht davon abgehalten hat, sich wie einer aufzuführen.«

»Wäre es vielleicht möglich, mit Ihren Eltern zu sprechen?«, fragte Alex, doch Thomas Sedlmayer schüttelte nur bedauernd den Kopf.

»Meine Eltern sind leider inzwischen verstorben.«

»Das tut mir leid«, versicherten Alex und Karl unisono.

Nach einem kurzen Moment des peinlichen Schweigens ergriff Karl wieder das Wort. »Können Sie sich noch an das Gerücht erinnern, das damals die Runde gemacht hat?«

Sedlmayer nickte. »Es hieß, der alte Molina sei mit einer Bordsteinschwalbe nach Italien abgehauen und hätte Dolores mit dem Laden sitzen lassen.« Er lachte leise. »Ich weiß noch, wie ich ihm damals gewünscht habe, seine Begleiterin würde ihn ausnehmen und ebenfalls sitzen lassen. Dolores ist eine feine Frau, sie hat so eine Behandlung nicht verdient.«

»Woher wissen Sie das, wenn Sie seit zehn Jahren nicht mehr bei ›Especialidades Molina‹ waren?«, fragte Alex.

»Das habe ich nicht gesagt, Sergent Diaz. Nachdem der Alte weg war, habe ich diesem schönen kleinen Laden durchaus ab und zu wieder einen Besuch abgestattet. Meine Mutter hat Dolores' Geschäft sehr geliebt, und ich habe sie die Jahre vor ihrem Tod sooft ich konnte samstags begleitet.«

Jetzt betonte Sedlmayer junior seine Gutmenschenseite – Karl dachte bei sich, wie sehr er diese Heucheleien verabscheute. Als Polizist sah man nie das wahre Gesicht der Menschen, das war ein entscheidender Nachteil seiner Arbeit. Entweder bekam er die Abgründe der Menschen zu sehen oder ihre geschliffene, auf Hochglanz polierte Oberfläche. Niemals das ganze Bild.

»Wohnen Sie in Barcelona?«, fragte er.

»Nein, ich habe mein Haus in Manresa. Aber an den Wochenenden bin ich gerne in meinem Apartment in der Stadt.«

Natürlich, dachte Karl. Die Spanier und ihre vielen Wohnsitze. Es war mehr als üblich, ein Haus auf dem Land und eine Wohnung in der Stadt zu besitzen. Das Konzept der Mietwohnungen war den Menschen in diesem Land überwiegend unbekannt. Darüber hinaus hatten sie weitaus mehr Vertrauen in Wohneigentum als in den Euro. Dass er mit seiner Familie bei den Schwiegereltern zur Miete wohnte, ließ sie in höchstem Maße deutsch erscheinen.

»Sie stellen hier Wurstwaren her, richtig?«, fragte Alex, nun ebenfalls deutlich reservierter.

»Ganz recht«, bestätigte Sedlmayer. »Wir sind ein Traditionsunternehmen und produzieren Wurstwaren von allerhöchster Qualität.«

»Auch Schinken?«

»Nein, Sergent. Keinen Schinken. Es wäre töricht, zu versuchen, Señor Cardona in die Suppe zu spucken. Außerdem sind wir voll und ganz mit unseren eigenen Produkten beschäftigt und auf diesem Gebiet sehr erfolgreich. Haben Sie sonst noch Fragen? Falls nicht, möchte ich mich nun wieder meiner Arbeit widmen.«

»Wir würden uns trotzdem gerne mal umsehen, wenn Sie nichts dagegen haben.«

Sedlmayer machte ein verdutztes Gesicht, murmelte aber »Selbstverständlich«, nahm den Telefonhörer zur Hand und wählte eine kurze Durchwahl.

»Ja, Patricia, guten Tag. Gleich kommen zwei Herren von der Polizei in die Halle. Sei doch so gut und zeig ihnen alles, ja?«

Dann legte er wieder auf. »Meine Mitarbeiterin erwartet Sie am Eingang unserer Fabrikationshalle.«

Die drei Männer standen auf und verabschiedeten sich.

»Vielen Dank, dass Sie sich die Zeit genommen haben«, sagte Karl.

»Es war mir ein Vergnügen, meine Herren«, gab Thomas Sedlmayer zurück, während er sein Lächeln wieder anknipste.

Das, dachte Karl, *wage ich allerdings zu bezweifeln.* Auf dem Weg nach draußen fiel ihm etwas ein, und er drehte sich noch einmal um. »Darf ich Sie fragen, welche Ausbildung Sie genossen haben?«

»Ich bin diplomierter Betriebswirt«, antwortete Sedlmayer, den Telefonhörer schon wieder in der Hand.

»Sonst nichts?«, hakte Karl nach.

»Nein.« Die Stimme des Fabrikanten hatte jetzt einen leicht gereizten Unterton. »Sonst nichts.«

Am Eingang der Fabrikationshalle erwartete sie eine junge

Frau im Nadelstreifenkostüm. Sie hatte einen akkurat gestutzten Pony und ihre Füße steckten in Pumps mit atemberaubenden Pfennigabsätzen. Sie reichte Karl und Alex jeweils ein Headset.

»Guten Tag, die Herren, ich bin Patricia Videlli, die Pressesprecherin des Unternehmens. Setzen Sie die hier bitte auf.«

»Wozu soll das gut sein?«, fragte Alex, dessen Blick unübersehbar an Videllis Ausschnitt hängen geblieben war und es somit noch nicht geschafft hatte, sich bis zu ihrem Gesicht hochzuarbeiten.

Der jungen Frau war das nicht entgangen. Sie lächelte dünn und schob ihr Klemmbrett in Alex' Sichtfeld. Sein Blick schnellte nach oben. Videlli setzte selbst ein Headset auf.

»In der Halle ist es sehr laut. Wir benutzen dieses System, damit ich nicht so schreien muss.«

Alex und Karl setzten ihre Headsets auf und gingen mit Patricia Videlli in die Halle, die größer war, als Karl erwartet hatte.

Sie folgten der Pressesprecherin vorbei an ratternden Förderbändern, geschlossenen Räucherkammern, Gewürzstationen, Abfüll- und Etikettieranlagen. Als sie eine Reihe großer Cutter passierten, kam Karl der Gedanke, dass diese Fabrik nahezu absurd offensichtlich geeignet war, einen Menschen verschwinden zu lassen. Die Mühe, ihn zu Schinken zu verarbeiten, musste man sich hier wahrlich nicht machen. Und die Kunden würden den Unterschied wahrscheinlich nicht einmal herausschmecken. Er verzog das Gesicht und schüttelte den Gedanken ab. Zu düster, zu abwegig.

Karl versuchte, sich gründlich umzusehen; er hörte Videlli nicht zu, die die ganze Zeit Allgemeines zur Firmengeschichte, der Philosophie sowie zu Produkten und Zahlen von sich gab. Sie war auf dieselbe Art vorhersehbar und nervtötend professionell wie ihr Chef.

In einer Ecke der Fabrikhalle fiel Karl eine Tür auf, an der, im Gegensatz zu allen anderen Türen, keine Aufschrift angebracht war.

»Und was ist das?«, fragte er mitten in Videllis Monolog hinein, woraufhin diese zusammenzuckte. Offenbar war sie Zwischenfragen nicht gewohnt.

»Das ist die private Versuchsküche von Señor Sedlmayer«, antwortete sie mit zuckersüßer Stimme. »Dort stellt er Spezialitäten für die Familie und besondere Freunde des Unternehmens her. Er beschäftigt sich auch gerne mit der Entwicklung neuer Produkte, wenn es sein Terminkalender zulässt. Sie müssen wissen, er ist ein begnadeter Koch. Er kümmert sich immer selbst um unsere Gewürzmischungen und hat ein Auge auf die Hausköche in unserer Entwicklungsabteilung. Ein Chef, der noch weiß, was tagtäglich in seinem Unternehmen passiert.«

Dieses Detail hatte der junge Sedlmayer ihnen glatt verschwiegen. Karls Neugier war geweckt. »Dürfen wir mal einen Blick hineinwerfen?«, fragte er freundlich, während seine Hand bereits auf der Klinke lag.

Der Pressesprecherin war anzusehen, dass sie nicht wusste, wie sie mit dieser Frage umgehen sollte. Anscheinend überlegte sie, was in dieser Situation von ihr erwartet wurde. Karl konnte die Fragen förmlich hören, die gerade durch diesen hübschen Kopf schossen: Wenn der Chef nun nicht wollte, dass die beiden Herren einen Blick in die Versuchsküche warfen? Wenn die Polizisten nun dachten, Señor Sedlmayer habe etwas zu verbergen, wenn sie ihnen nicht aufschloss? Und wenn sie dachten, die Pressesprecherin müsste bei so einer Bitte erst beim Chef nachfragen – wie stand sie dann da? Wie eine Sekretärin!

Schließlich kam sie zu einem Entschluss.

»Ich wüsste nicht, was dagegen spräche.«

Sie zückte einen großen Schlüsselbund und suchte den passenden Schlüssel heraus. »Hier ist immer abgeschlossen, damit nichts abhandenkommt. Dort drinnen lagern ausgesuchte und zum Teil sehr teure Zutaten aus aller Welt. Aber bei Ihnen besteht wohl keine Gefahr, dass Sie etwas mitgehen lassen, nicht wahr?«

Sie gelangten in eine große, gut ausgestattete Profi-Küche. Arbeitsflächen aus Edelstahl, ein enormer Gasherd und verschiedene Küchenmaschinen standen in der Mitte des Raumes, während die Wände von großen Schränken mit weiteren Geräten und unzähligen Zutaten gesäumt waren. Im Gegensatz zu der Fabrik, in der es deutlich nach Blut und rohem Fleisch roch, waberten durch diese Küche die köstlichsten Düfte.

Karl roch Knoblauch und Räuchernoten, Rosmarin, Zitronenschale, Minze und …

Er hielt inne. Auf seine Nase konnte er sich eigentlich immer verlassen. Ganz beiläufig begann er, die Küche abzuschreiten und in die verschiedenen Schränke zu schauen. Hier und da zog er eine Schublade auf.

»Wissen Sie, ich bin selbst leidenschaftlicher Hobbykoch«, sagte er im Plauderton.

»Und er kocht wirklich gut«, bemerkte Alex, der sich in den letzten Minuten sehr zurückgehalten hatte.

»Wie schön!« Die Pressesprecherin lächelte. »Ich hätte auch gerne einen Mann, der kochen kann. Leider bringt meiner nur Rührei zustande.«

Karl lachte. »Seien Sie froh. Meine Frau schafft nicht mal das.«

Als er am Ende einer langen Reihe Kühlschränke angelangt war, entdeckte er dahinter eine schmale Tür, die von der anderen Seite des Raumes nicht zu sehen gewesen war.

Er öffnete sie und blickte in eine Trockenkammer. Auf traditionelle Art und Weise baumelten dort nicht nur Würste und Chilischoten in allen Farben an trockenen Ästen, sondern auch vier große Schinkenbeine.

Karl pfiff durch die Zähne. Mit einem Satz war Alex bei ihm.

»Was haben wir denn hier?«, fragte er und machte dabei ein Gesicht wie ein Kind, das einen Schatz gefunden hatte.

Karl drehte sich zu der jungen Frau um, die ganz blass geworden war. Ihr war anzusehen, dass sie fürchtete, einen schrecklichen Fehler gemacht zu haben. Fast tat sie Karl ein bisschen leid.

»Würden Sie Señor Sedlmayer bitten, sich bei uns einzufinden?«, fragte Karl freundlich. »Er müsste uns hier etwas erklären.«

10

Karl saß im Auto und sah zu, wie Alex mit dem Telefon in der Hand auf dem Firmengelände auf und ab ging. Sein Schwager gehörte zu den Menschen, die so gut wie nie still sitzen konnten. Besonders dann nicht, wenn er nervös war – und im Augenblick war er unglaublich nervös.

Nach der Entdeckung der Schinken hatte der Besuch bei Señor Sedlmayer einen unangenehmen Verlauf genommen; nicht nur für Alex und Karl, sondern auch für die hübsche Pressesprecherin, die sich vor wenigen Minuten recht blass um die Nase in ihr Auto gesetzt hatte und davongebraust war. Karl hatte den Verdacht, dass sie so schnell nicht wiederkommen würde.

Señor Sedlmayer war alles andere als erfreut darüber gewesen, dass Alex und Karl ohne Durchsuchungsbeschluss in »seine Privaträume eingedrungen waren«, wie er sich ausdrückte. Der adrette Wurstfabrikant war regelrecht aus der Haut gefahren und hatte den beiden Polizisten eindrucksvoll demonstriert, wie rot ein Kopf eigentlich werden kann. Wie alle Menschen, die über Geld und gewissen Einfluss verfügen, zog Sedlmayer sofort alle Register, sobald er sich bedroht fühlte. In seinem Fall hieß das: Er hatte zum Hörer gegriffen und sich bei der Cap beschwert, nachdem er Karl und Alex des Firmengeländes verwiesen hatte. Ein ungnädiger Zufall wollte, dass ihre Kinder dieselbe Privatschule besuchten wie seine. Und nun ließ sich Alex bereits seit zehn Minuten von seiner Chefin durchs Telefon anschreien.

Karl kümmerte das wenig. Er hatte solche Mechanismen schon zu oft greifen sehen, um sich noch darüber zu ärgern. Die Arbeit eines Ermittlers wäre um vieles einfacher, wenn sie ohne Mitmenschen vonstattengehen könnte. Oder wenn man sie wie ein Privatdetektiv im Verborgenen ausüben könnte. Sobald normale Menschen es mit der Polizei zu tun bekamen, fingen sie meistens an, sich merkwürdig zu verhalten. Taten sie das nicht, hatte man mit großer Wahrscheinlichkeit jemanden vor sich, der Dreck am Stecken hatte. Was wiederum dafür sprach, dass Sedlmayer mit dem Mord an Señor Molina nichts zu tun hatte. Karl gefiel der Kerl trotzdem nicht.

Doch Karl wusste sich auch in solchen Fällen zu helfen. Wenn sich andere Menschen unlauterer Mittel bedienen konnten, um an ihr Ziel zu kommen, dann konnte er das auch. Neben seinem Notizbuch und den kleinen Plastiktüten hatte er deshalb auch immer ein Taschenmesser bei sich. Der Kommissar hatte den Tumult, der beim Eintreffen des Firmenchefs vor der Trockenkammer entstanden war, dazu genutzt, unbemerkt ein Stück Schinken abzuschneiden und in seine Tasche gleiten zu lassen. Karl war sich so gut wie sicher, dass Luisa keine Fragen stellen würde, wenn er sie bat, noch einen weiteren DNA-Abgleich vorzunehmen. Und dann könnte man weitersehen.

Alex öffnete die Autotür und ließ sich stöhnend auf den Fahrersitz fallen.

»Wie schlimm ist es, auf einer Skala von eins bis zehn?«, fragte Karl.

»Tausend«, erwiderte Alex und schmiss sein Handy in die Armaturablage. »Ich habe versucht, ihr zu erklären, dass die Pressesprecherin uns den Raum *gezeigt* hat, aber das hat sie gar nicht interessiert. Aber ich hatte sowieso das Gefühl, dass sie mir überhaupt nicht zugehört hat – ich hätte genauso gut chinesisch sprechen können. Sie hat einfach immer weitergeschrien.«

»Die beruhigt sich schon wieder«, versuchte Karl, ihn aufzumuntern.

»Ich glaube eher, sie schmeißt mich raus.« Alex'Gesichtsausdruck erinnerte Karl an einen Welpen, den man vor die Tür gesetzt hat.

»Das kann sie gar nicht.«

»Sie ist meine Vorgesetzte, natürlich kann sie das!«

»Quatsch. Sie kann dem Polizeichef nicht so einfach in den Rücken fallen. Jetzt entspann dich.«

»Sie hält mich für unfähig«, knurrte Alex.

Karl nickte und lächelte leicht. »Bestimmt. Aber die hält sicher auch mehr als die Hälfte der Truppe für unfähig. Solche Leute denken immer, sie wären für so ziemlich jeden Job der Welt am besten geeignet.«

»Das ist noch lange kein Grund, mich so anzuschreien«, knurrte Alex.

»Vorgesetzte geben den Druck, den sie nicht aushalten können, immer nach unten weiter, das ist ganz normal.«

»Und warum ist sie dann Cap geworden, wenn sie den Druck nicht aushalten kann?«, fragte Alex gereizt.

»Um zu beweisen, dass sie den Druck aushält.«

Alex prustete, sagte jedoch nichts mehr dazu.

»Da du gerade so schön mürbe bist und wir ohnehin schon unterwegs sind, schlage ich vor, wir fahren noch zu deiner Mutter ins Krankenhaus.«

»Oh nein, Karl. Nicht jetzt, nicht heute!«

»Ich habe auch keine Lust. Aber irgendwann müssen wir's machen, dann können wir es auch gleich heute tun. Alba meint, wir sollten uns unbedingt mit ihr unterhalten. Und da gebe ich ihr recht.«

Alex lachte. »Klar, du gibst meiner Schwester immer recht. Weil du unter dem Pantoffel stehst.«

Karl seufzte theatralisch. Das hatte ja kommen müssen. »Nein, weil sie in solchen Dingen meistens richtigliegt und ich Manns genug bin, das anzuerkennen. Eure Mutter hat ihr ganzes Leben in La Ribera verbracht, Alex. Es wäre dumm von uns, sie nicht nach José Molina zu fragen.«

Alex schlug einen weinerlichen Ton an. »Aber ich hab sie schon ewig nicht mehr besucht, und du weißt doch, wie sie sein kann.«

»Ja, ich weiß. Aber wir können das Unangenehme mit dem Nützlichen verbinden – vielleicht erinnert sie sich ja wirklich an etwas, das uns weiterhelfen kann.«

Alex' Gesicht hatte einen gequälten Ausdruck angenommen. Er klammerte sich an den letzten Strohhalm. »Wir wollten doch noch zu Chi und uns das Schinkenstück abholen.«

»Wir sind jetzt in Manresa«, gab Karl zurück.

»Es ist doch überhaupt kein Problem, erst bei der Universität vorbeizufahren und dann nach La Pau.«

»Du kannst unheimlich lästig sein, weißt du das eigentlich?«

Seufzend startete Alex den Wagen.

»Und vergiss nicht, unterwegs anzuhalten, damit wir Blumen oder Schokolade kaufen können. Sonst wirft sie uns hochkant raus«, mahnte Karl und entlockte Alex ein leichtes Lächeln.

»Hast du einen Stift im Auto?«, fragte er anschließend.

»Ich glaube, im Handschuhfach ist einer«, gab Alex zurück. »Wieso?«

Karl zog die Tüte mit dem Schinkenstück aus der Sakkotasche und hielt sie Alex unter die Nase. »Ich möchte vermeiden, dass es zu Verwechslungen kommt.«

Während Alex noch ungläubig nach Luft schnappte, fand Karl einen halb ausgetrockneten Filzstift im Handschuhfach, mit dem er etwas mühsam »Sedlmayer« auf die Tüte schrieb.

»Scheiße, Karl. Wenn die Cap erfährt …«

»Jetzt mach mal halblang. Sie wird es nicht erfahren. Es sei denn natürlich, es handelt sich um ein weiteres Stück unseres geschätzten Señor Molina. Und dann hat Sedlmayer ein sehr viel größeres Problem als wir.«

Nachdem sie die andere Probe in der Universität abgeholt und an einer Tankstelle einen etwas ramponierten Strauß Rosen ergattert hatten, hielten Karl und Alex auf dem Besucherparkplatz des Hospital de la Santa Creu i Sant Pau im Herzen der

Stadt. Das hochmoderne Gebäude hatte das historische abgelöst, mit dem es sich aber das Gelände teilte.

Karl liebte den alten Bau aus der Zeit des Modernismus sehr; die hohen Räume und bunten Farben mussten die Patienten früher optimistisch gestimmt haben. Oberhalb der Sagrada Família gelegen, stand das alte Hospital heute nur noch Besuchern offen, die sich für die besondere Architektur, die imposanten Treppen und die bunten Glasfenster des Gebäudes interessierten. Karl war sich sicher, dass es auf der ganzen Welt kein schöneres Krankenhaus gab.

Der heutige Zweckbau war zwar nicht weniger imposant, dafür aber sehr viel kälter. Grau und geradlinig drückte sich der Neubau hinter das alte Krankenhaus, durch die wenigen Fenster sah es für Karl beinahe aus wie ein Bunker. Patienten von heute wollten wohl vor allem das Gefühl haben, professionell betreut zu werden – ein Aspekt, der auch seiner Schwiegermutter Antonia ganz besonders wichtig war. Wenn die alte Dame eins nicht leiden konnte, dann war das ein Mangel an Professionalität oder schlimmer noch: Inkompetenz. Karl Lindberg hätte gerne gewusst, wie sie darüber dachte, dass ihr eigener Sohn ein Amt ausübte, für das er nicht hinreichend ausgebildet war.

An ihrem Zimmer angekommen, schob Karl Alex förmlich vor sich her durch die Tür.

Antonia Ribera Marquez erholte sich im Krankenhaus gerade von einer komplizierten Hüftoperation. Ihr Leiden war zu einem guten Teil dafür verantwortlich gewesen, dass die Familie Lindberg-Diaz nach Barcelona gezogen war. Antonia war das Herz und die Seele der Familienapotheke, sie hatte sie geleitet und alles im Blick behalten. Ihr Sturz hatte nicht nur ihr Leben, sondern auch das der anderen Familienmitglieder mächtig durcheinandergebracht.

Alba hätte niemals zugelassen, dass die lukrative Farmàcia, die ihre Familie schon seit Generationen betrieb, verkauft wurde. Und ihr Vater, der einige Jahre älter war als seine Frau, konnte die Apotheke unmöglich allein führen. Er leistete seiner Tochter zwar noch immer täglich Gesellschaft, aber eher, weil er nicht wusste, was er zu Hause allein mit sich anfangen sollte. Und weil er sich nicht an den Gedanken gewöhnen konnte, seine Farmàcia zu verlassen.

Karls Schwiegermutter war trotz ihrer geringen Körpergröße eine eindrucksvolle Persönlichkeit. Er hatte den Verdacht, dass es daran lag, dass sie in ihrer Jugend eine berühmte Ballerina gewesen war. Sie saß stets sehr gerade, bewegte sich grazil und anmutig, hatte das Kinn immer erhoben und machte insgesamt den Eindruck, ständig unter Spannung zu stehen. Im Stillen nannte Karl sie den »menschlichen Rohrstock«.

Als Karl und Alex nach kurzem Klopfen eintraten, saß Antonia auf ihrem Bett und las ein Buch. Ihre sehr kurz geschnittenen weißen Haare waren akkurat gekämmt, die rote Lesebrille saß auf ihrer Nasenspitze.

Sie wandte den beiden das Gesicht zu, auf dem kein Ausdruck der Freude lag. Man könnte allenfalls sagen, dass sie Notiz von Sohn und Schwiegersohn nahm. Ihr Blick wanderte sofort zu dem jämmerlichen Blumenstrauß, den Alex in der Hand hielt. Diese Frau konnte mit einem Blick analysieren, avisieren und töten.

»Erst kommt ihr wochenlang gar nicht, und dann bringt ihr mir Blumen von der Tankstelle mit?«, fragte sie brüsk. Und während beide Männer noch nach Ausreden suchten, setzte sie hinzu: »Und wo ist mein kleiner Liebling – warum habt ihr Paco nicht mitgebracht?«

»Du weißt doch, Hunde sind im Krankenhaus nicht erlaubt, Mama«, wich Alex geschickt der ersten Frage aus und gab seiner Mutter einen Kuss auf die Stirn, die dies mit gönnerhaftem Blick geschehen ließ.

»Hallo, Suegra«, begrüßte Karl seine Schwiegermutter und drückte ihr hastig zwei Küsse auf die Wangen. »Du siehst wunderbar aus.«

Antonia Ribera musterte die beiden Männer amüsiert.

»Dass ihr beide euch mal zusammenraufen würdet, hätte ich nicht vermutet, das muss ich zugeben.«

Und mit einem Blick auf Karl setzte sie hinzu: »Es scheint aber fast so, als würde dir der Umgang mit meinem Sohn auch nicht sonderlich gut bekommen.«

Alex grinste schief und zog sich einen Stuhl heran, während Karl sich am Fußende des Bettes niederließ.

»Wir arbeiten jetzt zusammen«, verkündete Alex, und Karl hatte das Gefühl, dass er die Worte nicht ohne Stolz von sich gab.

»Wenn ihr nur hergekommen seid, um mir das zu erzählen, dann hättet ihr euch den Weg ruhig sparen können. Oli war diese Woche schon zweimal da. Ich bin also auf dem Laufenden«, informierte Antonia sie spitz, und Karl wurde von einem Gemisch aus Stolz und schlechtem Gewissen überrollt. Sein Sohn, dachte er manchmal, war ein deutlich besserer Mensch als er. Allerdings hatte zwischen Oliver und seiner Abuela von Beginn an eine starke Bindung bestanden. Manchmal hatte Karl das Gefühl, Oli konnte seine Großmutter lesen wie ein offenes Buch, das für die anderen Familienmitglieder schlicht in einer fremden Sprache verfasst war.

Karl räusperte sich. »Ich wusste gar nicht, dass er so oft bei dir vorbeischaut.«

Antonia deutete auf den Stapel Bücher, der sich auf ihrem Nachttisch türmte. »Oli und Rafa kümmern sich ausgezeichnet um mich, was man vom Rest meiner Familie nicht unbedingt sagen kann. Mateo natürlich ausgeschlossen«, fügte sie hinzu, und ein seltenes Lächeln umspielte ihre Mundwinkel. »Ohne die beiden Jungs würde ich mich vermutlich zu Tode langweilen.« Sie deutete auf ihren Nachttisch, auf dem ein iPad mit Kopfhörern lag. »Sie haben mir sogar ein iPad mit Internetzugang gebracht und mich bei Netflix angemeldet. Jetzt bin ich nicht mehr auf das niveaulose Fernsehprogramm angewiesen.«

Karl wusste nicht, worüber er sich zuerst wundern sollte. »Rafa kennst du auch schon?«

»Natürlich«, bestätigte seine Schwiegermutter.

»Und du …« Karl kramte in seinem Hirn nach den richtigen Worten für das, was er sagen wollte, konnte sie jedoch nicht finden. Warum fiel ihm so etwas nur immer so verdammt schwer?

Doch Antonia schnitt ihm das Wort ab. »Ich war über zehn Jahre Primaballerina am Liceu, Cariño.« Sie klang ernsthaft empört. »Ich weiß schon lange, was Oli umtreibt, dazu bedurfte es zwischen uns nicht vieler Worte. Immerhin war mein erster Mann homosexuell.«

Alex und Karl rissen die Köpfe herum. »Was?«, fragten sie wie aus einem Munde.

Diese Geschichte hatte Karl noch nie gehört. Und Alex schien es genauso zu gehen.

Eine Mischung aus Glück, Erinnerung und tiefer Trauer huschte über Antonias Gesicht. »Zur Francozeit hatten es Paradiesvögel nicht leicht«, erklärte sie knapp. »Wir können froh sein, dass das vorbei ist.«

Und als sich Sohn und Schwiegersohn mit dieser dürftigen Erklärung nicht zufriedengaben, erklärte sie ungeduldig: »Da gibt es nicht viel zu erzählen. Stefano war ein Kollege … und mein bester Freund. Eines Abends war er unvorsichtig und wurde beim Verlassen eines Travestieklubs gestellt. Als er endlich nach Hause kam, sah er schlimmer aus als du, Karl.« Antonia bedachte Karls Veilchen mit einem belustigten Blick. »Die Hochzeit hat ihn vor weiteren Verhaftungen geschützt. So einfach ist das.«

»Und was ist aus Stefano geworden?«, fragte Karl.

»Er ist leider früh gestorben.« Antonias Augen füllten sich mit Tränen, die sie halb ungeduldig, halb verärgert wegwischte. »Aids. Diese Pestkrankheit hat mir damals nicht nur einen meiner Freunde genommen.«

Sie hob die Hand und deutete in Richtung des alten Krankenhauses. »Er ist dort drüben gestorben.« Jetzt lächelte sie ein wenig. »Er hat immer gesagt: ›Wenigstens sterbe ich in stilvollem Ambiente.‹ Wir waren zwar kein Paar, aber sein Tod hat mir trotzdem das Herz gebrochen.«

»Weiß Papa davon?«, fragte Alex.

Antonia war empört. »Aber sicher doch. Dein Vater und ich haben keine Geheimnisse voreinander. Wir haben uns kennengelernt, als Stefano noch am Leben war. Die beiden waren gute Freunde.«

Antonia blickte ins Leere und seufzte. »Der arme Kerl. Er hatte nur uns beide auf der Welt.«

Karl war wie vor den Kopf gestoßen. Eine solche Geschichte hätte er niemals mit der strengen, oftmals sehr reservierten Frau in Verbindung gebracht, als die er seine Schwiegermutter kannte. Aber vielleicht war dies auch mit ein Grund dafür, warum sie war, wie sie nun einmal war, und nur wenige Menschen überhaupt an sich heranließ.

Merkwürdig, dass man selbst Menschen, mit denen man auf so engem Raum zusammenlebte, oft so wenig kannte. Letztendlich, so dachte Karl, sind wir alle allein. Wir leisten uns lediglich Gesellschaft dabei.

»Aber jetzt mal zu euch«, durchschnitt Antonias altvertraut strenge Stimme seine Gedanken. »Warum seid ihr hier?«

»Wir wollten dich besuchen, Mama«, empörte sich Alex, und seine Mutter schnaubte vernehmlich.

»Das kannst du dir sparen, mein Schatz«, gab sie zurück. »Ich weiß genau, dass ihr nicht ohne Grund gekommen seid, ihr drückt euch ja schon seit Wochen davor. Also spuckt es aus, bevor ich ungeduldig werde.«

Alex suchte nach einer neuen Ausrede, doch Karl fand, dass seine Schwiegermutter recht hatte. Warum lange drum herumreden? Sie hatte doch ohnehin so gut wie keine Geduld.

»Erinnerst du dich noch an José Molina senior?«, fragte Karl daher und erntete dafür einen säuerlichen Blick von Alex.

Antonia rückte das Kissen in ihrem Rücken zurecht. Neugier machte sich in ihrem Gesicht breit. »Feinkost-Molina?«, fragte sie. »Natürlich! Ich kenne ihn seit der Schulzeit.«

Ihr Blick wanderte zum *El Periódico* vom Vortag, der unten in ihrem Nachttisch lag. »Korrekterweise müsste ich wohl sagen: ›Ich kannte ihn seit der Schulzeit‹, nicht wahr?«

Karl lächelte. »Das stimmt wohl.«

»Ich darf sagen, und versteht das jetzt bitte nicht falsch, ich bin froh, dass die Gerüchte, die damals die Runde gemacht haben, offensichtlich falsch waren.«

»Wie meinst du das?«, fragte Karl.

Antonia spitzte die Lippen. »Sagen wir einmal so: Ein Leben unter der Sonne Italiens hätte ich ihm nicht gegönnt!«

»Aber ein Ende als Schinken schon?« Alex schaute seine Mutter an, als sehe er sie zum ersten Mal.

Karls Schwiegermutter zuckte die Schultern. »Wenn es an mir gewesen wäre, das zu entscheiden, wär's sicher nicht zu seinen Gunsten ausgegangen. Vorausgesetzt natürlich, ich hätte keine andere Möglichkeit gehabt. Kastration hätte es vielleicht auch getan.«

»Mama!«, stieß Alex verwundert hervor, und Karl grinste.

»Mit anderen Worten: Er war ein Arschloch«, bot er an, und Antonia zuckte zusammen. Jeder in der Familie wusste, dass sie Kraftausdrücke nicht schätzte. Dennoch nickte sie.

»Das haben wir schon von mehreren Leuten gehört«, meldete sich Alex zu Wort. »Gab es überhaupt jemanden, der den Kerl leiden konnte?«

»Vielleicht ja das Flittchen, das die letzten Wochen, bevor er verschwunden ist, an seinen Hemdsärmeln geklebt hat. Aber ich glaube es nicht. Wahrscheinlich war die einfach nur auf sein Geld aus.«

Jetzt wurde es interessant. Im Plauderton fragte Karl: »Erinnerst du dich noch an die Frau?«

»Mit meinem Gedächtnis ist alles in Ordnung«, entgegnete

Antonia brüsk, und nun war sie wieder so, wie Karl sie kannte. Sie war sozusagen in ihre Ausgangsposition zurückgekehrt.

Ihre Stirn legte sich in Falten. »Sie war noch sehr jung; Anfang zwanzig, würde ich sagen. Eindeutig ein leichtes Mädchen, aber schöner als die Huren auf der Calle Robador. Und eleganter.«

»Erzähl uns alles über sie, was du weißt«, bat Alex.

»Das ist nicht viel. Mit so einer Person gibt man sich schließlich nicht ab.«

»Auch kleine Details können wichtig sein«, erklärte Karl. »Alles, woran du dich erinnerst. Wir müssen sie unbedingt finden. Und Dolores wusste weder ihren Namen, noch konnte sie uns eine brauchbare Beschreibung liefern.«

»Na, was hätte sie denn tun sollen?«, fragte Antonia empört. »Sie zum Tee einladen? Mit einer solchen Schande zu leben muss furchtbar für Dolores sein. Und nun ist auch noch ihr Sohn verhaftet worden. Sie ist wirklich nicht zu beneiden.«

»Offensichtlich hat sie das Thema immer gemieden. Deswegen sind wir auf dein fabelhaftes Gedächtnis angewiesen.«

So streng und reserviert Antonia auch war – gegen Schmeicheleien war sie keinesfalls immun.

Señora Ribera lehnte sich zurück und schloss die Augen, als versuche sie, die Erinnerungen zum Leben zu erwecken.

»Sie war mindestens einen Kopf größer als José – allerdings lässt sich das schwer genau sagen, weil sie immer sehr hohe Schuhe getragen hat. Schlank, natürlich. Hatte immer so einen akkurat geschnittenen Pagenkopf mit langem Pony, und eine große Sonnenbrille. Meistens kurze dunkle Bleistiftröcke mit hellen, zu weit offenen Blusen.«

»Und woher weißt du, dass sie eine Hure war?«, wollte Alex wissen.

»Eine Frau sieht so was«, gab seine Mutter zurück. Sie schlug die Augen auf und sah ihren Sohn unverwandt an. »Das ganze Viertel hat es gesehen. Außerdem, warum hätte sich eine ehrbare junge Frau für einen alten, launischen Feinkosthändler interessieren sollen?«

»Liebe macht blind«, scherzte Alex, doch seine Mutter schnaubte nur verächtlich.

»Wann bist du denn unter die Romantiker gegangen?«, fragte sie. Dann fuhr sie fort: »Dazu kommt, dass José sie immer aus dem Raval abgeholt hat. Wenn sie in Richtung Barri Gòtic gegangen sind, haben sie eigentlich immer denselben Weg genommen – direkt am Fenster der Apotheke vorbei. Sie hatten ihre festen Zeiten – jeden zweiten Nachmittag haben sie zusammen verbracht. Welche normale Frau hätte so viel Freizeit? Ein einziges Mal ist sie übrigens reingekommen und hat etwas bei mir gekauft!«

Karl setzte sich kerzengerade auf. »In der Apotheke? Weißt du noch, was es war?« Im Geiste malte er sich alles Mögliche aus. Vielleicht hatte sie ja einen Schwangerschaftstest gekauft? Wenn Molina sie geschwängert und sich anschließend geweigert hatte, das Kind anzuerkennen, wäre das ein waschechtes Motiv. Oder vielleicht eine Spritze zur Verabreichung eines tödlichen Giftes, das im Schinken nicht mehr nachweisbar war?

»Nikotinpflaster«, nahm Antonia ihrem Schwiegersohn seine Illusionen. »Die beiden wollten wohl ins Liceu zu einer Vorstellung, und die Dame schien es nicht einmal zwei Stunden ohne Zigarette aushalten zu können.« Die Missbilligung stand seiner Schwiegermutter ins Gesicht geschrieben. »Sie hat immer so eine lange, affige Zigarettenspitze benutzt«, setzte sie noch hinzu. »Wie eine Tänzerin aus den Zwanzigerjahren. Ich wette, die hätte nicht einmal eine einfache Rumba zustande bekommen.«

Jetzt war Alex plötzlich hellwach, was Karl nicht entging. In seine Augen trat ein erregtes Glitzern. Die beiden Polizisten wechselten einen Blick; es war klar, dass sie das Krankenzimmer gleich verlassen würden. Antonia entging das nicht, für so etwas hatte sie einen eingebauten Sensor. »Ach, so läuft das also. Wenn ihr alle Informationen aus mir rausgequetscht habt, macht ihr euch wieder aus dem Staub. Und für diese Undankbarkeit habe ich achtzehn Stunden in den Wehen gelegen.«

Diese Frau macht es einem wirklich nicht leicht, dachte Karl. Kein Wunder, dass sein Schwiegervater so ein schweigsamer Zeitgenosse war. Er hatte wahrscheinlich mit der Zeit gelernt, was gut für ihn war.

»Natürlich wollen wir nicht gehen, Mama, aber uns bleibt nichts anderes übrig. Schließlich sind wir im Dienst, wir können es uns nicht erlauben, so lange mit dir zu plaudern.«

»Seit wann interessiert es meinen Sohn, was er sich erlauben kann und was nicht?«, fragte Antonia, doch ein Lächeln umspielte ihre Mundwinkel.

»Ich bin doch keine siebzehn mehr«, verwahrte sich Alex mit hochroten Ohren. »Außerdem haben Karl und ich einen Mord aufzuklären! Und dabei hast du uns wirklich sehr geholfen.«

Antonia winkte ab. »Ist schon gut, dann macht euch aus dem Staub. Aber wagt es ja nicht, euch bis zum nächsten Besuch noch einmal so lange Zeit zu lassen! Ich möchte schließlich wissen, wie ihr vorankommt.«

Alex und Karl versprachen es und ließen Antonia wieder mit ihrer Lektüre allein.

Auf dem Gang fiel Alex sofort in Laufschritt. Karl hatte Mühe, mit ihm Schritt zu halten. »Was rennst du denn so?«, fragte er ein wenig außer Atem. »Haben wir es eilig?«

Alex drehte sich zu seinem Schwager um. »Das nicht, aber ich hasse Krankenhäuser. Ich will so schnell wie möglich hier raus.«

Karl schloss zu Alex auf. »Dann habe ich mich vorhin geirrt?«

»Womit denn?«

»Ich hatte das Gefühl, dass du eine Idee hast, wer diese ominöse Fremde sein könnte, mit der José Molina seine letzten Wochen verbracht hat.«

»Nicht direkt«, erwiderte Alex, während er in Riesenschritten das blank geputzte Foyer des Krankenhauses durchmaß. Sie traten durch eine große Glastür ins Freie, wo Alex endlich seine Schritte verlangsamte, um sich eine Zigarette anzuzünden.

»Aber?«, fragte Karl schließlich, als sich sein Schwager entspannt hatte.

»Aber ich kenne jemanden, der eine haben könnte. Ich hab sie öfter mal über eine Hure mit Zigarettenspitze schimpfen hören.«

»Worauf warten wir dann noch?«, fragte Karl, in dem das vertraute Gefühl nervöser Spannung emporstieg, das sich immer in ihm breitmachte, wenn sich eine heiße Spur auftat.

»Cocos Schicht fängt erst um halb neun an«, erklärte Alex. »Wir haben alle Zeit der Welt, Nadal den Schinken vorbeizubringen und etwas zu essen.«

Karl beäugte seinen Schwager neugierig. »Was soll sie denn mit dem Schinken anfangen?«

»Ich habe ihr aufgetragen, einen Termin bei der ›Jamón Experience‹ zu machen. Die können ihr vielleicht sagen, nach welchem Verfahren er hergestellt wurde, ob da ein Profi am Werk war oder nicht, ob irgendetwas auffällig daran ist und so weiter.«

Karl nickte. »Das ist eine sehr gute Idee«, lobte er. Wenn sich jemand mit Schinken auskannte, dann die Mitarbeiter der »Jamón Experience«. Der kuriose Bau am unteren Ende der Ramblas war eine Mischung aus Museum, Verköstigungsstation und Restaurant. Hier konnte man alles in Erfahrung bringen, was es über die typisch spanische Delikatesse zu wissen gab. Und natürlich gab es jede Menge Schinken zu kaufen. Die charakteristischen Schweinekeulen gingen für zum Teil horrende Summen über den Ladentisch.

Karl selbst hatte noch nie einen Fuß in das Gebäude gesetzt, weil er es irgendwie makaber fand; außerdem wirkte alles daran – der große Plüschschinken, der im Eingangsbereich von der Decke hing, absurd hohe Preise, roter Teppichboden – wie eine Touristenfalle.

Karl Lindberg hob den Kopf und bemerkte, dass sein Schwager ihn betrachtete. »Oder willst du, dass wir das selbst übernehmen?«, fragte er verschmitzt. »Dann können wir bestimmt noch ein bisschen Extraschinken abstauben.«

Karl hob abwehrend die Hände. »Alles, bloß das nicht!«

11

Barcelonas Straßenstrich war in jeder Hinsicht ein Kuriosum. Nicht nur, dass sich hier die mit Abstand hässlichsten Prostituierten versammelten, die man sich vorstellen konnte; ihr schmales Hoheitsgebiet klemmte zudem wie ein trotziges Schulkind zwischen dem katalanischen Filmarchiv mit Programmkino, dem hässlichen, aber extrem teuren Luxushotel »Barceló Raval« und ein paar schicken Szenerestaurants. Karl hatte den Verdacht, dass die Huren zuerst da gewesen waren und es nun schlicht nicht einsahen, sich der Gentrifizierung zu beugen und sich einen anderen Standort zu suchen. Wenn man die schmale Straße zwischen dem Filmarchiv und der Carrer de l'Hospital hinaufging, bekam man noch einen Eindruck vom »alten Raval« und sah das ursprüngliche Gesicht des Viertels. Hier drängten sich nicht nur gelangweilte Prostituierte, die von ihren Zuhältern wie Zuchtvieh bewacht wurden. In der Straße gab es neben einer Essensausgabe für Bedürftige auch eine Arztpraxis für Mittellose sowie zahlreiche Billigrestaurants und Kioske, die Telefonkarten aus der ganzen Welt verkauften. Karl war überzeugt, dass nirgendwo in dieser Stadt so viel herumgelungert wurde wie in der Robador. Und obwohl immer ein oder zwei Streifenpolizisten den Platz und die angrenzende Straße im Auge hatten, gab es hier die meisten Prügeleien.

Alex und Karl ließen sich im Restaurant »La Robadora« nieder, das erst vor wenigen Monaten eröffnet hatte. Hipsterkellner in Hawaiihemden, Unisextoiletten und abgehobene Tapas-Gerichte sowie die Lage machten es zwar zu einem Lokal von der Sorte, die Karl überhaupt nicht schätzte, aber von ihrem Fensterplatz aus hatten sie eine gute Sicht auf den Straßenstrich. Außerdem, so musste Karl leider zugeben, schmeckte der Wein hervorragend. Als dann noch eine Pfanne mit frischen, von Olivenöl glänzenden Kartoffeln mit Schale und grobem Meersalz sowie ein wirklich hübsches Escalivada-Türmchen vor ihm standen, war Karl geneigt, seine Meinung über dieses Restaurant noch einmal zu überdenken. Außerdem lief in dem Laden gute Musik; Karl hatte eine ausgeprägte Schwäche für Morrissey und The Smiths. Etwas, das er mit seinem neuen Schwiegersohn gemeinsam hatte.

Das eingelegte Gemüse war hervorragend – die Paprika-, Auberginen- und Zwiebelstreifen waren perfekt zwischen Süß und Sauer ausbalanciert, und der Soßenspiegel darunter bot einen ungewöhnlichen, aber köstlichen Kontrast zu der traditionellen katalanischen Speise. Escalivada gehört zu jenen chronisch unterschätzten Gerichten, die, wenn man sie mit besten Zutaten sowie mit Sinn und Verstand zubereitete, jedem Gourmet-Gericht den Rang abliefen.

Während sie aßen, plauderten sie ein wenig über Fußball und die Familie, und Karl musste feststellen, dass es eine angenehme Abwechslung war – er wusste nicht, ob er sich mit Alex schon einmal einfach nur ganz normal unterhalten hatte. Wahrscheinlich hatten sie schon neulich Nacht gute Gespräche geführt, aber daran konnte er sich dank des Filmrisses nicht mehr erinnern.

Sie aßen noch, als Alex auf der Straße die Frau entdeckte, nach der er Ausschau gehalten hatte. Er klopfte mit dem Fingerknöchel an die Fensterscheibe und winkte sie herein.

Aphrodite kam da nicht gerade hereingeschwebt, so viel war sicher. Coco wog locker über hundert Kilo und musste als Kind an einer Hautkrankheit gelitten haben, deren Folgen sie nun mit viel Make-up zu überdecken suchte. Als sie Alex angrinste, sah Karl, dass ihr an der Seite zwei oder drei Zähne fehlten. Die Kellner rümpften die Nase, als Alex ihr einen Stuhl heranzog und sie herzlich auf beide Wangen küsste.

»Dich habe ich hier ja ewig nicht mehr gesehen, Süßer!«, rief sie und ließ sich schwer auf den bereitgestellten Stuhl fallen. »Ich dachte schon, jemand hätte dich erschossen. Was treibst du denn so?«

Alex grinste, und Karl konnte sehen, wie ihm vor Stolz die Brust schwoll, als er antwortete: »Ich bin nicht mehr auf Streife, Coco. Sie haben mich zum Sergent gemacht – ich leite jetzt ein eigenes Dezernat.«

Coco prustete. »Und über wen musstest du dafür drüberrutschen?«, fragte sie keck, und Karl musste alle Willenskraft aufbringen, um sich das Grinsen zu verkneifen, das ihn in den Wangen juckte, während die Mundwinkel seines Schwagers jäh in Richtung Erdkern rutschten.

»Über niemanden«, erwiderte Alex barsch, doch das konnte Coco nicht beeindrucken.

»Wie du meinst, war ja auch nur 'ne Frage. Ich hab dich eben nie für einen Schreibtischtyp gehalten. Und wer ist dein ramponierter Freund? Ein Kollege?«, fragte sie mit einem Seitenblick auf Karl.

»Das ist mein Schwager Karl. Und, ja, wir arbeiten zusammen.«

Coco nickte wissend, als verstünde sie viel von Polizeiarbeit, und sagte dann: »Ich find's ja schön, wenn die Leute im Familienbetrieb arbeiten. Ist in meinem Gewerbe aber leider nicht so üblich.«

Karl verzog das Gesicht und versuchte mit aller Macht, Bilder von einem Mutter-Tochter-Unternehmen in Cocos Profession zurückzudrängen, die sich in seinem Kopf breitzumachen drohten. Die Prostituierte kramte ihr Handy aus der übergroßen Handtasche, von der Karl gar nicht wissen wollte, was sie sonst noch beherbergte. »Hört mal, ich hab nicht so viel Zeit. Wenn Carlos sieht, dass ich hier mit dir rumsitze, statt meine Schicht anzufangen, setzt es was.«

»Entspann dich, ich zahl dir die halbe Stunde. Möchtest du was essen?«

Coco hielt in ihren hektischen Bewegungen inne und kniff die Augen zusammen. »Sag erst, was du von mir willst.«

»Nur ein paar Informationen, mehr nicht.«

»Ich wusste es!« Coco verschränkte die Arme und tat, als schmolle sie. »Du kommst immer nur an, wenn du was willst.«

»Das habe ich heute schon einmal gehört«, murmelte Karl und bekam dafür von seinem Schwager einen kräftigen Tritt vors Schienbein.

»Nichts ist umsonst im Leben, das weißt du doch. Aber ich bringe dich nicht in Schwierigkeiten, versprochen.« Alex schenkte Coco einen der Hundeblicke, mit denen er beinahe jede Frau um den kleinen Finger wickelte. Karl fragte sich, wo sein Schwager das gelernt hatte. Doch vielleicht reichte es auch aus, mit seiner Frau und seiner Schwiegermutter in einem Haushalt aufzuwachsen. Quasi eine Überlebensstrategie. Dieser Blick verfehlte eigentlich nie seine Wirkung. Es dauerte keine drei Sekunden, bis auch Coco einknickte. »Also gut. Dann will ich ein Glas Cava.«

»Essen möchtest du nichts? Ich lad dich ein!«

Coco schüttelte den Kopf. »Ne, lass mal. Ich bin auf Diät. Außerdem hätte ich Angst, dass mein Körper den feinen Fraß abstoßen würde, den es hier gibt. Wär doch schade drum.«

Alex prustete in sein Bier, und nun erlaubte sich auch Karl ein Grinsen. Coco schlug sich auf die Schenkel und ließ ein Gelächter hören, das beinahe die Fensterscheiben zum Bersten brachte. Eines musste man der Frau wirklich lassen: Sie nahm sich selbst nicht allzu ernst.

Als das Glas mit dem prickelnden Cava vor ihr stand, setzte Coco eine sehr förmliche Miene auf. »Also, meine Süßen, raus damit. Was kann ich für euch tun?«

Alex kramte in seiner Jackentasche und zog das Foto von José Molina hervor. Er legte es vor Coco auf die weiße Tischdecke. »Wir wüssten gerne, ob du diesen Mann kennst.«

Coco nahm das Foto zwischen zwei unfassbar lange Fingernägel und betrachtete es genauer. Dann legte sie den Kopf schief. »Fett, alt und wohlhabend – sieht aus wie alle Typen, die sich hier nachts rumtreiben. Aber ich glaube nicht, dass der mir schon mal untergekommen ist. Wieso? Hat er Dreck am Stecken?«

»Das können wir dir leider nicht verraten«, wehrte Alex mit strenger Miene ab. »Es handelt sich um eine laufende Ermittlung.«

»Hombre, du klingst, als hättest du das aus 'nem Film. Passt gar nicht zu dir.«

»Mach dich nur lustig.« Alex fuhr mit einem Stück Weißbrot durch den Rest Soße auf seinem Teller und steckte es sich in den Mund.

»Tut mir leid, dass ich euch nicht weiterhelfen konnte. Sonst noch was?« Coco trank ihr Glas in einem Zug aus und war schon drauf und dran, ihre enorme Handtasche zu schultern, als Alex sie mit einer Handbewegung zurückhielt.

»Kennst du vielleicht eine große Edelhure? Schlank, elegant, auffällig und starke Raucherin?«

»Meinst du diese affektierte Ziege, die immer mit so 'nem langen Zigarettendings durch die Gegend läuft?«, fragte Coco. Karl und Alex wechselten einen Blick. »Die glaubt, sie wär was Besseres, nur weil ihr die Kerle hinterherrennen wie 'ner läufigen Hündin?«

»Bingo!« Alex lächelte, und Karl glaubte, echte Wärme auf dem Gesicht seines Schwagers zu entdecken.

»Das klingt nach ›Mademoiselle Carmen‹«, erklärte Coco und machte dabei eine affektierte Bewegung mit der rechten Hand, die noch einmal unterstrich, was sie von dieser speziellen Kollegin hielt. »Wenn du mich fragst, ist die genauso wenig Französin wie du oder ich. Der Name ist das einzig Edle an dieser Frau. Sogar die Klamotten sind nichts Besonderes, auch wenn sie gern so tut. Und nackt ist sie genauso eine gewöhnliche Puta wie ich.«

»Kannst du uns sagen, wo wir sie finden?«

Coco legte die Stirn in Falten. »Ich glaube, sie hat eine von den Wohnungen im Haus von Izmir gemietet. St. Vicenç 21, Wohnung 3° 2. Aber von mir habt ihr das nicht, verstanden?«

Alex zückte seinen Geldbeutel. »Natürlich nicht. Was bin ich dir schuldig?«

»Dreißig«, antwortete Coco.

Alex schob ihr die Scheine zu und fragte: »Bist du etwa teurer geworden?«

»Zehn Piepen Gefahrenzulage, weil ich über eine aus dem Milieu geplaudert habe. Das darf sich auf keinen Fall rumsprechen.«

»Du kannst dich voll und ganz auf uns verlassen«, versicherte Alex.

Coco stand auf und verabschiedete sich. Während sie das Geld in ihre Tasche stopfte, schien ihr ein Gedanke zu kommen, bei dem sie blass wurde. »Was macht ihr beiden jetzt eigentlich genau bei den Mossos? Doch nicht etwa Sitte, oder?«

Alex lachte. »Nein. Morde.«

Nun lächelte Coco wieder. »Na, dann ist es ja gut.« Sie drehte sich um und rief im Gehen: »Passt auf euch auf, ihr Süßen!«

Ihr billiges Parfüm blieb noch eine Weile, nachdem sie selbst den Laden längst verlassen hatte.

»Spezielle Persönlichkeit«, bemerkte Karl.

»Coco ist in Ordnung. Sie hat's auch nicht leicht gehabt, weißt du? Und trotzdem ist sie immer nett und freundlich, hatte noch nie Schwierigkeiten. Sie kümmert sich auch immer um die Mädchen, die aus Gott weiß welchen Ländern hier angeschwemmt werden.«

»Damit unterstützt sie streng genommen den Menschenhandel.«

Alex' Gesicht wurde hart. »Der Menschenhandel läuft mit oder ohne Leute wie Coco. Was ist verkehrt daran, offene Arme und ein paar gute Worte für die Mädchen zu haben, die hier stranden? Mit Coco sind sie definitiv besser dran als ohne sie.

Sie passt auf, dass ihnen nichts Schlimmes passiert. Die eine oder andere hat sie schon vor brutalen Freiern beschützt. Manchmal lässt sie auch ein Mädchen bei sich untertauchen. Aber ihre Möglichkeiten sind begrenzt. Leider.«

Karl lächelte. »Du hältst große Stücke auf sie.«

»Könnte man so sagen«, bestätigte Alex und warf ein paar Geldscheine auf den Tisch. Karl wollte sich beteiligen, aber Alex winkte ab. »Als Praktikant verdient man doch nichts«, meinte er mit einem Augenzwinkern. Sie machten sich zu Fuß auf den kurzen Weg zu dem Haus, das Coco ihnen genannt hatte. Die Carrer de Sant Vicenç lag unweit des Museums für zeitgenössische Kunst MACBA, dessen Vorplatz unzählige Skater dafür nutzten, ihre Fahrkünste zu verbessern. Das Geräusch der Rollen, die über den Asphalt glitten, und das Rumpeln und Krachen verpatzter Sprünge war schon ein paar Straßen entfernt zu hören.

»Woher kommt eigentlich deine tiefe Bindung zu den Huren im Raval?«, fragte Karl, nachdem Alex sich seine Verdauungszigarette angezündet hatte.

»Ich bin hier drei Jahre lang Streife gegangen. Kenne jeden Stein und jedes Mädchen hier im Viertel.«

»Vor allem die Mädchen«, scherzte Karl und erwischte Alex damit ganz offensichtlich auf dem falschen Fuß. Seine Miene wurde augenblicklich ernst.

»Ich finde das Gewerbe zum Kotzen, falls es dich interessiert. Die Mädchen versuchen doch auch nur, zu überleben. Die meisten von denen werden von Armut oder von irgendwelchen finsteren Typen dazu gezwungen – die haben gar keine andere Wahl.«

Er schwieg eine Weile nachdenklich, während er scheinbar die Wäsche beobachtete, die an zahllosen Leinen von zahllosen Balkonen baumelte. »Ich mag den Raval, Karl. Gerade wegen der einfachen Leute. Die sind … irgendwie ehrlicher. Wenn hier zwei Männer Streit haben, gibt's eins auf die Nase und danach ein Bier, no pasa nada.« Nach einem Seitenblick auf Karl fügte er hinzu: »Aber ich erwarte nicht, dass ein feiner Pinkel wie du etwas davon versteht.«

Karl stieß ein ungläubiges Lachen aus. »Feiner Pinkel? Ist das dein Ernst? Wer ist denn hier das Söhnchen reicher Apothekenbesitzer? Mein Großvater war Hafenarbeiter in Belfast, genau wie seine Söhne, seine Brüder, sein Großvater, sein Cousin, sein Schwippschwager, sein Onkel und was weiß ich wer noch alles! Meine Familie besteht zu mindestens fünfzig Prozent aus Schmieröl und Ale.«

Alex war sichtlich überrascht. »Das hast du mir noch nie erzählt.«

»Na ja. Heute scheint der Tag der unbekannten Familiengeschichten zu sein«, brummte Karl. Er ärgerte sich, dass sein Stolz ihn dazu gebracht hatte, Alex von seiner irischen Familie zu erzählen.

»Hast du noch viel Kontakt zu der irischen Seite deiner Familie?«, fragte Alex neugierig. Offenbar gefiel ihm der Gedanke an die britische Verwandtschaft.

»Wenn du meine Mutter fragst, zu wenig. Wenn du mich fragst, zu viel!« Karl erinnerte sich nur ungern an das letzte Telefongespräch, das er mit seiner Mutter geführt hatte. Seine Eltern lebten seit knapp zehn Jahren in einem Cottage in der Nähe von Belfast und nahmen es Karl übel, dass er mit seiner Familie zu den Schwiegereltern nach Barcelona gezogen war, es aber nicht schaffte, öfter als einmal im Jahr bei ihnen vorbeizuschauen. Sie nahmen seine Entscheidung sehr persönlich und hatten Angst, dass Oli sich seiner irischen Wurzeln nicht bewusst war. In Wahrheit wusste sein Sohn schlicht nicht, worüber er mit den irischen Verwandten reden sollte. Und Karl wusste es die meiste Zeit auch nicht. Da er nicht länger darüber nachdenken wollte, wechselte er das Thema.

»Wusstest du eigentlich von der ersten Ehe deiner Mutter?«, fragte er, und Alex schüttelte den Kopf.

»Ich hatte keine Ahnung und war genauso überrascht wie du. Sie hat das nie erzählt und es dann heute einfach so hingestellt, als sei es das Normalste der Welt.« Alex schnaubte. »Das sieht ihr mal wieder ähnlich.« Er warf Karl einen Seitenblick zu. »Meinst du, Alba weiß es?«, fragte er nun, und Karl schüttelte den Kopf.

»Das glaube ich nicht. Wir haben aus aktuellem Anlass in den letzten Tagen viel über Homosexualität gesprochen. Wenn sie es gewusst hätte, dann hätte sie es sicher erzählt.«

Diese Antwort schien Alex zu beruhigen, denn er nickte zufrieden.

Sie gingen den Rest des Weges schweigend nebeneinanderher, allerdings hatte Karl das Gefühl, dass es nun ein wohlwollenderes Schweigen war. Er hätte es nie für möglich gehalten, doch er hatte sich tatsächlich schon eine ganze Weile nicht mehr über seinen Schwager aufgeregt. Und er hatte Seiten an ihm entdeckt, die er wirklich mochte. Nach diesem Praktikum würde er Alex auf jeden Fall mit anderen Augen sehen, da war Karl sich sicher.

Als in der Calle St. Vicenç die Tür aufging, wussten die beiden Polizisten sofort, dass sie an der richtigen Adresse waren.

Die Frau, der sie gegenüberstanden, überragte sie beide um mehr als Haupteslänge. Sie trug einen seidenen Morgenmantel mit chinesischen Drachen darauf; ihr langes dunkles Haar fiel ihr in sanften Wellen über die Schultern, und zwischen den Fingern hielt sie eine perlmuttbesetzte Zigarettenspitze. Insgeheim dachte Karl, dass sie tatsächlich aussah, als sei sie aus einem Film noir gefallen. Sie musterte ihn und Alex mit katzenhaft grünen Augen.

»Derjenige, der euch meine Adresse gegeben hat, muss euch falsch informiert haben. Doppelt mache ich nicht«, begrüßte sie die beiden schließlich, woraufhin ihr Alex wortlos seinen Polizeiausweis unter die Nase hielt.

»Mademoiselle Carmen« schaute sich kurz im Treppenhaus um, als fürchte sie, jemand könne etwas von dem Besuch mitbekommen haben, dann ließ sie die beiden herein.

Die kleine Einzimmerwohnung, die sie nun betraten, war etwas in die Jahre gekommen, aber makellos sauber. Auch hier setzte sich der elegante, ein wenig extravagante Stil der Bewohnerin fort.

Ein großes Bett mit rotem Satinhimmel bildete das Zentrum des Raumes. Auf dem Boden lag weicher Hochflorteppich, deshalb wurden die beiden Polizisten auch gebeten, die Schuhe auszuziehen. Im Hintergrund lief leise Jazzmusik, an der Wand hingen gerahmte Poster von Marlene Dietrich und Jean Harlow, und in der Luft schwebte eine Mischung aus kaltem Rauch, Rosen- und Kaffeeduft.

»Carmen« bat sie, in zwei dicken Polstersesseln an einem kleinen runden Tisch Platz zu nehmen, verschwand in der Küche und kam wenige Minuten später mit einem Silbertablett zurück, auf dem drei winzige goldene Mokkatassen sowie eine filigrane Zuckerdose standen, die Karl ganz sicher nicht anfassen würde, aus Angst, sie zu zerbrechen.

Alex schien diese Angst nicht zu plagen; er löffelte sich ordentlich Zucker in die kleine Tasse und rührte geräuschvoll um. Die Gastgeberin sah ihm mit einem spöttischen Schmunzeln zu.

»Sind Sie nur zum Kaffeetrinken gekommen?«, fragte sie schließlich, nachdem sie sich eine weitere Zigarette angezündet hatte.

»Nein, natürlich nicht. Wir sind gekommen, weil wir hoffen, dass Sie uns in einem Fall weiterhelfen können.« Alex legte das Foto von José Molina senior vor sie auf den Tisch.

Carmen zog die Brauen hoch und stieß eine blaue Schwade Dunst durch die Nase.

»Den habe ich ja schon ewig nicht mehr gesehen.«

Karl beugte sich auf seinem Sessel vor. »Sie kennen ihn also?«

Die Edelhure nickte. »Der war vor Jahren mal Stammkunde bei mir«, antwortete sie. Dann richtete sie ihren Katzenblick auf Karl. »Bis er eines Tages nicht mehr aufgekreuzt ist.«

»Und Sie haben sich keine Gedanken gemacht, wieso?«

Carmen zuckte die Schultern. »Das kommt immer wieder vor. Meine Kunden sind hauptsächlich ältere Männer. Sie kommen eine Weile zu mir, dann tauchen sie eines Tages einfach nicht mehr auf. Manchmal kommen ihre Frauen dahinter, manchmal kommen sie ins Krankenhaus oder ins Altenheim, oder sie sterben einfach. Mir sagt niemand Bescheid. Und ich würde mich hüten, bei den Familien nachzufragen. Niemand erwartet von mir, dass ich kondoliere.«

Alex lächelte. »Natürlich nicht.«

»Und was für ein Verhältnis hatten Sie zu Señor Molina?«, fragte Karl und ärgerte sich im selben Augenblick über diese Frage. Schließlich war das doch ziemlich offensichtlich.

Carmen lächelte ein wenig. »Wie weit möchten Sie denn ins Detail gehen?«

Karl hustete, woraufhin Carmens Lächeln noch breiter wurde.

»Wir möchten wissen, was Sie uns über ihn erzählen können«, erklärte Alex.

Carmen runzelte die Stirn. »Das ist lange her.«

Es war offensichtlich, dass sie sich nur bitten lassen wollte. Wie seine Schwiegermutter gesagt hatte, war sie Ende zwanzig, vielleicht Anfang dreißig, und Karl war sicher, dass ihr Gedächtnis hervorragend war. »Alles, woran Sie sich erinnern, könnte wichtig sein«, sagte er freundlich.

Sie drehte sich eine neue Zigarette, steckte sie in die Perlmuttspitze und zündete sie an. »Er ist kein einfacher Mensch. Und wenn ich darüber nachdenke, ist er auch kein Mensch, den irgendjemand als nett bezeichnen würde.«

»Wie meinen Sie das?«, fragte Alex. »Fanden Sie ihn denn nett?«

»Die wenigsten Menschen in diesem Gewerbe sind ›nett‹. Kolleginnen nicht, Vermieter nicht, Zuhälter nicht und Freier auch nicht.« Sie breitete die Arme aus und schloss mit einer Geste die ganze Wohnung ein. »Das hier ist ein rechtsfreier Raum. Deshalb glauben die Leute oft, sie könnten sich hier benehmen, wie es ihnen passt, und ohne Konsequenzen ihre dunklen Seiten ausleben. Aber bei José hatte ich das Gefühl, es war eher umgekehrt. Auch wenn er nicht immer freundlich war, ich hatte doch das Gefühl, dass er zu mir besonders nett war – im Rahmen seiner Möglichkeiten eben. Er hat mich verehrt, und ich denke, als Gegenleistung für meine Gesellschaft habe ich die beste Version von José Molina zu Gesicht bekommen, die es gibt.«

»Sie erinnern sich ja sogar an seinen Vornamen«, stellte Karl mit offenkundig gespielter Überraschung fest. Man sah Carmen sofort an, dass er sie ertappt hatte.

Sie schlug die Augen nieder. »Ja, der muss mir gerade wieder eingefallen sein, als ich an ihn gedacht habe.«

»Also war er für Sie doch kein ganz gewöhnlicher Kunde?«, fragte Alex.

»Wir haben uns eine Weile sehr regelmäßig gesehen. Er hat davon geredet, seine Frau zu verlassen und mit mir durchzubrennen. Aber das tun viele. Nur, bei ihm war es anders. Wir sind zusammen in schicke Restaurants gegangen, ins Liceu oder ins Theater, so, als wären wir ein ganz normales Liebespaar. Die meiste Zeit hat er mich auch so behandelt, als wären wir eins. José hat sogar darauf bestanden, mit mir in seinem Viertel spazieren zu gehen. Das war mir unangenehm, ich bin immer nur mit Perücke und großer Sonnenbrille nach La Ribera gegangen.«

»Warum?«, fragte Karl.

»Ich wollte nicht, dass man mich erkennt«, antwortete Carmen. »Ich erledige dort beinahe alle meine Einkäufe«, erklärte sie dann. »Die Leute dort sind für ihre Tratschereien bekannt.

Hier im Raval schert sich keiner darum, wer im Gewerbe ist und wer nicht. Jeder kümmert sich nur um seine eigenen Probleme. Im Born, vor allem in der Ribera, ist das ganz anders.«

Dem konnte Karl nur stumm beipflichten. Wenn die Leute in seinem Viertel nichts hatten, worüber es sich zu tratschen lohnte, würden sie augenblicklich tot umfallen.

Carmen schien plötzlich ein Gedanke zu kommen, denn sie runzelte die Stirn. »Warum wollen Sie das eigentlich alles wissen? Ist etwas passiert?«

Reichlich spät für diese Frage, dachte Karl.

»Señor Molina ist leider verstorben«, sagte Alex. »Und die Art und Weise seines Ablebens war eher ungewöhnlich.« Karl wunderte sich über diese gestelzten Formulierungen seines Schwagers. Vielleicht stieg ihm der Rosenduft in Verbindung mit dem Zigarettenrauch langsam zu Kopf?

Carmen verzog keine Miene, als sie fragte: »Wieso ungewöhnlich?«

»Er wurde ermordet und zumindest teilweise zu Schinken verarbeitet.« Dann hielt Karl inne und runzelte die Stirn. »Haben Sie das denn nicht im *Periódico* gelesen?«

Die halbe Stadt wusste davon, er konnte sich nicht vorstellen, dass die Geschichte völlig an Carmen vorbeigegangen war.

»Ich lese keine Zeitung. Unsere Gesellschaft bereitet mir zu große Kopfschmerzen.«

Diese Antwort erstaunte ihn. Er kannte niemanden, der die Tageszeitung nicht regelmäßig las; sie war eine städtische Institution. Sogar Alba las den *Periódico* – sehr zu Karls Leidwesen – mit der Begründung, sie könne sich sonst mit ihren Kunden kaum unterhalten. Allerdings passte es zu dieser Frau, dass sie dem Klatschblatt keine Aufmerksamkeit schenkte. In ihrer Wohnung waren weder Radio noch Fernseher; stattdessen stand ein Plattenspieler auf einem niedrigen Tischchen neben einem gut gefüllten Bücherregal. Sie zog es offensichtlich vor, in ihrer eigenen kleinen Welt zu leben, die sie mit Tand aus den

Zwanziger- und Dreißigerjahren vollgestopft hatte. Die junge Frau schien sich gerne aus ihrem Leben wegzuträumen – Karl konnte es ihr nicht verdenken. Es war nur logisch, dass sie sich nicht mit den Gerüchten dieser Stadt befasste. Das machte sie Karl sympathisch; auch er trug gerne Anzüge und Strohhüte, wie sie in den »Roaring Twenties« Mode gewesen waren. Und er liebte Jazzmusik.

»Können Sie sich vorstellen, wer Señor Molina hätte töten wollen?«, fragte Alex.

»Seine Frau vielleicht?«, schlug Carmen mit einem leisen Lachen vor. »Nachdem sie erfahren hat, dass er zu einer Hure geht?«

»Das ist natürlich eine Möglichkeit, die wir in Betracht ziehen«, gab Karl zu. »Angesichts der Umstände suchen wir allerdings einen starken Mann, der mit einem Fleischermesser umzugehen versteht.«

Milde Neugier zeichnete sich auf dem Gesicht der schönen Frau ab. »Wieso das?«

»Weil man den guten Señor, wie schon erwähnt, zu Schinken verarbeitet hat. Deswegen«, antwortete Alex.

»Sie kennen nicht zufällig einen Metzger?«, fragte Karl.

Carmen schüttelte den Kopf. »Ich bedaure. Vielleicht ist einer meiner Kunden Metzger, aber die wenigsten erzählen mir von ihrem Arbeitsalltag. Ich rechne nach Minuten ab.«

Karl zog sein Notizbuch hervor und blätterte eine Weile geschäftig darin. »Señor Molina ist vor ziemlich genau fünf Jahren verschwunden. Erinnern Sie sich noch an diese Zeit?«

»Nicht an jeden Tag, aber im Allgemeinen schon.«

Karl wunderte sich nicht zum ersten Mal über die gewählte Ausdrucksweise der jungen Frau. Kein Vergleich zu der Sprache, die Señorita Coco vorhin benutzt hatte. »Ist Ihnen in der Zeit kurz vor seinem Verschwinden irgendetwas merkwürdig vorgekommen? Hat er Ihnen vielleicht von einem Streit erzählt? Von Sorgen oder Nöten?«

Sie schüttelte den Kopf. »Tut mir leid, Sergent. José war kein Mann, der über Sorgen oder Nöte gesprochen hätte. Vielleicht war er in der Zeit vor seinem Verschwinden nervöser als sonst, aber beschwören könnte ich das nicht.«

»Wie meinen Sie das?«, fragte Karl.

»José hatte immer irgendetwas, das ihn gerade aufgeregt hat. Es ist mehr als fünf Jahre her, seit ich ihn zum letzten Mal gesehen habe, und ich kann nicht sagen, ob er sich in der Zeit vor seinem Verschwinden mehr aufgeregt hat als sonst oder nicht. Auf jeden Fall hatte er einen tödlich hohen Blutdruck. Der Mörder hätte meines Erachtens nur ein bisschen warten müssen, dann hätte sich das Ganze von selbst erledigt.«

»Sie sprechen, als würde Sie das Schicksal dieses Mannes überhaupt nicht berühren«, bemerkte Alex.

Carmen nahm einen langen Zug von ihrer Zigarette und ließ den Rauch langsam und lasziv aus ihrem Mund schwappen. Dabei sah sie Alex direkt in die Augen. »Die wenigsten Menschen berühren mich. Die Welt interessiert sich nicht für mich, also interessiere ich mich nicht für die Welt. So einfach ist das.«

Sie lehnten einen zweiten Kaffee ab, gaben Mademoiselle Carmen ihre Handynummern und baten sie, sich zu melden, sollte ihr noch irgendwas einfallen. Karl hatte das vage Gefühl, dass eher sie der unergründlichen Frau noch einen zweiten Besuch abstatten würden, als dass sie anrief. Als sie wieder auf der Straße standen, war es schon nach zehn.

»Schluss für heute?«, fragte Karl, und Alex nickte.

»Wir müssen Marla morgen endlich von Paco befreien«, bemerkte Alex, und sofort bekam Karl ein schlechtes Gewissen. Anstatt sich teure Tapas schmecken zu lassen, hätten sie gleich um die Ecke in der Comissaria vorbeischauen und den Hund abholen müssen. Und Ramirez den Schinken vorbeibringen sollen, der in Karls Tasche vor sich hin schwitzte.

Er hatte den Gedanken noch nicht zu Ende gedacht, als die hübsche Assistentin der Mordkommission mitsamt dem Malteserrüden um die nächste Straßenecke bog. Wie auf Kommando.

Karl hob die Hand zum Gruß, und Marla kam zu ihnen herüber. Anscheinend war sie nicht im Mindesten verärgert, dass die beiden Männer sie so lange mit dem Hund allein gelassen hatten. Im Gegenteil, sie schien sich aufrichtig zu freuen, ihre Kollegen zu sehen, denn sie lächelte ihnen fröhlich entgegen.

»Auch Feierabend?«, begrüßte sie sie freundlich.

»Ja, wir haben gerade beschlossen, dass wir's für heute gut sein lassen«, bestätigte Alex. »Und außerdem haben wir gerade davon gesprochen, wie schäbig wir uns fühlen, weil du noch immer auf den Hund aufpassen musst.«

Marla lachte. »Aber das macht doch nichts. Paco und ich sind dicke Freunde geworden!«

Das glaubte Karl sofort. Denn im Gegensatz zu den Spaziergängen mit Karl ging Paco bei Marla anscheinend brav an der Leine. Karl streckte die Hand aus. »Vielen Dank, du warst uns eine große Hilfe. Aber jetzt nehme ich ihn am besten mit, sonst glaubt meine Frau noch, ich hätte ihn bei einer Wette verloren.«

Marla grinste, und Paco schaute sehr misstrauisch, als die Leine über seinen Kopf hinweg den Besitzer wechselte.

»Hast du es weit bis nach Hause?«, fragte Karl. Marla schüttelte den Kopf. »Wir stehen fast vor meiner Haustür. Ich wohne drüben, in der Nummer 18!«

»Du wohnst hier im Viertel?«, fragte Alex erstaunt, und Marla nickte lächelnd, diesmal jedoch etwas unsicherer. »Ja, schon mein ganzes Leben lang«, bestätigte sie. »Natürlich ist es praktisch, so nahe am Arbeitsplatz zu wohnen, aber es verführt auch dazu, viel länger zu arbeiten, als man müsste, weil man es ja nicht weit hat und zu Hause niemand auf einen wartet.« Sie seufzte und suchte mit den Augen nach ihrem Balkon. »Es ist eine große, sehr schöne Wohnung. Meine Eltern haben sie gekauft, als sie noch jung waren. Aber ich schaffe es kaum, sie instand zu halten.« Sie wurde rot. »Ich habe meine Mutter gepflegt, bis sie vor einem Jahr gestorben ist. Seitdem lebe ich allein.«

»Das tut mir leid«, murmelte Karl. Marla nickte knapp.

Sie straffte die Schultern. »Deshalb war Paco eine wunderbare Gesellschaft und ist jederzeit willkommen!«

Karl schwieg eine Weile nachdenklich, während er Marlas Blick die Häuserzeile entlang folgte. »Kennst du zufällig eine Mademoiselle Carmen?«, fragte er schließlich. Marla legte den Kopf schief, als müsste sie gründlich nachdenken, dann hellte sich ihre Miene auf. »Du meinst bestimmt Isabel! Groß, schlank, horizontales Gewerbe?«

»Du hast eine charmante Art, es auszudrücken«, bestätigte Alex lachend.

»Besonders gut kenne ich sie nicht, aber manchmal plaudern wir, wenn wir uns beim Einkaufen über den Weg laufen.«

»Und ihr richtiger Name ist Isabel?«, fragte Karl.

Marla zuckte die Schultern. »Ich habe mir bisher nicht die Mühe gemacht, darüber nachzudenken«, entgegnete sie. »Ist das relevant?«

Karl nickte. »Es ist sogar hochgradig relevant. Könntest du es für uns rausfinden?«

»Natürlich. Was wollt ihr noch wissen?«, fragte Marla, und man konnte deutlich sehen, wie ihr Kopf zu arbeiten begann.

Mit breitem Grinsen antwortete Alex: »Alles.«

Nachdem sie sich von Marla verabschiedet hatten, entschieden sie sich gegen den direkten Heimweg und für ein Bier in einer der kleinen Straßenbars im Viertel. Es war mittlerweile dunkel, und die ersten Studenten krochen träge aus ihren Löchern, um mit ein paar Getränken in den Abend zu starten. Der Anblick versetzte Karl in die Zeit zurück, in der er selbst an der Universität von Barcelona studiert hatte und Alex ein pickeliger Teenager gewesen war. Mit einem Schlag kam alles zurück: die Euphorie, die Erregung, die damals noch fremde Sprache. Und dann seine erste Begegnung mit Alba an einem lauen Sommerabend wie diesem, unten am Strand. Es war eine jener Erinnerungen, die so magisch waren, dass man kaum glauben konnte, das wirklich erlebt zu haben. Solche Dinge, dachte Karl, passierten eigentlich nur im Film, aber ganz sicher nicht ihm selbst. Doch mittlerweile hatte er sich damit abgefunden, eine Ehe zu führen, in der er jederzeit damit rechnete, eines Morgens in einem schäbigen Wohnheimzimmer aufzuwachen und festzustellen, dass er diese Frau nur geträumt hatte. Und auch damals hatte er geglaubt zu träumen.

Ganz plötzlich hatte es aus heiterem Himmel angefangen, in Strömen zu regnen. Die Leute waren in Windeseile vom Strand geflohen, nur Karl war sitzen geblieben und hatte den warmen Regen auf der Haut genossen, der ein bisschen nach Bergen und ein bisschen nach Stadt gerochen hatte. Hatte zugesehen, wie die Tropfen auf der pechschwarzen Oberfläche des Mittelmeeres auftrafen, sich dort verloren, von Süß- zu Salzwasser wurden. Gerade dachte er darüber nach, ob das Meer nach einem Regenguss wohl süßer schmeckte, als plötzlich ein lachendes Mädchen in seinem Blickfeld auftauchte, das sich gerade aus der kurzen Jeans und ihrem völlig durchnässten Metal-Shirt schälte. Sie fing seinen Blick auf und lächelte so breit, dass die kleine Zahnlücke zwischen ihren Schneidezähnen zu sehen war. Die dunklen Locken klebten wie unzählige schwarze Wasserwirbel auf ihrer Haut. Sie rief ihm etwas zu, das er damals noch nicht verstehen konnte – einzig das Wort »schwimmen« glaubte er verstanden zu haben. Das Mädchen war lachend auf die ungestümen Wellen zugelaufen, und Karl hatte in diesem Augenblick ganz genau gewusst, dass er gerade das Schönste sah, was er jemals im Leben zu Gesicht bekommen würde. Dann hatte sie sich, bis zum Bauch bereits im Wasser stehend, noch einmal zu ihm umgedreht und etwas gesagt, das er verstand: »Ven conmigo!«

Komm mit mir!

Alex riss ihn aus seinen Gedanken. »Was hältst du von ihr?«

»Von wem?«, fragte Karl. Er war noch nicht vollständig in die Realität zurückgekehrt.

»Na, von ›Mademoiselle Carmen‹!« Alex malte mit den Fingern Anführungsstriche in die Luft, und Karl musste lachen. Diese Geste hatte er sich offensichtlich von seiner großen Schwester abgeschaut.

Er überlegte einen Augenblick. Die Frage lag zwar nahe, war aber nicht so leicht zu beantworten. Schließlich antwortete er: »Sie ist schwer zu deuten. Wahrscheinlich hat sie sich im Laufe der Jahre eine Maskerade zugelegt, die so gut wie undurchdringlich ist. Ich würde ihr alles zutrauen.«

»Auch einen Mord?«, fragte Alex.

Karl nahm einen Schluck aus seiner Bierflasche und warf Paco eine der Erdnüsse zu, die in einem Schälchen vor ihnen auf dem Tresen standen. »Wenn ich alles sage, dann meine ich auch alles. Und du?«

Alex runzelte die Stirn. »Ich glaube eher, dass sie nicht diejenige ist, die mordet, sondern diejenige, wegen der gemordet wird.«

Karl pfiff durch die Zähne. »Du sprichst ein wahres Wort gelassen aus«, meinte er nachdenklich. »Immerhin passt sie überhaupt nicht in unser Profil. Sie ist nicht stark, und sie sieht auch nicht aus, als könnte sie mit einer Säge oder einem Pariermesser umgehen. Aber ich kann mir gut vorstellen, dass es Männer gibt, die für sie oder wegen ihr alles tun würden. Wenn wir Glück haben, ist sie das Mordmotiv.«

»Ein Motiv allein hilft uns aber nicht weiter«, bemerkte Alex.

Karl versuchte, sich auf dem Barhocker ein bisschen bequemer hinzusetzen. Dank seiner viel zu langen Beine kein einfaches Unterfangen – die Möbel hatten spanische Miniaturmaße; er hing mit den Knien beinahe auf dem Tresen. »Da irrst du dich gewaltig. Das Motiv ist der wichtigste Aspekt in der ganzen Mordermittlung – wenn du das hast, führt es dich unweigerlich zum Mörder. Und zu den Beweisen! Ein festgenommener Mörder ohne Motiv nützt dir nichts, es sei denn natürlich, er ist geständig. Aber nur das Motiv wird es dir ermöglichen, zu begreifen, was tatsächlich geschehen ist. Das ist der Schlüssel zum ganzen Fall.«

Alex trank einen Schluck aus seiner Flasche und setzte eine skeptische Miene auf. »Ich dachte immer, das *Warum* sei zweitrangig – Hauptsache, man hat den Mörder.«

Jetzt war Karl in seinem Element. Er hob den Zeigefinger. »Nur wenn du weißt, warum jemand gemordet hat, lernst du bei einem Fall etwas. Im Laufe der Jahre wirst du lernen, Muster zu entdecken, Fälle zu vergleichen und Motive schneller zu erkennen. Erst das Verständnis für die Tat als solche macht dich zu einem guten Ermittler.«

Alex rümpfte die Nase. »Ich weiß nicht, ob ich das Zeug dazu habe, jemals ein guter Ermittler zu sein, wenn die Voraussetzung dafür ist, Verständnis für so eine kranke Scheiße zu haben.«

»Von ›Verständnis für den Täter‹ hat niemand geredet. Das meine ich nicht. Verbrechen sprechen eine eigene Sprache, und diese Sprache musst du verstehen.«

Alex bestellte noch ein Bier, Karl lehnte dankend ab. Er wollte nach Hause. »Und wie lerne ich das?«, fragte Alex.

Karl klopfte seinem Schwager auf die Schulter. »Mit der Zeit von ganz allein. Du musst den Job nur lange genug machen.«

Dann verabschiedete er sich, klemmte sich Paco, der seinen Dickkopf wiedergefunden hatte, unter den Arm und machte sich auf den Heimweg.

12

Karl hatte blendende Laune, als er am nächsten Morgen durch die Tür der Comissaria trat. Als er am Vorabend nach Hause gekommen war, hatten er und Alba noch einen wundervollen Restabend auf der Dachterrasse verbracht – Oli und Rafa waren mit Freunden ausgegangen – und waren anschließend im Bett gelandet. Und heute Morgen hatten sie sich noch ein ausgiebiges Frühstück mit Brötchen und frischem Obst gegönnt. Er fühlte sich wie Anfang zwanzig und dachte, nichts und niemand könnte ihm an diesem Tag die Stimmung verderben – bis er Alex' Gesicht sah. Dessen schlechte Laune war beinahe mit Händen zu greifen.

»Wir sollen zur Cap«, begrüßte er seinen Schwager, noch bevor dieser Guten Morgen sagen konnte.

»Schon wieder?«, fragte Karl erstaunt. »Wenn die so weitermacht, darf sie sich nicht wundern, dass wir mit unserer Arbeit nicht vorankommen.«

»Ich habe keine Ahnung, was sie will, aber es kann nichts Gutes sein«, knurrte Alex.

Auf dem kurzen Weg über die Gänge des Gebäudes trafen sie mehrere spöttische Blicke von Polizeikollegen, und Karl beschlich der Verdacht, dass sie gleich erfahren würden, warum das so war. Der Flurfunk schien auch in dieser Comissaria hervorragend zu funktionieren. Sie betraten das Büro der Abteilungschefin und fanden Maria Arbol in außerordentlich guter Stimmung vor, was Karl einen Schock versetzte. Beinahe kam es ihm vor, als säße ein völlig anderer Mensch an dem großen Schreibtisch. Die Cap d'Unitat wirkte aufgeräumt und ungemein selbstzufrieden. Noch bevor Karl und Alex Gelegenheit hatten, sich hinzusetzen, sagte sie: »So, Diaz, das war also Ihr erster Fall. Besonders viel haben Sie ja nicht gerade zu seiner

Lösung beigetragen. Während Sie sich betrunken, unschuldige Geschäftsmänner belästigt und die Zeit Ihres Schwagers und vier Caporales verplempert haben, habe ich es vorgezogen, die Sache selbst in die Hand zu nehmen. Wie sich herausgestellt hat, war das auch besser so.«

Alex blinzelte verdutzt. »Wie meinen Sie das? Wir sind mit dem Fall doch noch gar nicht fertig.«

Das Lächeln, das Maria Arbols Mundwinkel jetzt umspielte, konnte nur als bösartig bezeichnet werden. Sie sah aus wie eine Katze, der es Vergnügen bereitete, mit der erbeuteten Maus zu spielen. »Doch, wir sind fertig. Und zwar komplett. Molina hat gestanden, seinen Vater ermordet zu haben.«

Karl traute seinen Ohren nicht.

»Was?«, fragte Alex. »Wann?«

»Gestern Abend.« Arbol lehnte sich in ihrem bequemen Schreibtischstuhl zurück und begann, mit dem Kugelschreiber in ihrer Hand zu klicken. »Ich habe Dominguez darauf angesetzt, und er hat mir ein Geständnis geliefert.« Sie breitete die Arme aus. »Fall abgeschlossen.«

»Aber …« Alex' Mund klappte auf und zu, während er nach Worten rang. Er sah aus wie ein Karpfen auf dem Trockenen.

Karl ballte die Fäuste. Das durfte nicht wahr sein! Seine Sympathie für den jungen Molina hielt sich zwar in engen Grenzen, doch er wusste genauso gut wie alle anderen in diesem Raum, dass keinerlei Beweise gegen den Mann vorlagen. Außerdem war er weder schlau noch raffiniert genug für eine solche Tat – ganz abgesehen davon, dass er den ganzen Tag mit seiner Mutter verbrachte und weder einen Raum noch Gelegenheit gehabt hätte, einen Schinken herzustellen. Und die Theorie von Mutter und Sohn als Mörderpärchen war allenfalls etwas für die Klatschpresse. Hätten die beiden José Molina gemeinsam umgebracht, so hätten sie ihn einfach verschwinden lassen. Und wenn sie den Mann tatsächlich zu Wurstwaren verarbeitet hätten, um diese dann im Laden zu verkaufen, hätten sie doch niemals die Polizei gerufen. So einfach war das. So, wie Karl die Sache sah, hatte jemand anders den alten Feinkosthändler auf dem Gewissen.

»Sie haben den Falschen«, stieß er hervor.

Maria Arbol beugte sich über den Tisch. »Hören Sie schlecht? Der Mann hat *gestanden!*« Sie griff nach einem schmalen Aktenordner und wedelte damit vor Karls Nase herum. Er hasste es, wenn Leute mit etwas wedelten.

»Darf ich mal sehen?«, fragte Karl so liebenswürdig, wie er es eben vermochte. Arbol warf ihm die Akte hinüber.

Nach einem kurzen Blick auf das ebenfalls kurze Geständnis wusste Karl endgültig, dass er recht hatte.

»Das ist doch wohl ein Witz«, entfuhr es ihm.

Arbols Augen verengten sich zu hässlichen Schlitzen. »Wie meinen Sie das?«

Karl schüttelte den Kopf. »Das hier ist doch nicht mal das Papier wert, auf dem es geschrieben wurde.«

Er reichte das Geständnis seinem Schwager, der es ebenfalls überflog.

Maria Arbol verschränkte die Arme und sah Karl herausfordernd an. »Was genau passt Ihnen denn nicht, Señor Lindberg?«

Karl hob die Hand und zählte auf, was ihn störte. »Eine ganze Menge. Dieses Geständnis lässt einige Fragen unbeantwortet. Zum Beispiel: Wo ist der Rest der Leiche? Was war Josés Motiv? Wie ist er vorgegangen? Wie konnte er den Schinken unbemerkt von seiner Mutter herstellen? Wo hat er es getan? Wo hat er seinen Vater getötet? Mit was für einer Waffe? Und was hat er danach mit der Leiche gemacht? Das kleine Einmaleins der Fallbearbeitung.«

»Das ist doch völlig irrelevant. Der Kerl ist schuldig. Ein bisschen minderbemittelt vielleicht, aber auf jeden Fall schuldig.«

»Und ein Anwalt war auch nicht dabei«, setzte Karl noch

hinzu. »Soweit ich weiß, ist es in Spanien verboten, Vernehmungen ohne anwaltlichen Beistand vorzunehmen.« Er zog die Augenbrauen hoch. »Das Geständnis kann vor keinem Gericht verwendet werden. Wirklich saubere Arbeit! Ich bin schwer beeindruckt von der akkuraten und professionellen Vorgehensweise der Mossos.« Und mit einem sarkastischen Unterton fügte er hinzu: »Das werde ich auf jeden Fall auch in meinem Praktikumsbericht lobend erwähnen.«

Arbol machte eine wegwerfende Handbewegung. »Ein Anwalt ist für heute Nachmittag bestellt. Da wiederholen wir die Befragung ganz einfach, no pasa nada.«

Karl schüttelte den Kopf. »Selbst wenn das so läuft, wie Sie es sich vorstellen, ist das nicht genug. Und das wissen Sie! Wir haben keinerlei Beweise, dass er es war. Dieses dünne Geständnis wird keinem Richter der Welt ausreichen, um Molina zu verurteilen. Das reicht noch nicht!«

Nun meldete sich Alex zu Wort. »Ich kann mir schon denken, wie das gestern abgelaufen ist.« Die Anspannung ließ seine Ohren knallrot anlaufen. »Dominguez ist ein brutaler Typ. Er hat José mit irgendwas gedroht, und der ist eingeknickt. Der junge Molina ist ein nervöser Charakter und leicht einzuschüchtern. Ein gefundenes Fressen für meinen geschätzten Kollegen. So ist er an dieses Geständnis gekommen. Und darüber hinaus: Warum haben Sie überhaupt Dominguez die Befragung durchführen lassen – es ist doch gar nicht sein Fall!? Sie hätten das vorher mit mir absprechen müssen.«

Die Cap schien von diesem Vorwurf nicht beeindruckt zu sein. »Was Befragungen betrifft, ist Dominguez sehr erfahren«, erklärte Arbol. »Ich war der Meinung, dass Sie mit Ihrer geringen Erfahrung ein solches Verhör, wie es notwendig war, nicht durchführen können. Manchmal muss man eben den Druck erhöhen.«

Karl schnaubte. »Und einen Unschuldigen ins Gefängnis stecken, damit man wieder gut dasteht? Während der wahre Mörder unbehelligt weiter durch Barcelona läuft? Und noch dazu den leitenden Ermittler einfach ausklammern und ihn nicht einmal zeitnah informieren? Überlegen Sie doch mal, was passiert, wenn nach Molinas Verurteilung ein zweiter Schinken auftaucht. Was machen Sie dann?« Es war offensichtlich, dass Maria Arbol dieser Gedanke noch nicht gekommen war. Sie bewahrte zwar Haltung, war aber merklich blasser als zuvor.

»Das wird nicht passieren, da wir den Mörder bereits gefasst haben«, erwiderte sie bestimmt und strich mit einer fahrigen Geste den Blusenärmel glatt. »Und wenn wir noch mehr Beweise brauchen, werden Sie mir die eben liefern.«

»Beweise liegen nicht an jeder Straßenecke. Man kann so was nicht mal eben ›liefern‹ wie ein Fass Olivenöl.« Jetzt war Karl der Geduldsfaden gerissen. Es kostete ihn enorme Mühe, seine Stimme unter Kontrolle zu halten; am liebsten hätte er die Cap so lange angeschrien, bis sie sich geschlagen gab.

Alex schien zu merken, dass Karl kurz davor war, die Beherrschung zu verlieren, und schaltete sich ein. »Ich will noch einmal mit José reden«, forderte er, und die Cap machte eine wegwerfende Handbewegung. »Nur zu! Aber wenn wir am Ende wieder mit leeren Händen dastehen, schwöre ich Ihnen …«

Alex schnaubte. »Die Kolumbusrotunde. Ich weiß schon.« Karl war erstaunt, mit wie viel Selbstbewusstsein sein Schwager seiner Chefin auf einmal entgegentrat. Während der letzten Tage hatte er doch beinahe ausnahmslos vor ihr gebuckelt. Anscheinend war Karl nicht der Einzige, dem der Kragen geplatzt war; auch Alex hatte offenbar seine Grenzen.

Alex stand von seinem Stuhl auf, und Karl beeilte sich, ihm zu folgen. Grußlos verließen sie das Büro der Kommissariatsleiterin.

»Die hat sie wohl nicht mehr alle«, presste Alex zwischen den Zähnen hervor, während er immer zwei Stufen auf einmal die Treppen zum Innenhof hinuntereilte. Draußen angelangt, zündete er sich sofort eine Zigarette an, was ihm dank seiner zittrigen Finger erst beim dritten Versuch gelang. Karl hätte sich nicht gewundert, wenn Alex das Feuerzeug in der Hand zerquetscht hätte. Ein bisschen bedauerte er in diesem Augenblick, das Rauchen schon vor Jahren aufgegeben zu haben; dies hier war ein Moment, in dem eine Zigarette wirklich helfen konnte. Aber das war gleichzeitig das Problem an seinem Job: Es gab zu viele dieser »perfekten Zigarettenmomente«. Das Qualmen half vielen Kollegen, die schrecklichen Bilder, den Druck, die Anspannung und die viele Arbeit besser zu verkraften, die ein Leben bei der Mordkommission mit sich brachten. Und genau das war der Grund, warum Karl damit aufgehört hatte. Sie stellten sich abseits der anderen Rauchergruppen in den Schatten einer Magnolie.

»So habe ich dich ja noch nie erlebt«, bemerkte Karl halb anerkennend, halb amüsiert. »Du hast dich überhaupt nicht einschüchtern lassen. Respekt.«

Alex nahm einen langen Zug von seiner Zigarette und schüttelte den Kopf. »Weißt du, warum ich Polizist geworden bin, Karl?«

»Eigentlich nicht, nein«, gab Karl zu. Sein Schwager sah ihn ernst an. »Weil ich Ungerechtigkeit nicht ausstehen kann. Schon als Kind hatte ich ein Problem damit, habe immer versucht, zu schlichten, zu vermitteln. Ich habe immer alles gerecht mit Alba geteilt und bin unheimlich wütend geworden, wenn ein Lehrer ungerecht zu mir war. Und das hier«, er zeigte mit dem Zeigefinger auf die Comissaria und meinte damit wohl, was gerade vorgefallen war, »stinkt vor Ungerechtigkeit zum Himmel! Wer gibt dieser Frau das Recht, so etwas zu entscheiden?«

»Ihre Position«, stellte Karl nüchtern fest. »Sie tut es, weil sie es kann und weil es ihr attraktiver erscheint, ihren eigenen Ruf aufzupolieren, als den wahren Täter zu finden. Das habe ich schon oft beobachtet, wenn aus Ermittlern Vorgesetzte werden. Irgendwann vergessen sie, dass sie Polizisten sind und dass sie den Opfern und ihren Familien verpflichtet sind – niemandem sonst. Aber das ist ein Grundproblem: Zwischen Recht und Gerechtigkeit klafft eine große Lücke – das ist etwas, das jeder Polizist früher oder später zu spüren bekommt.«

Alex schnaubte. »Deine klugen Sprüche kannst du dir sonst wohin stecken.«

Karl hob abwehrend die Hände. »Lass das jetzt bloß nicht an mir aus«, sagte er. »Ich bin hier nur der Praktikant.«

Immerhin brachte er Alex damit zum Lächeln. »Na los, reden wir mit José. Mal sehen, ob wir etwas aus ihm rausbekommen. So können wir das doch nicht stehen lassen.«

Alex warf seine Kippe in den Aschenbecher und ging voraus. Der Temperaturunterschied zwischen dem heißen Innenhof und der überklimatisierten Comissaria war enorm. Karl war schon öfter aufgefallen, dass die Spanier dazu neigten, ihre Räume zu stark zu klimatisieren, wenn es draußen wärmer wurde. So als wollten sie verschiedene Klimazonen auf engstem Raum simulieren. Karl gingen diese ständigen Temperaturschwankungen allerdings auf die Nerven. Er war ein Mensch, der sich leicht erkältete, und so zog er sich auch hier wieder vorsorglich das Sakko über.

Vor dem Vernehmungsraum wurden sie von einem großen Mann mit Stiernacken und breiter Stirn abgefangen. Er lächelte ein dünnes, falsches Lächeln und schob sein Gesicht so nah an das von Alex heran, dass sogar Karl einen Schwall seines Kaffeeatems abbekam. So stellte sich Karl eine menschliche Dampfwalze vor.

»Sieh an, sieh an. Diaz und der deutsche Clown kommen, um sich den geständigen Mörder anzuschauen. Ist eure Mami nicht oft genug mit euch in den Zoo gegangen, als ihr klein wart, oder warum wollt ihr den Affen anglotzen? Was wollt ihr denn noch mit dem Kerl?«, fragte er und plusterte sich noch ein bisschen mehr auf, wenn das überhaupt möglich war. Alex hielt dagegen, so gut es ging. »Was interessiert dich das, Dominguez? Du hättest dich überhaupt nicht einmischen dürfen. Das ist unser Fall.«

Dominguez lachte. Es klang wie ein Grunzen. »Wenn ihr das so gut könnt, warum hat die Cap dann *mich* um Hilfe gebeten?«

Alex zuckte die Schultern. »Kann ich mir ehrlich gesagt auch nicht erklären. Vielleicht ja, weil Arbol jemanden braucht, der für sie die Drecksarbeit erledigt und nicht zu viele Fragen stellt. Oder weil wir gestern Abend etwas Wichtigeres zu tun hatten, als einen unschuldigen Feinkosthändler zu drangsalieren?«

»Ich hab eurem Muttersöhnchen kein Haar gekrümmt«, knurrte Dominguez. »Der hat sich von ganz allein in die Hosen gemacht.«

»Wer's glaubt ...«, entgegnete Alex und schob sich an seinem bulligen Kollegen vorbei weiter in Richtung Vernehmungsraum. Doch dieser schien noch nicht bereit, Alex und Karl vom Haken zu lassen. Er packte Alex am Arm und zerrte ihn zurück.

»Warum gehst du nicht wieder zurück in dein Rotlichtviertel und lässt richtige Ermittler ihre Arbeit machen, Diaz? Garcia de Torres den Schwanz zu lutschen hat noch keinen zu einem guten Mosso gemacht.«

Karl hielt den Atem an. Eine solche Beleidigung konnte Alex nicht auf sich sitzen lassen. Schon deshalb nicht, weil sich mittlerweile eine kleine Traube schaulustiger Kollegen im Flur versammelt hatte.

Alex bebte vor Wut. Seine Wangenknochen zeichneten sich deutlich unter der Haut ab, sein Atem ging schwer und langsam. Karl fürchtete, es würde gleich zu einer Prügelei kommen, und das wäre angesichts der angespannten Lage in der Comisaria wenig nützlich.

»Wenn rohe Gewalt, dämliche Drohungen und Obszönitäten zu dem Standardrepertoire eines richtigen Ermittlers gehören, dann gehe ich gern wieder Streife. Jede gewöhnliche Hure hat mehr Anstand und Klasse als du, Dominguez.«

Bravo, dachte Karl. Das hatte gesessen. Alex riss sich los und forderte ihn mit einem Blick auf, ihm zu folgen. Dominguez schickte ihnen zwar noch ein »Dämliche kleine Pisser« hinterher, hielt sie aber nicht mehr zurück. Karl hörte noch, dass er die umstehenden Kollegen anschrie, sie sollten »nicht so doof glotzen«. Ein Beweis, dass Alex' Worte gewirkt hatten. Vielleicht sollte man alle jungen Polizisten ein paar Jahre in Problemvierteln auf Streife schicken – das schien sich positiv auf den Charakter auszuwirken.

Vernehmungsräume waren nach Karls Erfahrung die einzige Überschneidung zwischen der Welt der Fernsehkommissare und seiner eigenen. Natürlich war das nicht schwer, schließlich brauchte man für einen guten Vernehmungsraum nur einen abgewetzten Resopaltisch und zwei bis drei Stühle, die so aussahen, als hätte sie ein städtisches Gemeindezentrum kürzlich ausrangiert. Der Raum, den Karl und Alex jetzt betraten, bildete da keine Ausnahme. Es roch schwach nach altem Teppichboden und Kaffee, und die Klimaanlage klang, als müsste sie dringend gereinigt werden.

Im Vernehmungsraum erwartete José Molina sie bereits mit verschlossener Miene. Er sah aus, als hätte er nächtelang nicht geschlafen. Seine ohnehin schon sehr helle Haut hatte die Farbe von Tapetenkleister, tiefe Ringe lagen dunkelgrau und schwer unter den wässrigen Augen. Wie ein nasser Sack hockte er auf seinem Stuhl, als hätte ihm jemand die Wirbelsäule gestohlen. Als Alex und Karl durch die Tür traten, schaute er sie nur flüchtig an.

Sie warteten kurz, ob José von selbst etwas sagen würde, doch er tat es nicht. Also setzten sie sich zu ihm an den Tisch, und Karl zog sein Notizbuch aus der Tasche.

»Diese Scheiße haben *Sie* mir doch eingebrockt«, ergriff José nun doch das Wort, wobei er Karl einen finsteren Blick zuwarf.

»Was habe ich Ihnen eigentlich getan, dass Sie so einen Hass auf mich haben? Sie kennen mich doch überhaupt nicht.«

José Molina hob eine Augenbraue und ließ ein spöttisches Schnauben hören. »Typen wie Sie kenne ich gut genug. Arrogante Besserwisser, die mich anschauen, als hätte ich sie nicht mehr alle. Sie hatten mich doch schon die ganze Zeit auf dem Kieker.«

Da hatte der Mann leider nicht ganz unrecht, dachte Karl, aber er würde den Teufel tun, das zuzugeben. Stattdessen antwortete er: »Ob Sie es glauben oder nicht, aber ich bin ganz sicher nicht Ihr Feind.«

José lachte freudlos. »Ich glaube Ihnen kein Wort. Weil ich Ihnen nicht traue.«

»Ja, das habe ich bereits mitbekommen. Meinem Auge geht es übrigens besser, danke der Nachfrage.«

»Das interessiert mich nicht besonders.«

Karl schnalzte verärgert mit der Zunge und schlug auf den Tisch. Das war eine Geste, die er von seiner Frau übernommen hatte – typisch spanisch. Alex ergriff das Wort. »Du hast gestern gestanden, deinen Vater ermordet zu haben.«

Im Gegensatz zu Karl benutzte Alex die informelle Anrede »tú«. Ob das nun der Tatsache geschuldet war, dass die beiden seit Ewigkeiten Nachbarn waren, oder ob Alex hier eine »Guter Bulle, böser Bulle«-Nummer abziehen wollte, vermochte Karl nicht zu sagen. José nickte.

»Du weißt bestimmt, dass das, was du ohne einen Anwalt sagst, vor Gericht nicht vorgebracht werden kann. Es ist also so, als wäre überhaupt nichts passiert, verstehst du? Keiner kann das, was du gestern gesagt hast, gegen dich verwenden. Im Grunde genommen hätte mein Kollege überhaupt nicht mit dir reden dürfen. Und streng genommen dürfte ich das jetzt auch nicht tun.«

»Aber wir führen jetzt keine Vernehmung durch«, beeilte sich Karl zu ergänzen. »Wir sind hier nur zu Besuch.«

Molina zuckte die Schultern. »Ist mir egal.«

Alex lehnte sich zurück und sah Molina prüfend an. »Ich verrate dir jetzt mal was: Ich glaube nicht, dass du deinen Vater ermordet hast.«

José Molina hob kurz den Blick, schaute aber sogleich wieder auf die Tischplatte hinunter.

»Dominguez kann ein richtiges Arschloch sein, niemand weiß das besser als ich. Womit hat er dir gedroht?«

»Mit gar nichts«, murmelte Molina, aber wirklich überzeugend klang das nicht.

Karl schoss ins Blaue. »Er hat Ihnen gesagt, dass es Beweise gibt, die darauf hindeuten, dass Ihre Mutter oder Sie den Mord begangen haben. Und Ihnen zu verstehen gegeben, dass Ihre Mutter ins Gefängnis wandert, wenn Sie nicht gestehen. Habe ich recht?«

»Sie wissen gar nichts«, keifte der junge Molina und erinnerte Karl dabei stark an einen Grottenolm. Seine heftige Reaktion ließ darauf schließen, dass Karl ins Schwarze getroffen hatte.

»War auch nur eine Vermutung, nicht mehr«, erwiderte Karl. »Aber wenn Sie weiter so stur sind, bringt das weder Ihnen noch uns etwas.«

José Molina hob den Blick. »Warum wollen Sie mir überhaupt helfen?«

»Will ich ja gar nicht«, antwortete Karl kopfschüttelnd. »Ich will nur die Wahrheit herausfinden. Und das, was Sie da gestern Abend ausgesagt haben, ist alles Mögliche. Bullshit, Seemannsgarn, Jägerlatein … Nennen Sie es, wie Sie wollen. Zur Wahrheit wird es deshalb noch lange nicht.«

Sie schwiegen eine Weile. Dann fragte José Molina leise: »Haben Sie denn Beweise, die meine Mutter oder mich belasten könnten?«

Karl und Alex wechselten einen Blick. Solche Informationen durften sie während der laufenden Ermittlung keinesfalls preisgeben. Sie hatten schon genug Ärger und konnten es sich nicht leisten, jetzt noch einen Fehler zu machen.

»Sagen wir es einmal so«, bot Karl an. »Die Wahrscheinlichkeit, dass einer von Ihnen beiden im Gefängnis landet, ist sehr viel höher, wenn Sie sich entscheiden, den eingeschlagenen Weg weiterzuverfolgen.« Und nach einer kurzen Pause fügte er hinzu: »Ihre Mutter hat nur noch Sie. Was glauben Sie, wie Dolores sich fühlen wird, wenn Sie wegen des Mordes an Ihrem Vater ins Gefängnis gehen?«

José Molina antwortete nicht.

»Willst du uns nicht doch lieber erzählen, was gestern passiert ist?«, fragte Alex freundlich. »Wenn wir es wissen, dann können wir versuchen, dir zu helfen. Aber du musst mit uns zusammenarbeiten.«

»Du kannst mir doch gar nicht helfen, Diaz!« Josés Stimme war voller Bitterkeit.

»Wie kommst du darauf?«

»Der andere hat gesagt, du bist gar kein echter Sergent.« Und mit einem Seitenblick auf Karl fügte er hinzu: »Und er auch nicht. Ihr seid bloß Hilfspolizisten, die bald wieder Streife gehen. Deshalb habt ihr mich gestern auch nicht verhört, sondern er.«

Alex holte tief Luft. Es war ihm anzusehen, dass er sich nun doch sehr beherrschen musste. Dann griff er nach seiner Geldbörse und zog langsam seinen Dienstausweis hervor, den er wortlos auf den Tisch legte. Josés Blick wanderte zuerst zu dem Polizeiausweis, dann zu Alex und von diesem schließlich zu Karl.

»Ich bin Kriminalkommissar bei der Polizei von Berlin«, erklärte Karl. Gerne hätte er seinen eigenen Dienstausweis gezückt, um seine Aussage zu untermauern, doch da er länger als sechs Monate beurlaubt war, hatte er den zur Verwahrung abgeben müssen. Andererseits war er auch ganz froh darüber – auf dem Foto sah er grauenvoll aus.

»Das verstehe ich nicht«, sagte José.
»Ich bin sozusagen ein Gast von Sergent Diaz«, meinte Karl, wobei er um das Wort »Praktikant« einen weiten Bogen machte.
»Ein europäisches Austauschprogramm«, erklärte Alex bedeutungsschwer. »Zur Bündelung der intereuropäischen Ermittlungskompetenzen, mit dem Ziel einer engeren Dezernatsverzahnung in Zukunft.«
Karl biss sich auf die Lippen, um nicht grinsen zu müssen.
José nickte verständnisvoll, schwieg aber weiter.
»Willst du trotzdem nicht mit uns reden?«, fragte Alex, und Molina schüttelte den Kopf. »Du tust dir damit keinen Gefallen. Und deiner Mutter auch nicht.«
Sie warteten noch eine Weile, doch José presste demonstrativ die Lippen aufeinander. Er würde nicht von seinem Entschluss abrücken, zu schweigen.
Seufzend stand Alex schließlich auf. »Das bringt uns alles nicht weiter. Wir lassen dich jetzt in Ruhe. Ich schlage vor, du überlegst dir gut, was du nachher im Beisein deines Anwalts aussagst. Und ich sorge dafür, dass Dominguez nicht bei der Vernehmung dabei ist. In Ordnung?«
José Molina nickte knapp, brachte es aber nicht über sich, Alex oder Karl noch einmal anzusehen.

Wenige Minuten später quetschten sie sich zu dritt um Marlas Schreibtisch. Sie hatte in weiser Voraussicht Kaffee gemacht und auch ein paar Plätzchen und Schokolade auf den Tisch gestellt.
»Hellseherische Fähigkeiten?«, fragte Karl amüsiert und ließ sich mit einem wohligen Seufzen auf einem der Stühle nieder.
»Das gehört zur Grundausstattung einer guten Heiligen«, gab Marla lächelnd zurück. »Vielleicht war's aber auch nur der Flurfunk.«

Karl sah zu, wie Marla ein Würstchen auswickelte und es Paco hinhielt, der sich sogleich daran zu schaffen machte.

»So ist das also«, stellte er lachend fest, und Marla grinste. »Wenn es um Pacos Gunst geht, spielst du mit gezinkten Karten. Kein Wunder, dass ich keine Chance habe!«

»Kleine Geschenke erhalten die Freundschaft. Wie lief es denn mit Molina?«

Alex' Miene verfinsterte sich. »Er ist stur wie ein Esel«, antwortete er gereizt. »Wenn er heute in Anwesenheit seines Anwalts aussagt, dass er es war, sind wir das Gespött des ganzen Präsidiums. Und ich bekomme bei der Cap keinen Fuß mehr auf den Boden.«

Karl lachte. »Ganz abgesehen davon, dass ein Unschuldiger im Gefängnis landet«, ergänzte er.

»Richtig.« Nun lachte auch Alex und tunkte einen Keks in seine Kaffeetasse. »Das hätte ich beinahe vergessen.«

»Glaubst du denn, das wird er tun?«, fragte Marla ernst.

Alex verzog das Gesicht. »Ich hoffe, wir konnten ihn überzeugen. Mein Gefühl sagt mir aber, dass Dominguez ihm ganz schön Angst eingejagt hat. Und dass Molina vielleicht nicht der Hellste ist, aber der Sturste.«

»Dieses Ekelpaket Dominguez«, schnaubte Marla. »Kein Wunder, dass José Angst vor ihm hat, mir ist er auch nicht geheuer. Trotzdem hoffe ich, dass du dich irrst, Alex. Ich würde mich ziemlich ärgern, wenn meine ganze Arbeit der letzten Stunden für die Katz gewesen wäre.«

Karl horchte auf. »Hast du etwa was für uns?«

Marlas Lächeln wurde breiter und feiner. »Ich denke schon. Wenn ihr es überhaupt noch hören wollt.«

»Natürlich wollen wir das!«, rief Alex. »Was denkst du denn?«

Marla setzte eine bedeutungsvolle Miene auf und wartete, bis sie sich der vollen Aufmerksamkeit beider Männer sicher sein konnte, dann holte sie tief Luft. »Isabel könnte tatsächlich eine Schlüsselfigur in diesem Fall sein. Ihr voller Name lautet Isabel Muñoz Febrer. Sie ist hier in Barcelona geboren und aufgewachsen, allerdings nicht im Raval, sondern in El Besòs.«

Karl zog Luft durch die Zähne. »Das ist eine ziemlich miese Ecke«, bemerkte er, was Marla mit einem Nicken quittierte. »Eine verdammt miese Ecke sogar. Im Vergleich zu El Besòs war der Raval schon immer das reinste Bällebad. Und ich muss es wissen, schließlich bin *ich* im Raval aufgewachsen, als hier noch kein Kaffee mit Sojamilch verkauft wurde.«

»Oder glutenfreie Empanadas«, gluckste Alex. »Als Menü mit 'nem grünen Smoothie zum Mitnehmen.«

»Genau«, bestätigte Marla. »El Besòs war schon damals in der gesamten Stadt verschrien. Isabels Eltern haben sich früh getrennt; ungewöhnlicherweise ist sie bei ihrem Vater aufgewachsen. Sein Name lautet Mateu Muñoz la Pau.« Karl notierte sich alles.

»Der Vater ist nicht zufällig Metzger, oder?«, fragte Alex. An dem Glitzern in Marlas Augen konnte man ablesen, dass Alex zwar nah dran war, sie aber noch eine Überraschung in petto hatte.

»Noch besser«, antwortete sie. »Er war mehr als zwanzig Jahre bei ›Especialidades Molina‹ angestellt!«

»Das ist nicht dein Ernst!«, stieß Alex hervor, und Karl meinte: »Das darf doch nicht wahr sein! Wie hast du das so schnell herausgefunden, Marla?«

Eine feine Röte überzog das Gesicht der hübschen jungen Frau. »Ich habe eine Freundin bei der Finanzverwaltung, die mir noch einen Gefallen schuldet.«

Karl bezweifelte, dass Marla viele Freunde hatte. Die Geschichte mit ihrem Bruder und die Tatsache, dass sie bis vor einem Jahr ihre kranke Mutter gepflegt hatte, sprachen Bände. Doch er wollte sie nicht darauf ansprechen, die Hauptsache war schließlich, dass sie die Informationen bekommen hatte, und nicht, wie sie es angestellt hatte.

»Du bist ein Genie!«, rief Alex und schnappte sich das Blatt mit der Adresse, die Marla ihm hinhielt. »Hast du noch mehr so nützliche Freunde?«

Marla schlug die Augen nieder. »Möglicherweise«, antwortete sie.

»Weißt du auch, wo ihr Vater heute arbeitet?«, fragte Karl.

»Er arbeitet überhaupt nicht mehr. Ist im Ruhestand.«

»Dann wissen wir ja, was wir als Nächstes zu tun haben«, stellte Alex fest und stand so hektisch vom Stuhl auf, dass dieser umkippte. Vor lauter Überschwang drückte er Marla anschließend noch einen Kuss auf die Wange, woraufhin diese errötete. Nach einem kurzen Disput einigten sich Karl und Paco darauf, dass der Hund den Tag bei Marla verbringen würde. Die Assistentin hatte ihm im Büro bereits eine kuschelige Ecke mit großem Kissen und Wassernapf eingerichtet. Wäre Karl ein Hund gewesen, hätte er sicherlich auch hierbleiben wollen.

Da sie Hunger hatten und noch ein wenig nachdenken wollten, beschlossen sie, zu Fuß nach El Besòs zu gehen und unterwegs etwas zu essen. Auf Karls Wunsch hin wählten sie die Route am Strand entlang, weil er schon seit einer gefühlten Ewigkeit das Meer nicht mehr gesehen hatte. Er war die letzte Zeit nie weit genug gekommen – aus verschiedenen Gründen.

Sie durchquerten Barceloneta, und Karl fiel wieder einmal auf, wie sehr er dieses spezielle Viertel von Barcelona mochte. Obwohl jedes Barrio der Stadt sein ganz eigenes Gesicht und seinen speziellen Charakter hatte, war Barceloneta etwas ganz Besonderes. Das ehemalige Fischerdorf klebte wie ein Fingerzeig ins Meer an der Altstadt, die engen Gassen waren wie Riemchenparkett zum Mittelmeer hin angeordnet. Das Ungewöhnliche an diesem Viertel war, dass jede Gasse genauso breit war wie ein Haus. Die meisten Häuser hatten auf beiden Seiten eine Tür, an warmen Tagen, wenn beide Türen offen standen, konnte man durch die Wohnungen hindurch in die Parallelstraße blicken. Auch hier saßen die Leute genau wie Doña Clara gerne auf Plastikstühlen vor dem Haus und beobachteten das Treiben, doch hier waren die Straßen auch breit genug dafür. Die Männer trugen dabei oft noch ihre Fischermützen auf den kahlen Köpfen. Die waren so ziemlich das Einzige, das auf die ursprüngliche Bestimmung des Viertels hindeutete.

Die Menschen von Barceloneta waren eindeutig die Verlierer der Olympischen Spiele 1992. Viele Jahre lang hatten an der Küste der Stadt vom Bürgerkrieg zerschossene Industrieruinen vor sich hin gerottet. Niemand hatte in der Altstadt leben wollen, die kalt und dunkel war und von der aus man doch nur die desolaten Riesen hatte sehen können. Die Fischer waren ungestört ihrer Arbeit nachgegangen. Sie hatten sich selbst, ihre Arbeit, ihre Fische und ihre Ruhe gehabt – bis Barcelona den Zuschlag für die Olympischen Spiele erhalten hatte. Von einem Tag auf den anderen hatte das alles verändert.

Die Ruinen hatte man abgerissen, den Fischerhafen demontiert, und ein vier Kilometer langer Sandstrand war entstanden. Was die Stadt insgesamt aufgewertet hatte, hatte den Fischern ihr gewohntes Leben und ihre Arbeit genommen. Und damit nicht genug. Weil Barceloneta das zentralste aller Stadtviertel mit Strandzugang war, tummelten sich nun vor allem junge Touristen in den illegalen Ferienwohnungen des Viertels und machten die Nacht zum Tag. Die überwiegend älteren Bewohner der Gegend wurden oft mitten in der Nacht aus dem Schlaf gerissen; es gab Berichte von Pärchen, die es auf den Motorhauben parkender Autos miteinander trieben. Im vergangenen Herbst hatten vier Italiener das Fass zum Überlaufen gebracht, indem sie splitterfasernackt in den Supermarkt gegenüber der Markthalle gelaufen waren. Der Marktleiter hatte sie in hohem Bogen rausgeworfen, doch während sie, die Hände vor den Genitalien, aus dem Laden geflitzt waren, hatte ein Nachbar ein Foto geschossen und es bei Twitter veröffentlicht. Mit dem Kommentar: »Die machen hier, was sie wollen!«

Das hatte eine Welle von Anti-Touristen-Demonstrationen losgetreten. Karl konnte die Menschen gut verstehen. Sie waren überwiegend katholisch, und viele von ihnen waren in ihrem ganzen Leben noch nie in den Urlaub gefahren – aus Geldmangel. Dass sie mit nackten italienischen Touristen nichts anfangen konnten, war mehr als nachvollziehbar. Karl hatte sich immer gefragt, womit die Italiener ihren Einkauf überhaupt hatten zahlen wollen, war sich aber bewusst, dass ihm diese Frage wohl niemand beantworten konnte.

Mittlerweile hatte die Stadt hart gegen illegale Ferienwohnungen durchgegriffen, und im Barrio war wieder Ruhe eingekehrt. Hier und da flatterten noch Banner mit der Aufschrift »Cap pis turístic« an den Balkonen. Stoppt Ferienwohnungen.

Als sie die engen, schattigen Gassen von Barceloneta verließen, öffnete sich vor ihnen eine völlig andere Welt. Die Sonne prallte ungehindert auf sie herab, und vor ihnen am Strand lagen Hunderte, wenn nicht Tausende Menschen und genossen die Sonne. Spärlich bekleidete Hipster schossen auf Skate- und Hoverboards hin und her; Karl musste sich zweimal mit einem Sprung zur Seite retten, um nicht von einem Fahrrad erfasst zu werden. Der Stadtstrand wirkte auf ihn wie ein Ameisenhaufen – nur dass die Ameisen hier neonfarbene Bademode trugen. Der Anblick erinnerte ihn ein bisschen an den Berliner Mauerpark am Sonntagmittag – nur dass hier die Leute viel weniger anhatten. Aber die entspannte, lebensfrohe Stimmung war dieselbe. Verkäufer schlängelten sich im Sekundentakt durch den Handtuchparcours und boten ihre Ware feil. »Pareo, Schal, Pareo!«, »Cerveza, Agua, Beeeeeer!!!«, »Mojito, Sangría!« hallte es über den Strand. Dazwischen schallte Musik aus verschiedensten Boxen.

Karl schmunzelte. Jetzt wusste er wieder, warum sich Alba weigerte, an den Stadtstrand zu gehen. Sie meinte immer, zum

Schwimmen sollte man ein paar Kilometer in Richtung Poblenou fahren; dort sei es angenehmer. Leider hatte das zur Folge, dass sie so gut wie nie schwimmen gingen, was Karl sehr schade fand. Denn der Strand von Barcelona war für einen Stadtstrand unheimlich sauber, das Wasser des Mittelmeers war kristallklar, und man konnte wunderbar schwimmen, während über einem die Flugzeuge neue Touristen in die Stadt brachten. Je nach Einflugschneise sah es manchmal so aus, als wären die Maschinen drauf und dran, in das Luxushotel »W« zu krachen, das an der äußersten Spitze des Uferstreifens stand. Ihm selbst wäre das gar nicht aufgefallen, hätte Oli ihn nicht darauf aufmerksam gemacht.

Als Karl in Barcelona studiert hatte, hatten die internationalen Touristen die Stadt noch nicht für sich entdeckt – der Stadtstrand war damals noch neu und wurde hauptsächlich von Einheimischen genutzt; er und Alba hatten an den Wochenenden gerne und häufig dazugehört. Auch weil Albas Eltern keinen Männerbesuch geduldet hatten. In dieser Hinsicht waren sie sehr katholisch. Und auch Karls Studentenbude bot keine Alternative, da er ein Zimmer in einem alten Kloster gemietet hatte und dort selbstverständlich keine Damen zugelassen waren. Also hatte sich das Liebespaar immer im Freien treffen müssen, was bei den lauen Abenden ihres ersten gemeinsamen Sommers auch keine Strafe gewesen war.

Damals hatte es am Strand auch noch keine Gastronomie gegeben; die Stadt hatte sich erst nach und nach an ihn gewöhnt. Heute jedoch gab es alle fünfzig Meter eine Strandbar mit öffentlicher Toilette sowie Liegen- und Sonnenschirmvermietung. Und das Geschäft brummte.

Karl und Alex ergatterten einen Platz in einer der überfüllten Strandbuden und bestellten sich zusammen eine Paella und dazu einen halben Liter leichten Weißwein. Karl ließ sich sogar dazu hinreißen, die Schuhe auszuziehen, die Zehen im Sand zu vergraben und sich ein paar köstliche Augenblicke lang vorzustellen, er wäre einfach nur im Urlaub. Ihr letzter Urlaub war komplett für den Umzug draufgegangen, und Karl merkte, dass ihm das Urlaubsgefühl doch ein wenig fehlte. Vielleicht war ja demnächst ein Kurztrip auf die Balearen drin.

Die Paella kam mit erstaunlich frischem Gemüse, viel Safran und frischen Zitronenstücken auf den Tisch – ganz so, wie es sein musste.

Während sie aßen, fragte Karl: »Glaubst du wirklich, dass Marla eine Freundin bei der Finanzbehörde hat?«

Alex bedachte seinen Schwager mit einem tadelnden Blick. »Ich hab dir doch schon mal gesagt, sie ist in Ordnung.«

»Das weiß ich selbst. Ich versuche nur, mir ein Bild von ihr zu machen. Denn so, wie ich sie erlebt habe, hat sie nicht besonders viele Freunde.«

»Sie hat uns auf jeden Fall sehr geholfen«, gab Alex zurück und nahm einen kräftigen Schluck Weißwein. »Du weißt doch, ich bin der Meinung, jeder darf so viele Geheimnisse haben, wie er möchte, solange er anderen keinen Schaden zufügt.«

Karl nickte. »Ich bin gespannt, was uns erwartet.« Sein Handy piepste, und eine SMS von Luisa erschien. »Dein zweiter Schinken war kein Mensch, sondern ein klassischer Brotbelag. Ich habe ihn seiner Bestimmung zugeführt und gehe davon aus, in deinem Sinne gehandelt zu haben. Gruß, Ramirez«. Karl schmunzelte. Die Kriminaltechnikerin hatte eine trockene Art, die er sehr mochte.

Alex blickte auf. »Hast du dein Handy wiedergefunden?«

»Nein, das ist ein altes von Rafa. Die Telefonfirma hat mir eine Ersatzkarte gegeben.«

»Und? Was Wichtiges?«

Karl seufzte. »Señor Sedlmayer ist zwar ein Unsympath, aber wohl kein Mörder. Das Stück Schinken war einfach nur ein Stück Schinken.«

»Schade irgendwie.«

Karl nickte. »Den Kerl hätte ich gerne verhaftet. Auch um

Arbol eins vor den Bug zu geben; das hätte sie in doppelter Hinsicht getroffen. Aber da wir gerade mal wieder von Schinken reden: Was hat Nadal eigentlich bei der ›Jamón Experience‹ herausgefunden?«

»Nicht viel«, seufzte Alex. »Nur dass der Schinken aussieht, als sei er von einem Fachmann hergestellt worden. Das kann man wohl besonders gut an der Rinde erkennen. Der Experte von der ›Jamón Experience‹ konnte wohl keinen Unterschied zu den Schinken feststellen, die bei ihnen ausgestellt beziehungsweise zur Verköstigung angeboten werden.« Alex zog sein Handy hervor und schien nach etwas zu suchen. »Hier: klassisches Pökelverfahren mit Salz und Trocknung. Das heißt aber noch lange nicht, dass der Mörder Ahnung gehabt haben muss«, las er vor. »Anleitungen dafür findet man massenweise im Internet. Allerdings brauchte der Mörder einen Ort, wo der Schinken über Jahre hinweg hängen und trocknen konnte.«

»Das heißt, wir suchen nach einem Ort, der nicht unbedingt der Tatort gewesen sein muss, wo sich aber höchstwahrscheinlich der Rest der Leiche befindet. Auf jeden Fall ein Raum, der nicht von anderen Leuten genutzt wird und der trocken und sauber ist. Frei von Ungeziefer und auch für andere Tiere unzugänglich.«

Alex nickte. »Und ich hoffe, dass wir ihn schnell finden, Karl. Oder irgendetwas anderes Handfestes. Arbol macht mich noch verrückt.«

Wie auf ein Stichwort klingelte sein Handy. »Die Cap«, stellte Alex beim Blick auf sein Display mit gequälter Miene fest.

»Die Frau erinnert mich an einen Terrier«, bemerkte Karl trocken. »So einen fiesen kleinen Wadenbeißer.«

Alex grinste und meldete sich. Doch das Grinsen verging ihm sofort wieder, als seine Vorgesetzte ihn gut gelaunt darüber informierte, dass José Molina seine Aussage im Beisein des Anwalts wiederholt habe.

Karl stöhnte. »Das darf doch nicht wahr sein!«

»Und jetzt?«, fragte Alex, nachdem er aufgelegt hatte, und orderte mit einer Handbewegung noch einen halben Liter Wein. Dass er im Dienst war, schien ihm egal zu sein.

»Noch mehr Wein?«, fragte Karl vorsichtig, und Alex nickte grimmig. »Ich hab enorm schlechte Laune. Außerdem können wir es uns jetzt ja wohl sparen, zu Carmens Vater zu gehen. Mörder geständig, Fall abgeschlossen. Y ya está! Da können wir uns auch den Rest des Tages gemütlich in die Sonne legen.«

Karl runzelte die Stirn. »Ist das dein Ernst?«

Alex seufzte. »Ja. Nein. Ich weiß auch nicht.«

»Wir sollten Señor Muñoz wenigstens einen Besuch abstatten.« Karl stand auf, erklärte einem etwas verärgerten Kellner, dass die zweite Weinbestellung ein Versehen gewesen sei, und beglich die Rechnung. Als er zum Tisch zurückkehrte, empfing ihn Alex mit einem säuerlichen Blick. »Wer bist du? Meine Mutter?«

»Nein, aber der Ältere. Und der erfahrenere Polizist. Glaub mir, sich im Dienst zu betrinken ist nie eine gute Idee. Vor allem nicht, wenn der Vorgesetzte einen loswerden will.«

Alex schnaubte, sagte aber nichts mehr dazu. »Und du meinst, es wäre eine gute Idee, dass wir jetzt losziehen und einen Mann befragen, dessen Aussagen keinen Wert mehr für uns haben werden, weil der Fall abgeschlossen ist, obwohl meine Vorgesetzte mich loswerden will?«

»Ein Fall ist erst abgeschlossen, wenn der Mörder gefasst ist, Alex. Nur weil andere dumme Fehler machen und die Situation falsch einschätzen, müssen wir das noch lange nicht auch tun.«

»Aber Karl, wir haben gar nichts! Sedlmayer war es nicht, Dolores war es nicht, Carmen – oder vielmehr Isabel – ist zu schwach, um es gewesen zu sein. Und bei Molina junior kommt wirklich alles zusammen. Eine lächerliche Erscheinung, jahrelange Demütigung durch den Vater, eigenartiges Wesen. Noch dazu ist er ein Muttersöhnchen. Und er ist gewaltbereit.«

»Jetzt hörst du dich schon an wie die Arbol«, entgegnete Karl verärgert. »Du gehst wohl lieber den bequemen Weg. Aber mir heute Morgen noch einen von Gerechtigkeit erzählen. Und jetzt willst du plötzlich einfach alles akzeptieren, den Kopf einziehen und ja nichts riskieren!«

»Das sagt der Richtige!«, erwiderte Alex bitter. »Du bist doch von uns beiden derjenige, der nichts zu verlieren hat. Du riskierst absolut gar nichts. Wenn die Sache hier vorbei ist, machst du wieder den Hausmann und lässt dich von meiner Schwester durchfüttern!«

Jetzt wurde Karl langsam sauer. »Ich bin deiner Schwester zuliebe hergekommen; von Durchfüttern kann keine Rede sein. Ich habe mein Studium abgebrochen, damit ich meine Familie versorgen kann! Und falls du es wissen willst: Ich habe meinen Job geliebt! Meine Kollegen, meine Position, einfach alles. Meinst du etwa, es gefällt mir, die ganze Zeit nichts zu tun zu haben? Oder mich als dein Praktikant ohne Befugnisse in der Comissaria zum Affen zu machen?«

»Aber nur weil du dich langweilst, muss ich doch nicht meinen Kopf riskieren«, hielt Alex dagegen.

Karl überlegte. An dem, was sein Schwager sagte, war natürlich etwas dran. Wenn sie jetzt ohne die Erlaubnis der Cap weiter ermittelten, könnte es für seinen Schwager richtig unangenehm werden. Aber Karl konnte sich einfach nicht vorstellen, die Sache auf sich beruhen zu lassen. Er wusste, dass das falsch war. Er wusste es einfach. »Und wenn du den Polizeichef anrufst?«

Alex lachte freudlos. »Garcia de Torres? Nur über meine Leiche. Wenn ich jetzt wie ein Hündchen zu ihm laufe, damit er mir den Rücken stärkt, mache ich mich endgültig zum Gespött. Das geht nicht!«

Das stimmte natürlich. Trotzdem. »Aber wir müssen etwas tun. Auch für dich, Alex. Wenn wir den wahren Mörder finden, wird sich Arbol in Zukunft überlegen, ob sie dir in den Rücken fällt. Und die anderen werden auch die Klappe halten. Aber wenn du jetzt einknickst, kommst du da bestimmt nie auf einen grünen Zweig. Die halten dich für eine Witzfigur!«

»Ja, ja, ich weiß!« Alex massierte sich angestrengt die Schläfen. »Eigentlich«, sagte er langsam, »habe ich ja auch nichts zu verlieren. Das Schlimmste, was mir passieren kann, ist, dass ich wieder auf Streife muss. Ein Leben, mit dem ich mich ohnehin schon abgefunden hatte. Und ich habe mir weder ein Auto noch eine teure Wohnung oder so was gekauft, und Alimente zahlen muss ich auch nicht.«

»Was einem Wunder gleichkommt«, ergänzte Karl.

Alex grinste. »Stimmt. Aber sogar ich werde langsam erwachsen und vernünftig.«

Karl lachte. »Ich glaube, du bist einfach nur verknallt. Aber darum geht es jetzt gar nicht. Du kommst also mit?«

Alex nickte. »Wenn ich dich allein hingehen lasse, verletze ich am Ende noch meine Aufsichtspflicht. Gehen wir.«

El Besòs war wirklich der hässlichste Stadtteil Barcelonas, den Karl kannte. Eigentlich bestand er nur aus heruntergekommenen Wohnriegeln, die auf Betonplätzen standen. Überall lag Müll herum; verwahrloste Katzen suchten sich zwischen Essensresten und kaputten Spielzeugen ihre Mahlzeiten zusammen, während sich ein paar Jugendliche in den Hauseingängen herumdrückten, um Klebstoff zu schnüffeln. Das sonst so saubere und adrette Barcelona, das nicht umsonst zu den reichsten Städten Spaniens zählte, sah hier so aus, wie sich Karl die New Yorker Bronx immer vorgestellt hatte. Besonders verstörend daran war, dass das Viertel so nah am Zentrum lag und ebenfalls über einen schönen Strandabschnitt verfügte. Und dass der Dreck und die kaputte Stimmung am Rand des Viertels haltmachten, als hielte eine unsichtbare Grenze sie davon ab, in den Rest der Stadt zu schwappen. Wie musste es für die elegante Isabel gewesen sein, mitten in diesem Dreck aufzuwachsen?

Vielleicht legte sie deshalb so viel Wert auf ihr Äußeres. Karl fragte sich, wann die junge Frau angefangen hatte, vor der Wirklichkeit zu fliehen.

Ihm war, als ruhten die Blicke der gesamten Nachbarschaft auf ihnen, als sie auf der Suche nach der richtigen Haustür durch das Viertel liefen. Es war nicht leicht, sich zu orientieren; die Straßenschilder waren häufig nicht vorhanden oder zu verdreckt, um sie lesen zu können. Hausnummern gab es auch nur an jedem dritten oder vierten Eingang, die meisten waren mit Gewalt entfernt worden. Ein stummes Zeichen für die unendliche Langeweile der arbeitslosen Jugendlichen, die aus aller Herren Länder kamen und das Viertel bevölkerten. Als sie endlich den richtigen Aufgang gefunden hatten, mussten sie feststellen, dass die Klingel kaputt war. Zum Ausgleich war allerdings das Schloss der Haustür aufgebrochen, sodass sie ins Haus konnten. So glich sich alles im Leben wieder aus. Drinnen bot sich ihnen allerdings ein Bild, das noch viel schlimmer war als draußen. Die Briefkästen, die sich neben der Haustür befanden, waren pechschwarz – offenbar hatten sie schon einige Male gebrannt –, die Wände waren mit Schmierereien übersät, und der Aufzug war schon von mehreren Leuten als Pissoir benutzt worden. Hier und da lagen tote Kakerlaken in den Ecken und streckten ihre stacheligen Beine in die Luft.

»Gemütlich«, bemerkte Alex trocken, während sie sich an den Aufstieg in den dritten Stock machten.

»Hat Potenzial«, bestätigte Karl und versuchte zu entscheiden, was schlimmer war, das Märkische Viertel in Berlin oder El Besòs. Einerseits schien in El Besòs häufiger die Sonne, andererseits blieben manche Dinge besser unbeleuchtet. Auf jeden Fall war er gespannt, auf was für einen Menschen sie gleich treffen würden.

Schon die Wohnungstür von Señor Muñoz ließ erste Rückschlüsse zu. Sie war die einzige, die nicht mit dickem Filzstift vollgeschmiert war; eine tadellos saubere Fußmatte lag genau mittig davor, und hinter der Tür konnte man leise die Nachmittagsnachrichten von Kanal 5 vernehmen.

Alex klopfte an, und nach kurzer Zeit öffnete ihnen ein großer, sehr akkurat gekleideter Herr.

Dank Marlas Recherche wussten sie, dass Isabels Vater Ende sechzig war, doch er sah deutlich jünger aus. Seine intelligenten Augen blickten sie fragend, aber nicht unfreundlich an.

»Ja, bitte?«, fragte er auf Katalanisch.

Alex kramte geschäftig in seinen Taschen, hielt dem Mann seinen Dienstausweis hin und stellte sie beide vor. Dann bat er Muñoz, Castellano zu sprechen, damit Karl alles verstehen konnte.

Ein misstrauischer Blick traf Karl Lindberg. In stark eingefärbtem Castellano fragte Señor Muñoz: »Seit wann dürfen Spanier zu den Mossos?«

»Ich bin kein Spanier«, erwiderte Karl freundlich. »Meine Vorfahren stammen aus Irland, ich selbst bin Deutscher.«

»Jetzt verstehe ich noch weniger, was Sie vor meiner Tür zu suchen haben. Aber ich vermute, es geht mich auch nichts an. Worum geht es denn?« Ein kurzer Ausdruck der Unsicherheit huschte über das Gesicht des Mannes. »Es ist doch nichts mit meiner Tochter?«

Alex schüttelte den Kopf. »Seien Sie unbesorgt, mit Ihrer Tochter ist alles in Ordnung. Wir sind wegen José Molina hier.«

Muñoz nickte. »Natürlich, sicher doch. Kommen Sie rein.«

Er öffnete die Tür und ließ Alex und Karl in seine kleine, altmodische, aber sehr gepflegte Wohnung treten. Wie schon bei den Molinas fühlte sich Karl auch jetzt, als befände er sich in einer Zeitkapsel. Diese Wohnung war ein einziges Mal eingerichtet worden – und das war mittlerweile mindestens vierzig Jahre her. Den Fußboden bedeckten billige Fliesen mit eingelassenen Steinchen; Terrazzoimitat, wie man es in so gut wie allen Wohnungen Spaniens vorfand, die in den Siebzigerjahren mit wenig Geld gebaut worden waren. Die Wände waren mit

Plastikpaneelen verkleidet, die offene Küche erstrahlte in mintgrünem Resopal. Die Ecken der Arbeitsplatte lagen vom vielen Putzen mittlerweile blank. Ein kurzer Blick reichte Karl, um festzustellen, dass Warmwasser und Kochgas nachgerüstet worden waren. Die charakteristischen orangefarbenen Gasflaschen, die Boiler und Küchenherd versorgten, standen wie bei den meisten Leuten mehr oder weniger im Weg herum. Bei ihnen war das übrigens sehr zu Karls Leidwesen nicht anders, was zur Folge hatte, dass er die ziemlich schweren Flaschen, sobald sie leer waren, austauschen und die neuen auch in den sechsten Stock schleppen musste. Die Butan-Verkäufer, die mit ihren Handkarren durch die Altstadt zogen und die Flaschen verkauften, lieferten nicht bis an die Wohnungstür. Vielleicht konnte Karl in Zukunft Rafa dafür abstellen, als Ausgleich für das Obdach, das sie ihm gewährten.

Señor Muñoz bat sie, auf der verschlissenen, ehemals ebenfalls mintgrünen Couchgarnitur Platz zu nehmen, und holte Kaffee aus der Küche.

Das war einer der eindeutigen Vorzüge seines Berufes, dachte Karl, während er sich genussvoll Zucker in die Tasse schaufelte. Man musste sich seinen Kaffee selten selbst machen.

Als alle drei saßen, ergriff Alex das Wort. »Sie sind nicht überrascht, dass wir wegen Molina bei Ihnen auftauchen, habe ich recht?«

Muñoz schüttelte den Kopf. »Wie könnte ich? Die Zeitungen waren voll davon. Es war nur eine Frage der Zeit, bis einer von euch bei mir auftaucht. Allerdings hatte ich nicht so früh damit gerechnet.« Er nahm einen Schluck Kaffee und lächelte leicht. »Und bitte nennt mich Mateu. Señor Muñoz nennt mich nur mein Arzt, und selbst das kann ich nicht leiden. Das fühlt sich immer so an, als hätte er mir etwas Ernstes mitzuteilen.«

Alex nickte, und Karl ergriff das Wort: »Wir sind hier, weil wir wissen, dass Sie viele Jahre bei ›Especialidades Molina‹ gearbeitet haben.«

Mateu nickte. »Das stimmt. Beinahe dreißig.«

»Dann müssen Sie den Toten ja gut gekannt haben«, stellte Alex fest.

»Ich weiß nicht, ob es irgendeinen Menschen in dieser Stadt gibt, der José ›gut gekannt‹ hat«, antwortete Mateu.

»Wie dürfen wir das verstehen?«, fragte Karl.

»Nun, er war kein angenehmer Mensch. Niemand, den man gut kennen wollte. Und er ließ, soweit ich das weiß, auch niemanden nahe genug an sich ran.«

»Aber Sie haben doch wahrscheinlich sehr viel Zeit mit ihm verbracht.«

Mateu lachte freudlos. »Das kann man wohl sagen. Aber ich habe versucht, mich so gut es ging von ihm fernzuhalten. Ich habe meine Arbeit gemacht, und damit hatte es sich.«

»Wann haben Sie denn angefangen, für die Molinas zu arbeiten?«, fragte Karl.

»Im Sommer 1958.«

Karl war erstaunt. »Da können Sie doch nicht älter gewesen sein als …«

»Zehn Jahre?«, ergänzte Mateu und lächelte nachsichtig. »Das stimmt, Sergent. Die Zeiten waren hart. Die Spuren des Krieges waren noch lange nicht verschwunden, und unter Franco war es auch nicht einfach. Ich musste nach der Schule und an den Wochenenden arbeiten, um meine Familie zu unterstützen. Mein Vater ist früh gestorben, und ich habe sechs Geschwister.«

»Klingt nach einer harten Kindheit«, stellte Karl fest, und Mateu zuckte die Schultern. »So kann man das nicht sagen. Ich bin nie schlecht behandelt oder geschlagen worden. Meine Mutter hat zugesehen, dass wir immer alle sauber und ordentlich angezogen waren und dass wir zur Schule gingen. Die Abende in Barcelona waren auch damals schon lang – es blieb noch genug Zeit für die Hausaufgaben und ein paar Spiele. Andere waren schlechter dran.«

»Und José hat Sie auch nicht schlecht behandelt?«, fragte Alex und erntete einen Blick von Mateu, der sagte: *Du willst mich wohl verarschen?*

»Was erwarten Sie denn? Er war ein verwöhnter reicher Kotzbrocken, und ich war das arme Arbeiterkind, das für ein Taschengeld im Laden Dosen gestapelt hat. Natürlich hat er auf mir rumgehackt, aber das machen Kinder nun mal so. Ich habe schnell gelernt, ihn zu ignorieren. Wenn er keine Aufmerksamkeit bekommen hat, hat er meist schnell wieder von mir abgelassen.«

»Wissen Sie von irgendwelchen Freunden, die José Molina in seiner Kindheit hatte?«

Mateu schüttelte den Kopf. »Soweit ich weiß, hat er die meiste Zeit bei seinen Eltern im Laden verbracht. Sein Vater hat sehr viel Wert darauf gelegt, dass er möglichst früh alles lernt, was es für seine Zukunft zu lernen gab. Er hat nach der Schule meistens mit der Nase in den Büchern gesteckt. Und er hat seinen Vater vergöttert; die beiden haben viel Zeit miteinander verbracht.«

»Klingt auch nicht gerade nach einer Bilderbuchkindheit«, bemerkte Karl trocken.

»Damals hatte niemand so was wie eine Bilderbuchkindheit. Bilderbuchkindheiten sind eine Erfindung der Moderne«, gab Mateu streng zurück. »Wir waren froh, dass wir gesund waren und etwas zu beißen hatten. Ich habe nichts vermisst.«

»Wann haben Sie aufgehört, bei den Molinas zu arbeiten?«, fragte Alex nun.

»Das war Ende der Achtzigerjahre. Als ich meine damalige Frau kennengelernt habe und sie mit unserer Tochter schwanger war, musste ich mir eine bessere Anstellung suchen«, antwortete Mateu. »Ich wollte ihnen ein schönes Leben ermöglichen.« Dann ließ er den Blick durch die Wohnung wandern und fügte hinzu: »Was nicht unbedingt von Erfolg gekrönt war.«

»Was haben Sie denn nach Ihrer Zeit bei den Molinas gemacht?«, fragte Alex.

»Ich war in verschiedenen Betrieben als Fabrikarbeiter. Mal hier, mal dort. Ich habe ja keine richtige Ausbildung, weil ich meine ganze Kindheit und Jugend bei den Molinas gearbeitet habe. Meine Mutter war froh, weil die Molinas pünktlich zahlten und der Laden direkt in unserer Nachbarschaft lag. So konnte ich auch nach der Schule noch ein paar Stunden arbeiten gehen.«

»Das heißt, Sie haben die Schule fertig gemacht?«, fragte Karl neugierig, und Mateu nickte.

»Und das gar nicht mal schlecht. Aber dann habe ich irgendwie den Absprung verpasst. Während der Olympischen Spiele 1992 habe ich mich um das Catering für die Prominenz gekümmert. Das war wohl mein schönster Job. Es gab eine Unmenge Trinkgeld.«

»Klingt für mich gar nicht nach Misserfolg«, bemerkte Karl freundlich. »Und haben Sie jemals für einen Schinkenfabrikanten gearbeitet?«

Mateu war nicht anzusehen, ob er aus dieser Frage Rückschlüsse zog. Karl musste feststellen, dass er sehr undurchsichtig und beherrscht war und, genau wie seine Tochter, sehr schwer zu lesen.

»Ich habe sechs Jahre im Werk von Señor Ramirez gearbeitet«, antwortete er ruhig. »An der Verpackungsmaschine. Aber die Firma stellt seit Generationen Chorizos und Butifarrones her.«

»Keinen Schinken?«, hakte Karl nach und erntete ein spöttisches Kopfschütteln. »Nein. *Keinen* Schinken.«

Karl notierte alles in seinem kleinen Büchlein – obwohl er so gut wie nie etwas vergaß, half ihm das Schreiben dabei, seine Gedanken zu ordnen. Oft kamen ihm dabei die besten Ideen. Außerdem half es ihm, die Namen nicht durcheinanderzubringen. Namen waren seine absolute Schwachstelle, und das komplizierte System der spanischen »Apellidos«, der doppelten Nachnamen, machte es nicht besser.

»Haben Sie José Molina noch einmal gesehen, nachdem Sie dort aufgehört haben?«, fragte nun Alex.

Mateu musste nicht lange überlegen. »Ein einziges Mal. Auf der Beerdigung von Josés Mutter haben wir uns noch einmal gesehen. Das dürfte Anfang der Neunzigerjahre gewesen sein.«

»Hatten Sie ein gutes Verhältnis zu seinen Eltern?«, fragte Alex.

Mateu nickte. »Das waren sehr anständige Leute. Der Abschied von ihnen ist mir nicht leichtgefallen. Sie waren der Hauptgrund, warum ich so lange geblieben bin.«

»Und José haben Sie danach nicht mehr wiedergesehen?«

Mateu sah Karl unverwandt in die Augen. »Nein, nicht dass ich wüsste. Meine Wege haben mich nur noch selten nach El Born geführt. Und wenn, dann hatte ich kein Bedürfnis, den Laden aufzusuchen. Wie schon erwähnt, es bestand kein Band der Freundschaft zwischen ihm und mir.«

»Dann können Sie uns wohl auch nicht sagen, ob José kurz vor seinem Tod Streit mit jemandem hatte?«

Mateu schüttelte den Kopf. »Bedaure. Bis ich vorgestern davon in der Zeitung gelesen habe, habe ich sicher seit knapp zwanzig Jahren keinen Gedanken mehr an José Molina verschwendet.«

»Ein Jammer«, bemerkte Karl. »Wir hatten uns von dem Besuch bei Ihnen einiges erhofft.«

»Tut mir leid, dass ich Ihnen nicht weiterhelfen kann, Sergent«, sagte Mateu in einem Ton, in dem keinerlei Bedauern mitschwang.

Karl ließ den Blick durch die Wohnung schweifen. Er blieb an einer niedrigen Kommode mit gerahmten Fotos hängen, die allesamt Isabel in verschiedenen Altersstufen zeigten. »Sie und Ihre Tochter scheinen sich sehr nahezustehen«, stellte er freundlich fest.

Auf Mateus Gesicht erschien ein strahlendes Lächeln. In diesem Augenblick war deutlich zu sehen, dass er einmal ein attraktiver Mann gewesen war. Seine Tochter sah ihm sehr ähnlich.

»Sie ist mein Grund, zu leben. Ein wunderbares Mädchen. Isabel hat mir immer nur Freude bereitet und kümmert sich sehr gut um mich. Wir sehen uns zweimal die Woche und telefonieren beinahe täglich.«

»Wissen Sie, dass José Molina …« Karl suchte nach den richtigen Worten. Er wollte den älteren Herrn nicht in Verlegenheit bringen.

Alex sprang ihm mit dem Fingerspitzengefühl einer Abrissbirne zur Seite. »José Molina war Stammkunde bei Ihrer Tochter.«

Die Worte trafen Mateu offenbar hart. Er sog scharf die Luft ein und begann gleich darauf, heftig zu husten. Alex musste aufspringen und ihm ein Glas Wasser holen, das er dankbar entgegennahm. Als er sich wieder beruhigt hatte, entschuldigte sich Alex. »Tut mir leid, Mateu. Ich hatte nicht die Absicht, so mit der Tür ins Haus zu fallen. Damit hatten Sie wohl nicht gerechnet.«

Mateu schüttelte den Kopf. »Nein, ich hatte keine Ahnung. Isabel erzählt nicht viel …« Seine rechte Hand fuhr suchend durch die Luft, als hoffe er dort irgendwo das Wort zu finden, nach dem er suchte.

»Sie spricht nicht oft von ihrer Arbeit«, versuchte es Karl.

»Genau.«, Mateu nickte. »Wir reden nicht darüber. Sie will nichts erzählen, und ich will es auch gar nicht hören.«

»Wie stehen Sie denn zum Beruf Ihrer Tochter?«, fragte Alex, und es war Mateu deutlich anzusehen, was er von dieser Frage hielt.

»Was tut das denn zur Sache?«, fragte er brüsk, woraufhin ein peinliches Schweigen entstand.

»Wusste Isabel, dass Sie früher für José gearbeitet haben?«, fragte Karl nach einer Weile, weil irgendjemand ja etwas sagen musste.

»Ich glaube nicht. Das war, bevor sie geboren wurde. Und zu Hause habe ich nicht viel über die Arbeit gesprochen; über die Vergangenheit schon gar nicht. Ich habe nichts erlebt, was sich zu erzählen lohnte. Da habe ich mit meiner Kleinen lieber Ausflüge ans Meer oder in die Berge gemacht.«

Karl schmunzelte. »Sie wollten Ihrer Tochter eine Bilderbuchkindheit ermöglichen«, stellte er fest.

Mateu lachte auf. »Jetzt haben Sie mich erwischt, Sergent. Genau das wollte ich. Das und nichts anderes. Sie war ein so entzückendes Kind, ich hätte sie auf Händen zum Mond getragen. Aber meine Frau hat uns früh verlassen, und Isabel war die meiste Zeit auf sich allein gestellt; ich musste schließlich arbeiten gehen. Sie hatte es nicht leicht.«

»Mir ist aufgefallen, dass sie sich sehr gewählt ausdrückt. Sie scheint eine sehr intelligente Frau zu sein«, bemerkte Karl und traf Mateu damit ins Mark seines Vaterstolzes.

»Ich habe immer darauf geachtet, dass sie ordentlich lernt. Ich wollte, dass aus ihr etwas wird. Isabel ist fleißig und nicht dumm. Aber sie teilt das Schicksal ihres Vaters.«

Mateu blickte auf seine Finger herab, während sich sein Rücken versteifte. Es war mehr als deutlich, dass ihm das Thema sehr unangenehm war. »Wer wäre ich, ihr daraus einen Vorwurf zu machen?«, murmelte er leise.

Alex räusperte sich und löste so die unangenehme Spannung. »Können wir uns ein wenig in Ihrer Wohnung umsehen?«, fragte er, und Mateu sah ihn verdutzt an. »Nur damit wir keinen Grund haben, Sie noch einmal zu belästigen«, setzte er hinzu, und der Rentner nickte ungehalten. »Nur zu. Ich habe nichts zu verbergen.«

Um etwas zu verbergen, hätte der Platz auch sicher nicht ausgereicht. Jedenfalls nicht in dieser Wohnung. Neben dem Wohnbereich mit offener Küche gab es noch ein kleines Bad mit Badewanne, ein Schlafzimmer mit Doppelbett und Einbauschrank sowie eine winzige Kammer ohne Fenster, aber mit einem schmalen Bett und einem Schreibtisch darin, die wohl einst Isabels Zimmer gewesen war. Mittlerweile schien sie Mateu auch als Abstellkammer zu dienen; zwischen Schreibtisch und Bett standen ein Bügelbrett, Putzzeug, eine leere Gasflasche und ein Werkzeugkoffer. Auf dem Schreibtisch waren einige gerahmte Urkunden, Fotografien und Schriftstücke übereinandergestapelt. Karl sah sie vorsichtig durch und achtete darauf, nichts in Unordnung zu bringen. Er suchte nach nichts Bestimmten, seine Finger bewegten sich ziellos durch das Sammelsurium. Plötzlich hielt er inne, als etwas seine Aufmerksamkeit weckte. Er hatte eine alte Fotografie entdeckt, die offenbar Mateu Muñoz als jungen Mann zeigte. Er stand vor einem Fabrikgebäude und trug eine weiße Schürze. Neben ihm stand ein älterer Mann, der ihm eine Hand auf die Schulter legte, mit der anderen schüttelte er Mateus Rechte.

»Sieh dir das mal an«, murmelte Karl, und Alex trat an seine Seite.

»Wieso braucht man eine Fleischerschürze, wenn man an der Verpackungsstation arbeitet?«, fragte sein Schwager.

»Du triffst den Nagel auf den Kopf.« Karl zog sein Handy aus der Hosentasche und suchte die Kamera-App.

»Lass mich das machen«, bot Alex an. »Mein Handy hat sicher eine bessere Kamera!«

Karl hatte gefunden, was er suchte, und bemühte sich, ein möglichst scharfes Foto von dem Bild zu machen. »Du tust gar nichts«, mahnte er Alex. »Ich bin nur der Praktikant, wenn man dieses Foto auf meinem Handy findet, passiert überhaupt nichts. Du dagegen dürftest gar nicht hier sein.«

»Gut mitgedacht. Sollen wir ihn also auch nicht auf das Foto ansprechen?«, fragte Alex.

»Besser nicht. Am Ende ruft er noch auf der Dienststelle an.

Der Mann scheint ziemlich auf Zack zu sein, der ist mit Vorsicht zu genießen. Wenn man ohne Legitimation unterwegs ist, muss man ganz besonders auf der Hut sein. Wir bewegen uns am Rande der Legalität.«

Alex schnaubte. »Er hat uns doch erlaubt, uns umzusehen.«

»Das stimmt, aber wenn man Leuten auf den Schlips tritt, entwickeln sie gern spontanen Gedächtnisschwund, was solche Dinge angeht.«

»Klingt so, als hättest du Erfahrung mit Ermittlungen auf eigene Faust.«

Karl hatte ein Foto gemacht, mit dem er einigermaßen zufrieden war, und steckte das Telefon wieder ein.

»Manchmal bleibt einem nichts anderes übrig. Wir haben einen Job, bei dem es um mehr geht als um den monatlichen Gehaltszettel. Jedenfalls sehe ich es so.«

Da sie sonst nichts weiter Bemerkenswertes fanden, kehrten sie ins Wohnzimmer zurück, wo Mateu seelenruhig in seinem Sessel saß und im Fernsehprogramm blätterte. Er blickte auf und bedachte Karl und Alex mit einem spöttischen Lächeln. »Und, wie gefallen Ihnen meine Ländereien?«

»Es ist alles sehr gepflegt«, antwortete Karl, weil ihm sonst kein Kompliment einfallen wollte, das ihm ehrlich über die Lippen ging.

»Haben Sie herzlichen Dank.« Mateu musterte Karl von oben bis unten. »Ich gehe davon aus, dass Sie derart bescheidene Behausungen nicht so oft zu sehen bekommen.«

Karl schürzte die Lippen. Sosehr er sich bemühte, mit seinem Auftreten seine ärmliche Herkunft zu verschleiern, so sehr ärgerte er sich, wenn ihn jemand für einen feinen Pinkel hielt. Zwar war ihm bewusst, dass es paradox war, so zu empfinden, aber er konnte nichts dagegen tun.

»Nun, ich muss zugeben, ich besuche meine Mutter nicht ganz so häufig, wie ich es sollte«, gab Karl zurück, »aber trotzdem habe ich mich in Ihrer Wohnung gleich heimisch gefühlt.«

Dann sah er Mateu Muñoz unverwandt an. »Wir haben etwas gemeinsam, Sie und ich«, stellte er fest.

»Und das wäre?«

»Wir legen beide großen Wert darauf, dass man uns nicht ansieht, woher wir kommen.«

Noch auf dem Weg hinaus schickte Karl das Bild per WhatsApp an Marla. Sie sollte herausfinden, vor welchem Gebäude die beiden Männer standen.

13

Als Karl nach Hause kam, schien die Wohnung leer zu sein. Er war früh dran, Alba war höchstwahrscheinlich noch in der Apotheke, und Oli ging donnerstags immer zum Sport.

Er holte sich ein Glas Weißwein aus der Küche und trat auf die Terrasse hinaus.

»Hi!«

Karl zuckte zusammen und schämte sich augenblicklich dafür, als er Rafa entdeckte, der unter dem Sonnenschirm auf einer der beiden Liegen lag und ein Buch in den Händen hielt.

»Hi!«, antwortete Karl und setzte sich etwas umständlich auf die andere Liege. »Ich habe irgendwie nicht mit dir gerechnet. Donnerstags sind immer alle ausgeflogen.«

»Hast dich noch nicht an mich gewöhnt, oder?«

»Stimmt«, lachte Karl.

»Du bist ja auch fast nie zu Hause. Für einen Praktikanten arbeitest du ganz schön viel.«

Karl nahm einen Schluck Wein und streckte sich wohlig auf der Liege aus. »Und für einen Hausgast bist du ganz schön frech«, gab er zurück.

»Ich sag nur, wie's ist.« Rafa legte das Buch zur Seite und strich sich die Haare aus dem Gesicht. »Stört es dich, dass ich hier bin?«

Karl dachte einen Augenblick nach, dann schüttelte er den Kopf. »Nein, gar nicht. Ich freue mich, dass ich ein bisschen Gesellschaft habe.« Dann legte er die Stirn in Falten und fragte: »Sag mal, Rafa, wie alt bist du eigentlich?«

Rafa grinste schief. »Ich bin achtzehn.« Und noch bevor Karl im Kopf zu Ende gerechnet hatte, fügte er hinzu: »Ich bin zwei Jahre und vier Monate älter als Oli.«

»Das ist ein ziemlicher Altersunterschied«, bemerkte Karl,

ohne nachzudenken, und bereute es sofort. Doch Rafa schien es ihm nicht übel zu nehmen.

»Wie viele Jahre Altersunterschied habt *ihr* beide denn?«

Karl fühlte sich ertappt und bedachte Rafa mit einem amüsierten Blick. »So, wie du guckst, weißt du es sowieso schon!«

»Ganze viereinhalb Jahre!« Rafa streckte sich ebenfalls aus und trug ein triumphierendes Grinsen zur Schau.

Gerade wollte Karl etwas erwidern, als es klingelte.

»Erwartest du jemanden?«, fragte er Rafa, doch der schüttelte den Kopf.

»Vielleicht hat Oli seinen Schlüssel verloren«, bot er an. »Er verliert doch ständig irgendwas.«

Das, dachte Karl, war nicht von der Hand zu weisen.

»Willst du ihm dann nicht lieber aufmachen?«, fragte er in der Hoffnung, nicht schon wieder aufstehen zu müssen.

»Schon vergessen? Ich bin hier nur der Hausgast.«

»Vor allem bist du ein kleiner Klugscheißer«, brummte Karl und erhob sich widerwillig. Er betätigte den Summer und öffnete die Wohnungstür einen Spaltbreit. Während er die Zwangspause nutzte, um in der Küche sein Glas aufzufüllen, hörte er, wie jemand langsam zu ihnen hinaufstieg. Er wusste gleich, dass es nicht Oli war. Sein Sohn nahm immer zwei Treppenstufen auf einmal, weil er behauptete, der Aufstieg sei dann nur halb so schlimm. Neugierig streckte Karl den Kopf aus der Tür, und wenig später trat eine elegant gekleidete Frau in sein Blickfeld, die er noch nie gesehen hatte.

»Buenas tardes«, rief er freundlich ins Treppenhaus. »Kann ich Ihnen helfen?«

Die Frau blickte zu ihm hinauf. Ihr Gesicht sah angespannt aus, die tiefen Falten um ihre Mundwinkel verrieten, dass sie selten lächelte.

»Buenas tardes«, sagte sie mit rauer Stimme. »Sind Sie Señor Lindberg?«

»Der bin ich«, bestätigte Karl, ein wenig verwirrt, dass ihn eine fremde Frau in seiner Privatwohnung aufsuchte. »Und mit wem habe ich das Vergnügen?«

»Ich bin Gloria Llevant«, antwortete sie und gab ihm ihre knochige Rechte.

»Mama?«, hörte er Rafa hinter sich fragen und zuckte zusammen, weil er ihn nicht hatte kommen hören.

Mutter und Sohn starrten einander an, und Karl fühlte sich augenblicklich unbehaglich, weil er in der Mitte stand.

»Ja, dann kommen Sie doch erst mal rein.«

Karl trat zurück in die Wohnung, und Señora Llevant folgte ihm.

»Wollen Sie sich setzen?«, fragte Karl freundlich, doch Rafas Mutter schüttelte den Kopf.

»Etwas zu trinken vielleicht?«

»Nein, vielen Dank.«

Rafa schwieg, und sein Schweigen füllte den großen Wohnbereich vollständig aus.

»Tja, dann lass ich euch beide mal allein«, murmelte Karl und beeilte sich, zurück auf die Terrasse zu kommen. Er hörte, wie Mutter und Sohn knappe Sätze austauschten, doch er verstand nicht, worum es ging. Der Tonfall verriet, dass Señora Llevant nicht gekommen war, um ihren Sohn um Verzeihung zu bitten. Das Gespräch dauerte nicht lange, schon nach kurzer Zeit hörte er, wie die Wohnungstür wieder ins Schloss fiel.

Karl stand auf und ging wieder hinein, um nach Rafa zu sehen. Der Junge stand im Wohnzimmer wie ein abstraktes Kunstwerk, das an die falsche Adresse geliefert worden war. Mit der rechten Hand hielt er seinen linken Oberarm umklammert; es sah aus, als wäre ihm kalt. Trotz der Hitze, die in der Dachgeschosswohnung herrschte, zitterte er leicht.

Karl ging zu ihm und legte ihm die Hand auf die Schulter. »Das war kein fröhliches Wiedersehen, was?«

Rafa schüttelte den Kopf und schniefte.

»Sie hat mir befohlen, nach Hause zu kommen.« Er lachte

tonlos. »Meine Abwesenheit ist den Nachbarn wohl schon negativ aufgefallen. Papas Parteikollegen haben ebenfalls bemerkt, dass ich bei den Abendessen fehle.«

»Hm. Und was hast du gesagt?«

»Dass ich erwachsen bin und keine Befehle entgegennehme. Schon gar nicht von Leuten, die mich nicht so akzeptieren, wie ich bin.«

Karl klopfte ihm auf die Schulter. »Gut gebrüllt, Löwe.« Zum dritten Mal in einer halben Stunde ging er zum Kühlschrank und war froh, dort auch noch eine eiskalte Flasche Estrella Damm vorzufinden. Alba trank manchmal gerne abends ein Bier, aber sie würde anerkennen, dass dies eine Extremsituation war.

Er drückte Rafa die Flasche in die Hand und legte den Arm um die schmalen Schultern des Jungen. »Du kannst hier so lange bleiben, wie du willst. Alles, was ich von dir verlange, ist, dass du die Gasflaschen auswechselst, wenn sie leer sind.«

»Danke«, murmelte Rafa leise und lächelte schief. »Ihr seid wirklich cool, und ich helfe euch gerne, wo ich kann. Aber die Flaschen kann ich nicht mal anheben!«

Karl schüttelte mit gespielter Empörung den Kopf. »Die Jugend von heute. Scheut sich vor anständiger Arbeit.« Er zog den Freund seines Sohnes mit hinaus auf die Terrasse. »Na, dann kannst du dich vielleicht anderweitig nützlich machen und mir helfen, ein moralisches Dilemma zu lösen.«

»Was denn für ein Dilemma?« Karls Ablenkungsmanöver schien zu greifen. Rafa ließ sich wieder auf der Liege nieder und war ganz Ohr.

»Angenommen, ich kenne ein Riesenarschloch, das im Gefängnis sitzt. Der Kerl ist gewaltbereit und nicht sehr nett. Ein richtiger Sturkopf, der auf Folterpornos steht und seiner Mutter nur Kummer bereitet.«

Rafa schnaubte. »Hab ihn bildlich vor Augen.«

»Nehmen wir weiter an, dieses Arschloch hätte gestanden, seinen Vater umgebracht zu haben. Alle freuen sich, dass sie ihn verhaftet haben und der Fall, an dem sie gearbeitet haben, abgeschlossen ist.«

Rafas Augen funkelten. »Molina hat den Mord gestanden?«

Karl Lindberg lachte. »Du lässt mir aber auch gar keine Illusion, was?«

»Ich kann Zeitung lesen. Und habe zwei gesunde Ohren.«

»Notiz an mich selbst: In Zukunft Geheimnisse für mich behalten. Hausgast hat gute Ohren«, bemerkte Karl und machte dabei eine Handbewegung, als würde er in sein Notizbuch schreiben.

»Aber wenn er gestanden hat, was ist jetzt dein Dilemma?«, fragte Rafa neugierig.

Mit einer umständlichen Verrenkung griff Karl erneut nach seinem Glas und seufzte. »Er war es nicht. Das ist mein Dilemma.«

»Wer ist denn so dämlich und gesteht einen Mord, den er nicht begangen hat?«, fragte Rafa mit gerunzelter Stirn.

»Er ist nicht der Hellste«, erklärte Karl. »Und ich glaube, dass ihn jemand unter Druck gesetzt hat. Wahrscheinlich hat er gestanden, um seine Mutter zu schützen.«

»Und du bist dir sicher, dass er's nicht war?«

»Ziemlich. Es gibt keine Beweise. Außerdem ist er weder intelligent noch raffiniert genug für so eine Tat. Das Problem ist: Eigentlich ist er ein Idiot. Er hat mir ein Veilchen verpasst, er hat nicht mit uns kooperiert und er hat gestanden. Eigentlich will ich ihm nicht helfen. Mehr noch: Olis Onkel und ich können in Teufels Küche kommen, wenn wir weiter in dem Fall ermitteln. Das ist mein moralisches Dilemma.«

Rafa nickte. »Ich verstehe. Aber eigentlich weißt du doch schon längst, was du tun wirst, oder? Du möchtest nur eine Bestätigung, dass es richtig ist.«

Der Junge war gut, das konnte man nicht von der Hand weisen. »Du solltest Psychologe werden«, bemerkte Karl mit echter Anerkennung.

Rafa lächelte glücklich. »Ehrlich? Danke! Das habe ich auch vor. Meine Noten sind gut genug dafür. Ich hoffe nur, dass ich einen Studienplatz bekomme.« Er verzog das Gesicht. »Und ein Stipendium gleich noch dazu. Oder ein Wunder. Meine Eltern zahlen sicher nicht.« Eine Gewitterwolke verdunkelte das hübsche Gesicht des Jungen.

»Und glaubst du, dass meine Entscheidung, weiter zu ermitteln, richtig ist?«, fragte Karl hastig, um Rafas düstere Gedanken zu vertreiben. Der ließ sich eine ganze Weile Zeit mit der Antwort.

»Es ist wie mit meinem Coming-out. Ich hatte Angst davor und wusste, dass es Ärger geben könnte. Ständig habe ich es hinausgezögert oder versucht, es mir selbst wieder auszureden, obwohl ich mich längst entschieden hatte.«

Er setzte sich auf und faltete die Hände zwischen den Knien. Es sah aus, als könne er so besser nachdenken. Schließlich sagte er: »Weißt du, ich habe das Gefühl, die Wahrheit ist mehr als nur ein bloßes Faktum. Wenn du sie einmal erkannt hast, dann drückt und schiebt sie von innen. Als hätte sie ein Eigenleben. Wenn man ihr nicht folgt, dann macht man sich selbst nur unglücklich. Und andere Menschen gleich mit. Dabei spielt es gar keine große Rolle, was danach passiert, welche Konsequenzen es haben kann – sobald dein Verhältnis zur Wahrheit im Gleichgewicht ist, geht es dir besser.«

Karl war beeindruckt. Normalerweise nahm er Teenager als dysfunktionale, nervenaufreibende und kostspielige Noch-nicht-Erwachsene wahr, die einen Grundhass auf die Welt hatten und ansonsten nicht viel redeten. Seinen eigenen Sohn natürlich ausgenommen. Jetzt schämte er sich dafür. Entweder hatten Teenager sich im Laufe der Zeit sehr verändert, oder er hatte zwei besonders bemerkenswerte Exemplare unter seinem Dach.

Er lächelte. »Danke. Du bist ein ausgezeichnetes Gegenüber.«

In dem Augenblick ging die Wohnungstür auf, und kurz darauf hallte Albas Stimme ziemlich außer Atem durch die Wohnung.

»Wer hat Lust auf Tacos?«

Rafa und Karl grinsten sich an und gingen in die Küche, um Alba bei den Vorbereitungen für das Abendessen zu helfen.

Wenig später aßen sie alle zusammen beim Schein unzähliger Kerzen auf der Dachterrasse zu Abend. Eigentlich mochte Karl Essen nicht, das man sich selbst zusammenstellen musste und bei dem man noch dazu Gefahr lief, sich zu bekleckern, weil man mit den Fingern essen musste. Aber heute erschloss sich ihm das erste Mal der Sinn dahinter: Es machte mehr Spaß und regte zum Plaudern an. Am Tisch herrschten Ausgelassenheit und gute Laune, die nur kurz getrübt wurde, als Rafa von dem Besuch seiner Mutter berichtete.

»Ich persönlich bin ja froh, dass seine Mutter Rafa nicht überzeugen konnte, zurückzugehen«, bemerkte Karl. »Immerhin hat er mir heute eine Last von der Seele genommen.« Der Kommissar bemerkte zufrieden, wie Rafa am anderen Tischende zwei Zentimeter zu wachsen schien.

»Wie denn das?«, fragte Alba strahlend und angelte nach der Schüssel mit dem Zuckermais.

»Er hat mir bestätigt, dass es richtig ist, an dem Fall dranzubleiben, obwohl José gestanden hat.«

Alba hielt mitten in ihrer Bewegung inne und sah ihren Mann überrascht an. »Er hat gestanden? Das hast du noch gar nicht erzählt!«

Karl nickte. »Ziemlich ärgerliche Sache. Weder Alex noch ich waren bei der Vernehmung dabei, so ein Stiernacken namens Dominguez hat sie geführt. Noch dazu ohne Anwalt. Ich bin sicher, dass Molina es nicht war. Dominguez muss ihn unter Druck gesetzt haben. Als wir mit ihm reden wollten, hat er gemauert.«

»Ich dachte, solche Typen gäbe es nur im Kino«, bemerkte

Oli, und Karl schüttelte den Kopf. »Leider nicht. Obwohl sich Dominguez tatsächlich benommen hat wie ein schlechter Statist. Hat sich wie ein Gorilla aufgeführt, als wir noch mal mit José reden wollten.«

Mit gerunzelter Stirn verteilte Alba Guacamole auf ihrem Taco. Karl konnte sehen, dass es unter ihrem Lockenschopf heftig arbeitete.

»Und was sagt die Arbol dazu?«, fragte sie.

Karl winkte ab. »Die ist natürlich glücklich und tut so, als hätte sie den Fall ganz allein gelöst. Mörder gefasst, Fall abgeschlossen, Presseerklärung raus. Mehr interessiert diese Frau nicht.«

»Also wollt ihr weitermachen, obwohl die Chefin dagegen ist?«, fragte Oli mit wachsender Begeisterung, während sich die Falte über Albas Nasenwurzel zu vertiefen begann.

»Streng genommen sind wir schon dabei«, gab Karl zu.

»Ach, Karl, nicht schon wieder!« Alba stellte die Schüssel mit den Tomatenstücken so heftig ab, dass die Gläser wackelten.

»Was soll ich denn machen?«, verteidigte sich Karl. »Einen Unschuldigen im Gefängnis sitzen lassen?«

»Aber wenn er gestanden hat?«, fragte Alba lautstark. »Dann war er es vielleicht doch.«

»Du hast doch selbst gesagt, er ist harmlos, Alba. Ich bin mir ganz sicher: Er war es nicht!« Karl konnte nicht verhindern, dass seine Stimme lauter wurde.

»Wenn du das so genau weißt, warum sagst du es nicht der Cap, damit sie den Schuldigen verhaften kann?«

Allmählich bekam Karl Kopfschmerzen. Er rieb sich die Schläfen. »Weil ich es nicht beweisen kann. Wir müssen noch ein bisschen weiterarbeiten.«

»Also stützt du dich eigentlich nur auf ein Gefühl«, stellte Alba fest. Karl wusste, dass sie ihn in diesem Punkt nicht verstand und nie verstehen würde. Alba war Biologin und Pharmazeutin. Mit der Aussage »Ich weiß es einfach« konnte man bei ihr keinen Blumentopf gewinnen. Er suchte nach Gegenargumenten. »Bei der Schießerei von Rahnsdorf hatte ich recht mit meinem Gefühl. Und bei dem Raubüberfall auf die Sparkasse in der Schönhauser ebenfalls!«

Alba zwickte sich in die Nasenwurzel und atmete tief durch. »Das mag ja sein, Cariño. Das Problem ist, dass du diesmal meinen Bruder da mit reinziehst!«

»Hey! Alex war ja wohl derjenige, der mich da mit reingezogen hat«, protestierte Karl. »Ich bin beurlaubt.«

Alba bedachte ihn mit einem strengen Blick. »Du weißt ganz genau, wie ich das meine, Karl.«

Karl raufte sich die Haare. »Alex ist erwachsen, Alba. Er kann selbst entscheiden, auch wenn seine große Schwester das vielleicht nicht wahrhaben möchte. Er sieht das Ganze genauso wie ich.«

Seine Frau hob spöttisch die linke Augenbraue. Karl wusste genau, was das hieß: Sie glaubte ihm kein Wort. Manchmal war es ein Fluch, dass Alba ihn so gut kannte. »Bist du dir da sicher? Immerhin verehrt Alex dich wie einen großen Bruder. Er würde sich niemals gegen dich stellen, das weißt du doch!«

»Blödsinn. Er widerspricht mir andauernd«, brummte Karl und goss sich noch ein Glas Wasser ein. Den Rest des Abends war er eher wortkarg.

Zwar wollte er es nicht zugeben, aber die Worte seiner Frau hatten Zweifel in ihm gesät. Vielleicht hatte sie recht. Vielleicht sollte er Alex nicht weiter in diese Geschichte hineinziehen.

Am nächsten Morgen stand er früh auf, um auf die Comissaria zu gehen. Er hatte die Nacht über kaum geschlafen, weil er Albas Worte hin und her gewälzt hatte. Die letzten Tage mit Alex hatten ihm gutgetan, er war seinem Schwager nähergekommen und hatte ihn mittlerweile sogar gern – eine Tatsache, die ihn selbst wohl am meisten verwirrte. Er wollte nicht, dass Alex in Schwierigkeiten geriet. Und er musste sich eingestehen, was er Alba gegenüber nicht hatte zugeben wollen: Er hatte Alex tatsächlich überredet, weiterzumachen. Wenn sein Schwager wegen dieser Geschichte seinen Job verlor, trug Karl einen Teil der Verantwortung dafür. Und da war es auch egal, ob Alex den Job verdient hatte oder nicht. Er war mit Sicherheit schon jetzt ein besserer Mosso als Dominguez, und den Rest konnte er auch noch lernen.

Andererseits blieb die Tatsache, dass José alles Mögliche war, nur sicher kein Mörder. Und dass es Karl unmöglich war, darüber hinwegzusehen. Wie Rafa gestern ganz richtig gesagt hatte: »Die Wahrheit drückt von innen.« Und sie hatte ihn auch sehr früh aus dem Bett gejagt.

Warum war es nur so kompliziert, das Richtige zu tun?, fragte Karl sich im Stillen, während er durch die noch leeren Gassen der Altstadt ging, in die sich gerade die ersten Sonnenstrahlen schoben.

Warum war manchmal das Richtige nicht das Richtige für jeden? Warum war es keine objektive Größe, die nur ein Dummkopf übersehen konnte? Wie erkannte man, was richtig war – woher wusste man es?

Er selbst hatte für sich jedenfalls eine Entscheidung getroffen. Er wollte seinen Schwager nicht in Schwierigkeiten bringen, und genauso wenig wollte er die Sache einfach auf sich beruhen lassen. Also gab es für ihn nur einen Weg: Er musste auf eigene Faust weiter ermitteln. Und deshalb war er so früh auf den Beinen.

Er fühlte sich wohl mit seiner Entscheidung. Karl hatte schon oft allein gearbeitet; es hatte seine Vorteile, wenn man sich nicht immer mit jemandem absprechen musste. Doch nun hatte er keinen Polizeiausweis und keine Waffe, die ihn schützen könnten. Er riskierte nicht nur Kopf und Kragen, sondern auch Ärger mit seinem Chef in Berlin, mit Alex, mit Alba. Natürlich konnte eine Menge schiefgehen – aber war das nicht immer so? Außerdem neigte er nicht zur Unvorsichtigkeit – er würde wie ein Privatdetektiv einfach noch ein bisschen weiter forschen und schauen, worauf er stieß.

Wie er vermutet hatte, war Marla bereits im Büro. Menschen, die allein lebten, schliefen häufig wenig und verbrachten viel Zeit am Arbeitsplatz. Wieder verspürte Karl einen kurzen Stich bei dem Gedanken, wie einsam die junge Frau sein musste. Das Leben hatte es bisher nicht sehr gut mit ihr gemeint, und dennoch hatte sie für jeden ein Lächeln übrig. Am liebsten hätte er ihr den Hund einfach geschenkt, aber das lag nicht in seiner Macht.

Als er den Raum betrat, empfing sie ihn wie immer mit einem strahlenden Lächeln, während Paco ihn keines Blickes würdigte.

»Du bist aber früh dran«, rief sie und beeilte sich, die Papiere wegzuräumen, die sich auf dem Besucherstuhl stapelten. Karls Blick fiel auf Stadtpläne und einen Haufen alter Fotos. Bei einem näheren Blick in ihr Gesicht sah er, dass sich unter Marlas Augen dunkle Ringe gebildet hatten. Auch ihre Haare wirkten ein wenig zerzaust und ungewaschen. Karl wusste, warum das so war: So, wie es aussah, hatte sich die Assistentin wegen seiner Bitte die halbe Nacht um die Ohren geschlagen. Sofort bekam er ein schlechtes Gewissen. Wenigstens hatte er selbst auch nicht viel geschlafen. Aber zumindest Kaffee hätte er mitbringen können, doch das fiel ihm erst jetzt ein. Er war nicht gut in solchen Dingen.

Er setzte sich auf den mittlerweile freien Stuhl. »Ich stehe eigentlich immer recht früh auf; Alex ist derjenige, der die Tage später beginnt. Es wird wohl noch eine Weile dauern, bis ich mich an den spanischen Rhythmus gewöhnt habe. Aber heute wollte ich dich nicht so lange allein lassen. Kann ich dir bei der Recherche helfen?«

»Nicht nötig«, antwortete Marla fröhlich und machte sich daran, verschiedene Fotos auf dem Schreibtisch zu verteilen. In die Mitte legte sie einen Abzug des Bildes, das er ihr gestern zugeschickt hatte. Konzentriert betrachtete Karl die Bilder, dann fiel es ihm auf. Es war nicht auf den ersten Blick zu erkennen, aber die Fotos zeigten allesamt ein und dasselbe Gebäude. Es war im Laufe der Zeit mehrfach umgestaltet und gestrichen worden, und auch die Umgebung hatte sich stark verändert, aber es gab Gemeinsamkeiten, die nicht zu übersehen waren. Die Anzahl und Anordnung der Schornsteine, die charakteristischen spitzen Fenster an der Stirnseite des Gebäudes, die Form des Daches.

»Donnerwetter!«, rief Karl beeindruckt. »Wie hast du das so schnell geschafft?«

Marlas Wangen röteten sich, und sie schlug die Augen nieder. »Ich habe mich so gefreut, endlich mal etwas wirklich Sinnvolles tun zu dürfen. Die meiste Zeit sitze ich hier und tippe Vernehmungsprotokolle ab.« Doch sie fand schnell ihr Lächeln wieder. »Aber seit ihr beide da seid, habe ich das Gefühl, mich endlich mal richtig nützlich machen zu können. Und da habe ich mich eben ein bisschen beeilt.« Sie griff nach einem Bleistift, den sie wie einen Zeigestock benutzte.

»Und soll ich dir noch was verraten? Ich weiß genau, was das für eine Fabrik ist und wo sie steht!« Marla schwang triumphierend den Bleistift und ließ ihn dann auf den Ausdruck niedersausen. »Siehst du die Häuser hier im Hintergrund?«, fragte sie Karl und kreiste eine Gruppe kleiner, heller Flecken ein, die hinter dem Fabrikgebäude auf Mateus Foto zu sehen waren.

Karl nickte. »Die sind mir gestern in der Hektik gar nicht aufgefallen.« Er beugte sich tiefer vor und kniff die Augen zusammen. »Sieht aus, als lägen sie an einem Hügel!«

»An einem Berghang, um genau zu sein«, korrigierte ihn Marla. »Die Häuser liegen am Fuß des Montjuïc. Sie stehen heute noch genauso da wie damals. Nur sind es mittlerweile etwas mehr geworden.«

»Aber wie …«

»Google Maps. Ich habe mir die Bebauung unserer Hausberge angesehen und mit dem Foto verglichen«, erklärte Mala hastig, als hätte sie Angst, Karl könne an ihrer Aussage zweifeln. »Am Fuß des Carmel waren schon immer Arbeitersiedlungen, die Häuser stehen viel dichter, und die Steigung ist auch ein bisschen steiler.«

Marla zog ein Foto hervor, das offensichtlich das Viertel unterhalb der Bunker von Carmel zeigte. Anschließend legte sie ein weiteres Foto daneben. »Beim Tibidabo sieht es wieder ganz anders aus«, erklärte sie weiter. »Dort haben schon immer die Reichen und Schönen gewohnt. Wusstest du, dass noch vor dreißig Jahren kein Mensch in der Altstadt wohnen wollte? Als es noch keinen Strand gab, war das hier ein einziger Moloch. Alle wollten eine Villa am Fuß des Tibidabo, möglichst weit weg vom Gestank und der Enge der Ciutat Vella. Und jetzt? Jetzt kann man hier unten fast nichts mehr bezahlen.«

Karl nickte. »Meine Schwiegermutter erzählt oft davon. Sie ist in El Born aufgewachsen und hat schon immer in dem Haus gewohnt, in dem ich heute lebe.«

Marlas Augen begannen zu leuchten. »Sie war eine berühmte Primaballerina, nicht wahr?«

Karl war überrascht. Diese Frau war eine einzige Wundertüte. »Ja, genau. Woher weißt du das jetzt schon wieder?«

Marla lächelte. »Ich habe eine große Schwäche für das Ballett. Und für die Oper. Das habe ich von meiner Mutter geerbt, sie hatte eine Dauerkarte für das Liceu. Aber das ist jetzt nicht so wichtig, hier geht es um den Fall. Was ich sagen wollte: Die Häuser am Tibidabo sind viel zu groß, um die auf dem Bild zu sein. Bleibt noch …« Sie zog ein weiteres Foto hervor.

»… der Montjuïc«, ergänzte Karl, und Marla nickte zufrieden. »Genau. Der Montjuïc. Und als ich erst mal die Häuser auf dem Foto gefunden hatte, war es nicht schwer, den ungefähren Standort des Gebäudes zu bestimmen. Mir war schnell klar, dass die Fabrik weit oben in Poble Sec liegen muss. Paco und ich haben da gestern einen ausgiebigen Abendspaziergang gemacht.«

Karl richtete sich auf. Er konnte fühlen, wie sich die Luft um ihn herum verdichtete und in diesem Fall endlich etwas greifbar wurde.

»Und?«, fragte er ungeduldig. »Hast du's gefunden?«

Marla nickte strahlend. »Ja, allerdings.« Sie hielt Karl ihr Handy hin und zeigte ihm ein paar Aufnahmen, die sie gestern Abend damit gemacht hatte. Es war zwar schon dunkel und die Bilder daher etwas verpixelt, aber es handelte sich eindeutig um das Gebäude auf den Bildern.

»Heute ist in den vorderen Räumen ein Klub, der Rest steht leer«, erklärte Marla.

»Und hast du auch herausgefunden, was früher dadrin war?«

Marla griff nach einem weiteren Foto aus dem Wust und hielt es ihm hin. »Eine Produktionsstätte von Hector Cardona!«, antwortete sie triumphierend und sah in diesem Augenblick so glücklich aus, dass es beinahe wehtat.

Karl riss ihr das Foto aus der Hand. Er musste es mit eigenen Augen sehen. Und tatsächlich: Da war es, das Emblem der großen Schinkenfirma, die nicht nur Supermärkte und Restaurants mit Ibérico belieferte, sondern sogar eigene Restaurants und Feinkostläden betrieb. »Der Schinkenkönig von Barcelona!«, rief Karl aus und fühlte, wie Erregung in ihm emporstieg. Das war die ersehnte heiße Spur! Nach so vielen Tagen, die sie im Dunkeln getappt waren und sich vor der gesamten Truppe lächerlich gemacht hatten, gab es nun endlich etwas Handfestes. Karl fühlte, dass Marlas Erkenntnisse die entscheidenden Steine ins Rollen gebracht hatten.

Mateu hatte gelogen – und wieso hätte er das tun sollen, wenn er nichts zu verbergen hatte? Vater und Tochter waren auf die eine oder andere Art in den Fall verwickelt, davon war Karl überzeugt.

»Marla, du bist ein Genie!«, rief er fröhlich und konnte sich nicht verkneifen, sie vor lauter Überschwang zu umarmen.

»Blödsinn!«, lachte sie. »Ich bin nur systematisch vorgegangen. Das hätte jeder gekonnt!«

Karl schüttelte den Kopf. »Ich hatte schon Vorgesetzte, die das nicht zustande gebracht hätten! Du bist strukturiert, entschlossen und schnell vorgegangen und hast dich auf das Wesentliche konzentriert. Ganz ehrlich: Du würdest eine fabelhafte Polizistin abgeben.«

Ein trauriger Zug umspielte die Mundwinkel der jungen Frau. »Als Kind wollte ich immer Polizistin werden. Aber das Leben ist mir dazwischengekommen.«

»Ja, dazu neigt es«, bestätigte Karl. »Aber es hat auch oft sein Gutes. Wäre meine Frau während meines Studiums nicht schwanger geworden, wäre ich heute kein Polizist. Ganz zu schweigen davon, dass mein Sohn niemals geboren worden wäre.«

Marlas Augen wurden groß. »Das heißt, ursprünglich wolltest du gar nicht Polizist werden?«

Karl schüttelte den Kopf. »Im Gegensatz zu dir und vielen meiner Freunde wollte ich nie Polizist werden. Ganz im Gegenteil. Ich habe Kunstgeschichte und Archäologie studiert. Eigentlich wollte ich meine Tage in irgendwelchen Gruben und Kirchen verbringen und in der Vergangenheit herumwühlen.«

»So weit weg davon bist du doch gar nicht«, bemerkte Marla lachend. »Du wühlst als Ermittler doch auch ständig in der Vergangenheit herum. Nur eben in der Vergangenheit anderer Leute.«

Karl musste schmunzeln. »Da hast du recht. So habe ich es noch gar nicht betrachtet. Und du arbeitest jetzt trotzdem bei der Polizei und leistest wertvolle Ermittlungsarbeit. Und das, ohne dir den ganzen Ärger einzuhandeln, den dieser Beruf sonst so mit sich bringt. So haben wir beide vielleicht doch genau den Job, den wir immer wollten.«

Marla grinste. »Es scheint fast so, ja.«

Kommissar Lindberg atmete durch. Der erste Schritt war geschafft. Und er war viel weiter gekommen, als er zu hoffen gewagt hatte, ohne dass Alex etwas davon mitbekommen hatte. Nun wurde es etwas kniffliger. Er musste sich von Marla loseisen, ohne sich verdächtig zu machen. Dabei war er so ein verdammt schlechter Lügner.

»Weißt du was?«, fragte er leichthin. »Ich glaube, Paco und ich gehen noch eine Runde spazieren, bevor Alex auftaucht. Das dauert sicher noch eine Stunde oder länger, so lange kann ich mir auch noch die Beine vertreten. Seit der Hund so oft bei dir ist, habe ich schon Speck angesetzt.«

Er klopfte sich auf den Bauch, und Marla lachte. »Ich sehe nichts, was nicht schon vorher da war.«

»Ich fasse das jetzt einfach mal als Kompliment auf, auch wenn ich nicht genau weiß, ob es eins ist«, sagte Karl und wandte sich dem Hund zu. »Komm, Paco!«, rief er, doch der Malteser hob nur den Kopf und bedachte Karl mit einem Blick, der von mildem Desinteresse zeugte. Dieses Tier war genauso dickköpfig wie Karls Suegra. Manchmal hatte Karl den Verdacht, dass der Rüde nach so vielen Jahren mit seiner Schwiegermutter Antonia ihre Charakterzüge angenommen hatte. Seufzend ging er zu Pacos Kissen und klemmte sich das Tier in gewohnter Weise unter den Arm. »Ich verstehe diesen Hund einfach nicht«, bemerkte er, an Marla gewandt. »Warum hört er nicht auf mich?«

Die Assistentin schmunzelte. »Weil er genau weiß, dass du ihn eigentlich gar nicht dabeihaben möchtest. Seine Gunst muss man sich erst verdienen.«

»Genau wie bei meiner Schwiegermutter«, stellte Karl seufzend fest.

»Und kann die dich leiden?«

Karl zuckte die Schultern. »Ich habe nicht die leiseste Ahnung.«

Endlich auf der Straße angekommen, setzte er sich mit Paco erst einmal in den kleinen Park, der sich hinter der Comissaria befand. Er schlug dem Hund einen Besuch auf dem kleinen, gut besuchten Hundeplatz vor, doch Paco zeigte kein Interesse. Er schien zufrieden damit zu sein, neben Karl ein wenig im Gras herumzuschnuppern. Karl hatte dafür Verständnis – Paco war ja nicht mehr der Jüngste. Friedliche Koexistenz war die einzige Umgangsform, die ihnen beiden ohne große Unstimmigkeiten gelang.

Der Park war eine der moderneren Grünflächen der Stadt, kurz vor der Grenze zu Poble Sec, dem Stadtteil, in dem Marla gestern die ehemalige Schinkenfabrik entdeckt hatte. Das Gelände bestand eigentlich nur aus terrassenförmig angelegten Rasenflächen, die immer höher anstiegen. Merkwürdigerweise gab es nur ein paar wenige Bänke, auf denen man sich wirklich niederlassen konnte. Also setzte er sich, wie die meisten Leute, an den Rand einer Rasenfläche. Die Sonne war noch nicht so stark, dass es quälend wurde, doch es war bereits zu spüren, dass Barcelona einen weiteren unglaublich heißen Tag vor sich hatte. Gern hätte Karl ein wenig im Park vor sich hin gedöst oder sich einfach in eines der Straßencafés gesetzt, die wie Perlen einer Kette die nahe gelegene Rambla de Raval säumten. Doch das konnte er sich nicht erlauben, den kleinen Vorsprung, den er seinem Schwager gegenüber hatte, wollte er keinesfalls aufs Spiel setzen.

Der Kommissar überlegte, wie er vorgehen sollte, kam aber schnell zu dem Schluss, dass ihm nichts anderes übrig blieb, als Mateu mit seinen oder vielmehr Marlas Erkenntnissen zu konfrontieren. Ein anderer nächster Schritt war nicht in Sicht; obwohl er gern etwas anderes getan hätte. Denn auch wenn es ihm nicht passte, musste er zugeben, dass der alte Herr ihm irgendwie sympathisch war. Er hatte genau die Art Charme und Witz, die man nur bei älteren, intelligenten Leuten vorfand, die niemandem mehr etwas beweisen mussten und in ihrem Leben schon viel erlebt hatten. Aber solche Gefühle musste man als Ermittler beiseiteschieben.

Also machte er sich erneut auf den Weg nach El Besòs, wobei er diesmal mit der Bahn fuhr; bei Pacos Tempo konnte er nicht hoffen, das Viertel zu Fuß noch in diesem Leben zu erreichen.

Diesmal fand er das Haus des alten Herrn schneller, und keine halbe Stunde nachdem er den Park verlassen hatte, klopfte Karl bei Mateu. Den Weg, so musste er schnell feststellen, hätte er sich allerdings sparen können. Mateu war nicht zu Hause. Karl konnte klopfen, so viel er wollte, die Tür blieb verschlossen.

Damit hatte er nicht gerechnet, der ältere Herr war schließlich im Ruhestand, und es war noch immer relativ früh am Morgen. Die Barceloner pflegten normalerweise nicht allzu früh aufzustehen, aber vielleicht war Mateu ja auch in dieser Hinsicht eine Ausnahme. Schließlich musste man auch als Rentner einkaufen oder andere Besorgungen machen. Es war auch möglich, dass er sich mit seiner Tochter traf. Und vielleicht wollte er all das hinter sich haben, bevor die Mittagshitze richtig einsetzte.

Während Karl Lindberg ratlos im Flur vor der Tür stand und Paco ansah, als müsste dieser eine richtig gute Idee parat haben, ging die Nachbartür auf, und das unfassbar runzlige Gesicht einer alten Dame schob sich durch den Türspalt.

»Was wollen Sie hier?«, fragte sie barsch. Sie schien es gewohnt zu sein, Menschen, die vor ihrer Tür herumlungerten, mit Misstrauen zu begegnen; was Karl angesichts der Nachbarschaft nur allzu gut verstand.

»Bon dia! Ich wollte Mateu besuchen«, antwortete Karl freundlich. »Ich bin ein Freund von ihm.«

Die alte Dame schüttelte den Kopf. »Das glaube ich Ihnen nicht! In über vierzig Jahren, die wir nun Tür an Tür wohnen, habe ich keinen Freund von Mateu kennengelernt. Sie wollen ihm bestimmt nur was andrehen.«

Karl fluchte innerlich, lächelte aber weiterhin. »Wir kennen uns noch nicht allzu lange.«

Mateus Nachbarin kniff die Augen zusammen und bedachte Karl mit einem scharfen Blick. »Sie waren doch gestern schon mal hier. Mit so einem jungen Kerl.«

Madre mía, dachte Karl. Die Frau schien ihre Freizeit damit zu verbringen, hinter ihrem Spion zu hocken und den Hausflur zu beobachten. Doch er blieb freundlich. »Genau. Mit meinem Schwager. Heute wollte ich Mateu spontan zu einem Spaziergang abholen. Er kommt so selten raus.« Und einer Eingebung folgend, deutete er auf den Hund und sagte: »Ich dachte, Paco und er könnten sich gut verstehen.«

Er hatte ins Schwarze getroffen. Die Dame lächelte, als bemerke sie den Hund erst jetzt, und streckte ihre Hand nach dem struppigen Köpfchen aus. Karl machte ein paar Schritte auf sie zu, damit sie Paco streicheln konnte.

»Wer könnte einem solchen Kerlchen widerstehen? Es ist gut, wenn Sie ein bisschen Zeit mit Mateu verbringen«, erklärte sie, während sie Paco hinter den Ohren kraulte. »Er kommt wirklich nicht viel raus. Früher waren Isabel und er an den Wochenenden oft auf der Finca bei Castelldefels. Aber jetzt ist sie erwachsen und hat viel zu tun.« Ihre letzten Worte äußerte die Dame mit einem Unterton, der verriet, was sie von Mateus Tochter hielt. Doch Karl ging nicht darauf ein.

Mateu hatte eine Finca? Sein Herz begann zu klopfen. Das hatte Marla nicht erwähnt. Wahrscheinlich hatte sie einfach nichts gefunden, was darauf hindeutete, weil die Finca illegal war. Oder vielmehr: nicht registriert. Das war in Spanien nicht weiter außergewöhnlich, viele Leute hatten nicht registrierte Häuser. Früher konnte jeder, der ein Grundstück besaß, damit machen, was er wollte. Es gab noch keine Gesetze über Anträge, Gebäudegrößen oder Bausicherheit. Und die Spanier hatten die Grundstücke untereinander getauscht, wie sie lustig waren – in großen Teilen des Landes herrschte diesbezüglich noch immer das reinste Chaos, denn die wenigsten Kauf- oder Tauschgeschäfte waren amtlich verzeichnet. Wozu auch? Es reichte schließlich, wenn die beiden Parteien Bescheid wussten. Spanier hatten dem Staat gegenüber ein ausgeprägtes Misstrauen.

»Er hat mir gar nicht erzählt, dass er eine Finca hat«, bemerkte Karl ganz beiläufig.

Die alte Dame winkte ab. »Ich glaube auch nicht, dass er sie noch benutzt. Die ist heute zu nichts mehr zu gebrauchen, ich würde auch nicht mehr hinfahren. Seitdem sie den Flughafen 2002 noch einmal ausgebaut haben, grenzt sein Grundstück direkt an eine von den großen Startbahnen. Mateu war unglaublich wütend, aber was soll man machen? Früher war das Flussdelta des Llobregat eine Oase – jetzt donnern da Flugzeuge drüber. Man kann nichts mehr anbauen, und seine Ruhe hat man auch nicht. Würde mich nicht wundern, wenn er sie längst verkauft hat. Aber wer will so was schon kaufen? Eine Schande, was der Staat sich so alles einfallen lässt. Nur damit noch mehr Touristen in die Stadt kommen. Davon haben wir hier wirklich genug.«

»Da haben Sie recht, das ist eine Schande«, pflichtete Karl ihr bei. »Nun, dann gehen wir mal wieder, Paco hat seine Runde am Strand verdient«, sagte er, während er ein paar Schritte rückwärts machte. »Wir sehen uns sicher mal wieder. Machen Sie es gut.«

Die Dame war auf ein solch abruptes Ende des Gespräches nicht vorbereitet gewesen. Es war ihr deutlich anzusehen, dass Karl sie vor den Kopf gestoßen hatte. »Soll ich Mateu sagen, dass Sie hier waren?«

Bloß nicht. Karl drehte sich im Gehen noch einmal um und sagte: »Vielen Dank, aber das ist nicht nötig. Ich rufe ihn selbst an.« Wie zum Beweis holte er das Handy aus seiner Tasche, winkte ihr damit zu und drehte sich um. Hinter ihm rief die Nachbarin noch: »Wo haben Sie Mateu eigentlich kennengelernt?« Doch er tat, als höre er sie nicht mehr. Schnellen Schrittes ging er auf die Treppe zu und beeilte sich, aus dem Gebäude hinauszukommen, bevor die alte Dame ihr Fenster zur Straße erreicht hatte – was ihm gerade so gelang. Er hörte ihre Stimme nach ihm rufen, als er um die Ecke des Wohnblockes bog.

Ganz unverhofft hatte die Nachbarin Karl einen großen Schritt weitergebracht. Er wollte zu der Finca, von der sie gesprochen hatte, und sich dort ein bisschen umsehen. Dank ihrer Beschreibung dürfte sie nicht allzu schwer zu finden sein – es ließ sich bestimmt leicht herausfinden, welches die neueste Start- und Landebahn des Flughafens war. Doch um ins Flussdelta zu gelangen, brauchte er ein Auto.

Es wurmte ihn, dass Alex und er nicht daran gedacht hatten, Mateu zu fragen, ob er noch mehr Wohneigentum hatte, aber vielleicht hätte er sowieso gelogen. Bestimmt sogar, wenn er nicht wollte, dass die beiden sich dort umsahen. Und wenn er doch nichts mit dem Fall zu tun hatte, dann würde auf der Finca nichts weiter zu finden sein, und Karl hätte einfach nur eine kleine Spazierfahrt gemacht.

Zwar hatte seine Familie einen alten Seat, aber die Schlüssel lagen meistens in Albas Handtasche, und er wollte ihr auf keinen Fall erklären müssen, wozu er heute den Wagen brauchte. Noch dazu hatte er keine Ahnung, wo sie das letzte Mal geparkt hatten. Kurz entschlossen suchte er den nächstbesten Autoverleih und lieh sich einen Kleinwagen. Dann machten sich Paco und er auf den Weg. Zu seinem großen Glück verfügte der Wagen über ein Navigationsgerät, und Rafas altes Smartphone verriet ihm, welche der Startbahnen die neueste war. Das fing gar nicht so schlecht an.

Es dauerte trotzdem eine ganze Weile, bis er eine Finca gefunden hatte, auf die die Beschreibung der Nachbarin passen könnte. In dem Flussdelta hinter der äußersten Startbahn des Flughafens gab es noch ein großes Anwesen und mehrere Grundstücke mit kleinen Hütten darauf, die allerdings für eine Wochenendfinca nicht infrage kamen. Karl fuhr einige schlecht ausgebaute Schotterwege entlang, die anscheinend ins Nichts führten, da die kleinen Straßen im Navi gar nicht auftauchten. Dem Bildschirm nach fuhr er schon eine ganze Weile querfeldein. Als der Wagen hinter einem großen Schlagloch auf der Schotterpiste aufsetzte, schickte Karl ein kurzes Dankesgebet gen Himmel, dass die Versicherung mit Unterbodenschutz an diesem Tag als Sonderangebot mit inbegriffen gewesen war.

Schließlich fand er ein umzäuntes Grundstück, auf dem ein kleines Häuschen stand. Zwar waren Zaun und Haus mittlerweile ein wenig zugewachsen, doch es sah aus, als seien sie einmal liebevoll gepflegt worden – was eindeutig auf Mateu hinwies. Karl wusste nicht, wieso, doch er war sich beim Anblick des Häuschens ziemlich sicher, am Ziel zu sein. Er parkte gegenüber von dem Grundstück unter einem Baum und ließ den Hund im Wagen. Schließlich wollte er sich hier ein wenig umsehen, da konnte er es sich nicht leisten, Paco durch die Gegend zu schleppen. Das Auto parkte im Schatten, und Paco schlief ohnehin tief und fest. Karl kurbelte ein Fenster ein Stück weit herunter; er ging nicht davon aus, dass jemand hier in der Einöde versuchen würde, einen Hund zu stehlen.

Das Tor zum Grundstück war verschlossen, etwas weiter rechts jedoch stieß er auf ein Stück Natursteinmauer, das eingestürzt war. Dort konnte er relativ leicht hinüberklettern.

Karl schaute sich nach allen Seiten um und vergewisserte sich, dass er weit und breit der einzige Mensch in diesem Abschnitt des Flussdeltas war. Da es noch immer lange vor der Mittagszeit war, lief er auch nicht Gefahr, allzu bald Gesellschaft zu bekommen. Die Leute fuhren meist erst nach der Siesta oder gegen Abend aufs Land.

Ein beeindruckendes Donnern ertönte, und Karl legte den Kopf in den Nacken. Wie aus dem Nichts tauchte eine Boeing nur wenige Meter über seinem Kopf auf. Die Fahrwerke waren bereits ausgefahren, und Karl konnte hinter den Fenstern sogar einige Köpfe erkennen. Es handelte sich um die Maschine einer

Billig-Airline, die neue Touristen in die Stadt brachte, genau wie Mateus Nachbarin gesagt hatte. Im Sommer brachte es allein der Flughafen El Prat auf Hunderte Landungen täglich. Beim Stichwort »Touristen« musste Karl unwillkürlich an Dolores denken. Wie es ihr wohl ging? Wusste sie bereits, dass ihr Sohn den Mord an ihrem Ehemann gestanden hatte? Sicherlich wünschte sie sich manchmal, den merkwürdigen Schinkenfund nie gemeldet zu haben. Dann hätte sich an ihrem Leben nichts geändert. Er hoffte sehr, dass sich ihre Schwester gut um sie kümmerte. Der Gedanke an das schwere Leben der freundlichen Feinkosthändlerin machte Karl sehr traurig. Dolores war einer der Gründe dafür, dass er jetzt hier war. Er wollte die Wahrheit herausfinden, auch für sie.

Als der größte Krach vorüber war, näherte sich Karl langsam dem Häuschen. Und entdeckte ein Detail, das ihn stutzig machte: Obwohl das Haus offensichtlich seit Jahren nicht mehr als Wochenenddomizil genutzt wurde, hatte es eine anscheinend recht neue Metalltür. Und mehr noch – als sich wieder Stille über die Landschaft gesenkt hatte, vernahm Karl das leise Brummen von elektrischem Strom. Er legte den Kopf in den Nacken, nur um festzustellen, dass weit und breit keine Stromleitungen zu sehen waren. Das wäre in der Einflugschneise von El Prat wohl auch zu gefährlich. Da das Haus auch nicht über Solarzellen verfügte, blieb als Erklärung nur ein Generator übrig. Karl überlegte. Warum sollte Mateu, falls es überhaupt seine Finca war, eine neue Tür einbauen und einen Generator betreiben, wenn er gar nicht mehr hierherkam? Noch einmal blickte er sich sorgfältig nach allen Seiten um, um sicherzugehen, dass er allein war. Er konnte nirgends ein anderes Auto entdecken.

Karl klopfte zunächst, dann drückte er vorsichtig die Klinke hinunter und rüttelte an der Tür. Sie war abgeschlossen. Die Sache wurde immer merkwürdiger. Warum lief dort drin ein Generator, wenn sich niemand in der Hütte aufhielt? Das ergab doch überhaupt keinen Sinn.

Vorsichtig umrundete er das Gebäude und fand auf der Rückseite ein dreckiges kleines Fenster. Während er sich selbst dafür verfluchte, dass er stets Anzüge trug, zog er sich an der Natursteinmauer hoch, um hindurchspähen zu können. Da das Glas zu schmutzig war, um etwas zu sehen, musste er es mit dem Ärmel seines Leinenjacketts bearbeiten. Natürlich fragte er sich zwischendurch, was er hier eigentlich tat. Weder wusste er, ob dies hier überhaupt Mateus Finca war, noch hatte er, bis auf ein altes Foto, irgendeinen Anhaltspunkt, dass der alte Mann etwas mit dem Fall zu tun haben könnte. Rein logisch und objektiv gesehen, gab es für Karl keinen Grund, sich an einer Natursteinwand festzuklammern und in ein fremdes Haus zu spähen. Keinen einzigen – bis auf seinen Instinkt. Es war beinahe, als wittere er etwas. Und als es ihm endlich gelang, im schummrigen Inneren des Häuschens etwas zu entdecken, wurde dieses Gefühl noch stärker.

Das Haus war nicht mehr möbliert, bis auf ein paar Stühle und auf dem Boden herumliegende Werkzeuge deutete nichts darauf hin, dass es einmal bewohnt worden war. Es hatte jene verdreckte Einsamkeit verlassener Häuser; Häuser, in denen niemand mehr wohnen würde. Dennoch zog etwas seinen Blick auf sich. Mitten im Raum stand, sauber und modern, eine große Tiefkühltruhe. Der Generator, der sie mit Strom versorgte, konnte nicht weit sein, denn außen, in der Nähe des Griffes, leuchtete ein orangefarbenes Lämpchen, und ein Verlängerungskabel schlängelte sich durch den Raum, der einmal als Wohnbereich gedient haben mochte.

Natürlich konnte es sein, dass hier ein Wilderer seine illegale Beute verwahrte oder jemand einen Jahresvorrat Tiefkühlpizza bunkerte, der auf der nahen Autobahn von einem Laster gefallen war. Alles möglich, aber unwahrscheinlich. Karl brauchte Gewissheit. Da er nicht hoffen konnte, durch die Eingangstür hineinzugelangen, griff er kurzerhand nach einem losen Stein im Mauerwerk und schlug damit die Fensterscheibe ein. Er zog das Jackett aus, umwickelte damit seine rechte Hand und brach sorgsam die verbliebenen Scherbenstücke aus dem Rahmen. Schließlich hatte er keine Lust, sich bei der Kletteraktion zu verletzen. Dann atmete er tief durch und zog sich am Fensterrahmen hoch. Dabei durchschoss ihn der Gedanke, dass er die Grenzen der Legalität gerade endgültig überschritten hatte, aber so verrückt es auch war: In diesem Augenblick war ihm das völlig gleichgültig. Mit einiger Mühe gelang es ihm, seinen großen und doch recht schweren Körper durch die kleine Fensteröffnung zu bugsieren. Zum Glück war er schlank, er kannte Kollegen, die mit Sicherheit stecken geblieben wären. Karl kam zwar durch das Fenster, doch er landete etwas unsanft auf dem staubigen Steinboden.

Im Gegensatz zum gleißenden Sonnenlicht, das draußen die Landschaft überzog, herrschte in der Hütte schummrige Dunkelheit, und Karls Augen brauchten eine ganze Weile, um sich daran zu gewöhnen. Das einzige Licht fiel durch das schmale Fensterloch, durch das er sich soeben gequetscht hatte. In dem Sonnenbalken, der das Zimmer nun durchschnitt, tanzten Staubkörner, die er aufgewirbelt hatte. Als er sich orientieren konnte, ging er langsam zu der Tiefkühltruhe hinüber, legte die Hand auf den Griff und öffnete den Deckel.

Ein Teil von ihm hatte zwar damit gerechnet, dennoch erschrak Karl so heftig, dass er ein Stück zurücktaumelte. Aus der Eiseskälte, die ihm entgegenschlug, starrten ihn die toten, von Eis überzogenen Augen José Molinas an. Der Kopf des Toten lag ganz oben auf einem Berg anderer Körperteile, die wahrscheinlich ebenfalls zu dem Feinkosthändler gehörten. Das Bild, das sich ihm bot, hatte etwas Surreales; vor allem wenn man bedachte, dass sich Karl einerseits im spärlich besiedelten, idyllischen Niemandsland an der Costa Brava und andererseits direkt in einer viel benutzten Flugschneise befand. Und mittendrin lag ein Toter in einer Tiefkühltruhe. Diese Kombination hatte etwas Skurriles, Unwirkliches. Und dennoch war das alles real. Karl hatte sich nicht geirrt, sein Gefühl hatte ihn nicht getrogen. Vor ihm lag der Rest von José Molina senior. Er hatte das schon ein paar Mal erlebt: Man konnte noch so lange nach einer Leiche suchen, es war trotzdem immer wieder ein schockierendes Erlebnis, sie tatsächlich zu finden.

Der Kommissar nahm sich zusammen, öffnete die Tür zum Nebenraum und fand ein uraltes Badezimmer vor. Ein blinder Spiegel fing seine Silhouette ein, die typischen spanischen Blümchenfliesen waren stumpf von Dreck, und über der kleinen Badewanne ragte ein kräftiger Haken aus der Decke. Die beiden kleinen Fenster, die den Raum wohl einst mit Licht versorgt hatten, waren sorgfältig zugenagelt worden. Karl ging jede Wette ein, dass er in der Produktionsstätte des Schinkens stand. Als er sich über die Badewanne beugte, bestätigte sich sein Verdacht: Die Fliesenfugen waren zum Teil leicht rosa eingefärbt, in den Wannenecken glitzerten die Reste großer Mengen Salz. Ob dieses Bad auch der Tatort war, musste allerdings die Spurensicherung feststellen. Und die galt es nun so schnell wie möglich hierherzubeordern.

Karl ging zurück in das andere Zimmer und zog sein Handy aus der Tasche, nur um festzustellen, dass er hier draußen keinen Empfang hatte. Verdammter Mist, das hätte er früher überprüfen müssen – was für ein Anfängerfehler! Da er Alex von hier aus nicht erreichen konnte, musste er wohl oder übel ein Stück weiterfahren, um ihn anzurufen. Doch zuvor wollte Karl noch ein paar Fotos machen, damit Alex den Kollegen in der Comissaria notfalls begreiflich machen konnte, dass es dringend war.

Während er noch einmal auf die weit geöffnete Kühltruhe zutrat, donnerte ein besonders großes Flugzeug über das Häuschen hinweg. Beinahe klang es so, als wollte es direkt auf dem Dach der Finca landen.

Beim erneuten Anblick von Señor Molina überkam ihn

Übelkeit. Es war nicht so, dass er Leichen nicht gewohnt war – und normalerweise machte es ihm auch nichts aus, mit ihnen in einem Raum zu sein, aber der Feinkosthändler mit den stumpfen Augen und den abgeschnittenen, merkwürdig platzierten Gliedmaßen war eine Ausnahme. Die Leiche sah aus wie ein widerliches, makabres Puzzle. Dennoch trat er noch einen Schritt näher an die Truhe heran, um ein scharfes Bild machen zu können. Als er sich leicht nach vorne beugte, um das Foto zu schießen, traf ihn ein harter Schlag am Hinterkopf. Das Handy glitt ihm aus der Hand, und er merkte nur noch, wie er mit der Schläfe hart auf dem Steinboden auftraf.

Als er wieder zu sich kam, lag er noch immer am Boden, musste jedoch feststellen, dass seine Hände auf dem Rücken gefesselt waren und er auch die Beine nicht rühren konnte. Er hob den Kopf, um die Situation einschätzen zu können, und wurde von rasenden Schmerzen überfallen, die ihn beinahe erneut das Bewusstsein kosteten. Ein weiteres Flugzeug kreuzte den Himmel, und das Geräusch ließ Karls malträtierten Kopf platzen. Nachdem der Krach abgeebbt war, vernahm er eine vertraute Stimme: »Warum mussten Sie unbedingt hier auftauchen?«

Die Stimme kam von rechts, aus Richtung des Bades. Karl wand sich mit aller Kraft hin und her, bis er wenigstens Mateus Füße sehen konnte. Dieser ging geschäftig im Raum hin und her – offensichtlich räumte er die verbliebenen Möbel zusammen.

»Ich wollte Sie besuchen, aber Sie waren nicht zu Hause«, antwortete Karl und stellte fest, dass ihm auch das Sprechen schwerfiel. Die Zunge klebte am Gaumen, und seine Stimme war nicht viel mehr als ein heiseres Krächzen. Wie lange lag er schon hier in der Hitze?

Mateu gab ein verdrossenes Geräusch von sich und machte sich an der offenen Kühltruhe zu schaffen. Was hatte er vor? »Natürlich«, sagte er bissig. Man hörte ihm die Anstrengung an, als er weitersprach. »Und weil Sie solche Sehnsucht nach mir hatten, haben Sie sich gedacht, Sie spionieren einfach ein bisschen herum, fragen meine Nachbarin aus und schlagen die Scheibe meines Sommerhauses ein. Das würde schließlich jeder andere auch tun.«

Karl versuchte, sich zu konzentrieren. »Es tut mir leid, dass ich Ihre Privatsphäre verletzt habe, Mateu. Aber ich werde Sie nicht verraten. Außer uns beiden muss niemand wissen, was ich hier gesehen habe.«

Mateu lachte freudlos. »Machen Sie sich darüber mal keine Gedanken: Es wird niemand erfahren. Dafür sorge ich.«

Aus den Augenwinkeln sah Karl, wie Mateu begann, einen Benzinkanister zu öffnen und den Inhalt überall im Raum zu verteilen. Nun wurde ihm auch klar, was Isabels Vater zuvor getan hatte, da dieser das meiste Benzin hinter der Kühltruhe verschüttete. Wahrscheinlich hatte er die alten Holzmöbel dort zu einem Scheiterhaufen aufgetürmt. Karl begann heftig zu schwitzen.

»José Molina hat den Mord bereits gestanden«, sagte er und bemühte sich, seine Stimme so ruhig wie möglich klingen zu lassen, was ihm kläglich misslang. Dennoch sprach er weiter. »Niemand wird mehr nach der Leiche suchen, wenn der Prozess vorbei ist. Sie können Ihr Leben weiterführen, als wenn nichts geschehen wäre. Wenn Sie mich jetzt gehen lassen, sind Sie ein freier Mann. Aber wenn Sie mich umbringen, geht alles von vorne los. Nach mir wird man suchen.«

Mateu schüttelte den Kopf und lachte leise. »Das mag ja sein, aber man wird Sie nicht rechtzeitig finden.«

»Ich habe vorhin mit meinem Schwager telefoniert. Er ist auf dem Weg hierher«, antwortete Karl und hoffte inständig, dass Mateu diese Lüge schlucken würde. Doch er wurde enttäuscht.

»Hier draußen hat kein Mensch Empfang. Außerdem war ich dicht hinter Ihnen. Ich habe Sie die ganze Zeit beobachtet. Sie haben mit niemandem gesprochen.«

Karl schloss die Augen und wog seine Möglichkeiten ab. Tatsächlich hatte er nicht viele, denn leider hatte Mateu recht. Niemand wusste, dass er hier war. Und warum? Weil eine verfluchte Mischung aus übergroßem Ego und schlechtem Gewissen ihn in diese gottverdammte Einöde getrieben hatte. Er hatte sich gnadenlos überschätzt, und jetzt hatte Mateu ihn in der Hand.

»Alex weiß, dass ich zu Ihnen wollte. Und Ihre Nachbarin hat auch mit mir gesprochen. Sie kann es bezeugen.« Karl war sich bewusst, dass er eine dürre Notlüge nach der nächsten abfackelte, aber etwas Besseres fiel ihm nicht ein. Er plapperte auch, um seine eigene Angst zu betäuben.

»Um Maria kümmere ich mich schon«, antwortete Mateu, und kaltes Grauen lief Karls Wirbelsäule hinab. Warum hatte er die Frau erwähnen müssen? Hatte er sie damit ungewollt in Gefahr gebracht?

»Glauben Sie mir«, fuhr Isabels Vater fort, und echtes Bedauern lag in seiner Stimme. »Mir wäre es auch lieber gewesen, wenn Sie heute zu Hause bei Ihrer netten kleinen Familie geblieben wären, anstatt mir nachzuspionieren. Das war eine Angelegenheit zwischen José und mir. Es war nicht meine Absicht, dass noch andere in Mitleidenschaft gezogen werden. Aber ich habe Sie nicht aufgefordert, mir hinterherzuschnüffeln. Und jetzt habe ich keine andere Wahl.« Mateu griff nach Karls Handgelenken und zerrte ihn mit erstaunlicher Kraft hoch, bis er mit dem Rücken an die Kühltruhe gelehnt dasaß. Dabei rutschte diese ein Stück nach hinten, und als Karl sich probehalber ein wenig dagegenstemmte, konnte er sie ohne große Mühe weiterbewegen. Bestimmt hatte Mateu die Leiche von José Molina aus der Truhe entfernt. Wahrscheinlich, damit sie zusammen mit Karl verbrennen konnte.

Mateus Blick wanderte im Raum umher. Er vergewisserte sich, dass er alles bedacht hatte. Da er nichts mehr zu finden schien, das ihn störte, sagte er: »Immerhin werde ich José auf diese Weise endgültig los. Wenn man Sie findet, wird man glauben, dass zwei Männer auf tragische Weise in einem illegalen Sommerhaus verbrannt sind. Generatoren überhitzen, alte Leitungen brennen durch, die Hitze der letzten Wochen hat die Wiese um das Haus herum trocken werden lassen – so was passiert ständig; niemand wird eine Verbindung zu einem mittlerweile abgeschlossenen Fall herstellen.«

Da hatte Mateu leider schon wieder recht, dachte Karl bitter und sah mit Schrecken zu, wie der alte Mann auf die Tür zustrebte und dabei in seinen Hosentaschen kramte. Karl ahnte, dass Mateu nach einem Feuerzeug oder Zündhölzern suchte.

»Eines würde ich wirklich gern wissen, Mateu. Warum haben Sie Molina zu Schinken verarbeitet?«, fragte der Kommissar hastig, um Mateu zum Weiterreden zu bewegen. Doch dieser lächelte nur dünn. »Glauben Sie, ich schaue keine Kriminalfilme?«, fragte er und kam noch einmal zu Karl zurück. Er ging vor ihm in die Hocke und sah ihn mitleidig an. »Ich bin kein Egomane, der aus Eitelkeit seine gesamte Genialität vor seinem zukünftigen Opfer ausbreitet und sich damit um Kopf und Kragen redet«, erklärte er. »Ich tue nur, was getan werden muss. Und deshalb gehe ich jetzt. Und wenn ich Ihnen noch einen letzten Rat geben darf: Wehren Sie sich nicht. Das macht es leichter.«

Karl konnte nicht begreifen, was gerade zur Gewissheit wurde. Er würde verbrennen – hier und heute würde sein Leben ein Ende finden; zu schnell herbeigeführt von unbarmherzigen Flammen. Nie wieder Albas erstes Lächeln des Tages sehen, nie wieder Olis ungelenke Umarmung genießen, keine Familienessen mehr, kein zweites Kind, überhaupt nichts. Nur Schwärze. Und das Schlimmste daran? Nicht Heldenmut würde Karl Lindberg das Leben kosten, sondern Dummheit und Leichtsinn.

Mateu stand mittlerweile im Türrahmen und riss ein großes Streichholz an, wie man es normalerweise für das Anfeuern von Kaminen benutzte. Während er es noch in der Hand hielt, sah er Karl ein letztes Mal an.

»Wissen Sie, wir haben tatsächlich etwas gemeinsam: Wir beide können nicht aus unserer Haut. Sie sind Polizist. Es gehört zu Ihrem Wesen, im Leben anderer Menschen umherzuschnüffeln. Und ich? Ich bin ein Mörder.« Dann ließ er das Streichholz fallen und verriegelte die Tür. Augenblicklich ging das Benzin in Flammen auf. Auf vorgegebenen Bahnen raste das Feuer durch die kleine Hütte und entzündete alles, was brennbar war und seinen Weg kreuzte. Zwischen dem Geräusch der Flammen und dem Tosen eines weiteren Flugzeugs hörte Karl, wie der Hund im Auto hysterisch zu bellen begann.

14

Es hieß, bevor man verbrannte, sorgte der Rauch dafür, dass man bewusstlos wurde. Jedenfalls hatte er das mal irgendwo gelesen. Karl hielt die Augen geschlossen, weil sie zu sehr brannten und weil er nicht sehen wollte, wie weit die Flammen schon vorangekommen waren. Er versuchte, sich auf Albas Gesicht zu konzentrieren und auf die Bewusstlosigkeit zu warten, die ihn davontragen würde, doch es gelang ihm nicht. Hier auf diesem dreckigen Fußboden zu sterben, das war etwas, das er sich einfach nicht vorstellen konnte. Es lag jenseits seines gedanklichen Horizonts. Und obwohl seine Situation aussichtslos war, hatte er noch Hoffnung. Diese verfluchte, trügerische Hoffnung, dass doch noch alles gut werden würde; ein Grundgefühl, das ihn von Kindheit an begleitet hatte und ihn jetzt neckte, ihm Lügen einflößte und verhinderte, dass er den Tatsachen ins Auge sah. Doch Karl war dankbar dafür. Er klammerte sich an den Gedanken, dass jemand das Feuer entdecken und rechtzeitig Hilfe holen würde. Immerhin flogen im Minutentakt Flugzeuge über dieses Grundstück, der Rauch stieg nach oben, irgendjemand musste die Feuerwehr alarmieren. Gleich, dachte er, gleich kommt jemand.

Doch stattdessen kam der Husten. Heftige, krampfartige Hustenanfälle schüttelten seinen ganzen Körper. Sie zwangen ihn, die beißende Luft einzuatmen, die kaum noch Sauerstoff, dafür aber sehr viel Rauch für ihn bereithielt. Karl Lindberg wurde schwindelig, er kippte zur Seite und stellte fest, dass er im Liegen wieder ein bisschen besser atmen konnte. Auch war es hier nicht ganz so heiß, und obwohl man nur von Nuancen sprechen konnte, war das eine eindeutige Verbesserung. Nun riskierte er doch einen Blick. Das Feuer war an den hölzernen Tür- und Fensterrahmen emporgekrochen und hatte das Dach in Brand gesetzt. Fetzen der brennenden Gardinen flogen umher, aber die Flammen hatten kaum Nahrung, um sich im Raum auszubreiten. Am heftigsten brannte es jedoch hinter Karl, dort, wo Mateu die Möbel und, so vermutete er, auch die sterblichen Überreste des Feinkosthändlers aufgestapelt hatte. Das war nicht nur zu hören, sondern auch zu spüren; an seinem Rücken war es so heiß, dass Karl fürchtete, seine Haut könnte sich ablösen. Hinter ihm knackte und zischte es, und ein widerlicher Geruch von verbrannten Haaren und Fleisch lag in der Luft. Wenigstens blieb ihm der Anblick erspart.

Wenn der Dachstuhl vom Feuer geschwächt war, würde er einstürzen und ihn unter sich begraben, so viel war sicher. Und das konnte nicht mehr lange dauern. Verzweifelt überlegte er, was er tun könnte – seine Atemwege schmerzten, und seine Augen brannten so sehr, dass er sie sich am liebsten herausgerissen hätte. Doch obwohl er mit aller Kraft versuchte, seine Hände zu drehen oder die Füße zu befreien, es gelang ihm nicht. Mehr noch: Mit jedem Versuch wurde er schwächer und schwächer. Er fühlte, wie die Bewusstlosigkeit nach ihm griff; immer größer werdende schwarze Punkte tanzten vor seinen Augen, sein Herz raste, und alles drehte sich.

Plötzlich hörte er heftige Schläge gegen die Tür. War Mateu zurückgekommen? Nein, der hatte ja einen Schlüssel. War dort draußen etwa schon ein Teil des Daches eingestürzt?

Die Schläge wurden heftiger, und schließlich gaben die Steine um den Türrahmen nach. Die Metalltür krachte in den Raum hinein, gefolgt von einem Balken und ein paar Dachziegeln, die auf dem Boden aufschlugen. Die Flammen loderten auf, als sie frischen Sauerstoff bekamen. Mehr jedoch konnte Karl nicht erkennen, da beißender Rauch die ganze Hütte ausfüllte.

»Gottverfluchte Scheiße!«, hörte er eine vertraute Stimme schimpfen. Alex!

Karl nahm verschwommen wahr, wie sein Schwager durch einen Ring aus Flammen in die Hütte gesprungen kam.

»Ist er dadrin?«, fragte eine zweite Stimme, die ihm ebenfalls bekannt vorkam. Rafa?

»Ja. Bleib bloß draußen, Kleiner!«

Karl schloss vor grenzenloser Dankbarkeit die Augen. Diese tränten zwar schon seit geraumer Zeit ununterbrochen, doch jetzt mischten sich auch ein paar Tränen der Erleichterung darunter.

Während sich Alex an Karls Fesseln zu schaffen machte, murmelte er immer wieder halblaut: »Verdammte Scheiße, Flieger!« Dazwischen wurde auch er von heftigem Husten geschüttelt.

Schließlich legte er sich Karls Arm über die Schulter und schleppte ihn nach draußen, wo er ein paar Meter vom Haus entfernt erst seinen Schwager und dann sich selbst ins trockene Gras fallen ließ, das um das Haus herum bereits Feuer gefangen hatte.

Nach ein paar Augenblicken tauchte Rafa mit einer großen Decke in der Hand wieder auf und begann, auf die Flammen einzuschlagen. Offensichtlich versuchte er, zu verhindern, dass das Feuer auf den Wald übergriff. Guter Mann, dachte Karl, dann kehrten seine Gedanken zu Mateu zurück.

»José«, krächzte er kaum hörbar.

»Was?«, keuchte Alex und sah seinen Schwager an, als hätte dieser den Verstand verloren.

Karl setzte sich mit Mühe auf. Ihm wurde sofort unfassbar übel, und bevor er es verhindern konnte, übergab er sich ins Gras.

»Ach, verdammt!« Alex stand auf und ging zu seinem Wagen, der wenige Meter vom Haus entfernt mit weit geöffneten Türen auf der Straße stand. Wahrscheinlich hatte Rafa die Decke aus dem Kofferraum geholt – sie gehörte zur Standardausrüstung der Einsatzwagen. Allerdings war sie eher dafür gedacht, Wärme zu spenden, als sie einzudämmen. Aber sie erfüllte ihren Zweck.

Wenig später kam Alex mit einer Wasserflasche zurück, die Karl in einem Zug zur Hälfte austrank, die andere Hälfte kippte er sich über den Kopf. Er hatte das Gefühl, als sauge sein ganzer Körper die rettende Flüssigkeit auf.

Er zeigte auf die Hütte und versuchte es erneut. »Molina ist noch dadrin.« Doch Alex' hochgezogenen Augenbrauen nach zu urteilen verstand sein Schwager noch immer nicht.

»Die Leiche!«, fügte Karl ungeduldig hinzu, und jetzt begriff Alex. Er machte ein paar Schritte auf das Häuschen zu, das jedoch genau in diesem Moment einstürzte. Rafa musste einen großen Satz zur Seite machen, um nicht von einem herabfallenden Balken erwischt zu werden.

Alex drehte sich wieder zu Karl um. »So ein Mist!«, stieß er hervor, doch Karl schüttelte nur den Kopf. Das Haus hätte sowieso niemand mehr betreten können. Am Gebiss der Leiche würde man José Molina zweifelsfrei identifizieren können – das war kein Problem. Etwas anderes rumorte in seinem Unterbewusstsein und machte ihn unruhig, doch er kam nicht drauf, was es war. Das unangenehme Gefühl, etwas Wichtiges vergessen zu haben, nagte an ihm. Dann traf es ihn wie ein Hammerschlag.

»Maria!«, rief er und rappelte sich hoch. Die ganze Welt begann, sich zu drehen, sodass er sich an Alex festhalten musste.

»Bleib doch liegen!«, sagte dieser ungehalten, doch Karl schüttelte den Kopf.

»Hast du vorhin Mateu gesehen?«

Alex runzelte die Stirn. »Mir ist ein Auto entgegengerast, aber ich konnte nicht erkennen, wer am Steuer gesessen hat. War das Muñoz?«

Karl nickte abwesend; seine Gedanken waren bei der alten Frau. »Mein Gott, er wird sie umbringen«, murmelte er.

Alex schüttelte ihn an der Schulter. »Wen wird er umbringen, Karl?«

»Seine Nachbarin. Sie hat mich gesehen. Er glaubt, sie ist die Einzige, die noch weiß, dass ich hier bin.«

»Maldito!« Alex fummelte das Handy aus der Hosentasche, doch Karl wusste bereits jetzt, dass es nutzlos sein würde.

»Das darf doch nicht wahr sein!«, brüllte Alex in die friedliche Landschaft hinein und erschreckte sogar Rafa, der sich wieder darangemacht hatte, die Flammen zu ersticken.

»Niemand hat hier Empfang«, murmelte Karl, doch Alex konnte ihn nicht hören, da ein Flugzeug über das Haus donnerte.

»Wir müssen zu ihr«, mahnte Karl, und Alex sah ihn fassungslos an.

»Du gehst nirgendwohin!«, zischte er, ging zum Wagen und knallte den Kofferraumdeckel zu. Dann setzte er sich auf den Fahrersitz und startete den Motor.

»Hast du denn gar nichts gelernt?«, fragte Karl und schleppte sich hinter Alex her auf das Auto zu. »Ermittlungen auf eigene Faust können böse enden.« Er taumelte und kippte zur Seite. Schon war Rafa zur Stelle, um ihn zu stützen. »Oli hat ein verdammtes Riesenglück mit dir«, murmelte Karl und konnte das schiefe Grinsen, das sich auf Rafas Gesicht breitmachte, beinahe spüren. »Haben wir alle.«

Er ließ sich schwer auf den Beifahrersitz des Polizeiautos fallen.

Von Ferne hörten sie Sirenen näher kommen.

»Das ist bestimmt die Feuerwehr«, hörte er Alex zu Rafa sagen. »Kannst du hierbleiben und den Kollegen erklären, was passiert ist?«

»Natürlich«, antwortete dieser.

»Die Bomberos sollen löschen, aber in der Hütte so wenig wie möglich machen. Sag ihnen, es handelt sich um einen möglichen Tatort, und dass eine Leiche in der Hütte liegt. Und wenn die Mossos kommen, sag ihnen, sie sollen alles sicherstellen, was sie finden. Sie sollen alles, was sie von dem Toten noch retten können, zu Chi Yung in die Akademie bringen, und nirgendwo anders hin. Ach, und pass auf den Hund auf!«

Rafa grinste. »Alles klar, Chef!«

Alex nickte grimmig und trat so heftig aufs Gas, dass die Reifen durchdrehten. Dann schaltete er die Sirene ein.

Karl registrierte zufrieden, dass sein Partner in brenzligen Situationen alles genau im Blick behielt. Eine wichtige Schlüsselqualität für einen guten Polizisten – auch wenn sie die Sirene hier in der Einöde streng genommen nicht brauchten. Aber diese Kleinigkeit konnte man vernachlässigen. Während sie, so schnell es ging, über die kleinen Straßen fuhren, sagte Alex kein Wort. Es war ihm anzusehen, wie unglaublich sauer er war, und Karl konnte es ihm nicht verdenken. Er wäre an seiner Stelle auch sauer.

»Du stinkst wie ein Grillwürstchen«, stellte Alex irgendwann fest, und Karl lachte heiser.

»Immer noch besser als ›Du stinkst wie ein Brikett‹«, antwortete er und sah, dass sein Schwager ein Lächeln unterdrückte.

»Dann wärst du schon hinüber«, gab Alex zurück.

»Eben.« Karl nickte. »Und das war ziemlich knapp. Ein paar Minuten länger, und mein Schicksal wäre besiegelt gewesen. Wie habt ihr mich überhaupt gefunden?«, fragte er. Tatsächlich kam ihm das Auftauchen von Alex und Rafa noch immer wie ein Wunder vor.

»Das hast du nur Rafa zu verdanken, wenn der Junge nicht wäre, wärst du jetzt todsicher ein Brikett.«

»Rafa …? Aber wie …?«

Doch eine Erklärung musste erst einmal warten, da sie auf die Autobahn auffuhren und Alex wieder Handyempfang hatte. Er rief Marla an und brachte sie kurz auf den neuesten Stand. Dann bat er sie, einen Einsatzwagen zu Mateus Finca und einen nach El Besòs zu schicken. »Und einen Krankenwagen! Die sollen schnell machen, es geht um Leben und Tod!«, erklärte er, und Marla versprach, sich sofort darum zu kümmern.

Nachdem Alex aufgelegt hatte, wiederholte Karl seine Frage. Da sein Hals noch immer brannte, beschränkte er sich auf ein einfaches »Wie?«.

»Ich bin heute Morgen ziemlich früh in die Comissaria gefahren«, erklärte Alex und hupte ungehalten, weil sich einige Verkehrsteilnehmer von der Sirene nicht beeindrucken ließen. »Ich habe heute Nacht nur wenig geschlafen, die ganze Zeit habe ich den Fall hin und her gewälzt. Es hat mich nicht losgelassen, also dachte ich, ich könnte genauso gut zur Arbeit fahren und nachhören, ob Marla schon etwas herausgefunden hat. Wie sich herausgestellt hat, warst du mir zuvorgekommen. Marla hat mir erzählt, was sie dir berichtet hat. Und dass du danach mit Paco auf und davon bist und seitdem nicht mehr aufgetaucht wärst. Mir kam es komisch vor, dass du so früh allein in die Comissaria gegangen bist.« Er schüttelte den Kopf. »Und keiner, der dich besser kennt, glaubt ernsthaft, dass du freiwillig einen langen Spaziergang mit Paco machst. Marla war auch nervös, sie hatte sich gewundert, dass du nach eurem Gespräch sofort abgehauen bist. Ich hab versucht, dich auf dem Handy zu erreichen, aber du bist nicht rangegangen. Weil ich mir Sorgen gemacht habe und nicht wusste, was ich sonst tun soll, bin ich zu euch nach Hause. Ich dachte, vielleicht liegst du ja auf der Couch und hältst ein Schläfchen oder irgend so was. Aber Rafa war allein. Und da hab ich angefangen, mir *richtig* Sorgen zu machen. Ich habe Rafa kurz erzählt, worum es geht, und der Junge hat dein Handy getrackt. Hat die Software wohl damals Oli aufs Handy geladen, weil der doch ständig alles verlegt. Als wir gesehen haben, dass das Handy das letzte Mal vor über eineinhalb Stunden mit einem Sendemast in der Nähe des Flughafens verbunden war, sind wir einfach losgefahren. Der Rauch hat uns die Richtung gezeigt, und irgendwann haben wir auch Paco bellen hören. So haben wir dich gefunden.«

Er schwieg einen Augenblick, dann schlug er so fest auf das

Lenkrad, dass er erneut die Hupe auslöste. »Scheiße, Karl! Warum musstest du diesen Alleingang starten? Was sollte das? Wir hätten zu spät kommen können! Du könntest verdammt noch mal tot sein!«

Karl lehnte sich zurück und schloss die Augen. »Tut mir leid. Ich weiß, dass ich Scheiße gebaut habe. Aber ich wollte nicht, dass du wegen mir deinen Job verlierst. Wie hätte ich das Alba erklären sollen? Sie hätte mich umgebracht!«

»Ach, und wie hätte ich es bitte meiner Schwester erklären sollen, wenn du heute abgekratzt wärst? Dann hätte sie nur noch mich zum Umbringen gehabt!«

Auf diese Frage hatte Karl wirklich keine Antwort. »Danke«, murmelte er stattdessen leise.

Nach einer rasanten Fahrt über den Stadtring und durch El Maresme bogen sie, ohne merklich abzubremsen, in die Rambla von El Besòs und schließlich in die Straße mit Wohnblocks ein. Alex fuhr so schnell, dass einige Jugendliche mit vorwurfsvollen Blicken zur Seite sprangen. Sie schleuderten ihnen wilde Flüche hinterher, die Karl glücklicherweise nicht verstand.

Vor dem Haus angelangt, kamen sie abrupt zum Stehen. Alex beugte sich über Karl und holte seine Dienstwaffe aus dem Handschuhfach. »Von den Kollegen noch keine Spur«, stellte er verärgert fest. »Dieser verdammte Mittagsverkehr!«

Er stieg aus, und Karl folgte ihm. Alex seufzte. »Du wirst nicht im Wagen warten, habe ich recht?«

»Ich werde auf keinen Fall im Wagen warten«, bestätigte Karl, dem es schon etwas besser ging. Sein Kopf war zwar noch immer ein einziger Schmerz, doch immerhin hatten der Schwindel und die Übelkeit nachgelassen. »Ohne mich wäre die Frau gar nicht erst in Gefahr geraten. Und außerdem lasse ich dich jetzt nicht hängen.«

»Du bist wirklich der schrecklichste Dickkopf, den ich kenne. Bleib wenigstens hinter mir.«

Karl nickte. Ganz so lebensmüde war er schließlich auch

nicht. So leise und zugleich so schnell sie konnten, liefen sie die Treppe hinauf in den vierten Stock.

Die Tür zu Mateus Nachbarwohnung war abgeschlossen, und als auf ihr Klingeln hin niemand öffnete, trat Alex sie, ohne zu zögern, ein. Auch auf diesem Gebiet hatte er eindeutig Talent. Zum Glück waren die Türen in diesem Haus ebenso minderwertig und alt wie der ganze Rest.

Die Waffe voran, stürmte Alex hinein, Karl ihm dicht auf den Fersen.

Eine beinahe gespenstische Stille lag über der Wohnung, die der von Mateu so sehr glich, dass Karl kurz Angst hatte, sie hätten sich in der Tür geirrt. Dieselbe Raumaufteilung, die gleichen Resopalmöbel und die gleiche, ein wenig abgestandene Einsamkeit wie in Mateus Wohnung. Doch ein kurzer Blick genügte, um zu erkennen, dass sie am richtigen Ort waren.

Die alte Dame lag mit einer blutenden Kopfwunde und dem Gesicht nach unten reglos auf dem Wohnzimmerteppich. Karl schaute sich um, doch von Mateu war nichts zu sehen. Als er sich zu Maria hinunterbeugen wollte, um ihren Puls zu fühlen, hörte er ein leises Rascheln hinter sich. Alex wirbelte herum und gab einen Schuss ab. Karl hörte einen Aufschrei und das Poltern eines zu Boden fallenden Gegenstandes. Er drehte sich um und sah Mateu, der mit blassem Gesicht seinen blutenden Oberarm umklammerte. Ein Stück entfernt lag ein blutiger Feldstein, den der Mann wahrscheinlich von seiner Finca mitgebracht hatte.

»Mateu Muñoz, Sie sind verhaftet!«, japste sein Schwager. Im Hintergrund hörten sie Sirenen.

»Die brauchen wir jetzt auch nicht mehr«, murmelte Alex grimmig.

Karl tastete nach Marias Puls und fand ein sehr schwaches Pochen. Alex blickte ihn fragend an.

»Sie lebt noch.«

»Ich bestell noch einen zweiten Krankenwagen«, murmelte

Alex und fügte mit einem Blick auf Mateu hinzu: »Der da muss ja auch versorgt werden.«

Karl sah Mateu an, und ihre Blicke begegneten sich.

»Das wäre alles nicht passiert, wenn Sie heute Morgen nicht hier herumgeschnüffelt hätten«, presste Mateu hervor, dessen Arm nun offensichtlich zu schmerzen begann. Karl kannte das; der Schock bewahrte einen eine Weile davor, Schmerzen zu empfinden. Richtig schlimm wurde es erst, wenn er nachließ. Normalerweise war er kein Sadist, Mateu Muñoz jedoch gönnte er jedes Quäntchen Schmerz von Herzen.

»Falsch«, antwortete Karl, den in diesem Augenblick heftige Müdigkeit überkam. »Das alles wäre nicht passiert, wenn Sie José Molina nicht getötet hätten.«

15

Maria lag schwer verletzt auf der Intensivstation. Der Zustand der alten Dame war kritisch, und es stand in den Sternen, ob sie sich von dem Schlag auf den Kopf erholen würde oder ob sie überhaupt durchkam. Karl saß mit einer genähten Kopfwunde und einer Halskrause erschöpft im Krankenhaus neben Alba, die gerade erst aufgehört hatte, sein Gesicht mit Küssen zu bedecken. Gut, ein paar Tränen und etwas Rotz waren auch dabei gewesen. Gerade kramte sie mit zitternden Händen nach einem Taschentuch und wurde dabei immer ungeduldiger. Karl war das gewohnt. Alba hasste es, zu weinen – jeder durfte sich an ihrer Schulter ausweinen, sie hatte Verständnis für die lächerlichsten Probleme, aber aus irgendeinem Grund machten sie ihre eigenen Tränen immer wütend. Karl strich seiner Frau sanft über den Rücken.

»Das ist alles meine Schuld«, schniefte sie und schnäuzte sich dann geräuschvoll in ein ramponiertes Taschentuch, das sie am Boden ihres Rucksacks ausfindig gemacht hatte.

»So ein Blödsinn«, antwortete Karl Lindberg und trank einen Schluck von dem Kaffee, den er sich eben aus dem Automaten gezogen hatte. Das Gebräu schmeckte furchtbarer als einfach nur furchtbar, doch es weckte seine Lebensgeister, und das war erst einmal die Hauptsache.

»Doch! Wenn ich dir gestern Abend nicht gesagt hätte, dass du Alex nicht mit reinziehen sollst, dann wärst du niemals allein losgefahren.«

Karl lächelte und zog Alba an sich. »Da ist natürlich was dran. Stimmt. Wenn ich darüber nachdenke, dann ist doch alles deine Schuld.«

Alba boxte ihn in die Seite und schniefte abermals geräuschvoll.

»Aber immerhin habe ich recht behalten«, bemerkte Karl.

Nun lächelte auch Alba. »Du hast den wahren Verbrecher gestellt, das stimmt.«

»Gestellt hat ihn Alex. Aber ich habe recht damit behalten, dass José junior unschuldig ist und sein Geständnis falsch war. Das wird seiner Mutter hoffentlich ein bisschen Seelenfrieden bringen. Allerdings konnten wir ein weiteres Verbrechen nicht verhindern«, bemerkte er bitter und trank den letzten Schluck. »Maria hatte mit dem Ganzen nicht das Geringste zu tun.«

»Du kannst die Welt nun einmal nicht allein retten, Karl Lindberg«, sagte Alba leise und drückte seine Hand.

»Apropos retten«, bemerkte Karl. »Du verdankst es deinem Schwiegersohn, dass ich jetzt hier neben dir sitze. Rafa hat mir heute das Leben gerettet.«

»Wirklich?«

Karl nickte. »Wenn er nicht gewesen wäre, dann hätten die beiden mich wohl nicht rechtzeitig gefunden.«

Alba lächelte breit. »Bin ich froh, dass wir einen schwulen Sohn haben!«, rief sie so laut, dass ein paar andere Leute, die ebenfalls auf den unbequemen Flurstühlen warteten, irritiert zu ihnen herüberblickten. Alba bemerkte es und fing an, laut und ausgelassen zu lachen, während sie Karl abermals um den Hals fiel.

Ihre Erleichterung war so echt, dass sie den gesamten Raum zwischen Karl und seiner Frau ausfüllte, und ihr Glück übertrug sich auf ihn. Er fühlte, wie sich eine warme Zufriedenheit in ihm ausbreitete. Er lebte, er wurde geliebt, er hatte einen Fall gelöst. Was wollte er noch?

Kurz darauf kam Alex mit wippenden Schritten den Gang entlang und wedelte mit einem Dokument.

»Dein Blut ist in Ordnung, Flieger. Und deine Gehirnerschütterung ist weniger dramatisch, als sie gedacht haben. Du scheinst einen ordentlichen Dickschädel zu haben. Ich darf dich mitnehmen. Mateu wurde versorgt und ist auf dem Weg in die Comissaria. Ich habe dem Arzt gesagt, er soll ihm bloß nicht zu viele Schmerzmittel mitgeben. Es darf ruhig ein bisschen zwicken.«

Karl fiel ein Stein vom Herzen. Denn auch wenn er sich von Minute zu Minute besser fühlte, hätte es sein können, dass er bei dem Brand eine Rauchvergiftung davongetragen hatte, bei der Spätfolgen nicht auszuschließen gewesen wären. Etwas schwerfällig erhob er sich. »Na dann, auf zum Verhör«, sagte er, aber Alex schüttelte den Kopf. »Mateu kann noch ein bisschen warten. Ich sterbe vor Hunger!«

Alba zupfte ihren Bruder am Ärmel. »Sollen wir nicht noch einmal kurz bei Mama reinschauen?«

Alex verzog gequält das Gesicht. »Bis wir ihr alles erklärt haben, bin ich verhungert. Wir fahren am Sonntag alle zusammen hin, ich versprech's dir!«

Mit diesem Versprechen gab sich Alba zufrieden, obwohl sie natürlich wusste, dass ihr Bruder es nicht halten würde. Karl hatte den Verdacht, dass sie selbst auch keine allzu große Lust hatte, ihre Mutter zu besuchen, verheult und verquollen, wie sie gerade war. Antonia hätte sie nicht aus ihren Klauen entlassen, bevor sie alles haarklein berichtet hatten. Doch Albas Pflichtgefühl war nun einmal stärker ausgeprägt als das der Männer. Karl hoffte inständig, dass seine Schwiegermutter nicht auf Umwegen von der Anwesenheit beinahe ihrer gesamten Familie nur zwei Stockwerke unter ihrem eigenen Zimmer erfuhr.

Sie gingen zu Fuß ins »Típic i Català«, ein von außen unspektakulär wirkendes Geschäft mit regionalen Spezialitäten unweit der Sagrada Família, das aber die spektakulärsten Weine und Tapas der Stadt zu bieten hatte – außerdem saß man gemütlich in der schmalen Bodega, von deren Decke unzählige getrocknete Chilischoten hingen.

Zur Feier des Tages bestellte Alex drei Gläser Cava. Sie stießen miteinander an, und Karl überlegte, wie merkwürdig es doch war, an einem einzigen Tag beinahe zu sterben, einen Mann festzunehmen und wenige Stunden später mit einem

Glas Cava auf einem gemütlichen Restaurantstuhl zu sitzen. Und dabei war es erst Nachmittag.

War das, was passiert war, wirklich ein Grund zu feiern? Karl Lindberg war sich nicht sicher, doch er wusste genau, dass er unglaublich dankbar war, am Leben zu sein. Und das war streng genommen alles, was er wissen musste.

Sie teilten sich sämtliche Tapas, die auf der Karte zu finden waren, darunter natürlich Tomatenbrot, Oliven, Schinken und Käse, aber auch Lachstartar, Dorade mit Paprikamus sowie ein Teller mit hausgemachten Fleischkroketten. Wenn es jemanden auf dieser Welt gab, der bezweifelte, dass man sich glücklich essen konnte, dann hatte er jedenfalls noch keinen Fuß ins »Típic i Català« gesetzt. Die düsteren Gedanken, die Sorgen und Ängste, die schrecklichen Bilder der vergangenen Stunden – all das wurde von einem Strom aus Olivenöl, frischem Brot und wunderbarem Wein davongetragen. Karl dachte kurz, dass er nichts dagegen hätte, den Rest seines Lebens essend an diesem Tisch zu verbringen.

»Ich glaube, ich muss zur Comissaria rollen«, bemerkte Karl und faltete zufrieden die Hände auf dem Bauch, nachdem er das letzte bisschen Paprikamus mit einem Stück Brot aufgewischt hatte.

»Kein Problem«, bemerkte Alex lachend. »Ich setz dich einfach auf die Straße und gebe dir einen kleinen Schubs nach rechts. Dann müsstest du eigentlich ankommen.« Dann wurde sein Grinsen noch breiter. »Aber wir sollten auf jeden Fall bald los. Ich möchte sehen, was für ein Gesicht die Arbol macht, wenn wir da aufschlagen!«

Stimmt, daran hatte Karl ja noch gar nicht gedacht. Sie waren bestimmt schon längst Gesprächsstoff auf allen Fluren. Arbol und Dominguez waren sicher nicht besonders gut auf sie zu sprechen. Er war gespannt, was sie erwartete. Und wie sich die Ereignisse der vergangenen Stunden auf Alex' Zukunft auswirken würden.

Tatsächlich gab es ein ziemliches Hallo, als sie auf dem Revier eintrafen. Wo vorher Nichtbeachtung noch der Gipfel der Freundlichkeit gewesen war, wurde ihnen nun hier und da anerkennend auf die Schulter geklopft, und sie ernteten sogar das eine oder andere Lob. Nicht nur Alex, auch Karl wurde begrüßt und mit Anerkennung überschüttet. Er fragte sich, welche Version der Geschehnisse während ihrer Abwesenheit wohl auf dem Flur die Runde gemacht hatte.

Als sie auf ihrer Etage eintrafen, kam ihnen Marla mit Tränen in den Augen entgegengelaufen. Sie umarmte erst Karl und dann Alex. Dann schlug sie Karl ziemlich fest auf den rechten Arm, was merkwürdigerweise seinen Kopf erneut dröhnen ließ. »Tu das nie wieder, hast du verstanden?«

Karl musste trotz der Schmerzen lächeln. So einen Gefühlsausbruch hatte er von der Assistentin der Mordkommission gar nicht erwartet.

»Du wirst mich nie wieder so schamlos anlügen und dann verschwinden, du wirst nie wieder etwas im Alleingang unternehmen, und du wirst dich gefälligst nie wieder beinahe umbringen lassen!«, setzte sie nach. Sein Lächeln schien sie noch wütender zu machen. »Das meine ich ernst!«, schimpfte sie, doch Karl meinte, ein schelmisches Glitzern in ihren Augen auszumachen.

»Ich werde mein Bestes tun«, versprach er.

Marla seufzte, und Alex grinste Karl an und zeigte mit dem Daumen auf die junge Frau. »Alba würde sich prächtig mit ihr verstehen!«

»Stimmt«, lachte Karl.

»Euer Männergeplänkel könnt ihr euch sparen. Das nächste Mal mache ich mir einfach keine Sorgen um euch.«

»Ist ja gut, du hast recht«, beschwichtigte Karl.

Marla nickte zufrieden und streckte die Hand aus. »Schau mal, was die Kollegen von der Finca mitgebracht haben!«

Karl war überrascht. »Das Handy!«, rief er und griff danach.

Es sah erstaunlich unversehrt aus. »Wie hat das Ding überlebt?«

Marla lachte. »In der Kühltruhe. Es geht allerdings nicht mehr an. Aber vielleicht ist die SIM-Karte ja noch in Ordnung.«

Karl hoffte es. Er hatte keine Lust, seinem Handyanbieter zu erklären, warum er schon wieder eine neue Karte brauchte.

»Dieser Fall hat mich zwei Handys gekostet«, seufzte er und drehte das Gerät zwischen den Fingern hin und her. »Dabei verdiene ich hier doch gar nichts!«

»Ich fürchte, wir müssen dir ein robusteres Telefon besorgen, Karl«, feixte Alex. »Vielleicht so ein Seniorenhandy?«

»Du Arsch!«, knurrte Karl, doch er lachte dabei.

Nun schaltete sich Marla wieder ein. »Señor Muñoz sitzt drüben in der U-Haft; ich kann ihn jederzeit holen lassen. Aber zuerst will die Arbol euch sehen. Und Chi hat angerufen: Sie hat sich Josés Kopf genauer angesehen. Er hat Frakturen am Hinterkopf, auf der rechten Seite, die auf einen harten Schlag hinweisen. Anscheinend hat die Leiche den Brand ganz gut überstanden, weil sie vorher eingefroren war. Das austretende Wasser hat einen schlimmeren Schaden verhindert. Das soll ich euch noch ausrichten.« Marla runzelte die Stirn. »Nur falls das jetzt überhaupt noch wichtig ist.«

»Danke, Marla. So was ist immer wichtig«, bemerkte Karl. »Immerhin muss uns Mateu den Tathergang ja jetzt noch so schildern, dass es passt.«

Alex schaute auf die Uhr. »Dem Gespräch mit der Cap gebe ich höchstens zehn Minuten. Lass ihn doch schon mal in einen Vernehmungsraum bringen.«

Marla lächelte. »Du bist ein unverbesserlicher Optimist.«

Alex zuckte die Schultern. »Von mir aus darf er ruhig ein bisschen warten.«

Sie verabredeten, sich später noch auf eine Tasse Kaffee zu treffen, damit Karl und Alex alles genau berichten konnten.

Dann gingen die beiden Männer den Flur entlang zum Büro von Maria Arbol.

»Furie oder Schleimspur?«, fragte Karl und brachte Alex damit zum Lachen.

»Du meinst die Cap?«

»Wen sonst?«

Alex überlegte. »Schwer zu sagen. Sie hat in beide Richtungen Potenzial. Aber ich tippe auf Furie.«

Sie klopften an und wurden hereingebeten. Maria Arbol saß hinter ihrem Schreibtisch und war offensichtlich gerade mit Aktendurchsicht beschäftigt. Sie trug eine dunkle Brille, und ihr halblanges, leicht gelocktes Haar fiel ihr ins Gesicht; hätte er nichts von ihrem kratzbürstigen Wesen gewusst, so hätte Karl sie wahrscheinlich sogar attraktiv gefunden. Er und Alex traten ein und schlossen die Tür hinter sich. Die Cap blickte nicht von ihren Akten auf, forderte sie aber immerhin schroff auf, sich zu setzen.

Karl hasste solche Machtspielchen. Er hatte noch nie verstanden, wozu sie gut waren; vermutlich wusste man das nur, wenn man Vorgesetzter war.

Schließlich legte Maria Arbol seufzend die Akte zur Seite und sah erst Alex und dann Karl über ihre Brille hinweg in die Augen.

»Ich weiß nicht, was ich sagen soll«, eröffnete sie schließlich das Gespräch und begann, nervös mit ihrem Kugelschreiber zu klicken. Karl hatte das bereits letztes Mal beobachtet – offensichtlich war es ein Tick von ihr.

»Helfen Sie mir, Diaz!«

Alex setzte sein typisches schiefes Grinsen auf und sagte: »›Gute Arbeit‹ wäre schon mal ein netter Anfang. Oder vielleicht lieber ›Herzlichen Glückwunsch‹? ›Schön, dass Sie überlebt haben‹?«

Das Kugelschreiberklicken wurde schneller. »Sie beide haben sich mehrfach über Weisungen hinweggesetzt, Ihre Kompetenzen weit überschritten und zu allem Überfluss Ihr Leben in Gefahr gebracht. Und dazu soll ich Sie jetzt beglückwünschen?« Maria Arbol lehnte sich zurück und schüttelte den Kopf. »Ganz sicher nicht.«

»Aber wir haben die Leiche gefunden und den wahren Mörder gestellt«, erwiderte Alex. »Das ist doch nicht *so* schlecht.«

»Aber so, wie Sie es getan haben, war es einfach unverantwortlich!« Arbols Stimme bekam den bekannten schneidenden Tonfall.

»Wenn Sie uns vertraut hätten und uns einfach unsere Arbeit hätten machen lassen, wäre so ein Vorgehen gar nicht notwendig gewesen«, bemerkte Karl freundlich und sah, wie die Wangen der Cap d'Unitat zu glühen begannen.

»Fakt ist, dass Sie meine Weisungen missachtet haben!«, zischte sie.

»Nun, dann schlage ich vor, dass Sie in Zukunft weniger unsinnige Weisungen erteilen«, entgegnete Karl ungerührt. Er hörte, wie Alex auf dem Nachbarstuhl versuchte, sich das Lachen zu verkneifen.

Maria Arbols Gesicht hatte mittlerweile vollständig tiefrote Signalfarbe angenommen. »Was erlauben Sie sich?«, japste sie.

Karl ruderte zurück. »Entschuldigen Sie. Aber ganz ehrlich, in Zukunft sollten Sie Sergent Diaz ein bisschen mehr Vertrauen entgegenbringen. Ich habe wirklich viel Erfahrung in der Ermittlungsarbeit und darf Ihnen sagen: Wenn der betreffende Sergent kein kompletter Idiot ist, dann ist es immer noch er, der weiß, wie ein Fall einzuschätzen ist. Sie müssen Ihre Leute schon arbeiten lassen, wenn Sie wollen, dass die Comissaria funktioniert.«

»Schon gut. Ich verstehe, was Sie sagen wollen.« Maria Arbol sank in sich zusammen. Ihre eiserne Maske verrutschte, und ihr Gesicht nahm einen fast verzweifelten Ausdruck an. »Was sage ich denn jetzt der Presse?«

»Haben Sie schon weitergegeben, dass der Mörder gestanden hat? Und um wen es sich handelt?«

Die Cap nickte mit gesenktem Kopf.

»Dann nehmen Sie jetzt den Hörer in die Hand und sagen denen, dass der Anwalt des Geständigen Ihnen aufs Dach gestiegen ist und wir auf keinen Fall seinen Namen oder etwas veröffentlichen dürfen, das auf seine Identität hinweist. Wenn sie drucken, dass wir den Mörder haben, ist da ja nichts Falsches dran.«

Maria Arbol nickte nachdenklich. »Ja, das könnte funktionieren.«

»Und wenn die Klatschpresse sich nicht davon abhalten lässt, ist das auch kein Drama«, warf Alex ein. »Dann kann José sie wegen Verleumdung auf ein hübsches Sümmchen verklagen.«

»Und was die Presse schreibt, ist auch gar nicht die Hauptsache«, ergänzte Karl und konnte sich einen gewissen Lehrerton nicht ganz verkneifen. »Die Hauptsache ist, dass die Mossos den Fall gelöst haben und der Täter verhaftet worden ist. Das und nichts anderes ist unsere Arbeit.«

Maria Arbol schaute Karl über den Rand ihrer Brille hinweg leicht belustigt an. »Wollen Sie vielleicht meinen Job machen? Sie scheinen das Gemüt für so eine Position zu haben.«

Karl Lindberg schüttelte den Kopf. »Viel zu langweilig. Ich bin ein Mann, der das Abenteuer sucht.«

Damit brachte er die Cap und Alex gleichermaßen zum Lachen. Genau das hatte er erreichen wollen.

»Das ist nicht zu übersehen. Ich bin froh, dass es Ihnen gut geht. Wie hätten die Mossos bloß dagestanden, wenn sie den ersten Praktikanten in ihrer noch jungen Geschichte in nur wenigen Tagen umgebracht hätten? Aber Sie sollten sich heute lieber den Rest des Tages schonen. So was ist nicht auf die leichte Schulter zu nehmen.«

»Auf gar keinen Fall. Aber das Krankenhaus hat grünes Licht gegeben, und ich fühle mich lange nicht so schlecht, wie ich aussehe. Bevor ich mich zu Hause auf die Couch lege, brauche ich noch ein paar Antworten. Und wenn Sie gestatten, werden Señor Diaz und ich die jetzt von Mateu Muñoz einfordern. Sein Anwalt ist vermutlich schon eingetroffen.«

Falls die Cap Karls kleinen Seitenhieb zu ihren Verhörmethoden verstanden hatte, so ließ sie es sich nicht anmerken. Maria Arbol machte eine ungeduldige Handbewegung in Richtung Tür. »Ja, tun Sie das. Ich mache noch ein paar Anrufe, dann komme ich auch runter. Und vielleicht kommt Garcia de Torres auch dazu. Er hat eben am Telefon so was angedeutet.«

Karl stöhnte innerlich. Er hasste Vernehmungen unter Beobachtung, aber das gehörte nun einmal dazu. Vor allem bei einem Fall, der die Gemüter einer Stadt so erhitzt hatte wie dieser.

Mateu erwartete sie mit verschlossenem, aber erstaunlich entspanntem Gesichtsausdruck im Vernehmungsraum. Neben ihm saß ein blasser Mann in einem schlecht sitzenden hellgrauen Anzug, der sich als Victor Perez vorstellte. Mateus Anwalt sah aus wie ein Aktenordner mit Haarausfall. Er war sicher nicht das Beste, was seine Zunft in Barcelona zu bieten hatte. Nachdem er Alex und Karl die schweißfeuchte Hand gegeben hatte, zog er sich sofort auf seinen Stuhl zurück. Der würde bestimmt keine Probleme machen.

Mit einem Blick auf Mateus bandagierten rechten Arm fragte Karl: »Tut's weh?«

»Es geht. Und bei Ihnen?«, gab dieser zurück.

»Gibt Schlimmeres.«

Karl und Alex setzten sich Mateu gegenüber auf die Metallstühle. Karl zog sein Notizbuch hervor, weil er es immer angenehmer fand, sich ein paar Dinge aufzuschreiben, selbst wenn die Vernehmungen heute automatisch aufgezeichnet wurden.

»Was ist mit Maria?«, fragte Mateu, was Karl einigermaßen überraschte.

»Sie kämpft um ihr Leben, und ihr Zustand ist schlecht. Hoffen wir das Beste«, antwortete Alex, und Mateu nickte.

Karl lehnte sich zurück und sah Isabels Vater abschätzend an. Im Vernehmungsraum zeigte sich immer, mit welcher Art von Täter man es zu tun hatte. Die einen betrachteten Mord und Ermittlung als eine Art Kampf. Sie taten alles, um nicht gefasst zu werden, wussten aber, wann sie sich geschlagen geben mussten. Die anderen kämpften auch nach ihrer Verhaftung unermüdlich weiter. Nun würde sich zeigen, zu welcher Sorte Mateu Muñoz gehörte. »Ich denke, wir sind uns hier alle einig, dass Sie der Mörder von José Molina sind und einen Teil Ihres Opfers zu Schinken verarbeitet haben. Wir können jetzt den ganzen Nachmittag zusammensitzen und Ihnen jedes Detail einzeln aus der Nase ziehen, oder Sie erzählen uns einfach Ihre Geschichte.«

Mateu lächelte matt. »Es ist eine lange Geschichte, und ich bezweifle, dass Sie sie verstehen werden.«

»Unterschätzen Sie mich nicht«, entgegnete Karl ungerührt.

Mateu schwieg eine Weile, doch es war kein trotziges Schweigen, eher ein nachdenkliches.

»Sie wissen, dass ich Katalane bin«, begann er schließlich, und Karl nickte. »Um zu verstehen, was zwischen José und mir vorgefallen ist, muss man wissen, was es bedeutet hat, unter Franco Katalane zu sein.«

»Soweit ich weiß, wurde alles Katalanische unterdrückt«, bemerkte Karl, und Mateu schnaubte. »Alles Katalanische und alle Katalanen. Und José ging da mit gutem franquistischen Beispiel voran. Als ich gesagt habe, wir seien keine Freunde gewesen, habe ich maßlos untertrieben. Der Kerl hat mich von dem Augenblick an gehasst, als ich das erste Mal den Laden betreten habe. Er hat mich geschlagen und getreten. Wenn seine Eltern nicht hingesehen haben, hat er die schlimmsten Sachen mit mir veranstaltet. Ich möchte hier wirklich nicht ins Detail gehen. Es war zu viel, und es war zu hässlich. Aber am meisten ärgerte mich die Sache mit dem Schinken.«

Karl zog die Augenbrauen hoch. »Was meinen Sie?«

Mateu räusperte sich und zupfte seine Hemdsärmel zurecht. »Wie schon gesagt: Die Zeiten waren hart. Meine Familie war arm, und wir hatten gerade genug, um alle durchzufüttern. Meistens haben wir uns von Kartoffeln und Brot ernährt. Mal ein bisschen Reis, im Winter Orangen von den Bäumen, mehr gab es nicht. Feinkost, wie sie im Laden der Molinas verkauft wird, war für uns genauso weit weg wie der Mond oder die Sterne. Und José wusste das ganz genau. Aber er war der Meinung, Katalanen wie wir hätten es nicht anders verdient.«

Hinter dem venezianischen Spiegel polterte es, und Karl fluchte innerlich. Gerade wurde es interessant, da kam jede Ablenkung ungelegen.

Mateu blickte auf. »Ich dachte immer, die Dinger gäbe es nur im Fernsehen. Was man nicht alles lernt. Ich nehme an, wir haben Publikum?«

Karl nickte und lächelte leicht. »Die gesamte Polizeiprominenz der Stadt. Sie dürfen sich geschmeichelt fühlen.«

Mateu hob die Hand und grüßte ironisch in Richtung der Glasscheibe.

»Lassen Sie sich bitte nicht irritieren«, sagte Karl aufmunternd. »Sie waren gerade dabei, zu erklären, wie José Molina Sie am meisten geärgert hat.«

Mateus Gesicht nahm einen bitteren Ausdruck an. »Ja richtig. Noch heute kommt mir die Galle hoch, wenn ich daran denke. Irgendwann hat es José nicht mehr gereicht, mich zu schlagen und mit Beleidigungen zu überschütten. Da hat er angefangen, mir Schinkenscheiben anzubieten.«

»Das ist doch an sich nichts Schlechtes«, warf Alex ein, und Mateu schnaubte ärgerlich.

»Mag sein. Aber er hat sie mir nie gegeben. Hat mir die Scheiben immer nur vors Gesicht gehalten und gefragt: ›Mateu, willst du ein Stück Schinken?‹ Natürlich wollte ich. Aber er hat sich die Scheibe immer selbst in den Mund gestopft und gesagt: ›Nur Kannibalen essen ihresgleichen‹, und sich anschließend totgelacht. Er hielt das wohl für besonders originell. Selbstverständlich habe ich das System schnell begriffen. Als er mich das nächste Mal fragte, ob ich Schinken wolle, habe ich einfach ›Nein‹ gesagt. Er hat mich so lange geprügelt, bis er sein ›Ja‹ gehört hat. José wollte seinen Spaß. Und er wollte ihn um jeden Preis.«

»Sympathisches Kind«, bemerkte Karl ironisch, und Mateu lachte freudlos. »Ja, nicht wahr? Einmal hat er mich gezwungen, verdorbene Küchenabfälle zu essen, weil es Schweinefutter sei und seiner Meinung nach das Richtige für ein Katalanenkind.«

Karl pfiff durch die Zähne. Er erinnerte sich ungern an den Tag, an dem bei einem Besuch in Irland ein paar protestantische Jungs seinen Kopf in die Kloschüssel des Gemeindezentrums gedrückt hatten. Es gab Sachen, die vergaß man nie. Sie klebten hartnäckig in Kopf und Herzen, auch wenn man sie dort eigentlich am wenigsten haben wollte.

»Wissen Sie, woher José diese Auffassung hatte?«, fragte Karl. »Von seinen Eltern ja wohl nicht, wenn ich das richtig verstehe.«

Mateu zuckte die Schultern. »Ich habe keine Ahnung. Aus der Schule, vermute ich. Dort haben die Kinder die Schikanen der Franquisten oft am stärksten zu spüren bekommen.«

»Das sind natürlich schreckliche Erfahrungen«, bemerkte Alex. »Aber so ganz verstehe ich trotzdem nicht, warum Sie José ausgerechnet zu Schinken verarbeitet haben. Warum haben Sie seine Leiche nicht einfach verschwinden lassen? Immerhin ist Ihnen der Schinken jetzt zum Verhängnis geworden.«

»Ich wusste, dass Sie es nicht verstehen würden.« Mateu faltete die Hände und suchte nach den richtigen Worten. »Nicht ich, sondern José war das Schwein. Und genauso sollte er sterben. Natürlich kann man es als unklug bezeichnen, den Schinken bei ›Especialidades Molina‹ aufzuhängen, aber für mich war es wichtig. Der Laden ist nun einmal der Ort, an dem ich unter José gelitten habe, und gleichzeitig der Ort, den er am meisten liebte.«

Karl nickte. Jetzt, so glaubte er, verstand er den Mann. »Sie haben Ihre Rache bekommen.«

Mateu lächelte leicht. »Ich würde es Kompensation nennen. Aber ja: Jetzt ist meine Seele ruhiger.«

»Und warum haben Sie dem Schinken ein Siegel verpasst?«, fragte Karl neugierig. »Immerhin hätte es sonst sein können, dass er verkauft und das Verbrechen niemals entdeckt worden wäre.«

Mateu sah Karl an, und ein merkwürdiges Glitzern lag in seinen Augen. »Nur Kannibalen essen ihresgleichen, Sergent.«

16

»Und?«, fragte Marla neugierig, als sie zu dritt bei Kaffee und Kuchen um ihren Schreibtisch saßen. Solche Pausen waren für sie mittlerweile zur Tradition geworden und gaben Karl das Gefühl, Teil eines Teams zu sein. Vielleicht wuchs sein Bauch nicht unbedingt wegen Pacos Abwesenheit, sondern vielmehr wegen Marlas Anwesenheit in seinem Leben.

Er wollte gerade anfangen zu erzählen, da klopfte es an der Tür, und gleich darauf schob sich Luisa Ramirez' schmales, bebrilltes Gesicht durch den Türspalt.

»Hab gehört, ihr seid fertig. Wie war's?«

Marla grinste. »Komm rein und setz dich. Willst du einen Kaffee?«

Luisa holte sich einen Stuhl und gähnte. »Natürlich. Bin noch gar nicht richtig wach.«

Als alle saßen, begann Alex zu erzählen. »Ihr wisst vielleicht schon, dass Mateu sehr lange bei den Molinas gearbeitet hat.« Luisa und Marla nickten. »Und das Opfer, José, hat ihn immer drangsaliert. Auch weil er Katalane ist und Molina kastilischer Spanier war. Unter Franco war das ein enormer Unterschied.«

»Mateus Familie war immer sehr arm«, ergänzte Karl. »Mateu hat zwar in einem Delikatessenladen gearbeitet, hat aber niemals etwas von den Köstlichkeiten probieren können. Und der junge José hatte wohl eine ausgeprägte sadistische Ader. Er hat Mateu ständig Schinken angeboten und ihn dann selbst gegessen mit der Bemerkung, dass nur Kannibalen ihresgleichen essen würden.«

Ramirez schnaubte. »Kinder können solche Arschlöcher sein!«

»Das kannst du laut sagen«, ergriff Alex wieder das Wort. »Einmal hat er Mateu sogar gezwungen, Müll zu essen. Muñoz war heilfroh, als er andere Arbeit gefunden hat und dem Laden den Rücken kehren konnte. Nach über zwanzig Jahren Schikane dachte er, die Demütigungen seien vorbei. In den Jahren danach hat er versucht, José zu vergessen. Doch als seine Tochter ihm von dem neuen Stammkunden erzählt hat, nicht wissend, dass es sich um den alten Peiniger ihres Vaters handelt, sind ihm die Sicherungen durchgebrannt.«

»Kann man ja irgendwie verstehen«, bemerkte Marla leise, und Karl konnte ihr im Stillen nur zustimmen. Das Schlimme an der Geschichte von José und Mateu war, dass hier der Täter eindeutig der Sympathischere war. Alle, Ehefrau und Sohn eingeschlossen, waren der Meinung, dass die Welt ohne José Molina senior eine bessere war. Hätte Mateu nicht versucht, Karl umzubringen und die arme Maria auch, würde Karl ihn vermutlich sogar bedauern.

Ramirez blickte neugierig über den Rand der Kaffeetasse, die den gesamten unteren Teil ihres Gesichtes bedeckte. »Das heißt, der Vater weiß, was für einen Beruf seine Tochter hat?«

»Er meint, er weiß es, will aber nicht darüber reden«, erklärte Karl.

»Das ist aber ziemlich ungewöhnlich«, bemerkte Ramirez und trank noch einen Schluck Kaffee. »Nach allem, was ich über ihn gehört habe, kann man Señor Muñoz wohl kaum als modern bezeichnen.«

»Ungefähr so modern wie eine Schreibmaschine«, bestätigte Karl und brachte damit alle im Raum zum Lachen.

»Und ich finde es auch merkwürdig, dass sie ihrem Vater dann trotzdem ausgerechnet von diesem neuen Stammkunden erzählt hat«, bemerkte sie noch in das Gelächter hinein.

Den Mund voller Kuchen, sagte Alex: »Es ist aber so. Als ich erwähnt habe, dass Molina Stammkunde bei seiner Tochter ist, wusste er sofort, was ich meine. ›Stammkunde‹ kann alles heißen. Schließlich bin ich auch Stammkunde bei meinem Friseur und bei ›Les Dues Sicílies‹.«

Das war nicht von der Hand zu weisen. Auch Karl hegte keinen Zweifel daran, dass Mateu über den Beruf seiner Tochter informiert war. Auch wenn er zugeben musste, dass Ramirez recht hatte: Es war auf jeden Fall sehr ungewöhnlich.

»Als seine Tochter ihm davon erzählt hat, wurden die ganzen alten Wunden wieder aufgerissen. Mateu hatte das Gefühl, die Schmach nicht mehr ertragen zu können, die dieser Mann über ihn gebracht hatte. Er hat gewartet, bis seine Tochter ihre Mutter übers Wochenende in Madrid besucht hat.«

»Die ist nämlich auf und davon, als Isabel vier Jahre alt war, und lebt mit ihrer neuen Familie in der Hauptstadt«, warf Alex ein.

Karl nickte. »Isabel besucht sie regelmäßig. Jedenfalls hat Mateu, als seine Tochter weg war, bei José Molina angerufen.«

»Die Telefonnummer hatte er aus Isabels Handy. Hat darin herumgeschnüffelt, als sie mal auf der Toilette war«, unterbrach ihn Alex, was Karl ärgerte.

»Jetzt lass mich doch mal ausreden!«, schimpfte er.

»Nicht, wenn du ständig die Hälfte vergisst«, gab Alex zurück.

Karl verschränkte die Arme. »Bitte, dann erzähl du!«

Aus den Augenwinkeln sah er, dass Marla und Luisa vielsagende Blicke wechselten. Er hasste es, wenn Frauen so etwas taten.

»Jedenfalls hat Mateu José angerufen und sich als Isabels Ehemann ausgegeben. Er hat vorgegeben, gerade erst von der Nebentätigkeit seiner Frau und ihrem Verhältnis zu José Molina erfahren zu haben, und gesagt, dass er mit Molina sprechen wolle. Der hat eingewilligt, und Mateu hat José zum Sommerhaus bestellt. Dort hat er ihn mit einem Stein aus dem Flussdelta niedergeschlagen und ihm dann die Kehle durchgeschnitten.«

»Über der Badewanne war ein großer Haken an der Decke. Da hat er das Opfer wohl ausbluten lassen«, ergänzte Karl, und die beiden Frauen verzogen angeekelt das Gesicht. Alex warf seinem Schwager einen scharfen Blick zu, weil der ihn unterbrochen hatte, doch Karl kümmerte das nicht. Langsam, aber sicher breitete sich in ihm jene Zufriedenheit aus, die er immer empfand, wenn ein Fall gelöst war und sich der Knoten aus Fragen und Zweifeln entwirrt hatte.

»Den Rest kennt ihr. Mateu hat lange genug bei Hector Cardona gearbeitet, um sein Handwerk zu verstehen. Er hat Molina zu Schinken verarbeitet und den vor gut einer Woche nachts im Delikatessengeschäft positioniert. Das ist ihm problemlos gelungen, weil die Familie Molina vergessen hatte, den Ladenschlüssel von ihm zurückzufordern. Anscheinend haben sie das Ladenschloss nie erneuert«, schloss Alex die Geschichte ab.

»In jeder Hinsicht ein Traditionsbetrieb«, bemerkte Luisa trocken. »Die trennen sich nicht einmal von ihren Türschlössern.«

»Aber warum hat er das getan?«, fragte Marla. »Warum der Schinken? Wenn der Schinken nicht gewesen wäre, hätte man ihn vielleicht niemals geschnappt.«

Karl schüttelte den Kopf. »Es ging Mateu nie darum, davonzukommen. Er wollte, dass Barcelona weiß, was für ein Schwein José Molina war. Und dass er den Tod bekommt, der hier für Schweine üblich ist.«

»Irgendwie krank«, murmelte Luisa, und Alex pflichtete ihr nickend bei. Nur Marla schwieg, und Karl konnte sich denken, warum. Sie wusste wahrscheinlich besser als andere Menschen, wie fließend die Grenzen zwischen Gut und Böse, Schwarz und Weiß, Fremdheit und Vertrautheit, Liebe und Hass waren. Und was Kränkung bedeutete.

Als hätte sie seine Gedanken gelesen, hob Marla den Kopf und sah Karl an. Er schenkte ihr ein schiefes Lächeln. »Jetzt mach aber, dass du nach Hause kommst, Karl. Du bist schon viel länger auf den Beinen, als dir in deinem Zustand guttut.«

Als hätten ihre Worte einen Schalter umgelegt, fing Karls

Kopf wie auf Kommando wieder an zu schmerzen. Er erhob sich, und auch Alex stand auf. »Ich fahr dich hin. Alba kratzt mir die Augen aus, wenn ich dich nicht an einem Stück und höchstpersönlich zu Hause abliefere.«

Auf dem Weg in den sechsten Stock merkte Karl zum ersten Mal, wie müde er war. Ohne Alex hätte er es vielleicht nicht bis in seine Wohnung geschafft. Eigentlich musste er mit Alba reden, Oli fest in den Arm nehmen und sich unbedingt bei Rafa dafür bedanken, dass er noch am Leben war. Doch das alles musste warten. Er schaffte es gerade noch, sich ins Schlafzimmer zu schleppen und bäuchlings auf die Matratze zu fallen.

Alba weckte ihn ein paar Stunden später. Sie setzte sich zu ihm auf den Bettrand und strich ihm sanft über die Schulter. Karl schlug die Augen auf und zog seine Frau zu sich herunter.

»Wie geht es dir?«, fragte Alba lächelnd.

Er runzelte die Stirn, was tatsächlich ziemlich wehtat. »Für einen Preisboxer tadellos«, antwortete er, und Alba grinste. »Du bist aber kein Preisboxer, sondern Polizeipraktikant«, neckte sie ihn, und Karl grunzte. »Fängt aber auch mit P an.«

Er breitete die Arme aus, und Alba kuschelte sich darin ein.

Eine Weile lagen sie schweigend nebeneinander, und Alba drückte sich fest an ihn. »Am liebsten würde ich jetzt einfach hier liegen bleiben, froh und glücklich darüber, dass du da bist«, flüsterte sie schließlich.

»Es gibt nichts, was dagegen spricht«, erwiderte Karl.

Alba gab ein Stöhnen von sich. »Doch, leider. Alex und mein Vater kommen gleich. Nichts auf dieser Welt hätte sie davon abhalten können, heute Abend vorbeizukommen. Meine Mutter hat schon zweimal angerufen. Sie leidet sehr darunter, dass sie alles verpasst. Oli hat eine Skype-Verbindung aufgebaut, damit sie später auch dabei sein kann. Und ich bin schon beim Kochen.«

»Du kochst?«, fragte Karl erschrocken, und Alba boxte ihn in die Seite. »Die Jungs helfen mir. Sie machen das gut.«

Karl nickte. »Dann bin ich beruhigt. Aber mussten wir ausgerechnet heute eine Party schmeißen? Konntest du nicht sagen, dass ich dafür zu krank bin oder so? Immerhin wäre ich heute fast gestorben.«

Alba legte den Kopf schief und grinste. »Genau das ist ja der Grund, weshalb wir feiern. Weil wir so froh sind, dass du bei uns bist. Außerdem warst du nach dem Krankenhaus noch einmal in der Comissaria und hast ein Verhör geführt. Du kennst doch das alte Sprichwort: ›Wer arbeiten kann, kann auch feiern.‹«

Karl setzte sich schwerfällig auf. »Ich glaube, das war umgekehrt.«

Alba grinste, und Karl gab sich geschlagen. »Gib mir noch ein paar Minuten, damit ich mich umziehen und ein bisschen frisch machen kann. Dann komme ich.«

Er gönnte sich eine lange, heiße Dusche und beschloss danach, den lächerlichen weißen Verband abzunehmen. Die Wunde, die sich seitlich ziemlich tief an seinem Hinterkopf befand, war schließlich genäht worden und blutete nicht mehr. Er sah schon schlimm genug aus, da musste er nicht auch noch wie eine halbe Mumie durch die Gegend laufen. Erst recht nicht, wenn ihm zu Ehren eine Party gegeben wurde.

Im Schlafzimmer zog er sich eine leichte Leinenhose und ein weißes Hemd über. Als er seinen völlig verdreckten Anzug in die Wäsche tun wollte, hatte er auf einmal Olis altes Handy in der Hand. Kurz entschlossen griff er sich seinen Laptop und das Kartenlesegerät und legte die SIM-Karte des Telefons ein. Tatsächlich waren die Fotos noch darauf, die er von der Leiche gemacht hatte. Er zog sie auf den Rechner und sah sie sich aus der Nähe an, was den Anblick nicht unbedingt erträglicher machte. Irgendetwas störte Karl an diesen Bildern; sie lösten ein Gefühl der Unruhe bei ihm aus. Allerdings konnte das damit zusammenhängen, dass er selbst heute direkt neben dieser Kühltruhe beinahe sein Leben gelassen hatte. Ja, das musste es sein.

Er klappte den Laptop wieder zu und ging zu seiner Familie in die Küche. Dort umarmte er noch einmal alle fest und erfuhr, dass sich Rafa nicht nur darum gekümmert hatte, dass die Kollegen alle Informationen bekamen, die sie brauchten. Er hatte auch den Leihwagen zurückgebracht und Paco von Poblenou bis nach El Born getragen. Offenbar war der Hund bei ihm genauso störrisch wie bei Karl, was diesen irgendwie beruhigte.

Er ging zum Kühlschrank und suchte nach etwas Essbarem, da er zu großen Hunger hatte, um bis zum Abendessen zu warten. Dabei fiel sein Blick auf die Spüle, in der gerade mindestens ein Dutzend Kaninchenbeine für das Abendessen auftauten.

Und plötzlich prasselten von allen Seiten Gedanken auf ihn ein, sein Kopf war ein einziges Blitzlichtgewitter. Die Leichenteile, Mateu, die Huren vom Raval, noch mal Mateu, das Verlängerungskabel, seine eigene Wunde, die Kaninchenbeine, Luisas Bemerkung. Wie hatte er nur so blind sein können? Jetzt wusste Karl Lindberg, was geschehen war. Und er wusste mit absoluter Sicherheit, dass Mateu Muñoz den Feinkosthändler nicht ermordet hatte.

»Karl?«, hörte er die Stimme seiner Frau halb belustigt, halb besorgt fragen. Es klang, als sei sie sehr weit weg.

Karl schüttelte irritiert den Kopf, als müsste er eine lästige Fliege vertreiben. Er blickte auf. »Ist alles in Ordnung mit dir? Oder stimmt was nicht mit den Kaninchen?«

Karl Lindberg riss sich zusammen und lächelte. Früher hätte er sich sofort seine Jacke geschnappt und wäre noch einmal losgezogen, doch heute beschloss er, dass es Zeit hatte. Dieser Abend sollte seiner Familie gehören.

Und Karl wusste zwar, wer José Molina ermordet hatte, doch er wusste beim besten Willen nicht, wie er mit diesem Wissen verfahren wollte.

17

Es war ihr mehr als deutlich anzusehen, dass sie nicht mit seinem Besuch gerechnet hatte. Eine Weile musterte sie ihn abschätzend, dann öffnete sie schließlich wortlos die Tür.

Karl trat ein, und es war genau wie beim letzten Mal. Leise Jazzklänge erfüllten den Raum, in dem der Geruch von Kaffee und Zigaretten hing, begleitet von leichtem Rosenduft. Allerdings kam noch eine Komponente dazu, die beim letzten Mal gefehlt hatte: ein starkes Männerparfüm.

Isabel zündete sich eine Zigarette an und ließ sich Karl gegenüber auf einem der Polstersessel nieder, die den kleinen runden Tisch flankierten.

»Warum sind Sie hier?«, brach sie schließlich ihr Schweigen.

Karl lächelte leicht. »Weil ich die Wahrheit wissen will.«

Sie stieß den Rauch aus und schnaubte. »Sie haben doch Ihre Wahrheit! Mein Vater sitzt hinter Gittern, der Fall ist abgeschlossen, was wollen Sie denn noch?«

»Ich möchte genau wissen, was vorgefallen ist. Die ganze Wahrheit.«

Isabel zog die Augenbrauen hoch. »Als ich gestern bei ihm war, meinte er, er hätte Ihnen alles erzählt. Ich wüsste nicht, wie ausgerechnet *ich* Ihnen weiterhelfen sollte«, meinte sie und verschränkte die Arme.

»Das ist ganz einfach, Isabel: Ihr Vater hat mit uns gesprochen. Aber er hat uns nicht die Wahrheit gesagt. Ich bin mir sicher, dass *Sie* sie kennen.«

Isabel starrte ihn an und schwieg.

»Ich werde Ihnen ein bisschen auf die Sprünge helfen.« Karl hob die Hand und begann, an den Fingern abzuzählen. »Erstens: José Molina ist seit fünf Jahren tot; das Verlängerungskabel in der Hütte, wo mich Ihr Vater nebenbei bemerkt fast umgebracht hätte, war sauber und makellos. Zweitens: Der Leichnam in der Kühltruhe wirkte, entschuldigen Sie die Wortwahl, ›angetaut‹. Er muss vor Kurzem der spanischen Hitze ausgesetzt gewesen sein. Beides deutet darauf hin, dass die Kühltruhe vor nicht allzu langer Zeit bewegt wurde. Drittens spricht Ihr Vater nicht gern mit Ihnen über Ihren Beruf, behauptet aber trotzdem, Sie hätten ihm von Ihrem neuen Stammkunden erzählt, den er als seinen alten Peiniger wiedererkannt haben will. Und viertens – jetzt passen Sie auf, dieser Punkt ist am wichtigsten –«, Karl drehte sich um und zeigte Isabel die Wunde an seinem Hinterkopf, »glaube ich nicht, dass Ihr Vater José eine solche Verletzung zugefügt hat. Aber genau so eine Wunde hat sein Schädel aufgewiesen, nur ein kleines Stückchen tiefer. Mateu hat mir die hier verpasst, als ich mich über die Kühltruhe gebeugt habe, um Fotos zu machen.«

Señorita Muñoz runzelte die Stirn. »Ich fürchte, ich kann Ihnen nicht folgen.«

Karl lächelte nachsichtig. »Ich werde es Ihnen erklären. Sehen Sie, Ihr Vater und Sie sind sehr groß, während José Molina eher kompakter gebaut war. Wie Sie selbst wissen, waren Sie einen knappen Kopf größer als er. Ihr Vater hat zu Protokoll gegeben, dass er Molina in der Hütte aufgelauert und ihn sofort erschlagen hat. Aber wenn es sich tatsächlich so abgespielt hätte, dann hätte die Wunde weiter oben sitzen müssen. Ohnehin kommt so eine Verletzung am Hinterkopf sehr selten zustande; meistens, wenn sich das Opfer vorbeugt, kniet oder liegt. Zum Beispiel wenn man sich bückt, um ein Foto zu machen.« Karl suchte Isabels Blick. »Oder beim Sex.«

Sie stieß den Rauch aus und sagte nichts.

Karl faltete die Hände im Schoß und lehnte sich im Sessel zurück. »Wie Sie sehen, bin ich allein gekommen. Ich habe meinen Kollegen nicht dabei, ich bin nicht einmal Polizist. Offiziell bin ich nur Praktikant bei den Mossos. Nichts von dem, was Sie mir erzählen, kann gegen Sie verwendet werden. Ich will einfach nur die Wahrheit wissen.«

Isabel schnaubte. »Wer's glaubt!«

Sie war stur. Wie schon beim letzten Mal war ihre Mimik ausdruckslos und unergründlich. Doch er ahnte, dass Isabel Muñoz einen wunden Punkt hatte. »Das muss ungeheuer schwer für Sie sein«, sagte er nun. »Ich bin selbst Vater und weiß genau, dass Eltern alles für ihre Kinder tun würden. Aber Sie lieben Ihren Vater auch, davon bin ich fest überzeugt. Wenn ich mir vorstelle, wie mir an Ihrer Stelle zumute wäre …«

Karl ließ den Rest des Satzes bewusst in der Luft hängen und wartete. Geduldig beobachtete er die schöne Frau, deren Lippen kaum merklich zu zittern begannen.

»Wenn ich die Kollegen auf die Unstimmigkeit mit der Kopfwunde hinweise, wird alles seinen Gang gehen, Isabel«, sagt er sanft. »Das ist Beweis genug.«

Nun rollte eine einzelne Träne Isabels Wange hinab. Sie bahnte sich ihren Weg durch eine Puderschicht und tropfte auf ihr Knie. »Mierda«, flüsterte sie. Scheiße.

»Erzählen Sie es mir«, bat Karl sanft.

Sie atmete durch. »Mein Vater ist ein unglücklicher Mann. Voller Bitterkeit – und Zorn über die Schmähungen, die er in seinem Leben erdulden musste. Nachdem es meine Mutter nicht mehr mit ihm ausgehalten und uns allein gelassen hatte, hat er angefangen, mir die Geschichten über den Jungen zu erzählen, der ihn so viele Jahre lang gequält hatte. Vermutlich hat er meine Mutter damit in die Flucht geschlagen, aber ich konnte nicht davonlaufen. Ich hatte Molina zum Frühstück, zum Mittag- und zum Abendessen.«

»Und trotzdem haben Sie ihn als Freier akzeptiert?«, fragte Karl, und ein gequälter Ausdruck trat auf Isabels Gesicht.

»Ich wusste doch nicht, wer er war! Die Männer stellen sich hier nicht mit Vor- und Nachnamen vor. Erst mit der Zeit hat mir gedämmert, wen ich da in mein Bett lasse! Aber da war es schon zu spät. Ich hatte mich zu sehr auf ihn eingelassen und war von seinem Geld abhängig. Er hat mich ausgeführt, mir Geschenke gemacht und so weiter. Ich musste nicht mehr so viel arbeiten.«

Karl nickte. »Das muss eine ziemlich unangenehme Situation gewesen sein.«

Isabel zündete sich eine weitere Zigarette an ihrer Spitze an. Ihre Hände zitterten merklich, und sie lachte freudlos. »›Eine unangenehme Situation‹. So kann man es natürlich auch ausdrücken. Für mich war es die blanke Hölle. Ich kam mir vor wie der letzte Dreck. Habe versucht, mir einzureden, dass die Vergangenheit meines Vaters nichts mit meiner Gegenwart zu tun hat, aber es hat nichts genützt. Weiter mit Molina ins Bett zu gehen war das Schlimmste, was ich jemals getan habe.«

Sie atmete tief aus. »Als ich das erste Mal meinen Körper verkauft habe, dachte ich, ich könne nicht tiefer sinken. Wie gewaltig ich mich geirrt hatte, habe ich erst gemerkt, als José Molina auch in mein Leben getreten ist.« Sie bedachte Karl mit einem flüchtigen Blick. »Und erst recht, als er wieder daraus verschwunden ist.«

»Was ist passiert?«

Isabel atmete tief durch und starrte an die Decke, als stünden dort die Worte für das, was an jenem Tag geschehen war.

»José war betrunken, als er hier auftauchte, und wollte sofort Sex. Normalerweise fand er es schön, zuerst einen Kaffee zu trinken oder ein Glas Sekt und dabei seinem Ärger über die Zulieferer, seine Frau, seinen Sohn oder wen auch immer Luft zu machen. Aber nicht an diesem Tag. An dem Tag hat er mich sofort ins Bett gedrängt. Und damit nicht genug: Er wurde grob. Hat mich geschlagen, mich fest auf die Matratze gedrückt und mich an den Haaren gezogen. Beim Sex hat er damit geprahlt, dass es niemand wagt, sich ihm zu widersetzen. Dass er der Größte sei. Und dann hat er angefangen zu erzählen, wie er meinen Vater als Kind drangsaliert hat.«

Isabel schluckte. »Er hat es mir ins Ohr geflüstert, während er auf mir gelegen hat. Ich hatte das Gefühl, mir das zu erzählen hat ihn noch zusätzlich scharfgemacht.«

Karl schüttelte den Kopf. Schon bei der Vorstellung wurde ihm schlecht.

»Irgendwann habe ich es nicht mehr ausgehalten.« Sie deutete auf den Nachttisch, auf dem ein schönes Lämpchen mit Marmorfuß im Art-déco-Stil stand.

»Sie haben die Lampe gegriffen und sie ihm über den Kopf gezogen.«

»Ich wollte einfach nur, dass er aufhört«, erklärte Isabel tonlos. »Daran, dass er sterben könnte, habe ich gar nicht gedacht.«

Karl kannte das. Vor allem Frauen, die noch nie mit Gewalt in Berührung gekommen waren, konnten die Folgen einer Tat oft nicht abschätzen.

Isabels Blick war glasig und abwesend. Sie befand sich jetzt mitten in ihrer grausigen Erinnerung.

»Alles war voller Blut, und José hat sich nicht mehr gerührt. Ich habe ihn kaum von mir runtergekriegt, und als ich es endlich geschafft hatte, wusste ich nicht, was ich tun sollte.«

»Sie haben Ihren Vater angerufen«, schlussfolgerte Karl, und Isabel nickte. »Es war furchtbar. Mein Vater … Ich habe ihn noch nie so gesehen. Ich hatte ihm immer erzählt, dass ich in einem Büro arbeite, aber als er meine Wohnung betreten hat, wusste er sofort Bescheid. Und dann lag da auch noch sein alter Peiniger auf meinem Bett wie ein riesiges Walross. Nackt. Und tot.«

Isabel verbarg das Gesicht in den Händen. »Er hat mich weggeschickt. Hat gesagt, ich soll mich waschen, mir ein Taxi in seine Wohnung nehmen und dort warten. Ich habe getan, was er von mir verlangt hat, und keine Fragen gestellt. Mein Kopf und mein Herz haben sich taub angefühlt; ich hätte auch nicht gewusst, was ich fragen soll. Also habe ich mich in unserer alten Wohnung auf mein Bett gelegt und gewartet. Die ganze Zeit über habe ich nicht geschlafen.«

Sie gähnte, als würde allein die Erinnerung an die Müdigkeit ausreichen, sie erneut müde zu machen. »Es hat eine Ewigkeit gedauert. Erst am nächsten Tag hat er mich angerufen und mir schroff erlaubt, in meine Wohnung zurückzukehren. Als ich die Tür aufgeschlossen habe, war alles wie vorher. José war weg, das Blut war weg – es war, als wäre nie etwas geschehen. Aber es hat Monate gedauert, bis wir wieder einigermaßen normal miteinander umgehen konnten. Ich glaube, wir wussten beide einfach nicht, was wir hätten sagen sollen. Und wir haben auch nie wieder über jenen Abend gesprochen.« Sie hob den Blick. »Bis vorgestern.«

»Nicht mal, als der Schinken in der Presse auftauchte?«, fragte Karl, und Isabel schüttelte den Kopf. »Nein. Als ich Ihnen gesagt habe, dass ich keine Zeitung lese, habe ich nicht gelogen. Und er hat nichts erzählt.«

»Und was ist vorgestern passiert?«

»Da habe ich erfahren, dass mein Vater Josés Leichnam, oder vielmehr den Rest davon, nicht etwa hatte verschwinden lassen, sondern dass er ihn die ganze Zeit über in seiner Kühltruhe gelagert hatte. Die ganzen Jahre über hat er bei meinem Vater im Keller gestanden! Aber nachdem Sie bei ihm waren, konnte die Truhe dort natürlich nicht bleiben. Papa hat mich angerufen, weil er meine Hilfe gebraucht hat, um sie in unser altes Sommerhaus zu bringen.«

Karl nickte und seufzte erleichtert. Nun lagen endlich alle Puzzlesteine an ihrem Platz und ergaben ein logisches Gesamtbild.

»Warum glauben Sie, hat Ihr Vater José zu Schinken verarbeitet und seine Leiche behalten?«, fragte Karl.

Isabel zupfte nervös an ihrer Unterlippe. »Ich glaube, ihn im Bett seiner Tochter zu sehen hat meinem Vater den Rest gegeben. Für ihn war es so, als hätte José nicht nur ihn gepeinigt, sondern auch mich. Die Geschichte wiederholte sich – das war zu viel für ihn. Sehen Sie, ich bin alles, was mein Vater hat. Und er muss sich gefühlt haben, als hätte José ihm auch noch mich weggenommen. Ich schätze, was mein Vater getan hat, war die einzig mögliche Art für ihn, angemessen Rache für das zu nehmen, was Molina unserer Familie angetan hat.«

Sie drückte ihre mittlerweile dritte oder vierte Zigarette im Aschenbecher aus und stand auf. Karl war klar, was das bedeutete: Die Märchenstunde war vorüber.

»Ich habe gleich den nächsten Kunden und möchte Sie bitten, jetzt zu gehen.« Karl nickte und erhob sich ebenfalls. Als sie einander gegenüberstanden, wusste er nicht, was er sagen sollte. In einer solchen Situation war er in seinem ganzen Leben noch nicht gewesen. Normalerweise wurde ein Täter nach dem Geständnis verhaftet, wenn er sich nicht schon in Polizeigewahrsam befand. Aber an diesem Fall war sowieso nichts normal.

Wieder war es Isabel, die das Schweigen brach. »Am liebsten würde ich ›Auf Nimmerwiedersehen‹ sagen. Aber das wäre wohl reines Wunschdenken.«

Karl schmunzelte. »Belassen wir es doch einfach bei ›Bon dia‹.«

Damit trat er auf den Flur und ging beschwingten Schrittes die Treppe hinunter, um sich im Trubel der Straßen von El Raval zu verlieren.

Er ging nicht nach Hause, und er ging auch nicht in die Comisaria. Stattdessen setzte sich Karl nach einem langen Spaziergang durch das quirlige Multikulti-Viertel ins Dachcafé des historischen Museums am alten Hafen. Zwar bezahlte man hier bei jedem Glas Wein die Aussicht doppelt und dreifach mit, aber mit Blick auf die schaukelnden Bootsmasten konnte man wunderbar nachdenken. Hier hatte die Aussicht eine gewisse Weite, das Leben fühlte sich nah und doch seltsam entfernt an.

Nach dem ersten Glas Wein fasste er einen Entschluss. Er

zog das Handy aus der Tasche, das Alba ihm am Vorabend eingerichtet hatte (Albas erstes Smartphone, das zu seinem Verdruss in einer Hülle mit pinkfarbenem Leopardenfellmuster steckte), und bat Alex, ihm Gesellschaft zu leisten. Er konnte das nicht schon wieder im Alleingang entscheiden; es war genauso Alex' Fall wie seiner. Eigentlich war es sogar mehr Alex' Fall.

Eine Viertelstunde später trat sein Schwager gut gelaunt auf die Dachterrasse. Er ließ sich neben Karl in einen der Loungesessel fallen und streckte die Glieder genüsslich in die Sonne. »Was ist das nur für ein herrlicher Tag! Und was für ein guter Praktikant«, sagte er mit Blick auf das kalte Bier, das Karl ihm in weiser Voraussicht bestellt hatte. »Was gibt es denn so Dringendes?«

Karl räusperte sich und kratzte sich am Kopf. »Es wird dir vielleicht die Laune verderben, aber Mateu hat José Molina nicht umgebracht.«

Alex fiel alles aus dem Gesicht. »Scheiße, nicht schon wieder, Flieger! Bist du jetzt völlig übergeschnappt?«

»Keineswegs«, erwiderte Karl und erzählte dem schweigenden Alex nicht nur, wie er zu seiner Erkenntnis gelangt war, sondern auch, was er heute aus Isabels Mund erfahren hatte.

Als er geendet hatte, schüttelte Alex den Kopf und kippte das halbe Bier in einem Zug hinunter. »Verdammt, es hat alles so gut gepasst, und jetzt ist wieder alles anders. Wie kann das sein? Und wieso musstest du das eigentlich schon wieder allein machen? Jetzt haben wir doch überhaupt keine Handhabe gegen Isabel.«

Karl sah seinem Schwager belustigt ins Gesicht. »Das ist doch genau der Punkt, Alex. Ich war als Praktikant bei Isabel – das ist so, als wäre überhaupt nichts passiert. Du hättest sie verhaften müssen, ich bin zu gar nichts verpflichtet. Und dass sie mich angreift und versucht, mich in Brand zu setzen, war doch eher unwahrscheinlich. Jetzt kennen wir beide die Wahrheit und können entscheiden, was wir damit anfangen.«

Alex dachte eine Weile nach und zuckte die Achseln. »Ich denke nicht, dass sie für andere Menschen gefährlich ist.«

»Das denke ich auch nicht.«

»Und nach dem, was du erzählt hast, könnte man beinahe schon von Notwehr sprechen.«

Karl nickte und lächelte in sich hinein. Auch wenn er es niemals zugeben würde, aber Alex erinnerte ihn in den letzten Tagen oft an ihn selbst, als er es mit dem ersten Mord zu tun gehabt hatte. »Das könnte man durchaus so vertreten«, bestätigte er.

»Mateu gehört für das, was er mit Maria und dir gemacht hat, ohnehin ins Gefängnis. Ihm jetzt zu verwehren, für seine Tochter einzusitzen, würde ihm das letzte bisschen Würde nehmen, das er noch hat.«

»Davon ist auszugehen«, pflichtete Karl ihm bei.

»Von dem Zirkus, den das bei den Mossos lostreten würde, mal ganz abgesehen«, fügte Alex noch hinzu. »Aber können wir Isabel überhaupt davonkommen lassen?«

Karl zuckte die Schultern. »Was denkst du denn? Es ist dein Fall, deshalb möchte ich die Entscheidung allein dir überlassen. Was auch immer du tust: Meinen Segen hast du.«

Alex ließ sich Zeit mit seiner Antwort und bestellte in der Zwischenzeit eine weitere Runde, um etwas zu tun zu haben.

Als die Getränke kamen, sah er seinen Schwager mit einem spitzbübischen Funkeln in den Augen an. »Du hast mir noch gar nicht erzählt, was du so den ganzen Tag getrieben hast, Flieger«, sagte er, und sie stießen miteinander an.

»Nichts Besonderes«, gab Karl zurück und grinste. »Ich habe mich einfach ein bisschen durch die Stadt treiben lassen.«

Nachdem sie eine Weile schweigend auf den Hafen geschaut hatten, der langsam ins goldene Abendlicht getaucht wurde, ergriff Karl wieder das Wort. »Weswegen hattest du eben eigentlich so gute Laune?«

Alex' Augen wurden groß, und er schlug sich gegen die Stirn. »Das hätte ich jetzt beinahe vergessen, Karl. Ich war vorhin beim Polizeichef.«

Karl zog die Augenbrauen hoch. »Bei Garcia de Torres persönlich? Wieso?«

»Er wollte mit mir über den Fall sprechen«, sagte Alex stolz. »Und jetzt halt dich fest: Er hat mir angeboten, dich einzustellen! Ist das nicht großartig? Dann könnten wir in Zukunft offiziell als Team arbeiten.«

Karl verschluckte sich fast an seinem wohltemperierten Verdejo. Einzig der Gedanke an den Preis des edlen Tropfens hielt ihn davon ab, den Wein in hohem Bogen auszuspucken. »Was?«, fragte er und setzte gleich noch ein »Wie?« hinterher.

Alex grinste breit. »Ich habe gehört, bald fangen die nächsten Umschulungen an.«

Karl traute seinen Ohren kaum. Er, ein offizieller Teil der Mossos? Ein Berliner Polizist mit nordirischen Wurzeln bei der katalanischen Polizei? Das musste er erst einmal sacken lassen.

»Ich muss das erst mit Alba besprechen«, sagte er, doch sein Schwager winkte ab. »Geschenkt. Meine Schwester weiß genau, dass du ohne deinen Beruf nicht leben kannst.«

Da war natürlich etwas dran. Trotzdem.

»Ich muss mir das eine Weile überlegen, Alex.«

»Klar, aber überleg nicht zu lange. Sonst spannen sie mich noch mit Dominguez zusammen. Sein Partner geht demnächst in Rente, und es würde mich sehr wundern, wenn sich jemand freiwillig für diesen Job melden würde. Und ich glaube, die Arbol hasst mich immer noch.«

Karl lachte und versprach es.

Er ging nicht auf direktem Weg nach Hause, sondern gönnte sich noch einen kleinen Spaziergang am Strand entlang. Die gelben Laternen am Paseo tauchten alles in ein warmes Licht, und Karl Lindberg blickte auf den Horizont, hinter dem gerade die Sonne im Mittelmeer versunken war. In seinem Rücken, irgendwo im Norden, hinter den Pyrenäen, hinter Frankreich, hinter vielen anderen Städten lag Berlin, und noch weiter nördlich lag Belfast. Doch in diesem Augenblick merkte er, dass das Ziehen in diese Richtung, das ihn die vergangenen Monate begleitet hatte, verschwunden war. Karl hatte kein Bedürfnis mehr, irgendwohin zurückzukehren. Barcelona umfing ihn warm und gut gelaunt. Ein paar letzte Schwimmer waren im Wasser, Kinder spielten am Strand, die ersten Nachtschwärmer hatten sich mit ein paar Flaschen Bier in den warmen Sand gesetzt. Der Abend versprach, mild und wundervoll zu werden, das Licht bekam allmählich diese ganz besondere Farbe, die es nur in Barcelona gab.

Alles, was er liebte und brauchte, wartete im sechsten Stock eines Wohnhauses in einer der besonders engen Gassen dieser Stadt. Und mehr musste er nicht wissen. Karl hielt noch einen Augenblick inne und atmete tief durch.

Er war angekommen.

Jamón, des Spaniers liebste Delikatesse

»Möchtest du noch ein bisschen Schinken zu deinem Schinken? Oder darf es noch etwas Schinken sein?«

Jamón ist in Spanien allgegenwärtig, es ist beinahe unmöglich, ihn zu übersehen. Die charakteristischen Schweinebeine inklusive Schweinefuß hängen entweder (manchmal zu Hunderten) in Bars und Geschäften von der Decke oder warten in speziellen Spannvorrichtungen, »Jamoneros« genannt, darauf, von Hand in hauchdünne Scheiben geschnitten zu werden. Man munkelt, dass acht Jahre Ausbildung nötig sind, bis man die Schinkenscheiben mit dem Messer so kunstfertig und dünn von der Keule schneiden kann, wie es Tradition ist. Je dünner, desto besser, denn ein richtig guter Schinken kann auch richtig teuer sein.

Spanischen Jamón gibt es in zwei Ausführungen, als »Jamón Serrano« und »Jamón Ibérico«. Serranoschinken ist dabei nichts anderes als Bergschinken; der Begriff kommt von »Sierra«, dem spanischen Wort für Berge. Denn in den Bergen Spaniens werden seit dem 1. Jahrhundert v. Chr. Schweineschinken luftgetrocknet, was den spanischen Schinken zur ältesten Schinkendelikatesse der Welt macht. Bis heute hat sich an dem Verfahren nicht viel geändert. Zunächst werden die Keulen bei hoher Luftfeuchtigkeit mit viel Salz gepökelt und anschließend wochenlang bei offenem Fenster an Balken hängend getrocknet. Dieser Prozess kann zwischen 6 und 38 Monate in Anspruch nehmen.

Besonders gut scheint die Bergluft in Guijuelo zu sein. Das kleine Städtchen in der Hochebene von Salamanca hat sich auf die Herstellung des teuren »Jamón Ibérico« spezialisiert. Über sechzig verschiedene Marken stammen aus der Zehntausend-Einwohner-Stadt, gemeinsam bringen sie es jährlich auf zwei Millionen Ibérico-Schinken. Die Herstellung des Schinkens ist die gleiche, allerdings stammt das Fleisch nicht vom normalen Hausschwein, sondern vom schwarzen Ibérico-Schwein. Da auch die Füße dieser Schweine schwarz sind, hieß der Schinken früher auch »Jamón de Pata Negra«, Schwarzfußschinken. Dieser Begriff darf heutzutage jedoch nicht mehr verwendet werden, da Schweinefüße nur allzu leicht schwarz gefärbt werden können, was findige Feinkosthändler schon zu ihrem Vorteil genutzt haben.

Besonders wertvoll ist der »Ibérico de Bellota«, den es nur unter besonderen Bedingungen gibt; genauer gesagt: nach einem guten Sommer. Denn nur, wenn der Sommer gut war, haben die Ibérico-Schweine genug gute Eicheln gefressen. Ungefähr zehn Kilo Eicheln pro Tag müssen die Schweine einen ganzen Sommer lang verputzen, damit der Schinken »Ibérico de Bellota« genannt werden darf. Kein Wunder also, dass ein solcher Schinken leicht über 400 Euro kosten kann. Doch galt der Bellota-Schinken bis vor Kurzem noch als teuerster Schinken der Welt, hat er jetzt Konkurrenz bekommen, denn im Süden Spaniens, in der Provinz Huelva, gibt es einen Mann, der Schinken aus dem Fleisch einer der seltensten Schweinerassen der Welt produziert. Seine Tiere fressen nur heimische Kräuter und Früchte, was dem Fleisch einen einzigartigen Geschmack verleiht. Dieser Schinken, »Dehesa Maladúa« genannt, wurde im Sommer 2017 auf 4100 Euro pro Keule geschätzt.

Aber natürlich muss man kein Vermögen ausgeben, um spanischen Schinken genießen zu können. Es gibt ihn auch günstiger, zum Beispiel in praktischen Eiswaffeln inklusive Plastikgabel für Touristen zum Mitnehmen – die schlauen Delikatessenverkäufer nennen das Ganze einfach »Catalan Snack«.

Und auch für die Vegetarier ist gesorgt; kuschelige Kissen in Schinkenform gibt es sogar noch am Flughafen zu kaufen.

Die älteste »Tapa«

Tapas kennt mittlerweile jeder. Die kleinen spanischen Köstlichkeiten erfreuen sich großer Beliebtheit, und man kann sie mittlerweile nicht nur im Urlaub, sondern auch in vielen deutschen Städten in speziellen Tapas-Restaurants genießen. Bei einer geselligen Tapas-Runde darf natürlich auch der Schinken nicht fehlen, doch kaum jemand weiß, dass Schinken das erste Tapas-Gericht überhaupt war.

Manche erzählen diese Geschichte dahinter so: Als der spanische König Alfonso XIII. Ende des 19. Jahrhunderts mit seinem Gefolge durch die Provinz Cádiz reiste, machte er Rast im Restaurant »Ventorrillo El Chato«, das bis zum heutigen Tag existiert. Der König wollte mit seinen Leuten ein Glas Sherry mit Blick auf das Meer genießen, doch der Wirt machte sich Sorgen, dass die starke Brise, die an diesem Tag vom Meer in Richtung Restaurant blies, dem Monarchen Sand und Staub ins Glas pusten könnte. Da kam ihm die Idee, das Getränk mit einem Stück gutem Schinken abzudecken. Und so war die erste »Tapa« geboren.

Ob es nun stimmt oder nicht, Tatsache ist, dass der Schinken früher tatsächlich dazu benutzt wurde, Sherry- oder Biergläser abzudecken, um das Getränk vor Schmutz und gierigen Fliegen zu schützen. Denn »Tapa« heißt nichts anderes als »Deckel« – sozusagen ein essbarer Bierdeckel. Da es den Leuten gefiel, zum Getränk immer eine Kleinigkeit zum Knabbern zu bekommen, entstand im Laufe der Zeit die spanische Tapas-Tradition. Wer in Barcelona oder einer anderen Stadt Spaniens verschiedene Tapas probieren möchte, ohne allzu viel Geld auszugeben, sollte es wie die Spanier halten und den Abend mit »El Tapeo« verbringen. Hierzu trifft man sich mit Freunden in einer Bar, bestellt etwas zu trinken und bekommt ein paar Kleinigkeiten dazu. Nach zwei oder drei Tapas wechselt man in die nächste Bar, um dort andere Getränke und andere Tapas zu probieren. An den Wochenenden ist »El Tapeo« die liebste Freizeitbeschäftigung der Spanier und kann die ganze Nacht andauern. Doch viele stürzen sich nach drei oder vier Tapas-Stationen zwischen Mitternacht und ein Uhr ins »La Marcha«, das Nachtleben. Hier kann man die gerade zu sich genommenen Kalorien wegtanzen, bis der Morgen graut.

Rezepte

PAELLA DE VERDURAS – GEMÜSEPAELLA
PAELLA AMB VERDURES (KATALANISCH)

Kaum ein Gericht verbinden wir so sehr mit der spanischen Küche wie die Paella. Ursprünglich aus der Region Valencia stammend, hat sich die Paella mittlerweile in ganz Spanien etabliert. Der Begriff »Paella« bezeichnet hierbei nicht nur das beliebte Reisgericht, sondern auch die Pfanne, in der es zubereitet wird. Traditionell ist dies ein sehr geselliges und feierliches Gericht, das auf offenem Feuer meist von Männern gekocht wird. Was dem Deutschen sein Grillabend, ist dem Spanier sein Paella-Sonntag. Die Männer stehen mit einem kühlen »San Miguel« oder »Estrella Damm« in der Hand um die Pfanne auf dem offenen Feuer herum und fachsimpeln darüber, ob der Reis nun umgerührt werden sollte oder nicht. Ganz strenge Experten bestehen sogar darauf, dass eine echte Paella nur mit Wasser aus Valencia angerührt werden darf und für das Feuer Orangenbaumholz verwendet werden muss. Ich finde, man sollte das nicht ganz so eng sehen. Mit diesem Rezept kann man auch in Deutschland eine genauso köstliche Paella genießen wie Karl und Alex am Strand von Barcelona.

Zutaten
Für 4 Portionen

80 g grüne Bohnen
ein kleines Glas Artischockenherzen in Öl
1 Zwiebel
2 Knoblauchzehen

2 EL Olivenöl
½ TL Paprikapulver edelsüß
1 große reife Tomate (im besten Fall ein Ochsenherz), gehackt
2 l Gemüsebrühe
grobes Meersalz
1–2 Prisen Safranfäden
100 g weiße Bohnen, vorgekocht
300 g Bomba- oder Paella-Reis
1 rote Paprikaschote
1 Zitrone

Zubereitung

1. Die grünen Bohnen waschen und die Enden abschneiden. Knoblauch und Zwiebel schälen und in feine Würfel hacken.
2. In einer Paella-Pfanne für 4 Personen (oder einer großen Pfanne) Olivenöl erhitzen und darin Zwiebel und Knoblauch anschwitzen.
3. Das Paprikapulver, die Tomate und die grünen Bohnen dazugeben.
4. Mit der Gemüsebrühe ablöschen, salzen und zum Kochen bringen. Safran und weiße Bohnen dazugeben, dann den Reis gleichmäßig in der Pfanne verteilen und alles noch einmal aufkochen. Anschließend die Temperatur reduzieren und alles 15–20 Minuten garen lassen, bis die Flüssigkeit verdampft und der Reis gar ist. Nach 10 Minuten die Paprika waschen, entkernen und in Streifen schneiden. Die Streifen auf die Paella legen.
5. Die Zitrone heiß abwaschen und gründlich abrubbeln. Anschließend in Spalten schneiden und diese auf der Paella verteilen: Paella de Verduras schmeckt am besten mit ordentlich Meersalz und frischem Zitronensaft.

PAN CON TOMATE – TOMATENBROT
PA AMB TOMÀQUET (KATALANISCH)

Wer in Spanien auf dem Markt Tomaten kaufen möchte, sollte sich auf etwas gefasst machen, denn die Vielfalt kann einen schier erschlagen. Da verwundert es kaum, dass der Gemüseverkäufer einen nicht fragt, wie viele Tomaten man kaufen möchte, sondern wofür man sie braucht. Es gibt Tomaten für Salate, für Soßen, zum Kochen, zum Naschen und natürlich »Brottomaten«. Für die katalanische Spezialität »Pa amb Tomàquet« braucht man nicht viele Zutaten, doch die Wahl der richtigen Tomate ist entscheidend. Wer kann, der sollte sich für die mallorquinische »Tomate de Ramallet« entscheiden, deren mittelgroße Früchte traditionell aufgefädelt gelagert werden. Wichtig ist in jedem Fall, die richtige Balance zwischen Süße und Säure zu finden. Bestellt man in Barcelona ein »Pa amb Tomàquet«, kann es einem passieren, dass der Kellner einen Teller mit den Zutaten bringt und man sich sein Tomatenbrot selbst zubereiten muss. Aber keine Angst, es ist ganz einfach!

Zutaten
Für 4 Portionen

4 Scheiben Bauernbrot
4 Ramallet-Tomaten (oder eine andere säuerliche Sorte)
2 Knoblauchzehen
4 EL Olivenöl
grobes Meersalz

Zubereitung

1. Das Brot in einer Pfanne ohne Öl von beiden Seiten knusprig braun anrösten.
2. Die Tomaten waschen und halbieren, die Knoblauchzehen schälen und ebenfalls halbieren.
3. Die Brotscheiben ein wenig abkühlen lassen, dann kräftig mit Knoblauch abreiben. Anschließend die Tomate mit der Schnittseite nach unten über das Brot reiben, damit sich das Fruchtfleisch auf dem Brot verteilt. Im Idealfall hat man am Ende nur noch die Tomatenhaut zwischen den Fingern.
4. Mit Olivenöl beträufeln und mit grobem Meersalz bestreut servieren.

CHAMPIÑONES CON AJO – KNOBLAUCHCHAMPIGNONS
XAMPINYONS AMB ALL (KATALANISCH)

Eigentlich müsste dieses Gericht »Knoblauchöl mit Champignons« heißen, denn die Hauptrolle spielen nicht etwa die Pilze, sondern das köstlich pilzige Knoblauchöl, das sich am Boden der Tapas-Schale sammelt und darauf wartet, mit frischem Weißbrot aufgestippt zu werden. Unglücklicherweise hat sich der Wirt des »Atril« in El Born unlängst entschieden, die Champignons von der Karte zu nehmen, da er seine ganze Speisekarte »modernisiert«. Ein herber Verlust für Alba, Karl und mich, doch zum Glück kann man mit diesem Rezept für Ersatz sorgen.

Zutaten

Für 4 Portionen

500 g Steinchampignons
4–5 Knoblauchzehen
½ Bund glatte Petersilie
8 EL Olivenöl
grobes Meersalz
1–2 Msp. Paprikapulver edelsüß

Zubereitung

1. Die Champignons gründlich putzen, den Stiel kürzen und die Pilze in Viertel schneiden.
2. Die Knoblauchzehen schälen und in hauchdünne Scheiben schneiden.
3. Die Petersilie waschen, trocken schütteln und fein hacken.
4. In einer beschichteten Pfanne 2 EL Olivenöl erhitzen und

darin die Knoblauchscheiben anbraten. Nach 1 Minute die Champignons dazugeben und mitbraten. Wenn Wasser aus den Pilzen tritt, das restliche Öl und Salz dazugeben und alles 5–8 Minuten bei zugedeckter Pfanne garen lassen.

5. Mit Paprikapulver bestreuen, eventuell noch einmal nachsalzen und zum Schluss die Petersilie unterziehen.
6. Mit frischem Weißbrot servieren.

TORTILLA DE PATATAS – SPANISCHES KARTOFFELOMELETTE
TRUITA DE PATATES (KATALANISCH)

Die Tortilla ist für Spanier einfach unverzichtbar, es gibt sie – ähnlich wie den Jamón – praktisch überall. Streift man in Barcelona durch die Gassen, sieht man sie in vielen Bars unter einer Glasglocke auf dem Tresen stehen. Traditionell wird sie wie ein Stück Kuchen kalt mit ein bisschen Salat serviert, daneben gibt es jedoch unzählige weitere Varianten. Und natürlich auch Auffassungen darüber, wie eine Tortilla zu sein bzw. zu schmecken hat. Unzählige Bars und Restaurants rühmen sich damit, »die beste Tortilla der Stadt« zu verkaufen. Es gibt unendlich viele Varianten, sie zuzubereiten: dick oder dünn, mit oder ohne Kartoffeln, durchgegart oder halb durch, fest oder glitschig, gefüllt, karamellisiert, im Brot oder als Pincho.

Zutaten

Für 1 kleine Tortilla

200 g Kartoffeln, vorwiegend festkochend
1 kleine Zwiebel
2 EL Olivenöl
2 Eier
1 EL Milch
grobes Meersalz

Zubereitung

1. Die Kartoffeln schälen, waschen und gleichmäßig in dünne Scheiben schneiden.
2. Die Zwiebel schälen und grob hacken.

3. Eine kleine ofenfeste Pfanne auf den Herd stellen und den Ofen auf 160 °C vorheizen.
4. Öl in der Pfanne erhitzen und darin Zwiebeln und Kartoffeln für 20 Minuten bei mittlerer Hitze garen. Ab und zu umrühren.
5. Eier in eine kleine Schüssel schlagen und mit Milch und Salz verquirlen. Über die Kartoffelmischung geben und die Pfanne leicht rütteln, damit sich die Mischung gleichmäßig zwischen den Kartoffeln verteilt.
6. Die Pfanne in den Ofen stellen und die Tortilla darin ca. 15 Minuten fertig backen. Anschließend auf einen Teller stürzen und in Tortenstücke schneiden.

PATATAS BRAVAS CON SALSA – »MUTIGE« KARTOFFELN MIT SCHARFER SOSSE

PATATES BRAVES AMB MOJO (KATALANISCH)

Ein bisschen Mut braucht es schon, sich diesen feurig scharfen Kartoffeln zu stellen, doch es lohnt sich. Beinahe in jeder spanischen Bar gibt es die würzigen Kartoffeln – ganz sicher nicht ganz ohne Hintergedanken, denn dieses Traditionsgericht macht durstig, was den Bierabsatz deutlich steigern dürfte. Werden die Kartoffeln traditionell nur mit scharfer Soße serviert, so bekommt man sie mittlerweile fast immer mit zwei Soßen, der scharfen roten Tomatensoße und einem Klecks Aioli, der Knoblauchmayonnaise »für Feiglinge«. Insofern sind Patatas Bravas die spanische Version von »Pommes rot-weiß« bzw. »Pommes Schranke«.

Zutaten

Für 4 Portionen

1 rote Paprikaschote
1 Zwiebel
2 Knoblauchzehen
1–2 frische Chilischoten
Olivenöl
1 EL Tomatenmark
1 Schuss Sherry-Essig (alternativ trockener Weißwein)
500 g gewürfelte Tomaten, aus der Dose
500 g Kartoffeln, vorwiegend festkochend
grobes Meersalz
½ TL Paprikapulver rosenscharf

Zubereitung

1. Paprikaschote waschen, entkernen und in feine Würfel schneiden; Zwiebel und Knoblauch schälen und fein hacken; Chilischoten waschen und je nach gewünschter Schärfe und Mut entkernen und in feine Ringe schneiden.
2. Etwas Olivenöl in einer zweiten Pfanne erhitzen und die Chiliringe leicht anrösten. Paprikawürfel dazugeben und scharf anbraten, anschließend die Hitze reduzieren.
3. Zwiebeln und Knoblauch dazugeben und andünsten. Tomatenmark dazugeben und auf dem Pfannenboden anbraten, anschließend mit einem Schuss Wasser und Essig ablöschen.
4. Die Tomaten dazugeben und alles bei kleiner Hitze 20 Minuten köcheln lassen.
5. Kartoffeln schälen, waschen und in gleichmäßige Würfel schneiden. In einer beschichteten Pfanne 1–2 Fingerbreit Olivenöl erhitzen und die Würfel darin goldbraun ausbacken. Gut abtropfen lassen und mit Salz und Paprikapulver vermischen. Wieder in die Pfanne geben und abgedeckt warm halten.
6. Die Soße nach Belieben pürieren und mit Salz und Paprikapulver abschmecken. Zusammen mit den Kartoffeln und auf Wunsch mit einem Klecks Mayonnaise oder Aioli servieren.

Buen provecho!
Bon profit! (katalanisch)

Barcelona ist eine moderne, weltoffene Stadt, in der man mit Englisch und ein paar Brocken Spanisch gut zurechtkommt. Dennoch freuen sich die Einheimischen immer, wenn man versucht, auch ein bisschen Katalanisch zu sprechen, die eigentliche Sprache der Stadt. Zwar sind die Katalanen ohnehin sehr freundliche Menschen, doch sie sind auch stolz auf ihre Sprache und Kultur und legen Wert darauf, eben keine Spanier zu sein. Wenn man beim Betreten eines Geschäfts ein freundliches »Bon dia« hören lässt, fliegen einem gleich die Herzen der Betreiber zu. Daher kann es nicht schaden, vor einem Besuch in Barcelona die wichtigsten katalanischen Wörter zu lernen.

KATALANISCHER EINSTEIGER-WORTSCHATZ

Hallo! *Hola!*	bitte *si us plau*
Guten Tag! Bon *dia!*	Prost! *Salut!*
Tschüss! *Adéu!*	Entschuldigung! *Perdó!*
Auf Wiedersehen! *A reveure!*	Hilfe! *Ajuda!*
ja *sí*	Toilette *el lavabo*
nein *no*	Ich heiße … *Em dic …*
danke *gràcies*	Ich hätte gerne … *Voldria …*

Was kostet …?
Quant val …?

Zahlen, bitte!
El compte, si us plau!

Ich spreche kein Katalanisch.
No parlo català.

Eingang
l'entrada (f)

Ausgang
la sortida

eins
un

zwei
dos

drei
tres

vier
quatre

fünf
cinc

sechs
sis

sieben
set

acht
vuit

neun
nou

zehn
deu

Montag
dilluns (dl.)

Dienstag
dimarts (dt.)

Mittwoch
dimecres (dc.)

Donnerstag
dijous (dj.)

Freitag
divendres (dv.)

Samstag
dissabte (ds.)

Sonntag
diumenge (dg.)